JULIETTE BENZONI

Juliette Benzoni est née à Paris. Fervente lectrice d'Alexandre Dumas, elle nourrit dès l'enfance une passion pour l'histoire. Elle commence en 1964 sa carrière de romancière avec la série des *Catherine*, traduite en plus de 20 langues, série qui la lance sur la voie d'un succès jamais démenti jusqu'à ce jour. Elle a écrit depuis une soixantaine de romans, recueillis notamment dans les séries intitulées *La Florentine* (1988-1989), *Le boiteux de Varsovie* (1994-1996), *Secret d'État* (1997-1998) ainsi que *Les Chevaliers* (2002-2003). Outre la série des *Catherine* et *La Florentine*, *Le Gerfaut des brumes* et *Marianne* ont fait l'objet d'une adaptation télévisuelle.

Du Moyen Âge aux années 30, les reconstitutions historiques de Juliette Benzoni s'appuient sur une documentation minutieuse. Vue à travers les yeux de ses héroïnes, l'Histoire, ressuscitée par leurs palpitantes aventures, bat au rythme de la passion. Figurant au palmarès des écrivains les plus lus des Français, elle a su conquérir 50 millions de lecteurs dans plus de 20 pays.

LES JOYAUX DE LA SORCIÈRE

DU MÊME AUTEUR
CHEZ POCKET

Romans :

SEIGNEURS DE LA NUIT
SUITE ITALIENNE

Séries :

LES ENQUETES D'ALDO MOROSINI

LA PERLE DE L'EMPEREUR
LES JOYAUX DE LA SORCIERE
LES LARMES DE MARIE-ANTOINETTE
LE COLLIER SACRE DE MONTEZUMA

SECRET D'ÉTAT

LA CHAMBRE DE LA REINE
LE ROI DES HALLES
LE PRISONNIER MASQUE

MARIE

MARIE DES INTRIGUES
MARIE DES PASSIONS

LE SANG DES KŒNIGSMARK

AURORE
FILS DE L'AURORE

LE TEMPS DES POISONS

ON A TUE LA REINE
LA CHAMBRE DU ROI

JULIETTE BENZONI

LES JOYAUX
DE LA SORCIÈRE

PLON

Le papier de cet ouvrage est composé de fibres naturelles, renouvelables, recyclables et fabriquées à partir de bois provenant de forêts plantées et cultivées durablement pour la fabrication du papier.

Le Code de la propriété intellectuelle n'autorisant, aux termes de l'article L. 122-5 (2° et 3° a), d'une part, que les « copies ou reproductions strictement réservées à l'usage privé du copiste et non destinées à une utilisation collective » et, d'autre part, que les analyses et les courtes citations dans un but d'exemple et d'illustration, « toute représentation ou reproduction intégrale ou partielle faite sans le consentement de l'auteur ou de ses ayants droit ou ayants cause est illicite » (art. L. 122-4).
Cette représentation ou reproduction, par quelque procédé que ce soit, constituerait donc une contrefaçon sanctionnée par les articles L. 335-2 et suivants du Code de la propriété intellectuelle.

© 2004, Plon
ISBN : 978-2-266-14878-8

A Yagel et Patrick de Bourgues
Un affectueux clin d'œil…

PREMIÈRE PARTIE

LA CHASSE EST OUVERTE !

CHAPITRE I

LE « BOLDINI »

— In-croyable !

En dépit de son habituelle maîtrise Aldo Morosini venait de lâcher une exclamation de stupeur devant ce qu'une porte ouverte lui permettait de découvrir au beau milieu d'un modeste salon écrasé par sa splendeur : un grand portrait de femme dont il identifia l'auteur au premier coup d'œil, le merveilleux Giovanni Boldini dont le pinceau fulgurant faisait exploser la beauté des dames les plus illustres et les plus fascinantes de la haute société depuis la fin du siècle précédent. Or, non seulement Morosini ne connaissait pas cette admirable toile bien qu'il entretînt depuis longtemps des relations d'amitié avec le peintre mais en outre il s'agissait d'une femme âgée. Une particularité qui n'avait jamais attiré Boldini, amoureux fou de créatures de rêve dans tout l'éclat de leur splendeur. Il est vrai qu'en dépit des années le modèle était exceptionnel.

Avançant de deux pas dans la pièce, Morosini admira sans réserve la longue et maigre silhouette enveloppée d'une brume de dentelle noire détachée sur un fond qui eût été obscur sans les ors esquissés et les reflets d'une console Régence surmontée d'un miroir. Toutes ces ombres servaient d'écrin à un visage magnifique malgré la griffe du temps avec de profonds yeux noirs, de hautes pommettes et une mâchoire encore nettement dessinée. Sous le diadème de cheveux d'un blanc argenté l'expression en était à la fois hautaine et ironique et il n'y avait pas à se tromper sur la lueur de défi animant les sombres prunelles. Cette inconnue dont la beauté avait dû être saisissante et qui en gardait de si belles traces aurait pu être une reine et Morosini qui les connaissait à peu près toutes fouillait sa mémoire, infaillible d'habitude, pour découvrir d'où elle pouvait bien sortir car, s'il ne pensait pas avoir jamais vu cette personne, les fabuleux bijoux parant le long cou altier lui semblaient curieusement familiers encore que noyés dans la profondeur du temps, avec la certitude d'une faute de goût qui ne correspondait pas avec le personnage. En effet si le large collier-de-chien d'or serti d'un semis de perles, de petits diamants et rubis signait une pièce des premières années 1900, la fabuleuse croix qu'il soutenait proclamait pour lui l'art et le faste d'un XVIe siècle incontestablement italien. Les pierres et les perles qui la composaient étaient d'une exceptionnelle qualité et d'un calibre impressionnant. Bien trop gros d'ailleurs pour un joyau de gorge : ce genre de parure se portait en devant de corsage, sous le décolleté où il s'agrafait. Celui-ci couvrait la peau blanche depuis le cou jusqu'au creux des seins peu renflés et voilés de mousseline. En outre, des pendants d'oreilles assortis à la croix achevaient de faire de cette femme le vivant écrin d'une parure fascinante dans sa splendeur excessive. A l'exception d'un énorme rubis à l'annulaire droit, l'étrange femme dont les longues mains jouaient avec un éventail en plumes d'autruche noires ne portait aucun autre bijou...

— Eh bien qu'en pensez-vous ?

Une voix mécontente tirait de sa contemplation le

prince-antiquaire qui était aussi l'expert en joyaux le plus célèbre d'Europe. Elle appartenait au locataire de l'appartement « bourgeois » de la rue de Lyon, proche de la gare du même nom, où Morosini s'était rendu pour faire plaisir à une vieille amie. Perchée et autoritaire, elle convenait en tous points à Evrard Dostel, aristocrate tellement entiché d'idées nouvelles qu'il avait fait souder sa particule à son nom en gommant une apostrophe absolument hors de saison selon lui. Ce qui ne l'empêchait pas de régner par la terreur sur les employés de bureau dont il était le chef au Ministère des Pensions. Il sanglait étroitement dans une sorte de jaquette noire et un pantalon rayé une longue et maigre silhouette surmontée d'une tête à cheveux grisonnants en voie de disparition dont la « façade » présentait un nez bourbonien dominant de loin une regrettable absence de menton qu'Evrard espérait compenser en portant barbe et moustaches léniniennes. Ce qui n'arrangeait rien, la barbiche ayant tendance à souligner une énorme pomme d'Adam dégagée par le col de celluloïd à coins cassés. Une paire de lorgnons chevauchait l'appendice nasal.

Bien qu'il eût à peu près le même âge – la quarantaine largement dépassée –, il offrait avec son visiteur un contraste frappant. Grand, mince et désinvolte dans son costume prince-de-Galles coupé à Londres, ses épais cheveux bruns touchés d'argent seyaient à merveille à sa peau bronzée tendue sur une ossature arrogante, à son sourire indolent et à ses yeux volontiers moqueurs d'un bleu clair tirant sur le vert dans les moments de colère. Ce qui n'était pas si rare : en bon Vénitien, Aldo Morosini avait le sang chaud et l'oreille chatouilleuse.

Après un temps de silence contemplatif, il répondit à la question que son hôte lui posait par une autre question, selon une habitude qui lui était venue avec le temps en s'avisant qu'elle lui permettait de prolonger sa réflexion :

— Si j'ai bien compris ce que m'a dit Mademoiselle du Plan-Crépin, cette dame était votre tante ?

Le chef de bureau étira ses lèvres comme s'il venait d'avaler une potion amère.

— Oui. La baronne d'Ostel, née Olympia Cavalcanti. Elle chantait jadis au théâtre San Carlo de Naples quand mon oncle s'est amouraché d'elle et l'a épousée. Naturellement elle n'a pas demandé mieux : une théâtreuse !...

Morosini fronça le sourcil. Le nom ne lui était pas inconnu. Amateur passionné d'opéras comme l'avait été sa mère, il se souvenait d'avoir entendu celle-ci le prononcer.

— Chez nous on ne traite pas une prima donna de théâtreuse, rectifia-t-il sèchement. Si j'ai bonne mémoire la Cavalcanti a mis fin assez tôt à une belle carrière ? Elle a dû aimer votre oncle.

— Il était très riche, vous savez et si j'admets qu'il était plutôt bien de sa personne, elle n'aurait pas tout laissé tomber pour lui s'il n'y avait eu sa fortune. On peut dire qu'ils ont mené la grande vie. Ils ont beaucoup voyagé : deux ou trois fois le tour du monde et je ne sais combien de séjours en Italie, en Amérique, n'habitant pas souvent leur appartement de Paris et encore moins leur château en Périgord. Dont ils se sont défaits d'ailleurs et cela a hâté la mort de mon père. Il n'était que le cadet, lui, et devait travailler pour nourrir sa famille tandis que l'oncle Grégoire et sa gueuse fréquentaient les palaces et les casinos, lança Dostel avec une expression de haine quasi palpable.

— Votre oncle est mort depuis longtemps ?

— Trois ans et, naturellement, elle a hérité ce qui restait de la fortune. Moi je n'ai eu droit à rien et je n'ai jamais revu cette femme depuis les funérailles au Père-Lachaise où il y avait peu de monde. Tout ce que j'en ai su est qu'elle vivait quasiment cloîtrée dans son appartement de la rue de la Faisanderie avec deux domestiques. Dont elle a fait les légataires de ce qu'elle laissait et que je n'aurais jamais pu évaluer, mais j'y arriverai bien car je compte attaquer le testament...

— Pourquoi ? Je croyais qu'elle vous avait légué...

— Son portrait... et aussi ses bijoux !

Morosini ne cacha pas sa stupeur :

— Et vous vous plaignez ? Peste ! Que vous faut-il de plus ? En dehors du tableau signé Boldini qui vaut très cher, les joyaux, que je n'identifie pas à première vue mais qui ne me sont pas inconnus, représentent une grosse fortune : ils ne peuvent provenir que d'une cassette royale et la croix par exemple étant sans doute d'un travail florentin, je pencherais pour les Médicis...

Evrard Dostel eut un rire aussi déplaisant que son haussement d'épaules.

— Les Médicis ? Vous me donnez à rire, mon bon Monsieur ! Voulez-vous que je vous montre ce que m'a remis le notaire ?

— Faites-le donc ! émit Morosini qui sentait la moutarde lui monter au nez. Le « bon Monsieur » ne passait pas.

Le laissant en tête à tête avec l'ancienne diva dont le regard lui laissait supposer à présent qu'elle avait bien pu jouer un tour quelconque à son « neveu », celui-ci s'éclipsa mais revint un instant plus tard avec un coffret grand comme une boîte à chaussures – joli au demeurant avec sa marqueterie de bois des îles et d'ivoire ! – qu'il posa sur un guéridon en pitchpin supportant un petit vase bleu où trempaient quelques jonquilles, l'ouvrit et en sortit quatre bijoux : un bracelet à trois rangs et une « chute » de perles d'un bel orient mais de taille moyenne, une bague où un cercle de brillants entourait une demi-perle et enfin le collier-de-chien du portrait mais privé de la grande croix. Celle-ci et les pendants d'oreilles brillaient par leur absence.

— Voilà ! assena Dostel dont les narines frémissaient d'indignation. Voilà les bijoux en question ! Encore ne les a-t-elle pas légués vraiment à moi mais à ma femme ! Voulez-vous me dire où sont passés ça et ça ? demanda-t-il en pointant un doigt vengeur sur le portrait.

— Comment voulez-vous que je le sache ? Le notaire ne vous a rien dit ?

— Quand ?

— Au moment où il vous les a remis. Je suppose que vous avez manifesté quelque surprise ?

— Comme bien vous pensez ! Il s'est contenté d'avancer l'hypothèse que Madame d'Ostel avait dû s'en défaire avant sa mort. Je n'en vois pas la raison : l'argent ne lui manquait pas ! conclut Evrard avec aigreur.

— Et s'ils avaient été mis en vente vous pouvez être certain que j'en eusse été informé.

— Ah oui ?

De toute évidence il n'y croyait guère. Le ton de Morosini se fit plus sec :

— A travers le monde entier j'ai des correspondants ; aucune pièce importante par sa provenance et sa qualité ne saurait m'échapper. Je peux vous assurer qu'aucune salle des ventes n'a vu passer ces joyaux-là. Si la baronne s'en est séparée il faut que ce soit par un don ou par une vente en sous-main.

— Un vol peut-être ?

— Qu'elle n'aurait pas déclaré ? Rien moins que vraisemblable. Et la parure aurait trôné à la une de tous les journaux.

— Cela peut-il s'être fait au moment de sa mort ? Les domestiques héritiers par exemple ?

Morosini prit le collier-de-chien et s'approcha de la fenêtre pour examiner le lacis d'or en son milieu. Il tira de sa poche une loupe de bijoutier qu'il logea dans son orbite afin d'étayer son jugement puis il revint au portrait dirigeant son index sur le joyau peint.

— Regardez ! La croix est reliée au collier par un anneau serti d'un rubis. La détacher sans laisser la moindre trace sur l'or si facile à rayer est un travail minutieux exigeant la main d'un spécialiste et vous pouvez voir par vous-même que le métal est net, ajouta-t-il en offrant la loupe.

Dostel examina longuement le bijou puis avec un soupir le remit dans le coffret.

— Conclusion ?

— Je n'en ai pas à vous offrir dans l'état actuel de la question car je n'en sais pas plus que vous...

A cet instant une jeune femme entra dans la pièce afin de rejoindre les deux hommes ce qui parut indisposer son mari.

— Que venez-vous faire ici, ma chère Violaine ? Nous discutons de choses sérieuses peu adaptées aux cervelles féminines ! Allez plutôt nous faire du... café, tiens !

— A onze heures et demie du matin ? C'est trop tôt ou trop tard, mon ami, répondit-elle d'une voix pleine de douceur qui vint caresser l'oreille sensible d'Aldo.

Elle était charmante en vérité cette jeune dame et en s'inclinant sur la main qu'elle lui tendait, il alluma son plus beau sourire. Joli teint, jolis yeux noisette, jolis cheveux d'un blond léger coiffés en bandeaux et en chignon sage dans lesquels ne passeraient jamais sans doute les ciseaux sacrilèges du coiffeur. Violaine Dostel aurait pu être très séduisante habillée autrement que de cette robe informe, d'un bleu céruléen, le même que celui du vase aux jonquilles. Surtout sans cette crispation nerveuse des lèvres qui auraient peut-être aimé sourire mais qui n'y arrivaient pas et l'étrange expression interrogative de son regard. Elle pouvait avoir une trentaine d'années. Cependant elle ne devait pas manquer entièrement de caractère car au lieu de se laisser évincer elle prit le collier d'or et de petites pierres entre ses mains comme elle l'eût fait d'une couronne :

— C'est ravissant, ne trouvez-vous pas ?

— Il le sera plus encore lorsque vous le porterez, Madame.

— J'aimerais beaucoup mais je ne me vois guère d'occasions. Un mariage dans la famille ?...

Dostel renifla de peu gracieuse façon.

— Si le reste ne se retrouve pas, il serait plus sage de vendre tout cela. Nos finances s'en trouveraient mieux, fit-il avec un geste qui englobait coffret et tableau, mais immédiatement elle protesta :

— Oh non, mon ami ! Vous ne ferez pas pareille chose ? Nous vivons convenablement il me semble... et je suis tellement heureuse d'avoir enfin des bijoux. Quant à ce portrait, outre qu'il représente notre parente, il illumine notre salon...

Ce n'était pas le terme qu'aurait choisi Aldo mais il était vrai que le décor d'un jaune éteint et les sièges, disparates en dépit du reps jaune et bleu qui les recouvrait – le même que celui des doubles rideaux –, en recevaient un grand coup d'éclat. Auquel l'héritier n'était guère sensible car il explosa :

— Croyez-vous que j'aie envie de contempler jusqu'à la fin de mes jours cette femme qui nous a bernés de si odieuse façon ? Il fera encore bien mieux à la salle des Ventes puisqu'il doit valoir cher d'après Monsieur Morosini. Quant à celui qui l'achètera si c'est l'un de ses anciens amants, il lui trouvera certainement un cadre approprié.

Aldo pensa que les anciens amants ne devaient plus être de première fraîcheur si l'on en jugeait par l'âge de la dame mais Violaine protestait déjà – timidement ! – contre les affirmations de son seigneur et maître :

— Oh, mon ami ! Ne soyez pas médisant ou même calomniateur. Je n'ai jamais entendu...

— Je sais ce que je dis ! Cette croûte partira la semaine prochaine pour l'Hôtel Drouot, avec les bijoux !

— Mais ils sont à moi ! gémit-elle au bord des larmes.

— Ils sont à nous puisque nous sommes mariés sous le régime de la communauté. En outre ils n'ont que trop tendance à vous tourner la tête ! Je vous ai toujours connue raisonnable. Alors tâchez de le rester ! Vous me ferez plaisir et...

Morosini décida qu'il était temps pour lui d'intervenir. Le visible chagrin de la jeune femme le touchait et s'il brûlait d'envie d'administrer une correction à un béotien osant traiter un Boldini de croûte, il opta néanmoins pour la voie diplomatique :

— Vous auriez tort d'agir ainsi, émit-il. D'abord parce qu'il serait prématuré de mettre ce portrait aux enchères. Vous en tireriez quelque argent sans doute mais bien davantage quand le peintre ne sera plus de ce monde. Et il a plus de quatre-vingts ans...

Il avait horreur de dire cela mais avec un butor comme ce type il fallait employer un langage qu'il pût entendre et, en effet, Dostel devint tout à coup attentif.

— ... en outre, poursuivit-il, l'apparition publique de ces joyaux fera sensation chez les amateurs éclairés. J'en sais plus d'un qui se lancera sur la piste.

— Vous devez le savoir puisque à entendre notre cousine Plan-Crépin vous êtes une sommité en la matière ? C'est la raison pour laquelle vous êtes ici : retrouvez-moi tout ça !

Soudain fébrile, Dostel avait asséné son exigence d'un ton si autoritaire que Morosini eut quelque peine à s'empêcher de le gifler. Ce fut seulement par égard pour sa femme qu'il se contenta de hausser les épaules avec un petit rire sec, nettement méprisant.

— Tout simplement ? Vous vous trompez d'adresse : je ne suis pas un prestidigitateur et je croyais que vous le saviez ! Madame... mes hommages !

Il tournait déjà les talons quand elle l'arrêta :

— Oh non, je vous en prie ! Ne m'... nous abandonnez pas !

C'était plus qu'une supplication : un cri de douleur. Un regard dans les beaux yeux où montaient des larmes fit comprendre à Aldo que Violaine risquait de faire les frais de son mouvement d'humeur. Le mari d'ailleurs marmottait de vagues excuses :

— Désolé !... conçu de grands espoirs !... recommandation notre cousine... Dépassé ma pensée !

Visiblement très déçu surtout et Aldo décida de lui accorder une chance uniquement pour que s'apaise l'angoisse de la jeune femme mais sans leur laisser tout de même trop d'espoirs.

— L'amitié de Mademoiselle du Plan-Crépin a toujours eu tendance à exagérer mes talents. Je veux bien essayer de chercher au moins une trace de ces joyaux dès que je les aurai identifiés à coup sûr.

— Vous avez une idée ? demanda Dostel.

— Peut-être. Il faut que je vérifie. Si c'est ce que je pense, il me paraît incroyable que des pièces aussi illustres eussent appartenu à quelqu'un d'autre qu'un musée, la cassette d'une très haute maison ou le coffre d'un grand collectionneur.

— ... Et notre tante n'entre dans aucune de ces catégories. Vous oubliez qu'une femme belle et astucieuse peut posséder assez d'envergure pour se faire offrir n'importe quoi par un imbécile amoureux ?

— C'est en effet une hypothèse. Si c'est le cas, la parure a pu être volée puis bien cachée pour attendre que les remous s'apaisent chez vous, ou encore remise discrètement à un amateur aussi riche que peu délicat contre une lessiveuse de billets de banque. L'appartement de votre tante a-t-il été soigneusement visité ?

— Sur ma plainte, le notaire s'en est chargé et je dois dire que les nouveaux propriétaires ont laissé faire par crainte sans doute de la police...

— Ne dites pas cela, Evrard ! plaida son épouse. D'après Maître Bernardeau, ils ont montré beaucoup de bonne volonté, au contraire, tant ils étaient désolés qu'on pût les prendre pour des voleurs alors que notre tante s'est montrée si généreuse. Et sa demeure a été fouillée de fond en comble par le notaire et ses clercs. Il nous l'a dit.

— Oh vous, ma chère, vous êtes assez sotte pour croire le premier chien coiffé qui pleurniche !

— Maître Bernardeau est moins sensible et il a dit être persuadé de leur sincérité.

— Il est peut-être comparse ! Cessez donc de dire des âneries...

Peu désireux d'assister à un nouveau chapitre de « la triste vie de Madame Dostel », Morosini coupa court :

— Donnez-moi donc son adresse pour commencer ! J'ai l'intention de lui rendre visite...

— Pour quoi faire ? s'insurgea le mari. Je ne vois pas ce qu'il pourrait vous apprendre que nous ne sachions déjà ?

— Les relations avec les notaires font partie de ma profession. Aussi, en ayant une longue habitude, je sais poser les bonnes questions.

— Comme vous voudrez ! Et... vous pensez aboutir rapidement ?

Cette fois Morosini ne put s'empêcher de rire.

— Qui peut savoir ? Des années ou quelques jours selon que la chance est avec ou contre moi. La quête de ce genre d'objets s'avère délicate la plupart du temps...

— Et... cela va me coûter cher ?

Le sourire d'Aldo se fit dédaigneux.

— Un pourcentage sur la vente des joyaux, car je suppose qu'il n'entre pas dans vos projets de les garder ? Je ne suis pas détective privé et n'ai pas l'intention d'interrompre mes affaires pour vous consacrer tout mon temps. Il vous faudra être patient...

— Je vois ! Eh bien, je patienterai avec ce que me rapportera ceci, soupira Dostel en refermant le coffret pour le loger sous son bras.

Sa femme émit, alors, un petit gémissement qui atteignit Morosini au plus sensible.

— Si vous ne me donnez pas votre parole de n'en rien faire je renonce dès à présent à vous aider. Le collier-de-chien est une pièce à conviction. En outre c'est pour que Madame puisse garder ces babioles que je m'engage dans cette affaire... et aussi pour faire plaisir à Mademoiselle du Plan-Crépin.

On n'aurait su faire entendre plus clairement que, s'il n'y avait eu que Dostel, on l'aurait laissé à ses cogitations et à ses regrets. L'intéressé ne s'y trompa pas. Quant à Aldo il déchiffra sans peine le coup d'œil mauvais que l'autre lui adressa tout en marmottant qu'il ferait ce qu'on lui demandait. Il avait l'air d'un molosse à qui l'on vient de retirer son os...

Dans l'intention louable de détendre une atmosphère chargée d'électricité, la petite Madame Dostel osa demander :

— Marie-Angéline nous a dit que vous êtes vénitien, pr... Monsieur ? Cela paraît tellement extraordinaire !

Aldo nota qu'elle s'était retenue au moment de lui donner son titre afin, sans doute, de ne pas exciter l'humeur atrabilaire d'un époux qui les détestait. Son sourire n'en fut que plus compréhensif.

— Pourquoi donc, Madame ? Nous sommes un peu plus de trois cent mille à partager ce privilège sans compter ceux qui sont nés chez nous et n'y résident pas.

— On dit que c'est si beau !

— Sans doute suis-je un peu partial mais je ne peux pas dire le contraire. C'est aussi la ville des lunes de miel, ajouta-t-il malicieusement...

— Nous avons passé la nôtre à Romorantin ! coupa le mari indisposé sans doute par cette parenthèse touristico-sentimentale. Je ne sais pas si vous le savez mais c'est aussi une ville sur l'eau avec un château et de belles demeures. Pourquoi chercher si loin ce que l'on a chez soi ?

— Le charme de l'une n'enlève pas celui de l'autre… et si j'ai la chance avec moi, vous pourrez peut-être venir comparer. Comme avec d'autres cités aquatiques. Bruges aussi est magnifique !

Heureux de laisser un peu de lumière dans les yeux noisettes Morosini prit congé, toucha une main molle, en baisa une autre infiniment plus agréable, gagna le palier pour dégringoler les quatre étages (sans ascenseur) et se retrouva dans la rue de Lyon à la recherche de soleil dont l'appartement des Dostel, exposé au nord, manquait tristement bien que l'artère fût assez large et bien construite. Malheureusement ses habitants coincés entre la gare de Lyon et la ligne de la Bastille voyaient leur atmosphère souvent obscurcie par les fumées de chemin de fer et leurs oreilles offensées par les sifflets de locomotives mais les loyers en étaient modérés et, surtout, Dostel – lui avait-on dit – avait choisi cet endroit à cause d'une certaine proximité avec le Ministère des Pensions sis quai de la Rapée. Elle lui permettait de gagner son bureau à pied et d'en revenir de même ce qui constituait une appréciable économie[1].

Cela ressemblait bien au personnage de ne penser qu'à lui-même, sans se soucier d'imposer à sa jeune femme le voisinage de la gare la plus propice aux rêves parisiens puisque l'on s'y embarquait pour des pays de soleil, de douceur de vivre comme la Côte d'Azur, la Riviera italienne, Venise et bien d'autres lieux susceptibles de parler à une imagination éprise de beautés auxquelles Violaine n'avait aucun droit sinon celui de respirer de nauséabonds effluves…

---

[1]. C'est le joli bâtiment XIXe siècle que le Ministère des Finances écrase, sur le quai, de sa masse affligeante.

Un taxi en maraude passant à cet instant, Morosini le héla et, après avoir consulté sa montre, lui demanda de le conduire rue Alfred-de-Vigny : il avait promis de rentrer pour déjeuner et il ne lui restait pas assez de temps pour le notaire. On verrait ça cet après-midi !

Chemin faisant, il repassa dans son esprit les moments qu'il venait de vivre chez les Dostel en se livrant à un examen de conscience. Tout à l'heure il s'était donné les gants de la galanterie en consentant quelques recherches pour faire plaisir à une charmante créature empêtrée d'un mari impossible mais il était bien obligé, face à lui-même, d'admettre qu'aucune force humaine ne l'aurait empêché de se lancer à la chasse d'ornements aussi extraordinaires que ceux qu'il venait de voir. Il était sûr de les avoir déjà vus, peut-être bien sur un autre portrait. Mais quand et où ? L'époque de création et la provenance ne faisaient aucun doute pour lui : le XVIe siècle et très certainement Florence mais sa mémoire, si fiable habituellement, se refusait à l'emmener plus loin. Peut-être parce qu'elle était encombrée par l'affaire qui l'avait amené à Paris ce printemps à la demande du Commissaire Langlois dont il avait fait la connaissance l'année précédente lors du vol de la « Régente[1] » : la découverte de l'activité occulte d'une personnalité en vue de la haute société parisienne morte dans les réjouissantes conditions qui avaient fait la gloire du Président Félix Faure. A cette différence près que la dame était une demi-mondaine des plus douteuses dont les accointances avec la pègre ne faisaient aucun doute. On s'était aperçu alors que la demeure de ce célibataire élégant, disert, cultivé, riche et introduit dans les meilleures maisons servait de cadre à une collection de bijoux glanés un peu partout en Europe et qui, tous, sans la moindre exception, avaient disparu un

---

1. Voir *La Perle de l'Empereur*, n° 16611.

beau jour ou une belle nuit de leur domicile habituel. Certains – et non des moindres ! – posant problème, le chef de la Sûreté nationale avait fait appel aux connaissances approfondies de son ancien suspect, Aldo Morosini, avec lequel il entretenait à présent les meilleures relations. Et, de fait, Aldo avait pu identifier certaines pièces disparues depuis fort longtemps quelquefois d'écrins augustes ou amis. Mais cela l'avait contraint à une gymnastique cérébrale assez éprouvante. D'où ce trou de mémoire désagréable au possible...

Arrivé à destination, il paya la course en y ajoutant comme de coutume un généreux pourboire et s'engouffra avec allégresse dans l'hôtel particulier de sa grand-tante la marquise de Sommières, qui était devenu son point de chute habituel lorsqu'il venait à Paris. C'était entre cour et parc Monceau sur lequel ouvrait une barrière privée l'une de ces vastes demeures construites sous le Second Empire. Celle-là l'avait été pour l'une de ces belles « Lionnes », reines de la fête parisienne, dont s'était épris un oncle de Madame de Sommières. Il l'avait épousée, à l'horreur générale de la famille mais pour son plus grand bonheur, car la fortune c'était elle qui l'avait alors que le jeu et les chevaux avaient ruiné ce bel homme dont elle était devenue folle. Et le couple avait vécu paisiblement, honni par la bonne société mais dans une félicité qui ne s'était jamais démentie, malheureusement sans qu'aucun enfant enfin vînt la sanctionner. Aussi, devenue veuve, la baronne de Faucherolles avait-elle institué sa légataire universelle la jeune Amélie, sa nièce par alliance rencontrée un jour au hasard d'une promenade. D'où scandale dans la famille ! Mais Amélie, déjà mariée au marquis de Sommières, avait trouvé amusant, avec la bénédiction de son époux, de garder, après avoir fait don de l'argent aux œuvres charitables, la maison sur le parc où elle s'était retirée lors du mariage de son fils en lui laissant l'entière disposition de l'hôtel familial du Faubourg Saint-Germain. Depuis elle y vivait en toute liberté avec ses vieux serviteurs et une cousine, beaucoup plus jeune, qui lui servait de dame de compagnie, de lectrice, de confidente, d'esclave et même on aurait pu dire d'âme damnée si Marie-Angéline du Plan-Crépin n'avait été aussi pieuse personne. Entre deux voyages, elles y menaient une vie fort agréable, mêlée souvent pour leur plus grand plaisir – et parfois leur plus grande angoisse – aux affaires tumultueuses du prince-antiquaire qui mettaient dans leur existence une sacrée dose de piment.

Pour sa part, Aldo Morosini adorait en bloc – en dépit de la foisonnante surcharge de passementeries, glands, pompons, galons, poufs, tapis, tentures dont l'avait dotée sa constructrice – la demeure et ses habitantes.

— Ces dames sont là ? lança-t-il à Cyprien, le vieux maître d'hôtel qui le débarrassait de son chapeau et de ses gants. Je ne suis pas en retard j'espère ?

— Non, Madame la princesse n'est pas encore rentrée...

— Ce qui veut dire qu'elle est sortie ?

— Euh... oui. Quelques achats, je crois...

Pour toute réponse, Aldo se mit à rire. Bien qu'elle ne soit pas dépensière par nature – naissance suisse oblige –, Lisa sa femme aimait Paris presque autant que Venise, son grand amour cependant avant même qu'elle n'eût rencontré son époux... Deux fois l'an, elle y venait pour les collections des grands couturiers mais aussi pour les petites boutiques, les galeries d'art, les ateliers de peintres et les salles des ventes car elle s'y connaissait en antiquités presque aussi bien qu'un mari dont elle avait été la secrétaire pendant deux ans[1]. Elle était douée, comme disait Aldo, d'un « flair de chien de

---

1. Voir *Le Boiteux de Varsovie : L'Etoile bleue*, nº 4446.

chasse » et il n'était pas exceptionnel qu'elle lui apporte des objets dignes des salles d'exposition du palais Morosini à Venise où se ruaient collectionneurs et amateurs de choses anciennes venus du monde entier.

Sachant bien où trouver « ces dames » à cette heure de la journée, Aldo piqua droit sur le jardin d'hiver, une grosse bulle de vitraux japonisants consacrés par l'artiste à la cueillette et au parcours du thé reliant le jardin proprement dit à la maison. Y régnait un agréable fouillis de lauriers-roses, de bambous, de rhododendrons, de yuccas, de palmiers et des inévitables aspidistras au milieu desquels Madame de Sommières aimait à se tenir beaucoup plus souvent que dans les salons jugés par elle assommants… Tandis qu'Aldo les arpentait, l'écho d'une voix mécontente lui parvint sans l'émouvoir : la marquise et « Plan-Crépin » adoraient ces joutes oratoires qui les opposaient sur les sujets les plus divers, allant du choix d'une lecture aux divagations de la politique européenne en passant par les dernières nouvelles apportées par le courrier sans compter les potins récoltés le matin à la première messe à Saint-Augustin dont Marie-Angéline était l'un des plus solides piliers. Sa « patronne » pour sa part, d'humeur quelque peu voltairienne, bornait ses relations avec le Seigneur à la messe de onze heures le dimanche où elle se rendait toujours sous grand pavois comme il convenait à une noble dame rendant visite à un voisin plus titré qu'elle.

Ce jour-là le débat semblait rouler autour d'une invitation sur laquelle on n'était pas d'accord. La parole était à Madame de Sommières :

— Vous n'êtes pas un peu malade, Plan-Crépin ? Que voulez-vous qu'à mon âge, j'aille faire chez les sauvages ?

— Toujours des exagérations ! Nous n'avions cependant pas l'air, l'été dernier à Baden-Baden, de considérer Mrs Van Buren comme échappée d'un tipi iroquois ? Il me semble me souvenir que nous la trouvions d'un commerce agréable et je ne vois pas pourquoi une invitation de sa part nous fait monter sur nos grands chevaux ? clama l'interpellée qui ne s'adressait jamais à la marquise autrement qu'à la première personne du pluriel. Ce qui l'avait d'abord agacée mais qui, à la longue, finissait par lui convenir.

— Commerce agréable ? Où allez-vous chercher des formules pareilles ? Nous ne sommes plus sous Louis XIV que je sache ?

— Nous sommes surtout de mauvaise humeur... et de mauvaise foi ! Il est plus facile de chipoter mon langage que d'admettre que j'ai raison.

— En quoi ?

Estimant qu'il en avait assez entendu, Morosini fit son entrée découvrant ce à quoi il s'attendait : « Tante Amélie » trônant dans son grand fauteuil de rotin blanc garni de coussins en chintz imprimé de roses devant une table légère où s'entassait le courrier du matin – infatigable épistolière elle entretenait des relations postales avec une bonne moitié de l'Europe – et Marie-Angéline, arpentant le sol de marbre couvert de nattes fines en brandissant une lettre d'épais papier crème.

— Eh bien ? de quoi disputons-nous aujourd'hui ? lança Morosini en allant embrasser sa grand-tante. Un point de l'Ecclésiaste ?

La marquise lui offrit un sourire ravi.

— Ne me dis pas que tu n'as pas entendu, mauvais sujet ! Alors ne me fais pas répéter. Ce que Plan-Crépin brandit, comme un zoulou sa sagaie, est une invitation de Mrs Van Buren à séjourner dans sa villa de Newport pour la Saison.

— Savez-vous que la villa en question est une sorte de palais tirant vaguement sur Versailles ?

Elle lui jeta un regard noir bien que ses prunelles eussent gardé à travers la vie leur fraîche couleur d'herbe neuve. A près de quatre-vingts ans, elle conservait droite sa haute taille maigre et aristocratique, son long cou maintenu par une guimpe de tulle baleiné assortie à ses robes et soutenant une collection de sautoirs d'or et de perles agrémentés d'ambre, de corail rose, d'améthystes, d'aigues-marines ou d'opales dont elle savait jouer d'inimitable façon autant que du petit face-à-main qui s'y pendait. Selon une mode qu'elle chérissait toujours, elle portait en une sorte de coussin haut relevé sur la tête ses cheveux blancs où se mêlaient encore quelques mèches rousses, et ses robes « princesse » la faisaient ressembler selon l'éclairage à Sarah Bernhardt ou à la reine Alexandra d'Angleterre. Elle avait l'esprit aussi vif que l'œil, la dent dure, le cœur généreux et Aldo l'adorait.

Beaucoup moins décorative quoique dotée d'une échine aussi raide, était Marie-Angéline du Plan-Crépin qu'elle appelait parfois son bedeau. Vieille fille – elle n'avait cependant pas plus de trente-huit ans – montée en graine sommée d'une mousse de cheveux pâles qui lui donnaient l'air d'un mouton jaune, elle avait le nez, les os et l'esprit pointus, possédait une culture quasi encyclopédique ainsi que des talents divers qui dans les années passées en avaient fait souvent pour Morosini une assistante des plus efficaces.

En voyant entrer Aldo sa figure s'était illuminée.

— Alors ? demanda-t-elle, vous avez vu le portrait ? Qu'en pensez-vous ?

— Le plus grand bien en tant que portrait. Vous ne m'aviez pas dit que c'était un Boldini ?

— J'ai voulu vous réserver une surprise agréable parce que je me doutais bien que le propriétaire ne vous plairait pas.

— Ce n'est pas un modèle unique, tant s'en faut mais sa femme méritait mieux !

— C'est aussi mon avis, soupira Madame de Sommières. Quand je pense qu'on l'a mariée à ce ladre sous prétexte qu'il a une belle situation ! Vos cousins

Mercantour n'ont vraiment aucun sens des réalités, Plan-Crépin.

— Ils tirent surtout le diable par la queue et nous le savons bien. Pour eux un chef de bureau dans un ministère prend des allures de futur ministre. Si vous aviez connu Violaine avant son mariage, elle était charmante...

— Elle l'est toujours.

— Oui mais tellement repliée sur elle-même !... et puis tellement mal habillée !

La marquise faillit s'étrangler.

— Parce que vous, Plan-Crépin, tortillée comme vous êtes, vous vous considérez comme l'élégance faite femme ?

— Moi je n'ai rien à mettre en valeur. Elle si !

Aldo alla prendre la vieille fille par les épaules pour la considérer de haut en bas.

— Je n'en suis pas si sûr, moi ! Il faudra que je dise à Lisa de s'occuper de vous un de ces jours. C'est la spécialiste des transformations de chrysalides en papillons et vice versa...

— Chacun son style, émit la demoiselle devenue aussi rouge qu'un piment bien mûr..., et chaque chose en son temps. Nous en étions au portrait de Madame d'Ostel et aux bijoux qu'elle porte.

— C'est justement ce qu'il faudrait savoir, coupa Madame de Sommières. D'où sortent-ils et où sont-ils puisque le notaire jure ne les avoir jamais vus ?

Aldo s'assit sur l'une des chaises en rotin, tira soigneusement le pli de son pantalon, prit une cigarette dans son étui d'or armorié et, songeur, la tapota un moment sur la surface brillante.

— D'où ils sortent ? De chez les Médicis je pense. C'est ce que m'inspirent la manière et l'époque mais je n'arrive pas à mettre un nom dessus bien que je sois persuadé de les avoir déjà vus. La croix tout au moins...

Sa grand-tante lui dédia un regard étonné.

— Où est donc ton infaillible mémoire ?

— En vacances peut-être ? Ou alors je vieillis, soupira Aldo avec un coup d'œil à un miroir voisin qui lui renvoyait les deux « pattes de lapin » argentées de ses tempes. Toujours est-il que j'ai un trou...

— Bon passons pour la provenance ! Les Médicis c'est déjà pas mal. A présent où peuvent-ils être ?

— Comment voulez-vous que je le sache ? Madame d'Ostel les a peut-être cachés quelque part..., Dieu sait où ? Ou elle les a donnés ? Ou vendus en sous-main ?

— Je n'y crois pas ! intervint Marie-Angéline. Si elle n'aimait pas son neveu elle avait beaucoup d'affection pour Violaine. C'est la raison pour laquelle ses bijoux lui ont été légués...

— Comme, de toute façon, ils entraient dans la communauté elle a sans doute voulu éviter que le mari ne les vende : ce qu'il a l'intention de faire si je ne retrouve pas les autres. Il voulait déjà envoyer aux enchères ceux dont sa femme a hérité.

— Tu vas les rechercher ?

— Eh oui, Tante Amélie ! A la seule condition qu'il ne touche pas aux quelques pièces que cette malheureuse jeune femme a reçues et qui lui tiennent déjà tellement à cœur. Alors après déjeuner je vais aller voir le notaire pour essayer d'en savoir plus... et à propos de déjeuner, pouvez-vous me dire ce que fait ma femme ? ajouta-t-il avec un coup d'œil à son bracelet-montre.

— Voilà, voilà ! J'arrive s'écria une voix joyeuse accompagnée du claquement de hauts talons sur le parquet du salon voisin.

Et Lisa Morosini fit son entrée, silencieusement applaudie par trois sourires béats tant elle respirait la joie de vivre. Toute la fraîcheur d'un printemps parisien entrait avec cette longue jeune femme suprêmement élégante dans un tailleur gris beaucoup trop simple pour n'avoir pas coûté fort cher chez Jeanne Lanvin, son couturier favori. Sa souple chevelure d'un roux doré supportait un minuscule chapeau de feutre blanc poignardé d'une plume-couteau verte comme les gants et le sac en lézard, insolente comme le petit nez à la Roxelane où s'attardaient quelques éphélides réduites à néant par le voisinage d'un magnifique regard sombre, d'une rare teinte violette. Elle tenait dans ses bras un grand bouquet de tulipes jaunes et de lilas blanc qu'elle précipita dans ceux de Marie-Angéline.

— J'ai trouvé ça chez Lachaume, dit-elle, et je crois me souvenir que vous adorez ces couleurs-là !

— Il ferait beau voir qu'elle ne les aime pas, ricana la marquise. Celles du Pape ! En tout cas c'est ravissant !

Rouge de joie, Marie-Angéline emporta ses fleurs pour les mettre dans un vase tandis que Lisa embrassait la vieille dame avant de se tourner vers son époux qui l'étreignit sans plus de façons et manqua de s'éborgner avec la plume du chapeau.

— Toujours aussi dangereuse avec tes couvre-chefs, gronda-t-il tendrement en détachant avec habileté l'incriminé qui l'empêchait d'embrasser sa femme comme il l'entendait : c'est-à-dire de façon fort peu conjugale en sachant bien que le spectacle enchanterait Tante Amélie.

— Je n'aime pas quand tu es en retard, dit-il en la libérant. C'est idiot mais j'ai toujours peur qu'il arrive quelque chose !

— Mais je suis toujours en retard, mon chéri !

— C'est pourquoi je vis dans une perpétuelle angoisse, soupira-t-il. Et je n'arrive pas à comprendre comment en se transformant en Lisa Kledermann, l'admirable Mina Van Zelten, le parangon des secrétaires qui semblait avoir avalé une pendule, s'est changée en une affolante créature totalement dépourvue de la moindre notion du temps !

— Bon ! J'essaierai de ressusciter Mina plus souvent. Pour aujourd'hui ne grogne pas ! J'ai un cadeau pour toi ! Je ne suis pas allée seulement chez Lachaume.

— Ne me dis pas que tu es allée au Marché aux Puces habillée ainsi ?

— Qui a parlé des Puces ? Je me suis rendue à Neuilly dire bonjour à Henri Hartmann...

— Tu es malade ? gémit Aldo tout de suite inquiet.

— Mais non : enceinte ! Je t'ai dit que je te rapportais quelque chose. Eh bien voilà : tu auras un nouveau petit Morosini en septembre !

De joyeuses exclamations saluèrent la nouvelle. Seul Aldo ne dit rien sinon :

— Tu en es sûre ?

— Absolument ! Et ne t'en prends qu'à toi : cela date du carnaval. Le bal chez les Brandolini, tu te souviens ?

Oh, oui, il s'en souvenait de ce magnifique bal de la Mer où sa Lisa, déguisée en sirène avec une étoile de mer en corail et des fils de perles dans ses longs cheveux répandus sur les épaules, avait dansé presque toute la soirée – et à tour de rôle – avec deux tritons musclés qui avaient eu le don d'exaspérer son époux déguisé en lui-même, c'est-à-dire en habit avec un domino vert de mer cousu d'algues en rubans. S'en était suivie une mémorable scène de ménage qui s'était muée peu à peu en une réconciliation torride car Lisa était vraiment irrésistible ce soir-là.

— Pourquoi ne dois-je m'en prendre qu'à moi ? fit-il vexé. Il me semble que tu as bien ta part de responsabilité, non ?

— Oh non ! Tu l'as fait exprès ! Tu as même pris la peine de m'en informer afin de me faire tenir tranquille durant quelques mois.

— Moi ? J'ai dit ça ?

— Assurément ! Il est vrai que ton élocution manquait un peu de clarté à cause de tout ce que tu avais bu mais l'intention y était, conclut Lisa en riant.

Elle alla s'asseoir auprès de la marquise tandis que son époux demandait :

— Mais pourquoi Hartmann ? Il est spécialiste des voies digestives et...

— ... et président de la société de Gynécologie et d'Obstétrique. En outre je l'aime bien et enfin, si j'étais allée consulter Di Marco chez nous, Venise entière serait déjà au courant. J'ai profité de ce petit voyage pour éclaircir mes doutes.

— C'est merveilleux ! s'écria Aldo qui retrouvait le sourire. Je suis très heureux, mon cœur... mais es-tu certaine qu'il n'y a qu'un bébé ?

Lisa se mit à rire. Elle-même s'était posé la question, sa précédente grossesse ayant abouti à la naissance des jumeaux Antonio et Amelia, les enfants les plus adorables que l'on puisse voir mais qui à deux ans et demi donnaient du fil à retordre à toute la maisonnée et cela depuis qu'ils étaient capables de se déplacer. Le génie inventif de ces deux bambins aux yeux d'azur identiquement casqués d'épaisses boucles brunes, s'annonçait exceptionnel. Tout comme leur gentillesse et leur franchise, car il ne leur serait jamais venu à l'esprit de dissimuler quoi que ce soit des sottises dont ils étaient plutôt fiers. En outre, ils étaient si affectueux que l'exercice de l'autorité parentale avait toujours quelque chose de surhumain. Bref ils étaient aussi adorables qu'invivables et l'idée d'un nouvel exemplaire du duo avait de quoi faire réfléchir.

— On ne peut jamais jurer de rien, assura Lisa, mais selon Hartmann ce serait surprenant.

— Ah voilà qui me rassure ! Que faisons-nous à présent ?

— Je propose de passer à table, gémit Madame de Sommières. Il est tard et Eulalie va nous faire la tête pendant trois jours si nous gâchons sa cuisine !

Le déjeuner fut très gai. On but à la santé de celui ou celle qui allait venir. Aldo était enchanté. Jadis il avait un peu souffert d'être enfant unique, comme elle-même, et la perspective de fonder une nombreuse famille lui plaisait comme lui plaisait l'idée de se changer un jour en patriarche. Il en oubliait même les énigmatiques joyaux de Madame d'Ostel et ce fut Marie-Angéline qui les ramena sur le tapis en lui demandant ce qu'il avait l'intention de faire après sa visite à Maître Bernardeau si celui-ci ne lui apprenait rien de nouveau.

— Au fait c'est vrai, s'écria Lisa. Tu es allé voir ces gens ce matin ? C'était intéressant ?

— Plus que cela ! Une espèce d'énigme en peinture. Des joyaux superbes reproduits par Boldini et dont, cependant, personne n'a l'air de savoir où ils sont passés. Quant à moi, je sais que je les ai vus quelque part mais je suis incapable de me rappeler où. Je vieillis, mon cœur ! C'est inquiétant ! ajouta-t-il avec un sourire contrit à l'adresse de sa femme. J'aimerais bien savoir pourtant : cela rendrait service à une pauvre jeune femme qui risque de se voir déposséder d'un héritage, assez modeste d'ailleurs, mais qui l'enchante !

Les yeux de Lisa se mirent à pétiller de malice :

— Une belle énigme et une pauvre jeune femme en détresse ! Tout ce que tu aimes ! Va voir Boldini et demande-lui ce qu'il en pense. S'il les a peints, il a dû les voir, ces cailloux fascinants.

— J'y pensais. Il habite toujours Paris j'espère ?

— Plus que jamais ! répondit la marquise. Il est même en train de se marier !

— A... quatre-vingts ans ? fit Aldo suffoqué. Vous êtes sûre ?

— *Le Figaro* lui en est sûr ! Et puis pourquoi pas ? Il n'y a pas d'âge pour être heureux.

— A propos, reprit Lisa, ils ressemblent à quoi ces bijoux ?

— Une croix et deux pendants d'oreilles. Je vais

essayer de les esquisser, fit Morosini. Vous devez certainement avoir une feuille de papier et un crayon, Angelina ? Vous qui dessinez comme Dürer !

Le compliment fit plaisir, surtout assaisonné de son prénom ainsi italianisé, ce qui l'enchantait.

— J'ai même mieux !

Elle sortit et revint au bout d'un instant pour tendre à Aldo une reproduction parfaite – et en couleurs ! – de la parure.

— Pourquoi ne me l'avez-vous pas montrée tout de suite ? dit Aldo surpris.

— Je préférais que vous les voyiez sur le portrait. Et aussi que vous rencontriez la pauvre Violaine !

— Quel nom romantique, fit Lisa mi-figue, mi-raisin. Et ça lui va ?

— Pas mal ! riposta son mari désinvolte. Beaucoup mieux en tout cas que la jalousie à une femme aussi éclatante que toi ! Tiens, regarde !

Les connaissances en pierres historiques de la jeune femme étaient presque aussi étendues que celles de son époux. Elle baignait d'ailleurs dans les joyaux depuis l'enfance, son père le banquier zurichois Morris Kledermann possédant l'une des plus importantes collections européennes. Elle étudia l'aquarelle puis se mit à rire.

— Tu as raison, Aldo, tu vieillis ou alors tu travailles trop !

— Ne me dis pas que tu les connais ? Où sont-ils ? Chez ton père peut-être ?

— Où ils sont je n'en sais pas plus que toi mais où « nous » les avons vus, je peux te le dire : chez nous !

— Chez nous ?

— Eh oui ! Pas *in casa Morosini* bien sûr mais à Venise. Au Palais Ducal ! Souviens-toi ! Un portrait de Bianca Capello que Florence a envoyé au Doge Nicolo da Ponte pour le remercier des somptueux joyaux envoyés à l'occasion de son mariage avec le Grand-Duc

Francesco de Médicis. C'était peu après l'incendie qui avait détruit en grande partie notre palais des Doges avec ses plus beaux Titien. Et Médicis apprenant que le Tintoret et Véronèse travaillaient jour et nuit pour redécorer le monument a fait peindre sa Bianca avec les bijoux afin d'apporter sa contribution.

— Mais c'est que tu as raison ! s'écria Aldo en frappant sa paume gauche de son poing droit. Nicolo da Ponte avait fait un gros effort en envoyant cette parure alors qu'il avait tant besoin d'argent. En même temps il déclarait « Fille très particulière de la Sérénissime République » une femme qu'on avait poursuivie depuis des années comme catin meurtrière. Mais les relations diplomatiques n'ont pas de prix, n'est-ce pas ! Cette fois, mon cœur, l'aventure devient carrément passionnante. A tout à l'heure !

Et sans même attendre le café, sans saluer quiconque, Aldo courut récupérer son chapeau, ses gants et le premier taxi qui passerait à sa portée. Un peu suffoquées tout de même, les trois femmes assistèrent muettes à cette sortie tumultueuse jusqu'à ce que Lisa dise au bout d'un moment :

— Je me demande si je n'aurais pas mieux fait de me taire ! Je viens de sonner pour lui l'ouverture de la chasse !

— N'importe comment, fit Madame de Sommières, il aurait bien fini par découvrir le pot aux roses ! Vous n'avez fait que hâter le processus, ma chère petite !

— Moi je trouve ça merveilleux ! exulta « Plan-Crépin » en joignant les mains avec extase. Nous allons vivre de nouveau l'une de ces aventures tellement exaltantes pour l'esprit…

— … et tellement dévastatrices pour la sérénité ambiante ! fit la vieille dame.

— Qui donc peut souhaiter la tranquillité quand il s'agit…

— Moi par exemple ! gémit Lisa. Quand j'attendais les jumeaux j'ai failli me faire tuer une demi-douzaine de fois pendant qu'Aldo et le cher Adalbert galopaient dans tous les sens à la recherche de deux cailloux verts échappés de Jérusalem ! Cela n'avait rien d'exaltant !

— Oh, je n'ai pas oublié ! soupira Marie-Angéline. J'aurais tellement voulu que nous restions là-bas nous aussi ! Mais il a fallu repartir ! ajouta-t-elle avec un regard douloureux à l'adresse de la marquise.

Celle-ci saisit sa canne à pommeau de cristal et, du bout, tapota l'épaule de sa lectrice.

— Cessez de délirer, Plan-Crépin ! Même Aldo est capable de se calmer. Surtout sachant notre Lisa dans ce qu'on appelait jadis une situation intéressante !

— C'est vous qui rêvez, Tante Amélie ! Je parierais qu'il va la trouver beaucoup moins passionnante que les breloques de Bianca Capello !

— Sûrement pas ! fit celle-ci en riant. Et je ne parie pas avec vous, j'aurais beaucoup trop peur de perdre. Pourtant cet homme-là vous adore sans le moindre doute !

— Si j'en doutais un seul instant, je ne serais pas en train de lui fabriquer un héritier de plus, conclut Lisa en se servant une deuxième tasse de café. Mais j'ai bien peur de ne pas faire le poids ! Pendant un moment ! Même avec des kilos en plus ! conclut-elle avec mélancolie.

CHAPITRE II

UNE DRÔLE D'HISTOIRE

La visite au notaire n'apprit rien à Morosini qu'il ne sût déjà. Maître Bernardeau le reçut avec toute l'urbanité des tabellions de vieille souche habitués de longue date à une catégorisation quasi infaillible de leurs visiteurs et même sans son titre princier il n'eût pas commis l'erreur de prendre Aldo pour ce qu'il n'était pas. D'autant que son nom lui disait quelque chose.

Après les politesses de la porte, il confirma n'avoir jamais eu accès à la fameuse parure et ne l'avoir jamais vue.

— Ce n'est pas faute d'avoir essayé pourtant, soupira-t-il en écartant ses mains soignées dans un geste désabusé, mais lorsque je lui en parlais, Madame d'Ostel se contentait de dire que des bijoux de cette importance avaient tout intérêt à rester cachés, qu'elle me les montrerait en temps utile, que rien ne pressait... et toujours avec un sourire bizarre, un peu moqueur que... que je n'aimais pas beaucoup à dire vrai, mais je n'ai jamais pu en tirer davantage. A présent, elle est morte et nul ne sait plus où ils sont !

— Les domestiques héritiers ?

— Oh non ! Je les ai « cuisinés », comme on dit dans la police. Ce sont de braves gens, simples et plutôt désolés du drame que fait Monsieur Dostel. « Qu'est-ce qu'on pourrait faire d'objets pareils ? » m'a dit Prosper, le mari. « C'est des coups à se faire assassiner si on les avait chez nous ! »

— Il n'a pas tort, mais en les remettant à Madame Violaine Dostel le danger changerait de camp.

— La baronne me les aurait remis à moi d'abord. Non, croyez-moi Prosper et Mathurine jurent ne les avoir jamais vus et je suis persuadé qu'ils disent vrai.

— Ça c'est encore plus étonnant ! La baronne devait bien les mettre pour aller poser chez Boldini ?

— Elle les emportait sans doute dans leur écrin. On ne se promène pas en plein jour avec des pièces pareilles. Même dans sa voiture.

— Bon ! Laissons cela pour le moment ! En sortant d'ici je vais aller interroger le peintre. C'est un ami de longue date, mais j'ai encore une question. Sauriez-vous d'où ou de qui Madame d'Ostel tenait cette parure ?

— Oui. Elle me l'a dit : d'un admirateur au temps où elle chantait sur les scènes d'opéras européens.

— Singulièrement généreux alors !... Elle ne s'est jamais produite en Amérique ?

— Non. Elle redoutait la mer après avoir failli périr d'une tempête en traversant seulement le pas de Calais. Alors l'Atlantique !...

— Elle était italienne, m'a-t-on dit ?

— Oui. De Ferrare.

— Comme Boldini ! C'est curieux... Eh bien maître j'ai assez abusé de votre temps !

— Absolument pas ! C'est un plaisir de parler avec vous ! Si je vous ai compris, vous souhaitez faire quelques recherches ?

— Que feriez-vous à ma place ? C'est une énigme comme je les aime..., sourit Morosini.

— En ce cas je vous souhaite sincèrement de la résoudre... et si j'osais...
— Il faut toujours oser !
— Non, c'est inutile ! Pardonnez-moi ! Si vous les trouvez les journaux ne manqueraient pas d'en emplir leurs colonnes...
— ... à moins qu'ils ignorent tout ! Mais rassurez-vous ! Si la chance me sourit, je vous le ferai savoir. En échange, essayez de surveiller un peu Evrard Dostel ! Il a promis de ne rien vendre du petit héritage de sa femme tant qu'il n'aura pas de mes nouvelles mais je n'ai aucune confiance en lui !
— Moi non plus ! En revanche, elle est touchante. Je ferai de mon mieux...

Le grand peintre habitait, au 41 boulevard Berthier, une maison rose dont l'atelier occupait l'étage supérieur. Comme chez ses voisins, ce quartier repris sur les anciennes fortifications de Paris réunissait une colonie d'artistes variés allant d'autres peintres à la chanteuse Yvette Guilbert. Morosini ne venait pas pour la première fois mais pensa qu'il était voué ce jour-là aux lignes du chemin de fer, celle de Paris-Saint-Lazare crachant ses escarbilles à proximité. Boldini y habitait depuis des dizaines d'années et les plus jolies femmes du monde étaient venues poser derrière ses grandes verrières qui ne laissaient passer que la lumière du ciel.
En habitué, Morosini grimpa les marches menant à la porte, sonna et attendit. Au bout d'un moment, une fenêtre s'ouvrit livrant une tête d'homme coiffée d'une casquette, le nez chaussé de lunettes rondes. Une tête qui grogna :
— Qui est-ce ?
Puis, comme Aldo ôtait son chapeau en s'écartant de la maison :
— Oh !... Mais quelle bonne surprise !... Morosini ?

— Oui, Maître. C'est bien moi !

— Attendez ! Je descends vous ouvrir ! Ma domestique est en courses.

Un instant plus tard, la porte révélait un petit homme trapu, âgé, qui au premier regard ressemblait assez à un bouledogue mais on découvrait vite, en dépit des rides et de la moustache clairsemée, le profil resté fier, la bouche dédaigneuse et bien dessinée, le nez droit, l'œil… l'œil seul avait perdu de sa chaude couleur brune et se ternissait mais à cet instant le visage rayonnait. Le peintre embrassa son visiteur avec sa fougue italienne et s'écria :

— C'est mon cœur, je crois, qui vous a reconnu, parce que ma vue, elle, n'est plus fameuse. Cela tient peut-être à ce que je pensais à vous…

— En voilà un honneur inattendu ! Auriez-vous aussi le don de double vue ?

— Une bonne vue simple me suffirait ! Je vous espérais un peu, je crois… mais je vous dirai pourquoi plus tard. Il y a longtemps que vous n'êtes venu me voir !

— Cela doit bien faire trois ou quatre ans. J'aurais aimé venir l'an passé mais…

— Vous étiez fort occupé. Les journaux m'ont appris vos démêlés avec les Russes, la perle de Napoléon, etc.

L'appartement du rez-de-chaussée où vivait le peintre comportait peu de pièces : une salle à manger, sa chambre, mais l'ensemble respirait la gaieté. Outre les toiles et les dessins qui décoraient les murs un peu partout, il y avait beaucoup de fleurs. Des roses surtout dont le parfum emplissait l'air mais le léger désordre dont Aldo conservait le souvenir avait considérablement régressé.

— On dirait que votre domestique est parfaite ! fit Aldo.

— Elle n'est pas mal mais ces fleurs, c'est Emilia qui les arrange. Elle enchante mes derniers jours… Et comme vous ne savez pas qui est Emilia, je vais vous le dire : il y aura bientôt trois ans, j'ai reçu une jeune journaliste envoyée par la *Gazzetta del Popolo* de Turin... et je l'ai gardée. Oh, en tout bien tout honneur. Nous avons seulement lié très vite des liens affectifs forts...

— Vous songeriez à l'épouser, m'a-t-on dit ?
— Oui. Cela vous semble ridicule n'est-ce pas ?
— Chez un autre peut-être ! Pas chez vous ! A homme exceptionnel existence exceptionnelle...

Ils étaient arrivés dans la chambre du peintre où il se tenait volontiers quand il n'était pas dans son atelier. C'était une jolie pièce aux allures de « living room » selon la formule anglaise, où le lit – un très beau lit Empire, pas très grand et couvert d'un bleu ravissant – n'imposait pas une évidence. En revanche, sur la cheminée de marbre blanc un admirable buste de cardinal trônait. C'était une œuvre du Bernin arrogante à souhait car elle n'évoquait en rien l'humilité chrétienne. Ce cardinal-là – un Médicis – ressemblait à un mousquetaire qui se serait trompé de chapeau ! Aldo le retrouva avec plaisir comme le lumineux portrait de jeune femme en mousseline blanche que le peintre pouvait contempler de son lit.

— Votre fiancée tolère ce tête-à-tête ? demanda Morosini en acceptant le verre de fine à l'eau que venait de lui préparer le peintre sans rien lui demander. (C'était en effet sa boisson favorite et Boldini possédait une mémoire d'éléphant.) Elle n'est pas jalouse ?

— Pas plus que ne le serait ma fille. Voyez-vous, Morosini, mon idée première était de l'adopter mais j'ai encore de la famille à Ferrare et c'était compliqué. En l'épousant, elle devient mon héritière et je la mets définitivement à l'abri du besoin. Une façon d'aimer comme une autre...

— Et pas la plus mauvaise ! Cela vous ressemble bien. En outre, je suis persuadé qu'elle vous aime, que votre charme agit toujours.

Ce n'était pas un compliment : une simple constatation. Toute sa vie Giovanni Boldini avait adoré les femmes – et les chevaux ! – et bien souvent il avait été payé de retour, si grand était le magnétisme qu'il dégageait.

— Elle a la grâce de me le laisser croire, sourit le peintre, mais je n'en abuse pas. Emilia m'offre une atmosphère de tendresse qui m'est infiniment précieuse à présent que je décline.

— Vous, décliner ? Allons donc ! Vous mourrez debout ! Quelle beauté vous inspire en ce moment ?

— Je n'ai aucun portrait en cours. Ma vue s'affaiblit et je ne travaille plus guère qu'au fusain. Puis changeant de ton et à brûle-pourpoint : « Pourquoi ne m'avez-vous jamais demandé celui de votre femme ? »

Morosini rosit comme une belle cerise.

— Je n'aurais pas osé. Les dames les plus en vue ne cessent de vous accabler de leurs sollicitations et il y en a qui en redemandent : combien de portraits de Luisa Casati avez-vous exécutés ?

Boldini eut un étroit sourire.

— Plusieurs... si je compte les répliques ! Je n'ai pu résister à refaire pour moi le tableau de 1909.

— Celui où enroulée de noir profond, tenant un lévrier noir à collier de brillants, les seules autres couleurs sont ses longs gants blancs, un bouquet de violettes de Parme et son visage ! Elle avait vingt-cinq ans... et elle était sublime. Mais si vous voulez Lisa il n'est peut-être pas trop tard, à condition que vous fassiez vite ! Elle est à Paris en ce moment...

— Et vous ne l'avez pas amenée ? bondit le peintre. Mais allez la chercher tout de suite !

— Mon Dieu ! Je ne pensais pas déchaîner un tel enthousiasme. C'est vrai que je vous ai toujours connu très pressé mais, pour l'instant souffrez, mon cher Maître, que je vous parle d'un autre portrait.

— Lequel ?

— Celui de la baronne d'Ostel !

Brusquement, Boldini se mit à rire et ce rire était plein de gaieté, de jeunesse. Sa belle voix grave y révélait des sonorités inattendues.

— Je ne pensais pas vous amuser à ce point, mon ami ! fit Morosini un peu surpris. Vous savez qu'elle est morte ?

L'artiste se calma, ôta ses lunettes pour s'essuyer les yeux et servit à son visiteur une seconde ration de fine Napoléon.

— Ce n'est pas drôle en effet et si je ris, c'est de joie en voyant se réaliser mon espoir d'attirer l'attention d'un expert sur ce que j'ai peint. Et que cet expert soit vous ! C'est un vrai bonheur ! Un soulagement aussi !

— Pourquoi ?

— Je vous le dirai après. Que vouliez-vous savoir ?

— Ce que votre modèle a fait des joyaux qu'elle porte. Je ne parle pas du collier-de-chien mais de la croix et des pendants d'oreilles de Bianca Capello !

— Vous les avez identifiés ? Bravo !... Mais de vous cela ne m'étonne pas.

— Ce n'est pas moi qui les ai reconnus : c'est Lisa. Elle s'est souvenue d'un portrait qui se trouve à Venise. Mais si je comprends bien, vous les connaissez ?

— Oui. Je les connaissais avant de les peindre.

— Alors vous devez savoir comment ils sont venus en la possession de Madame d'Ostel ?

Le sourire de Boldini l'apparenta un instant à un faune :

— Mais elle ne les a jamais possédés, dit-il doucement.

— Quoi ?

— Vous avez parfaitement entendu. Ils n'ont jamais été à elle. En réalité la première fois qu'elle les a vus c'était sur son portrait. Elle en a d'ailleurs été enchantée.

Aldo s'était levé pour aller regarder sous le nez le cardinal du Bernin. Il se retourna, sourcils froncés :

— Vous vous moquez, Maître ?

— Absolument pas ! J'ajoute qu'à votre place je

réagirais de la même façon. Nous sommes italiens tous les deux et Ferrare n'est pas si loin de Venise. Cela dit, laissez Médicis tranquille et venez vous rasseoir ! Vous êtes trop grand et vous me donnez le vertige !... Là, voilà qui est mieux ! ajouta-t-il quand Morosini eut obtempéré. J'ai une histoire à vous raconter et j'espère qu'elle vous intéressera...

— Avec un préambule pareil le contraire m'étonnerait. Allez-y !

— Bon ! Je commence par Olympia Cavalcanti, autrement dit Madame d'Ostel. Elle était de Ferrare comme moi et quand nous étions enfants tous les deux nous habitions la même rue. Nous nous sommes retrouvés plus tard, elle devenue célèbre et moi aussi. Elle était extrêmement belle vous savez...

— Ça se voit sur son portrait. Quand l'avez-vous peint ?

— Il y a environ trois ans. J'ajoute qu'il y a longtemps que je souhaitais le peindre – nous étions alors assez proches ! – mais elle n'en avait jamais le loisir et nous nous sommes perdus de vue. Jusqu'à ce jour où elle est venue me demander d'exécuter enfin son portrait. Je vous l'avoue, j'ai hésité...

— Parce qu'elle avait vieilli et que vous aimez seulement la jeunesse ?

— Un peu, oui, cependant elle gardait de beaux restes, de l'allure et une personnalité agressive qui a tenté mon pinceau. Surtout quand elle m'a dit qu'elle souhaitait être représentée avec des bijoux magnifiques tels que son beau temps et son mariage ne lui avaient jamais permis d'en posséder. J'ai cru d'abord qu'elle désirait, à sa mort, laisser d'elle-même une image fabuleuse, idéalisée en quelque sorte par la magie des pierres.

— ... et ce n'était pas le cas ?

— Non. Je ne l'ai pas su tout de suite mais elle a fini par m'apprendre qu'elle avait pour héritier un neveu qu'elle détestait d'autant plus que, marié avec une charmante jeune femme, il ne la rendait guère heureuse. Elle avait donc décidé de léguer à cet homme son portrait et ses bijoux à condition que ces derniers soient remis à sa femme. En fait il s'agissait de faire enrager le bonhomme : « Je sais, m'a-t-elle dit, que Violaine sera heureuse de porter ce que je laisse en réalité mais lui fera, je l'espère, une jaunisse fatale ou un transport au cerveau. Harpagon est un enfant de chœur à côté de lui et il remuera ciel et terre pour savoir où ont bien pu passer les merveilles disparues. » C'est alors que j'ai accepté...

— N'était-ce pas risquer d'accroître les difficultés de Violaine ?

— Non, parce que si elle venait à disparaître sans enfants, les bijoux iraient à une fondation charitable.

— Autrement dit, elle n'a pas le droit de s'en défaire ? Par conséquent le sieur Dostel m'a menti... et peut-être aussi le notaire ! Mais poursuivez !

— J'ai accepté mais j'ai changé en quelque sorte mon fusil d'épaule. En effet j'avais prévu de doter ma toile d'une parure de rubis et de diamants comme on me le demandait mais j'ai pensé alors que j'avais devant moi l'occasion rêvée de lancer les foudres de la Justice sur les traces d'un assassin.

— Je n'appartiens pas à la Magistrature et ne manie pas les foudres de la Justice comme vous dites.

— Non mais vous êtes sans aucun doute le « nez » le plus fin quand il s'agit de flairer la piste des pierres illustres. Si vous n'étiez pas venu j'avais dans l'idée de vous écrire... Voilà pourquoi au lieu d'une parure anonyme j'ai reproduit sur Olympia les joyaux de la Sorcière de Florence !

— A Florence on dirait plutôt la Sorcière de Venise, remarqua Morosini qui ajouta : Autrement dit : vous les avez déjà vus d'assez près pour être capable de les reproduire parfaitement mais vous ne savez pas où puisque vous parlez d'un assassin. Celui qui s'en est emparé, je suppose.

— Vous supposez juste et il faut, à présent, que j'entame une autre histoire... beaucoup plus sombre...

Le bruit de la porte d'entrée ouverte et refermée lui coupa la parole et lui fit baisser le ton en la reprenant :

— Si c'est Etiennette, ma bonne, c'est sans importance. Si c'est Emilia je préfère remettre à plus tard. A aucun prix je ne veux la mêler à cette histoire ! Elle m'est trop précieuse et il se peut qu'elle soit fragile...

C'était Emilia. Une seconde après, elle entrait, jolie silhouette vêtue d'un ensemble rouge nacarat terminé autour du cou par une cravate de petit-gris assortie à la couleur des gants et de la petite cloche de feutre dissimulant une bonne partie des épais cheveux, d'un brun chaud qu'aucun ciseau criminel n'avait réduits à l'état de frange circulaire. En véritable amoureux des femmes Boldini haïssait les coupes « à la garçonne » qui les privait de leur plus belle parure. Cela, en outre, n'eût pas convenu à l'ovale du visage de madone épanouie de la nouvelle venue dont le regard inquiet se posa aussitôt sur le visiteur qui s'inclinait devant elle.

— Le prince Morosini, ma chère Emilia, présenta le peintre. J'ai bien dû vous en parler une douzaine de fois ?

La jeune femme se débarrassa précipitamment du carton de pâtissier qu'elle portait au bout d'une faveur rose mais renonça à se déganter pour tendre la main à Aldo afin d'éviter une précipitation maladroite.

— Au moins ! fit-elle avec un sourire où se retrouvait la candeur de l'enfance. Je suis très heureuse, prince ! Je... euh... je vais porter ceci à Etiennette et lui dire de préparer le thé, ajouta-t-elle en reprenant son carton de gâteaux qu'elle enveloppa d'un regard angoissé : celui d'une maîtresse de maison qui n'attendant pas d'invité se rend compte que le plat sera trop juste. Boldini se mit à rire :

— Etiennette n'est pas encore rentrée et je n'ai pas envie de thé. Cessez de vous tourmenter Emilia ! Tout est bien !

— Ah bon ?... Alors je vous laisse !...

— C'est moi qui vais vous laisser, reprit Morosini en arborant son plus beau sourire. Je dois partir. Quant à cette affaire dont nous parlions, reprit-il pour Boldini, voulez-vous que nous y revenions plus à loisir... demain, si vous êtes libre, mon cher Maître ? Nous pourrions déjeuner... au Ritz par exemple ?

Derrière leurs lunettes, les yeux du peintre retrouvèrent leur vivacité d'antan. L'invitation visiblement, l'enchantait.

— Quelle bonne idée ! Il y a des mois que je n'y suis allé !

— Préférez-vous Maxim's ?

— Ah non ! A midi ce n'est pas amusant et le soir... c'est trop tard pour moi ! Que voulez-vous, je suis devenu une sorte de fossile que les gouvernements couvrent de décorations... mais que l'on n'invite plus guère !... La princesse vous accompagnera-t-elle ? ajouta-t-il incorrigible.

— Un repas d'affaires ne s'accommode pas d'une présence féminine, fit Aldo doucement. Vous pourrez la voir plus tard.

La joie dont s'illuminait le curieux visage du peintre disparut sous un nuage :

— Plus tard ?... Je crains bien, mon ami, qu'à la réflexion il ne soit déjà trop tard pour moi ! Peut-être vaut-il mieux que je ne la voie pas ?... Ce serait trop douloureux de n'être plus capable de traduire sa beauté ! Une sorte d'impuissance bien pire que l'autre, celle qui vient de l'âge...

Il y avait dans la voix de l'artiste une vraie douleur

qui atteignit Morosini. Boldini était-il vieux, ou malade à ce point ? L'entendre évoquer une possible incapacité, lui dont les appétits sexuels étaient connus et dont les modèles – à de rares exceptions près ! – étaient à peu près sûrs qu'il tenterait de les mettre dans son lit, était infiniment triste. Le joyeux faune vieillissait-il si mal ou n'employait-il cette comparaison que pour mieux faire sentir son angoisse devant la diminution de son fulgurant talent ?

— Allons ! fit-il tandis que le peintre le raccompagnait jusqu'au seuil de sa maison, quand on s'apprête à épouser une aussi jolie femme, on ne cultive pas les idées noires. Un simple crayon vous suffit pour faire naître sur le papier d'incroyables éclairs de beauté ! Le phénix renaît toujours de ses cendres avec vous. A demain…

En se mettant à la recherche d'un taxi, Aldo pensa qu'il aurait pu s'accuser d'avoir forcé la note si Boldini n'était né, comme lui-même, au soleil d'Italie où l'on cultive avec grâce l'exagération au quotidien. Une façon comme une autre de se remonter le moral et, dans le cas présent, le sourire du peintre l'en avait récompensé.

Il eut la certitude qu'il avait pleinement réussi, le lendemain, quand Boldini appuyé sur une canne à pommeau d'ambre fit son entrée dans le hall du palace de la place Vendôme. Pour un peu Aldo ne l'aurait pas reconnu. La chrysalide en casquette et veste de laine de la veille avait donné naissance à une sorte de papillon gris et noir aux vêtements admirablement coupés auxquels ne manquaient ni la longue perle grise plantée dans la cravate de soie noire sous le col à coins cassés d'une éblouissante blancheur, ni à la boutonnière les insignes d'officier de la Légion d'Honneur et de grand officier de la Couronne d'Italie, ni les boutons de manchettes en or guilloché, ni même le pli de la fine moustache qui avait retrouvé une mine infiniment plus conquérante que la veille. Une vraie résurrection !

Ce bel effort vestimentaire trouva sa récompense dans les saluts, surpris mais souriants – on ne l'avait pas vu depuis longtemps dans un lieu mondain ! – que lui adressèrent plusieurs personnes et de l'accueil que lui réserva l'illustre Olivier Dabescat, le tout-puissant maître d'hôtel du Ritz, quand au seuil du restaurant il prit en charge les deux hommes pour les conduire vers la table la plus agréable parmi celles donnant sur le jardin.

— Votre visite est un honneur trop rare, Maître, et le plaisir de vous revoir ici n'en est que plus vif !

— Je ne sors plus guère, mon cher Olivier et il a fallu toute l'insistance du prince Morosini pour me tirer de mon trou... mais j'avoue que je suis heureux de revoir cette belle maison et de retrouver sa cuisine.

— Par exemple notre mousseline de sole Empire ?

Le peintre éclata de rire... et acheva de retrouver sa jeunesse.

— Quelle mémoire ! s'écria-t-il enchanté en laissant planer sur la salle élégante et fleurie un regard qui en reprenait possession.

— Olivier n'est pas le seul à en avoir, remarqua Morosini en s'emparant du menu qu'on lui offrait, j'aperçois deux ou trois jolies femmes qui vous regardent avec des yeux gourmands. Soyez certain qu'elles savent qui vous êtes...

Rien n'était plus vrai. La présence de l'artiste animait discrètement les élégantes convives. Des têtes se rapprochaient, de beaux yeux se mettaient à briller à la pensée des portraits magiques dont cet homme possédait le secret. Les femmes se voyaient bien à la place de la duchesse de Marlborough, de la princesse Bibesco ou de la princesse Anastasie de Grèce, les hommes se souvenant avec un peu d'envie du magistral portrait de Verdi, ou de celui, percutant, de Robert de Montesquiou...

— Vous n'auriez qu'à choisir si cela vous plaisait,

chuchota Aldo heureux de ce petit triomphe qu'il offrait au vieux peintre mais celui-ci refusa d'un sourire :

— Si je me sentais encore capable d'une grande toile je la réserverais à votre épouse... ou peut-être à vous deux ? Faites-moi penser à vous montrer la « Promenade au bois » où j'ai représenté les époux Lydig. J'aime beaucoup cette toile que j'ai récupérée après leur divorce, aucun des deux ne voulant garder l'effigie de l'autre...

— Et vous trouvez que c'est encourageant ? Lisa, si vous voulez, mais moi je ne marche pas...

— Homme de peu de foi !

Pendant que l'on dégustait le caviar et la fameuse mousseline de sole, Morosini laissa son invité s'imprégner d'une atmosphère qu'il avait tant de plaisir à respirer de nouveau, les sujets de conversation ne risquant pas de manquer entre eux. Avec les noisettes d'agneau on parla chevaux, le maître les aimant presque autant que les femmes et ce fut seulement quand on eut servi le café et un vénérable armagnac dans des bulles de cristal qu'Aldo entra dans le vif du sujet :

— Et si vous me parliez des joyaux de la Sorcière ? soupira-t-il. J'ai hâte de savoir où et quand vous les avez vus ?

Le long nez de Boldini se promena un instant au-dessus de l'alcool mordoré dont ses narines frémissantes humaient l'arôme. Il ferma les yeux pour que la sensation soit plus intense.

— Il y a nombre d'années, je me suis rendu en Sicile, à l'invitation du prince Gangi et j'ai séjourné quelque temps dans son admirable palais de Palerme. Vous connaissez Palerme, prince ?

— Plus ou moins ! La Sicile est, comme Venise, un monde clos, aux antipodes des nordistes que nous sommes mais j'avoue un faible pour Palerme. Au milieu d'une turbulente végétation saturée de parfums elle réussit à être uniquement médiévale et mauresque dans une île où prédomine l'art grec. J'en ai gardé le souvenir d'une espèce de cité des Mille et Une Nuits qui se serait trompée de rivage...

— Vous voyez juste et la vie qui s'écoule dans ses fantastiques demeures enfouies dans des jardins de conte arabe y est tout aussi étrange. J'en veux pour preuve ce bal costumé donné par un gentilhomme dans une extraordinaire villa de Bagheria à l'occasion de ses fiançailles avec une jeune Florentine... idéalement belle dont le nom était Bianca Buenaventuri. Le thème de ce bal était la Renaissance et j'ai rarement vu plus belle fête. Les jardins, leurs fontaines et leurs cascades d'eaux vives, illuminés par des milliers de petites flammes qui leur gardaient leur mystère en exaltant la splendeur des costumes, exhalaient le parfum mêlé des roses, du jasmin, des orangers, des myrtes et de toutes les plantes de l'Orient. C'était sous le bleu sombre d'un ciel scintillant d'étoiles comme un immense bouquet, une géante cassolette de senteurs et de couleurs au milieu desquels erraient avec grâce des personnages aux costumes somptueux qui en les revêtant semblaient avoir changé de peau. Violons et harpes faisaient entendre une musique douce venue du fond des âges et dont les exécutants restaient invisibles, mais nous avions tous l'impression de participer à une sorte de ballet réglé par un maître désincarné qui, à l'appel d'un cor, nous fit refluer vers la salle de verdure où avant le souper allait avoir lieu la remise de la bague à la fiancée que personne n'avait encore vue... Je dois dire que son apparition me coupa le souffle...

— A vous dont on peut dire que vous avez peint tant de femmes inoubliables ?...

— Inoubliables, c'est beaucoup dire – à certaines exceptions près. Celle-là cependant je ne l'oublierai jamais. De sa robe d'époque dont la splendeur résidait uniquement dans le satin blanc moiré d'or, s'élevait comme une fleur de son vase un cou de cygne, un pur visage casqué d'une épaisse chevelure dorée dont le poids tirait légèrement sa tête en arrière donnant leur pleine valeur aux yeux les plus sombres, les plus veloutés que j'aie jamais vus. Ils étaient tellement extraordinaires qu'ils éclipsaient presque les joyaux qu'elle portait : une longue croix qu'un simple ruban de velours retenait sur sa gorge largement découverte et des girandoles... que je n'ai pas besoin de vous décrire parce que vous les avez vues hier.

— Ces pièces étaient-elles sa propriété ? Vous venez de dire qu'elle s'appelait Buenaventuri... comme le garçon qui avait enlevé Bianca Capello de Venise et fut assassiné par la suite ?

— En effet, mais ils ne lui appartenaient que depuis ce soir-là : avant la fête Dario Pavignano, son fiancé, l'en avait parée lui-même et à l'instant des fiançailles, devant tous les invités, il se contenta de passer à son doigt l'énorme rubis que vous avez pu admirer aussi. Cela dit ne me demandez pas d'où lui venait cette parure. La tenait-il de famille ou l'avait-il achetée ? Il était très riche...

— Je pencherais plutôt pour la famille. Ou alors un achat clandestin... ; il est vrai qu'en Sicile tout est possible. C'est sans doute la partie la plus secrète et la plus imprévue de notre royaume. N'importe comment ils sont devenus la propriété de la nouvelle marquise Pavignano...

— Si cela était je ne me serais jamais permis de les mettre au cou d'une Olympia d'Ostel... et vous n'avez pas encore entendu la fin de mon histoire. Après la bague et le souper, la fête poursuivit son déroulement harmonieux et plein de gaieté. Chacun avait conscience d'assister à un authentique bonheur que le mariage consacrerait un mois plus tard. Le couple était admirablement assorti car, si Pavignano était près d'une vingtaine d'années plus âgé que sa fiancée, il était follement séduisant et tous deux étaient, sans doute possible, aussi amoureux l'un que l'autre. Puis le bal a commencé pour durer jusqu'à l'aube, chacun ne songeant plus qu'à s'amuser.

— Quelque chose l'a interrompu ?

— Oh oui !... un drame épouvantable.

Boldini reposa le ballon de cristal qu'il réchauffait entre ses mains et Aldo put voir ses mains se crisper. Puis il baissa les yeux et sa voix s'assourdit :

— On dansait depuis une heure environ quand un cri affreux déchira l'atmosphère de cette nuit si douce et mit fin à la fête : un couple d'amoureux qui cherchait l'isolement près d'un bassin jaillissant au centre d'un rond-point protégé par des ifs venait de découvrir le corps de la fiancée gisant dans une mare de sang. On lui avait tranché la gorge et, bien sûr, elle ne portait plus la croix ni les pendants d'oreilles de la « Strega ». Seul le rubis des accordailles demeurait à son doigt...

— Quelle horreur ! exhala Morosini en même temps que la fumée de sa cigarette. A-t-on pu découvrir l'assassin ?

— Oui et non. C'est Pavignano qui a été accusé du meurtre.

— Cela n'a pas de sens ! Voilà un homme qui adore sa fiancée, qui donne pour elle une de ces fêtes qui font date dans une vie, qui la couvre de bijoux royaux et qui en pleine félicité l'égorge pour lui reprendre ses présents ? Le malheureux devait être effondré ?

— Personne n'a pu en juger parce qu'il a été impossible de mettre la main sur lui. Il a disparu sans plus laisser de traces que s'il avait été enlevé au ciel ou englouti dans les entrailles de la terre. Et on ne l'a jamais revu.

— Mais enfin il a bien dû y avoir une enquête, un jugement ?

— Enquête discrète, jugement par défaut. Aucun de ceux qui étaient présents ne souhaitait être mêlé à une affaire sordide. En outre la jeune fille n'avait pas de famille et Pavignano pas d'héritier pour asticoter la police en vue de récupérer la fortune... que l'Etat a mise sous séquestre. En outre, vous n'ignorez pas combien la Mafia est puissante en Sicile ? Les journaux ont été muselés et l'affaire classée après que Pavignano eut été condamné à mort par contumace !

— Et comme les autres vous avez gardé le silence ? Cela ne vous ressemble pas !

— Pas tout à fait puisque j'ai peint les joyaux disparus. Par la suite j'ai reçu des menaces comme en ont sans doute reçu les autres participants au bal. Cela dit moi je l'ai revue, la parure de Bianca Capello, ajouta le peintre en regardant son hôte avec attention afin de ne rien perdre de ses réactions.

Elles furent ce qu'il espérait. Occupé à déguster son armagnac les yeux mi-clos, Morosini s'étrangla avec l'alcool, toussa, devint écarlate, se jeta sur un verre d'eau qui le ramena graduellement à sa couleur habituelle. Boldini n'avait pu s'empêcher de rire.

— Pardon ! Je ne pensais pas produire un tel effet !

— Pour ce qui est des effets, on peut dire que vous vous entendez à les graduer ! C'est du grand art ! Et où les avez-vous revus ?

— A Londres, à la fin de l'année 21. Vous le savez ou vous ne le savez pas, mais je m'y étais réfugié au début de la guerre, avant d'opter finalement pour Nice, et j'y ai conservé quelques amis. Le soir de la Saint-Sylvestre l'un d'eux m'avait invité à Covent Garden où Teresa Solari devait se faire entendre dans *Tosca*. Je vous avoue que j'étais enchanté : j'ai toujours adoré la Solari, en particulier dans ce rôle où elle était sublime et ce soir-là elle s'est surpassée, insufflant à son personnage une intensité d'émotion jamais égalée...

— Attendez donc !... N'est-ce pas ce même soir qu'elle s'est tuée ?

— Qu'on l'a tuée. Une main criminelle avait ouvert une trappe sous le matelas qui la reçoit lorsqu'elle est censée se jeter du haut des remparts du château Saint-Ange. A l'ultime instant le matelas a été retiré et la malheureuse s'est écrasée dans les profondeurs du théâtre.

— C'est cela. La presse a dit que le meurtrier en voulait à ses bijoux. Comme toutes les grandes cantatrices elle portait l'une de ses propres parures...

— Oui, mais ce que l'on n'a pas dit c'est que la parure en question était celle de Bianca Capello. Il ne m'a fallu qu'un coup d'œil pour la reconnaître et je l'ai eue dans mes jumelles durant presque toute la soirée. Inutile de vous dire à quel point je me sentais mal en voyant ces pierres sanglantes sur la gorge d'une si belle artiste.

— A-t-on arrêté l'assassin ?

— Pas que je sache, pourtant le policier qui a mené l'enquête n'était pas un apprenti, loin de là ! Un drôle d'oiseau d'ailleurs ! Toujours drapé dans un macfarlane pisseux qui lui donnait l'air d'une chauve-souris.

— Le chef superintendant Gordon Warren. Je suppose ? fit Morosini avec un large sourire.

— Vous le connaissez ?

— Votre description est lumineuse. Mon ami Vidal-Pellicorne et moi l'avions surnommé le « Ptérodactyle ». Vous voyez que vous n'êtes pas tombé loin. Après un premier contact... disons épineux, il est devenu pour nous un excellent ami. Mais ce qui me surprend c'est qu'il ait abandonné l'enquête sans la conclure. C'est, avec son collègue français Langlois, le flic le plus têtu que je connaisse. Un remarquable professionnel toujours chargé des affaires les plus délicates.

— Je n'ai pas dit qu'il avait abandonné et je n'aurais pas le mauvais goût de mettre en doute ses qualités. Simplement l'enquête était au point mort quand je suis rentré en France..., à moins que l'on n'ait pas jugé utile d'en dire plus à l'étranger que j'étais ? De toute évidence on ne débordait pas de sympathie pour moi.

Ça, Morosini voulait bien le croire. L'œil jaune et fixe

dont Warren le gratifiait au début houleux de leurs relations n'était pas de ceux qui s'oublient. Selon les critères du superintendant, le grand Boldini avec son mélange de faconde italienne et de hauteur un rien dédaigneuse devait se classer pour lui parmi les rastaquouères infréquentables. Cependant il pouvait être intéressant d'aller faire un tour à Londres pour une conversation à cœur ouvert avec le Ptérodactyle et Aldo commençait à peine à en caresser l'idée quand il s'aperçut que l'attention du peintre s'était détournée de lui au profit d'un couple qu'Olivier Dabescat, la mine pincée, conduisait à l'une des tables les plus en vue après que l'homme eut refusé le fond de la salle d'un geste autoritaire. Sans doute tenait-il à ce que tout le restaurant pût admirer sa compagne. Il est vrai qu'elle en valait la peine ! Une ravissante jeune femme blonde aux yeux sombres – la couleur hésitait entre le bleu, le vert foncé et le noir – admirablement habillée d'un tailleur noir réchauffé de vison qui sentait son grand couturier d'une lieue bien que Morosini hésitât entre Jean Patou et Lucien Lelong. En revanche il attribua sans hésiter à Caroline Reboux le minuscule chapeau ennuagé d'une voilette noire perché sur les cheveux blonds artistement ondés. Elle seule était capable de réaliser ce chef-d'œuvre d'équilibre instable rappelant ceux dont Lisa raffolait.

Son compagnon était nettement moins séduisant : la cinquantaine bien entamée, il arborait ces airs supérieurs que le Vénitien détestait d'instinct, sachant que ceux pouvant y avoir droit n'avaient que rarement le mauvais goût de les afficher. Mais il devait être fort riche si l'on en croyait les perles de sa compagne et sa propre panoplie d'objets d'or : outre la chaîne de montre, épaisse comme un câble d'amarrage, qui barrait son gilet, celle passée à son poignet et les bagues ornant la moitié de ses doigts, il y avait une énorme épingle de cravate avec un diamant au milieu, un étui à cigares, un à cigarettes et un briquet du même métal. La table s'en trouvait un peu encombrée mais le personnage aimait apparemment à en jouer et personne ne se fût permis, dans ce temple du bon goût, de lui faire remarquer que ce n'était pas le style de la maison, le client ayant, par définition, toujours raison.

Le physique de l'inconnu n'entrait sans doute pas pour grand-chose dans les regards dont le couvrait sa compagne. Il avait un visage dur à la peau couperosée qu'un double menton n'adoucissait pas, de petits yeux de couleur indécise profondément enfoncés sous le surplomb d'arcades sourcilières hérissées de poils poivre et sel. De stature modeste, il avait l'air taillé d'un seul bloc dans une matière rugueuse ressemblant assez à du granit. Des épaules en porte-manteau naissait un cou sans doute moins haut que le faux-col glacé qui l'obligeait à relever le menton. La longue moustache à la mongole n'arrangeait pas les choses, son tracé accusant les plis implacables de la bouche et du faciès buté. C'était cet homme-là pourtant que Boldini fixait avec une extraordinaire intensité. Morosini d'abord s'en amusa :

— Vous vous trompez de cible, mon cher Maître. Ce vilain bonhomme ne mérite pas votre attention alors que sa compagne...

— N'est qu'une jolie femme ! répondit le peintre avec une brutalité surprenante. Vous comprendrez mieux quand je vous aurai dit que son voisin s'est trouvé mêlé aux deux drames que je viens d'évoquer pour vous... J'aimerais un autre verre si cela ne vous ennuie pas ?

— Au contraire ! Je vous suivrai.

D'un signe, Aldo appela un serveur, passa une commande exécutée presque instantanément. Et, tandis que Boldini avalait une rapide gorgée sans quitter des yeux l'homme, il hasarda prudemment :

— Ce qui veut dire que ce personnage participait à...

— ... la soirée de Bagheria et à celle de Covent

Garden. Ce genre de gueule ne s'oublie pas, croyez-moi, continua-t-il avec une soudaine nervosité.

— Dans ce cas vous devez savoir qui il est ?

— L'un de ces potentats américains aussi riches que mal élevés. Celui-là vient de New York ou de Chicago, je ne sais plus très bien. Il y dirige une sorte d'empire qui va de la construction des gratte-ciel – sa façade en quelque sorte – à toute une suite de commerces moins avouables. J'ajoute qu'il est d'origine sicilienne. Il s'appelle... Ricci, je crois ? Oui... je me souviens : Aloysius C. Ricci.

— Ricci ? Je le verrais plutôt Florentin ?

— Il n'a pourtant rien d'un Botticelli ni même d'un Verrocchio !

— C'est son nom qui me frappe. Avez-vous oublié qu'un Ricci a joué un rôle déterminant dans la vie de Bianca Capello ?

Et comme Boldini donnait des signes évidents d'ignorance, il poursuivit :

— L'assassin de son premier époux, ce Pietro Buenaventuri qui l'avait enlevée de Venise et installée à Florence, ce sbire du grand-duc Francesco qui lui a permis de devenir grande-duchesse, s'appelait ainsi. Alors vous me permettrez de trouver que ça commence à faire pas mal de coïncidences. Il ne manque plus qu'un Capello ou un Médicis pour compléter le tableau.

Cette fois le peintre accusa le coup. Derrière leurs fines lunettes à monture d'or ses yeux s'agrandirent et s'attachèrent plus que jamais à l'Américain. Morosini demanda :

— Que savez-vous d'autre sur lui ?

— En dehors d'un penchant immodéré pour les femmes blondes dont j'ai entendu dire qu'il change souvent, je n'ai vraiment rien de plus à vous apprendre.

— C'est déjà pas mal. La suite je vais essayer de la trouver ailleurs.

Abandonnant enfin sa contemplation Boldini tressaillit comme s'il sortait d'un rêve.

— Vous pensez que cet homme a pu jouer un rôle dans ces deux meurtres ? C'est sérieux ?

— Très ! J'aurais préféré qu'il collectionne les joyaux plutôt que les jolies filles, mais l'un n'empêche pas l'autre après tout, et vous ne m'avez pas l'air très renseigné sur ce type.

— J'en conviens et j'avoue même que je l'avais oublié. C'est en le revoyant ici que mes souvenirs se sont réveillés. Pardonnez-moi si je vous semble indiscret mais où pensez-vous résoudre le problème ?

— A Londres. Je brûle de l'envie soudaine de revoir Scotland Yard et son limier-vedette. En attendant je crois que nous allons avoir une visite, ajouta-t-il en baissant le ton.

En effet, après un bref entretien avec le maître d'hôtel, Aloysius C. Ricci venait de s'extraire – sans aucune grâce d'ailleurs – de son délicat fauteuil Louis XV pour franchir l'espace séparant sa table de celle des deux hommes. Il arma son visage pour la circonstance d'un sourire pavé de dents... en or bien entendu. Un joyau de l'art dentaire américain mais qui n'arrangeait rien... Il eut une brève inclinaison du buste, puis déclara en italien :

— Il me semblait bien avoir reconnu le grand Boldini et j'avais dans l'idée de l'inviter à ma table mais cet âne bâté de maître d'hôtel a prétendu que vous n'accepteriez pas !

Boldini pris de court ne trouvant rien à répondre ce fut Aldo qui s'en chargea pour lui donner le temps de se remettre :

— Cet âne bâté comme vous dites, outre le fait qu'il est l'un des hommes les plus discrets et les plus courtois que je connaisse, est aussi celui qui sait le mieux son monde ! On dirait que ce n'est pas votre cas ? Remarquez, il avait entièrement raison en disant que votre invitation ne serait pas acceptée.

La verte mise au point n'eut pas l'air de plaire au personnage dont l'œil se fit mauvais. Elle ne l'empêcha cependant pas de tirer à lui un siège pour s'asseoir sans qu'on l'y eût invité.

— Je me demande de quoi vous vous mêlez ? Quoi qu'il en soit je me suis dérangé. Signor Boldini, commença-t-il, aussitôt repris par un Morosini décidé à ne rien lui passer parce que sa tête lui déplaisait de plus en plus :

— On dit Maître ! Ou Maestro si vous préférez !

— Maître si vous y tenez mais maintenant laissez-moi parler ! Je désire donc…, Maître, que vous exécutiez le portrait de la jeune personne qui m'accompagne. Elle a je crois ce qu'il faut pour tenter votre pinceau ?

— Certes elle est belle mais…

— Et encore vous n'avez qu'un faible aperçu des charmes que cachent les vêtements de ville. En grand décolleté, elle est sublime ! Des épaules, des seins…

Le peintre l'arrêta d'un geste sec :

— Je n'en doute pas un instant néanmoins vous me permettrez de refuser. Je ne fais plus de portraits !

— Allons bon ! Et pourquoi ?

— Je suis âgé, Monsieur, fit Boldini avec une immense dignité. Mes yeux et mes doigts le sont aussi. Ce qui met fin, je pense, à notre entretien ?

Ricci ne l'entendait pas ainsi. Ce n'était pas un homme facile à décourager.

— Même imparfait, un portrait signé de vous serait le joyau de ma collection ! J'aime prolonger le temps qu'une femme passe auprès de moi en la faisant peindre. Une façon comme une autre de ne pas la quitter vraiment. Et je suis prêt à vous payer très, très cher !

— Un argument sans valeur pour moi. Sans être aussi riche que vous je suis loin d'être à plaindre ! Aussi, afin d'adoucir mon refus, je vous donnerai un conseil : allez donc faire un tour à Montparnasse ! Paris regorge de peintres bourrés de talent ! En allant à la Closerie des Lilas ou à la Coupole vous en rencontrerez au moins une douzaine... A commencer par ce Japonais génial qui s'appelle Foujita...

— Cela ne m'intéresse pas ! coupa brutalement l'Américain. C'est vous ou personne !...

— Ce sera personne ! Je le regrette pour cette jeune dame !

Une lueur mauvaise glissa sous les paupières épaisses de l'homme d'affaires :

— Vous feriez mieux de me dire que vous refusez parce que cette fille n'est ni une duchesse ni une cocotte en vue...

— Ridicule ! Je n'ai pas peint que des grandes dames ou des vedettes. Souffrez à présent que notre discussion s'arrête là ! J'ai définitivement renoncé au portrait... sauf pour les chevaux !

Mais on ne se débarrassait pas facilement d'Aloysius C. Ricci. Vissé à sa chaise et les coudes plantés sur la table il allait argumenter encore quand Aldo décida qu'il était temps d'en finir :

— L'idée ne vous vient pas que vous importunez maître Boldini ? dit-il et sa voix cassante était d'une froideur polaire. Dès l'instant où il articule un refus, il n'y a pas à insister.

— Et si vous la fermiez, vous ? D'abord vous êtes qui ?

— Prince Morosini, de Venise.

L'œil menaçant de l'autre s'arrondit.

— Pas le Morosini des bijoux ?

— Si.

— Oh ! ça change tout et vous m'intéressez beaucoup ! Vous savez ou vous ne savez pas que j'ai décidé, après les femmes, de collectionner des joyaux. Célèbres de préférence ! Il me paraît que l'ensemble est harmonieux, vous ne croyez pas ?

— Je crois surtout que votre belle compagne est restée seule assez longtemps.

— Elle a l'habitude...

— Pas moi. Je déteste faire attendre une femme.

En même temps il consultait sa montre et se levait pour faire le tour de la table et aider Boldini à en faire autant.

— Désolé, ajouta-t-il, mais nous avons un rendez-vous dont l'heure approche. Pardonnez-moi, Maître, de vous brusquer un peu...

— Pas du tout, pas du tout ! fit le peintre en allumant un grand sourire où entrait du soulagement. Sans vous j'aurais pu oublier.

— Je n'aime pas que l'on m'éconduise, grinça Ricci, ce qui lui valut un demi-sourire insolent d'Aldo.

— Dans ce cas il faut apprendre à vous retirer avec élégance, décocha-t-il narquois.

— Je n'aime pas davantage les leçons !

— Alors faites en sorte de ne pas les mériter ! A ne pas vous revoir, Monsieur !

— Ça c'est une autre affaire !

Quittant enfin la table, l'intrus rejoignit la sienne, où n'osant commencer sans lui, la jeune femme se morfondait devant une moitié de langouste qui, heureusement, ne risquait pas de refroidir.

— J'espère, fit Boldini, que la pauvre créature ne va pas faire les frais de notre double refus ?

Mais Ricci se contenta de reprendre sa place sans lui adresser même un regard et se mit à dévorer sa part en affamé.

Pendant ce temps, Aldo avait attiré le maître d'hôtel à part.

— Ce Ricci, vous le connaissez ?

— Oui et non, Excellence ! C'est un client de l'hôtel.

— Ce qui veut dire qu'avec votre proverbiale discrétion vous ne m'en parlerez pas, soupira Morosini.

— On ne se refait pas. Cependant je peux avancer que nous sommes nombreux ici à regretter que ce monsieur s'obstine à descendre chez nous. Nous avons une certaine quantité de clients américains auxquels nous tenons parce qu'ils sont des gens charmants, qu'il y a plaisir à les côtoyer, mais celui-là !...

— Pourquoi votre service de réservation l'accepte-t-il ? Il est facile, il me semble, de se déclarer complet !

Le soupir de Dabescat aurait pu faire envoler la colonne Vendôme.

— Nous l'avons fait cent fois !

— Et alors ?

— Alors, nous avons eu sur le dos l'ambassadeur des Etats-Unis, le Quai d'Orsay et parfois même l'Elysée. Ce serait une sorte de mécène qui en fait une « persona on ne peut plus grata » !

Cette fois Morosini se mit à rire.

— J'ai toujours dit que les républiques manquaient de discernement dans leurs relations ! Au fait, quand il n'est pas à Paris, où habite-t-il ?

— La 5e Avenue à New York mais surtout Newport où il aurait construit une copie du palais Pitti de Florence.

— Jardins Boboli compris ? émit Aldo effaré.

— Je ne sais pas. Mais il en est bien capable.

Après avoir confié son grand peintre à un taxi et lui avoir promis de revenir le voir avec Lisa avant de quitter Paris, Morosini choisit de rentrer à pied rue Alfred-de-Vigny. Le temps était délicieux et le petit marché aux fleurs, place de la Madeleine, embaumait si fort le lilas que le passage d'un autobus ne réussit pas à imposer son odeur désagréable. Il s'y attarda un moment puis remonta tranquillement le boulevard Malesherbes en réfléchissant à ce que Boldini lui avait appris. L'histoire était trop excitante pour qu'il n'ait pas envie d'en rechercher les tenants et les aboutissants mais il se demandait comment sa femme allait prendre la chose. Après la traque de la « Régente » et l'inoubliable voyage aux Indes il lui avait juré de ne plus se séparer d'elle sauf lorsqu'elle allait à Zurich, chez son père, ou à Vienne chez sa grand-mère, ou quand lui-même se rendait à une vente quelconque sur le territoire italien. A présent il regrettait un peu cette promesse née spontanément d'une émotion violente mais que sa profession pouvait rendre difficile à tenir. Surtout envers une femme enceinte qui, par définition, devrait se ménager ! Or, depuis sa visite à Boldini et ce passionnant déjeuner, il sentait poindre en lui cette excitation, cette fièvre qui l'envahissait chaque fois que s'ouvrait devant lui la piste, chaude ou non, d'un bijou fascinant. Et Dieu sait si ceux-là l'étaient ! Comme tout ce qui touchait aux Médicis. Mécènes issus d'un petit comptoir de banque mais doués d'un sens artistique quasi visionnaire, ils avaient empli Florence et l'Europe de leurs fastes, de leurs œuvres d'art et de leur politique souvent tortueuse au point de donner à l'Eglise deux papes, à la France deux reines ! Pas mal de soufre dans tout cela et dans cet ordre d'idées celle que l'on avait surnommée la Sorcière tenait une place non négligeable... Et Aldo savait déjà qu'il allait être incapable d'opposer la moindre résistance à l'appel que la belle dame lui adressait du fond des âges.

Il savait aussi que l'aventure aurait moins de sel sans son ami Adalbert Vidal-Pellicorne, celui que Lisa appelait le « plus que frère »...

En débarquant à Paris appelé par le commissaire Langlois, Morosini n'avait rien eu de plus pressé, les bagages et Lisa déposés chez Tante Amélie, que de faire un saut de l'autre côté du parc Monceau, rue Jouffroy où logeait l'archéologue. Dont il était sans nouvelles depuis plusieurs mois mais cela ne tirait pas à conséquence :

bien que doté d'une assez jolie plume, Adalbert détestait écrire une lettre et abhorrait les cartes postales. Seuls les télégrammes en cas d'urgence obtenaient son approbation. En d'autres termes on ne savait jamais où il était lorsqu'il s'absentait. Seul Théobald, son irremplaçable valet de chambre-cuisinier-assistant et vaguement secrétaire, était au courant. Et encore pas toujours : il arrivait qu'Adalbert parte pour l'Egypte ou n'importe quel autre point du Moyen-Orient et de là s'en aille gambader sur une impulsion, à quelques centaines voire quelques milliers de kilomètres sans avertir personne. Il est vrai qu'à ses travaux d'égyptologue notre homme ajoutait de menus services discrètement rendus à la France et qui n'avaient rien à voir avec les hiéroglyphes sinon l'obscurité totale pour le commun des mortels. Aussi Morosini n'avait-il été que modérément surpris quand, derrière la porte vernie de l'élégant appartement il n'avait trouvé que la silhouette en gilet rayé, impeccable et déférente, de Théobald. Eh non ! Monsieur Adalbert n'était pas là ! Parti pour la Vallée des Rois depuis deux mois il y était peut-être encore mais le fidèle serviteur ne pouvait en donner l'assurance à Monsieur le Prince. Seulement ce qui n'était alors qu'une déception mineure à la limite du contretemps se changeait à présent en un profond regret... C'était un peu comme de s'en aller au combat en laissant derrière soi sa cuirasse ou sa meilleure arme ! Et ce serait beaucoup moins amusant !

CHAPITRE III

LES BRUMES DE LA TAMISE

— Au risque de passer pour une insupportable béotienne, j'aimerais que quelqu'un m'explique qui était au juste cette Bianca Capello ! déclara la marquise en reposant sa flûte de champagne vide. Voilà deux jours qu'elle va et vient dans ma maison sans que personne songe seulement à me la présenter ! ajouta-t-elle d'un ton plaintif.

— Nous ne la connaissons pas ? s'indigna Marie-Angéline scandalisée.

— Pourquoi ? Je devrais ?... Imaginez-vous, Plan-Crépin, que je tienne registre de toutes les gourgandines de France, de Navarre et même d'ailleurs sous prétexte que je dois cette maison à l'une d'entre elles ? Je n'ai pas votre culture encyclopédique, moi ! Je ne suis pas un Pic de La Mirandole en jupons, moi ! lança Madame de Sommières se montant peu à peu.

— Comment peut-on évoquer Pic de La Mirandole et ignorer Bianca Capello ? soupira la vieille fille les yeux au ciel.

— Ils n'étaient pas mariés que je sache ? Et si j'en juge par les bribes collectées ici et là ils ne vivaient pas à la même époque ! C'est vaste la Renaissance, alors ne dites pas n'importe quoi !... Et donnez-moi encore un peu de champagne !

Le regard nostalgique dont la vieille dame couvait son verre vide n'avait pas échappé à Aldo déjà occupé à le remplir. Il était cinq heures du soir et Tante Amélie qui détestait le thé – cette tisane ! – célébrait toujours le *five o'clock* britannique en sacrifiant aux mânes de dom Pérignon. Aussi achevait-elle à peine sa phrase qu'il lui offrit le joli cornet de cristal empli de fines bulles sur fond de citrine pâle. Ce qui lui valut un grand sourire.

— Merci, mon garçon ! Tu te dévoues pour m'éclairer ?

— Il vaudrait mieux que ce soit Lisa, répondit-il avec un tendre regard pour sa femme. Elle connaît Venise et ses fantômes mieux que moi et si un jour un cataclysme m'engloutissait avec la maison Morosini elle ferait un malheur comme guide conférencière !

— Moi qui déteste les conférences ! soupira la jeune femme. Ou l'auteur est ennuyeux ou c'est le sujet qui l'est ! Mais j'accepterais volontiers un supplément de champagne moi aussi.

— Un conférencier convenable boit de l'eau !

— Eh bien c'est un tort. Je les trouverais peut-être plus distrayants mais, pour faire plaisir à Tante Amélie, je me lance : Dans la nuit du 29 novembre 1563...

— Tu connais même la date ? s'exclama Aldo sincèrement admiratif.

— Si tu m'interromps à chaque phrase nous en avons pour huit jours ! Je reprends, donc la nuit du 28 au 29 novembre 1563, deux jeunes gens s'enfuyaient de Venise sur une barque servant au ravitaillement de la cité. Deux amoureux à demi liquéfiés de peur, car s'ils étaient repris c'était la mort sans phrases surtout pour le garçon, fils d'un notaire florentin et modeste employé de la banque Salviati où il poursuivait son apprentissage. La jeune fille, elle, appartenait à l'une des plus puissantes familles patriciennes de la ville, les Grimani-Capello. C'était aussi la plus jolie vierge de la ville et elle était promise en mariage au fils du Doge Priuli. Elle avait seize ans et elle s'appelait Bianca.

— Je suppose que le garçon aussi était beau ? murmura Tante Amélie.

— Assez pour avoir séduit une éblouissante créature dont rêvait la moitié des hommes. Car en plus elle était riche, une circonstance qui n'avait pas échappé au ravisseur, Pietro Buenaventuri, qui afin de couvrir leurs premiers frais, l'avait incitée à emporter quelques bijoux et un peu d'or tandis que lui-même se servait dans la caisse de son employeur. Tant qu'à prendre des risques – et ils étaient énormes – autant que cela en vaille la peine ! Et l'entreprise réussit : on gagna la terre ferme puis Padoue où l'on trouva des chevaux pour rejoindre Florence... là Bianca éprouva une première déception : les Buenaventuri habitaient, sur la piazza San Marco, une étroite et haute bâtisse à deux fenêtres de façade par étage dont la comparaison avec le palais de son père eût été risible. Cependant, on s'y aima ferme...

Aldo éclata de rire.

— Ah que j'aime cette tournure poétique et ce raccourci galant ! Tu devrais écrire, mon cœur ! Je te promets un triomphe.

— Raconte toi-même ou tais-toi ! protesta Lisa qui revint aussitôt à ses moutons : Mais entre-temps Bianca s'ennuyait à périr n'ayant d'autre distraction que regarder les passants et se rendre parfois, étroitement voilée, aux offices du couvent San Marco où d'ailleurs un prêtre avait béni son mariage avec Pietro dans la chapelle divinement décorée par Fra Angelico. Il ne pouvait être question pour elle de sortir de la maison parce qu'à Venise sa fuite avait déclenché un drame affreux : on avait retrouvé les bateliers payés par Pietro. Ils avaient été torturés puis mis à mort avec leurs femmes tandis que l'oncle du jeune homme, le vieux Buenaventuri chez qui il logeait, était lui aussi confié aux bourreaux et mourait peu après enchaîné au mur de sa prison. Depuis le Conseil des Dix avait envoyé ses sbires les plus habiles à Florence afin de ramener les coupables et leur faire payer leur forfait.

« Pietro alors prit peur et, pour se mettre à l'abri ainsi que ses parents – peu satisfaits, surtout la mère, de ce mariage insensé ! – il eut l'idée de demander la protection du prince François de Médicis, fils et héritier du Grand-Duc Cosme Ier. Un petit calcul assez infâme car, de notoriété publique, François était un grand amateur de jolies femmes toujours prêt à se lancer aux trousses de beautés inconnues. Si Bianca lui plaisait, non seulement sa protection serait assurée au couple mais le mari obtiendrait peut-être quelques avantages substantiels, le prince passant pour être très généreux…

— Pouah ! Le vilain bonhomme ! émit la marquise.

— Je vous concède qu'en dehors de son physique Pietro ne valait pas cher. Cependant il obtint un succès complet. François de Médicis le reçut et même l'accueillit avec empressement : les rares personnes ayant pu entrevoir la jeune recluse de la piazza San Marco en disaient merveilles. Et comme il fallait avant tout que le prince pût voir Bianca, on décida que la jeune femme pourrait, à un moment donné, prendre le frais à sa fenêtre. Le risque serait mince : dès la veille, François ferait veiller par ses gardes à la sûreté de la maison. Au jour dit, le prince passa et repassa sous les fenêtres de Bianca et put la contempler dans tout l'éclat de son épanouissement car elle venait de donner le jour à une petite fille. Sur-le-champ François prit feu car elle était vraiment très belle, ses yeux sombres contrastant avec le blond de sa chevelure, le tout mis en valeur par des traits d'une pureté et d'une finesse extrêmes. François se prit pour elle d'un violent amour et n'eut de cesse de se la faire présenter...

Lisa s'interrompit un instant pour tremper ses lèvres dans le vin pétillant, avala une gorgée et reprit :

— Une grande dame, la marquise de Mondragone, se chargea de l'agréable corvée. Elle entra en relations avec Bianca, l'attira chez elle où comme par hasard François venait souvent. La rencontre eut lieu et la jeune femme n'eut guère de peine à s'éprendre du prince. Il faut dire qu'à vingt-trois ans François était fort séduisant sans être vraiment sympathique. De sa mère, Eléonore de Tolède, il tenait un physique élégant, un visage régulier et surtout de très beaux yeux mais, de son père, le redoutable Cosme Ier, un caractère difficile, une cruauté profonde pouvant aller jusqu'à la franche sauvagerie, un orgueil intraitable et le goût prononcé des femmes. Malheureusement il n'avait ni son intelligence froide et lucide, ni son sens politique. Quoi qu'il en soit ce fut entre Bianca et lui un double coup de foudre et quelques jours plus tard, le mari étant allé faire un tour opportun à la campagne, François vint piazza San Marco et prit possession de la belle. Bientôt leur liaison devint publique. Fier de sa maîtresse, François l'étala avec une insolence qui n'eut d'égale que la servile complaisance du mari. C'est alors que Cosme Ier s'en mêla : que son fils eût une maîtresse de plus, il n'y voyait pas d'inconvénients sinon que, pour se rendre chez elle, il lui fallait traverser la ville nocturne avec tous les dangers que cela comportait. En outre il désirait lui voir épouser l'archiduchesse Jeanne d'Autriche.

— Et en conclusion il lui conseilla de rompre ? intervint la marquise qui suivait l'histoire avec passion. C'est classique !

— Les Médicis n'ont jamais rien eu de classique, reprit Lisa. Cosme ordonna à son fils d'aller épouser sa princesse et d'installer sa maîtresse dans un petit palais de la Via Maggio, sur la rive droite de l'Arno, donc beaucoup plus proche du palais Pitti qui était la résidence grand-ducale. Ce qui fut fait : Jeanne d'Autriche dûment mariée et enceinte, la grande vie débuta pour le couple Buenaventuri. Bianca devint dame de la princesse et Pietro gentilhomme de la chambre avec une telle pluie d'avantages financiers que le peuple le surnomma rapidement Pietro Cornes d'Or. Il avait le cuir épais et ne s'en offusqua pas en profitant même pour réclamer toujours plus d'or, toujours plus de prébendes, récriminant sans cesse auprès de sa femme, voire auprès du prince pour faire valoir tout ce qu'il avait à souffrir de leur liaison. Tant et si bien qu'un soir, alors qu'il festoyait avec des amis, François déclara qu'il en avait assez de ce perpétuel mécontent qui était bien capable de venir lui réclamer un jour son droit d'héritage sur la Toscane. La phrase fut entendue par Roberto de Ricci qui partageait parfois les débauches où se vautrait Pietro et il vint proposer au prince de le débarrasser du gêneur moyennant une promesse d'impunité totale. Qu'on lui accorda et, dans la nuit du… 24 au 25 août 1572, le gêneur fut proprement assassiné à coups de dague à quelques pas de sa maison où, le jour venu, on le rapporta pour y recevoir les soins dus à un mort. Bianca, toute de noir vêtue et tenant par la main sa petite fille, s'en alla réclamer justice contre les assassins de son époux. Cosme la releva avec bonté, l'assura que tout serait fait pour lui donner pleine et entière satisfaction… et classa l'affaire. D'ailleurs ayant donné ce bel exemple de piété conjugale, Bianca n'eut pas le mauvais goût de revenir à la charge. Elle se hâta d'oublier Pietro pour se consacrer pleinement à ses nouvelles ambitions, dont la principale était tout simplement de devenir un jour Grande-Duchesse de Toscane : Pietro n'était plus et la santé de la princesse Jeanne n'était pas des meilleures. Ce qui n'avait rien d'étonnant car depuis son mariage elle passait d'une grossesse à une autre sans interruption.

« Délaissée, bafouée, écrasée par le luxe insolent de sa rivale, la malheureuse finit par ne plus se sentir en sécurité derrière les murs cyclopéens du palais. Surtout après la mort de Cosme Ier qui fit d'elle une Grande-Duchesse. Elle avait perdu son meilleur défenseur et François ne cachait guère son impatience de s'en séparer. Elle avait, en effet, rempli sa tâche puisqu'elle avait donné sept enfants à la couronne... dont une certaine Marie destinée à devenir un jour reine de France en épousant Henri IV...

« Au début de l'an 1578, comme elle attendait le huitième, Jeanne était en si piteux état qu'elle ne pouvait plus se déplacer seule. On la portait d'une pièce à l'autre ou au jardin pour en admirer les cascades dans une espèce de chaise fabriquée exprès pour elle. Or, un matin où elle avait demandé qu'on la mène au jardin pour admirer les jeux d'eau et les nouveaux arrangements, les valets chargés de porter sa chaise la lâchèrent en plein milieu du grand escalier. Elle roula jusqu'au bas des degrés de marbre qui la brisèrent. Quelques heures plus tard elle faisait une fausse couche et mourait dans d'affreuses souffrances. Le chemin était libre devant Bianca et François proclamait déjà son intention de l'épouser. C'est alors que Venise effectua l'un de ces retournements spectaculaires dont le palais des Doges possédait le secret. Après l'avoir honnie, pourchassée, méprisée, la Sérénissime décidait d'adopter Bianca et de la proclamer sa « Fille très particulière ». Elle lui envoya même son père pour conclure la réconciliation mais...

— Ah ! Il y a un mais ! Je commençais à trouver que tout allait trop bien dans le pire des mondes, ronchonna Madame de Sommières.

— Dans ce genre d'histoire, il y en a toujours, sourit Lisa. Celui qui se dressa devant les deux amants était de taille puisqu'il s'agissait du propre frère de François, le cardinal Ferdinand de Médicis. Quand le mariage fut annoncé une scène violente l'opposa au Grand-Duc auquel il fit entendre que même couvert d'or, un mulet ne peut devenir un pur-sang, que l'adoption de Venise ne changeait rien à la chose et que, d'ailleurs, ni Florence ni l'Autriche n'accepteraient ce monstrueux mariage. Après quoi le cardinal partit pour Rome afin de ne pas sanctionner le scandale par sa présence. L'atmosphère de Florence devenait irrespirable. Les Florentins haïssaient Bianca pour son orgueil et son faste impudent au point que tout ce qui pouvait arriver de fâcheux dans l'Etat lui était attribué aussitôt. On ne l'appela plus que la *Strega*... La Sorcière !

« Le Grand-Duc ne l'ignora pas mais, en dépit des menaces et des arrestations, la favorite ne pouvait sortir en ville sans recevoir des pierres. Le débordement haineux fut même si violent qu'elle éprouva un malaise et choisit d'aller passer quelques jours à l'île d'Elbe. Il savait bien qu'il aurait dû renoncer à cette union mais il en était incapable et le 12 octobre 1579 les cloches sonnèrent et les canons tonnèrent pour l'événement... mais le peuple lui était muet et sur le passage du cortège on s'efforçait d'effacer à la hâte les graffitis injurieux qui couvraient les murs. Devant cette énorme et silencieuse réprobation, le couple grand-ducal choisit d'abandonner le palais Pitti, pour s'installer hors de la ville, dans la superbe villa de Poggio à Caiano jadis chère à Laurent le Magnifique. Là François délaissa complètement les affaires de l'Etat pour le plaisir de se livrer à sa vieille passion : l'alchimie. Il y réussissait assez bien mais le mécontentement autour de lui ne fit que grossir, attisé par les agents du cardinal.

« Bianca alors prit peur quand elle sut que, du haut de la chaire du Duomo, l'archevêque de Florence avait tonné contre la Sorcière et son prince indigne, et ce n'était pas ainsi cachée, comme une lépreuse, qu'elle voulait régner. Pour tenter de parer au danger, elle écrivit elle-même à Ferdinand, plaidant pour un rapprochement entre les deux frères. Le cardinal revint à Florence... On échangea des visites courtoises, on donna des fêtes et même une chasse, dont le cardinal était friand, à la suite de laquelle Ferdinand reçut à souper le couple grand-ducal. En rentrant à la loggia les deux époux s'attardèrent auprès du petit lac pour jouir de la beauté d'une nuit exceptionnelle... et le lendemain tous deux souffraient d'une fièvre violente qui les clouait au lit... Ce fut l'affaire de quelques jours. François mourut le premier puis ce fut le tour de Bianca après avoir adressé à son époux un dernier message d'amour. Les sénateurs de Venise sautèrent sur l'occasion et n'eurent qu'une seule voix pour clamer que le cardinal avait empoisonné leur fille mais Florence était toute à la joie de cette double mort et s'en soucia peu. On illumina. Ferdinand jetant sa soutane aux orties, accepta la couronne et fit faire à son frère de fastueuses funérailles mais il refusa la sépulture chrétienne à la *Strega*. On l'enterra de nuit et clandestinement dans un terrain en friche...

Trois paires de mains applaudirent la fin du récit. Lisa salua une main sur le cœur et acheva son champagne.

— Je ne te savais pas une telle culture florentine, fit Aldo. Je croyais que seule Venise t'intéressait ?

— Ses ramifications aussi et Bianca en est une belle, il me semble ?

— En tout cas j'ignorais la fin de l'histoire. On n'a jamais retrouvé son corps ?

— Je ne crois pas. D'ailleurs pourquoi aurait-on cherché ? Tu penses bien que les sbires de Ferdinand ne l'ont pas inhumée avec ses bijoux.

— Elle devait en posséder de magnifiques ! s'écria Marie-Angéline qui s'était tenue coite durant le récit de Lisa ce qui ne lui ressemblait pas. Sait-on ce qu'ils sont devenus ?

Elle allait devoir attendre la réponse un moment. Le

vieux Cyprien qui patientait depuis pas mal de temps pour annoncer « Madame la Marquise est servie ! » se lança dans la brèche pour clamer son message en y ajoutant *sotto voce* :

— Si les quenelles sont trop cuites il faudra s'expliquer avec Eulalie ! Elle est d'une humeur de chien !

En passant près de Cyprien Aldo lui tapa sur l'épaule.

— Voulez-vous que j'aille la voir ?

— Elle adore Votre Excellence mais elle est sourde et aveugle quand l'un de ses plats est en danger ! Peut-être si le potage est expédié rapidement...

Or il était très chaud, le potage. On se brûla héroïquement et il fut avalé en trois minutes. Tous les visages étaient d'une belle couleur écarlate quand les quenelles de brochet à la Nantua firent leur apparition, à peine moins gonflées qu'il aurait fallu mais ensuite on se consacra à leur dégustation. Silencieuse bien entendu et ce fut seulement quand Cyprien servit les émincés de veau aux épinards que l'on put reprendre la conversation. « Plan-Crépin » ouvrit le feu.

— Alors ? Ces bijoux ?

Elle regardait Morosini et celui-ci ne s'y trompa pas.

— Au risque de vous décevoir je dirai que je n'en sais rien. Les Médicis étaient si riches et leurs joyaux si nombreux qu'il n'est pas facile de s'y retrouver. Mais nous pouvons réfléchir ensemble. En premier lieu je vais démolir quelque peu l'image sulfureuse que ma chère épouse a donnée de Ferdinand. Après la mort de son frère et de Bianca, on a pratiqué une sorte d'autopsie et aucun poison n'a été décelé dans les viscères...

— As-tu vraiment le sentiment que s'ils en avaient trouvé les médecins en auraient fait part au nouveau Grand-Duc ? s'insurgea Lisa. Il aurait fallu être fou ou suicidaire puisque les victimes avaient pris chez lui leur dernier repas...

— Ote-toi de l'esprit que c'était un homme cruel !

Depuis Laurent le Magnifique, il a été le meilleur et le plus sage administrateur de Florence qui a connu sous son règne une paix brillante.

— Il a tout de même jeté sa soutane aux orties comme dit Lisa, coupa Marie-Angéline pour qui ce qui touchait à la religion était sacré.

— Elle n'était que symbolique, sa soutane ou plutôt sa simarre. Il avait été nommé cardinal à quatorze ans comme cela se faisait beaucoup dans nos familles princières mais il n'avait jamais reçu les ordres. N'empêche que l'Eglise lui doit pas mal de choses comme l'œuvre de la Propagation de la Foi mais en bon Médicis, il était passionné d'art et enragé collectionneur d'antiques... C'est lui qui a fait édifier à Rome la Villa Médicis sans compter, devenu souverain, le port de Livourne et une marine solide pour lutter contre les pirates turcs. Il a entretenu avec la reine Catherine de Médicis des liens chaleureux et c'est elle qui l'a autant dire marié à sa nièce Christine, fille de Charles II de Lorraine détachant ainsi celui-là de l'alliance espagnole. Plus tard Ferdinand a uni sa nièce Marie avec Henri IV. Et maintenant les bijoux ! se hâta-t-il d'ajouter en voyant s'ouvrir avec ensemble les bouches de sa femme et de Marie-Angéline.

Elles les refermèrent avec le même ensemble. Aldo poursuivit :

— Ferdinand ayant eu huit enfants de Christine de Lorraine, dont deux ont renouvelé l'ancienne alliance autrichienne, de nombreuses pièces ont alimenté le trésor des Habsbourg mais je vois mal le Grand-Duc leur faire présent de celles qui appartenaient à une gueuse néfaste. En revanche, il peut fort bien les avoir incluses dans l'énorme cassette de sa nièce Marie. Ce qui était plus normal puisque, à l'exception de la fameuse croix, son propre père les avait offertes à sa seconde épouse. En outre il s'est montré vraiment fastueux avec elle. Songez que la galère où Marie prit place pour se rendre en

France était entièrement dorée au-dessus de la ligne de flottaison et que les armes de la France qui la décoraient étaient en diamants et saphirs tandis que celles de Toscane brillaient de tous leurs rubis, émeraudes et saphirs...

— Quel gâchis ! soupira Madame de Sommières en chipotant sur les épinards qu'elle n'aimait pas.

— Je partage votre avis et il se peut que toute cette joaillerie ait subi quelques prélèvements au cours de sa navigation, mais pour en revenir à ce qui nous occupe, je pense que la parure a pu venir en France avec la fiancée d'Henri IV. J'ai bien envie d'aller voir au Louvre la série des grandes peintures que Rubens a consacrées à Marie de Médicis. Il me semble que sur l'une d'elles, la Reine porte une croix du même style...

— Auquel cas elle aurait rejoint les Joyaux de la Couronne, constata la marquise avant d'ajouter : Au fait, tu ne nous as pas appris ce que t'a raconté Boldini ?

— Non, c'est vrai, dit Aldo dont le visage se rembrunit. C'est une histoire assez terrible et dont pour l'instant je ne sais trop que penser.

— Dis toujours ! Nous avons la soirée devant nous.

Il s'exécuta sur fond de tarte aux fraises de façon aussi concise que possible sans oublier cependant le bref entretien avec Ricci mais quand il eut fini, un nuage s'était installé sur le front et les beaux yeux violets de sa femme. Il ne s'en aperçut pas tout de suite parce que Marie-Angéline exultait déjà à la pensée que l'Américain possédait un palais à Newport où Mrs Van Buren venait d'inviter « notre chère marquise » et bien entendu elle-même. Ladite marquise se hâta de doucher son enthousiasme :

— Du calme, Plan-Crépin ! Vous n'y êtes pas encore. Je n'étais pas très tentée par cette invitation mais si c'est pour vous l'occasion de fourrer votre nez pointu dans les affaires d'un personnage louche et de lui donner la chasse…

— Louche mais passionnant ! Et si Aldo avait dans l'idée d'aller voir de plus près…

— Ça y est ! Il a fallu qu'elle le dise ! s'écria Madame de Sommières en tapant sur la table. Regardez plutôt Lisa, bécasse que vous êtes ! Vous pouvez être sûre qu'elle s'attend à quelque chose d'approchant !

Aldo fixa sa femme et son regard se chargea de tendresse.

— Tu es inquiète, mon cœur ? C'est vrai ?

— Vrai ! Je suis persuadée que tu te lances déjà, au moins en pensée, sur la trace de ces sacrés bijoux… et cette histoire ne me plaît pas. Ces femmes assassinées…

— Ce que j'ai en tête c'est simplement un petit tour à Londres en général et à Scotland Yard en particulier.

— Tu veux voir Warren ?

— Oui. Son opinion a beaucoup d'importance pour moi. Et tu pourrais venir avec moi. Ce n'est pas loin et tu irais courir les magasins avec Mary ? Elle doit être rentrée des Indes puisque son mariage avec Douglas Mac Intyre a lieu dans deux mois en Ecosse[1].

— Mary est à Kapurthala où elle fait le portrait de la princesse Brinda tandis que Douglas est à Peshawar en mission. Quant au mariage il est prévu dans un mois mais à Delhi, chez le Vice-Roi. J'ai reçu une lettre un peu avant que nous ne quittions Venise !

— Et tu ne m'as rien dit ?

— Tu as toujours tellement de chats à fouetter ! Tu es parti comme la foudre pour Paris où je t'ai rejoint quelques jours après… Cela m'était sorti de l'idée. Alors si tu vas à Londres tu y vas seul. Je préfère t'attendre ici…, mais pas pendant des mois ! Si tu tardes trop je rentrerai.

---

1. Voir *La Perle de l'Empereur*.

Aldo vint s'accroupir auprès de sa femme dont il prit les deux mains entre les siennes.

— Nous nous étions juré de ne plus nous séparer ? Viens avec moi en Angleterre et ensuite nous rentrerons ensemble !

— Non, mon chéri ! Il y a là quelqu'un dont je dois prendre grand soin et, en outre, je te connais trop bien ! Si tu flaires une piste, rien ne pourra t'arrêter et tu te retrouveras de l'autre côté de l'Atlantique sans même t'en apercevoir.

— Tu me juges si mal ? fit Aldo d'un air si déconfit que Lisa se mit à rire.

— Non seulement je ne te juge pas mal mais je ne te juge pas du tout. Simplement, il faut que je me fasse à l'idée qu'on n'a pas droit aux états d'âme quand on est ta femme. C'est le revers de la médaille.

— Alors je n'y vais pas, décréta Morosini en se relevant.

— Mais si tu vas y aller, sinon ton esprit engendrera toute une série d'idées fixes tant que tu ne sauras pas où sont passés les cadeaux du Doge ! Et moi j'ai besoin de paix. Au moins pour quelques mois. Alors va à Londres et voyons ce qu'il en sortira !...

— Oui, mais à présent, te laisser m'ennuie. Tu vas te tourmenter et ce ne sera pas bon pour le bébé.

— Pas à ce point tout de même ! Si tu veux savoir, je vais te dire ce qui m'inquiète le plus : c'est de te voir t'embarquer seul dans cette aventure car je sens que c'en sera une. Si Adalbert était avec toi je serais beaucoup plus tranquille.

— Oui mais une fois de plus il est aux abonnés absents, Adalbert, et personne ne sait où il est passé.

Tante Amélie qui, avec Marie-Angéline, s'était écartée avec discrétion du duo revint sur le devant de la scène pour envelopper les épaules de Lisa d'un bras protecteur.

— Vous faites du roman d'anticipation pour l'instant,

mes enfants ! Voyons d'abord ce qu'Aldo va rapporter de chez le Superintendant. Lisa, vous pouvez rester ici le temps que vous voudrez. Et faire venir les jumeaux s'ils vous manquent trop. Quant à Vidal-Pellicorne, il va bien reparaître un jour ? Plan-Crépin se fera un plaisir de surveiller ce qui se passe rue Jouffroy. Quand il revient, on te l'envoie, mon garçon. Il suffira que nous sachions où t'atteindre...

Lisa tourna la tête afin de poser ses lèvres sur la joue poudrée de la vieille dame.

— Vous savez toujours ce qu'il faut dire, Tante Amélie. Avec vous tout devient simple...

— ... et puis, flûta Marie-Angéline occupée à servir le café, en cas de besoin, je suis là, moi...

Ainsi conforté, Morosini prit le lendemain matin, en gare du Nord, le rapide de Calais.

« Ce qu'il y a de bon avec les Anglais c'est que chez eux rien n'a jamais l'air de changer, se disait Morosini en franchissant deux jours plus tard les grilles de Scotland Yard. Cela évite de mesurer le temps qui passe et de se sentir vieillir. »

C'était valable, évidemment, pour le solide bâtiment flanqué d'une tour ronde en sombre granit de Dartmoor fait pour défier les siècles mais aussi pour les hommes de garde et leur casque ovoïde la jugulaire au menton qui gommait les différences physiques, la taille des moustaches, les longs couloirs gris... et peut-être aussi le sergent qui, au poste de garde, accueillit sa demande d'être reçu par le chief-superintendant Warren. Et en fait c'était le même. Le nom qu'on lui donna lui fit lever la tête et lui arracha l'ombre d'un sourire.

— Il y a longtemps qu'on ne vous a vu, sir ! émit-il avec sobriété avant de décrocher le téléphone intérieur pour s'assurer que l'on pouvait recevoir. Quelques mots brefs puis : Vous êtes attendu !

— Même étage, même bureau ?
— Bien entendu, sir !

Dédaignant l'ascenseur, Morosini choisit l'escalier. Une activité mesurée, feutrée même régnait dans la grande maison. Au siège de la police de Sa Majesté, les portes ne claquaient pas comme au Quai des Orfèvres mais les brouillards extérieurs étaient renforcés par la fumée des pipes – dont chacun sait qu'elles sont propices à la réflexion – ou des cigarettes. Un planton qui ne fumait pas, lui, ouvrit devant le visiteur une porte matelassée et celui-ci put constater que la pièce où travaillait son ami était toujours la même avec ses classeurs d'un brun presque noir, ses lampes à opalines vertes, son fauteuil de cuir noir usagé et ses chaises inconfortables. L'unique changement – et il était de taille ! – venait de Gordon Warren lui-même : tous les souvenirs qu'en conservait Aldo étaient gris. Or, il arborait ce jour-là un complet bleu marine admirablement coupé comme d'habitude, agrémenté en outre d'un bleuet à la boutonnière. L'inévitable macfarlane était cependant pareillement présent et pendait à un porte-manteau comme un drapeau en berne.

— Heureux de vous voir, Morosini, fit Warren venu à sa rencontre. J'espère que votre visite est purement amicale ?

Au physique il n'avait pas changé : long, maigre, chauve, l'œil bouton d'or et la lèvre mince, il tendit à son visiteur une main osseuse mais forte qui broya joyeusement ses aristocratiques phalanges. Le ton était calme, uni mais à la petite étincelle dans l'œil et au léger frémissement des lèvres bien rasées on pouvait déduire une joie extravagante qu'Aldo eût vivement regretté de ternir.

— Si j'ai fait le voyage depuis Paris, c'est uniquement pour vous voir, dit-il. J'avoue que j'ai une ou deux questions à vous poser mais j'aurais pu vous écrire. Je n'ai pas résisté. Mais d'abord comment allez-vous ?

— Bien, je suppose. C'est une question que je ne me

pose jamais. En revanche, donnez-moi des nouvelles de Lisa mais si vous étiez à Paris peut-être n'en avez-vous pas de fraîches ?

« Sacré policier ! pensa Morosini, tu veux savoir ce que je faisais en France ? » Cela ne le gênant pas de répondre, il s'exécuta :

— Elle a profité de mon voyage pour venir faire le tour des couturiers et elle est en forme. Moi j'avais été appelé en consultation par votre confrère Langlois au sujet d'une affaire assez vaseuse...

— Les curieuses collections de ce vicomte qui s'est octroyé une mort présidentielle, je suppose ?

— Décidément on ne peut rien vous cacher, dit Aldo en riant. Nous avons réussi à rendre certains bijoux à leurs véritables propriétaires.

— Si vous pensez que quelques-uns d'entre eux étaient anglais c'est non.

— Je le savais et je n'aurais pas affronté un pas de Calais grincheux pour ça. Ce qui m'amène est une histoire bien plus ancienne qui remonte à un temps où nous ne nous connaissions pas. Vous souvenez-vous de la mort tragique de la cantatrice Teresa Solari ?

— Tuée au Covent Garden en décembre 21 ? Pas facile à oublier. La femme était fort belle et sa voix exceptionnelle... mais comment en êtes-vous venu à vous y intéresser ? A cause des bijoux qu'on a volés sur son cadavre ?

— Naturellement. Eux aussi étaient exceptionnels, ou plutôt le sont toujours car je suppose qu'ils doivent être quelque part. Vous n'en auriez pas une petite idée par hasard ?

— Aucune. Les journaux en auraient fait état... Mais comment cette histoire est-elle venue jusqu'à vous ? A l'époque votre notoriété était encore... jeune !

— Elle n'est pas encore si vieille. C'est le peintre Boldini qui m'a renseigné. Un vrai conte fantastique mais il vaut d'être rapporté et en venant je n'avais pas l'intention de vous cacher quoi que ce soit.

Avec sa précision habituelle, Morosini évoqua le portrait de Madame d'Ostel sans se perdre dans les détails et sans céder à un lyrisme dont il savait que Warren avait horreur. Celui-ci l'écouta avec une attention soutenue, tout en prenant quelques notes.

— Des joyaux Médicis ? Peste ! soupira-t-il quand Aldo eut fini. Votre Boldini ne me l'avait pas dit. Je me demande pourquoi d'ailleurs ?

— Je crois qu'il avait l'impression de ne pas vous intéresser et aussi que vous redoutiez de le voir se mêler à votre enquête.

— Il n'a pas entièrement tort. Je me souviens qu'il m'avait un peu agacé avec le lamento dont il m'a régalé à l'époque. En plus il ne me lâchait pas et trouvait visiblement que l'enquête piétinait.

— En dépit du fait qu'il ait rendu hommage à votre valeur, ça aussi c'est vrai. Il pense même qu'elle a été abandonnée...

Warren lâcha son crayon, planta ses coudes sur son bureau et darda sur Aldo un regard qui pesait une tonne.

— Jamais nous n'abandonnons faute de résultat. Le dossier n'est toujours pas refermé... même si l'assassin a été retrouvé.

— Vous l'avez eu ? Qui était-ce ?

— Oh ! Un simple exécutant : un certain Bobby Rasty qui s'était fait engager au théâtre comme machiniste quelques semaines avant la représentation. Quelqu'un l'a vu s'enfuir de Covent Garden aussitôt après la découverte du cadavre. Il est monté dans une voiture qui l'attendait sur l'arrière du bâtiment...

— Et vous avez réussi à mettre la main dessus quelque temps après ?

— C'est la brigade fluviale qui l'a fait quand elle a

repêché son corps près de Wapping environ un mois après le crime. Il avait été proprement égorgé.

— Autrement dit, il n'était qu'un comparse. Et le véritable assassin, vous ne l'avez pas coincé ?

— Non. C'est pourquoi le dossier n'est pas refermé. Auriez-vous une suggestion ? ajouta le policier mine de rien en feignant de concentrer son attention sur son crayon dont, à l'aide d'un canif, il entreprit de retailler la pointe avec autant de soin que si le sort du monde en dépendait. Du coup Morosini se consacra soudain à un examen attentif de ses ongles.

— Peut-être ! laissa-t-il tomber négligemment. Ce n'est, remarquez-le, qu'une suggestion mais il m'arrive de croire aux coïncidences. Il y en a qui donnent à penser. Connaissez-vous un certain Ricci ? Aloysius C. Ricci pour être plus complet ?

— Le milliardaire américain ? Comme tout le monde : sale tête d'origine italienne et grosse fortune d'origine douteuse. Qu'est-ce qu'il vient faire là-dedans ?

— Rien peut-être mais il se trouve qu'il était présent chez Pavignano à certaine fête de fiançailles et qu'il assistait à la tragique représentation de *Tosca*.

L'œil rond du « Ptérodactyle » abandonna son crayon pour lancer un éclat jaune sur son visiteur.

— Comment le savez-vous ?

— Boldini bien sûr !

— Celui-là ! Au lieu de fuir ses imprécations j'aurais mieux fait de le passer à la question ! Vous a-t-il tout dit ou conserve-t-il quelques détails à distiller ?

— En dehors du fait qu'il a reçu, à l'époque, une lettre de menaces qui lui a fait reprendre le chemin de la France et vous a débarrassé de lui je crois sincèrement que tout y est. Il n'avait évidemment aucune raison de risquer sa peau pour une belle cantatrice que sa mort n'aurait pas ressuscitée. D'où l'idée qu'il a eue de décorer le portrait de feue la baronne d'Ostel des bijoux de la

« Sorcière de Venise » dans l'espoir d'inciter quelqu'un dans mon genre à les rechercher. Mais j'ai encore à vous dire qu'avant de me jeter dans le train pour me précipiter chez vous nous avions déjeuné au Ritz Boldini et moi en face de Ricci et d'une de ses belles amies...

Suivit la fidèle relation de la conversation à trois avec le milliardaire qui n'eut d'ailleurs pas l'air d'impressionner Warren : il se remit à peaufiner son crayon.

— Je ne vois rien là-dedans qui confirme si peu que ce soit la thèse de sa culpabilité, dit-il en conclusion. Boldini lui a refusé un portrait et vous d'investiguer au sujet de son envie de collectionner. Un point c'est tout.

— Il n'en demeure pas moins que ce personnage mérite qu'on lui consacre une certaine attention. Ne fût-ce que pour sa manière d'accepter les refus. J'ai trouvé ça ce matin sur la table de mon breakfast, ajouta-t-il en tirant de sa poche un télégramme qu'il jeta sur le bureau. On m'y apprend que la maison du peintre a été victime dans la nuit d'avant-hier d'un incendie que la présence d'esprit d'un voisin noctambule a permis fort heureusement d'éteindre très vite. Sans lui son atelier était anéanti. Encore une coïncidence sans doute ?

Sans répondre, le Superintendant lut à deux ou trois reprises le papier que Lisa avait signé et ne sortit de son silence que pour clamer d'une voix digne de commander une revue de la Garde :

— Pointer !

Une porte de côté s'ouvrit aussitôt permettant à Aldo de constater que l'inspecteur Jim Pointer n'avait pas changé lui non plus : c'était toujours la même carrure de grenadier surmontée d'un long visage dont les incisives proéminentes évoquaient irrésistiblement un lapin. La vue de Morosini eut l'air de lui faire plaisir mais on ne lui laissa guère de temps pour la joie des retrouvailles.

— Allez me chercher le dossier Teresa Solari ! Décembre 1921 ! lui enjoignit son patron.

— Oh, je n'ai pas oublié ! Heureux de vous voir, sir ! réussit-il à placer avant de s'éclipser.

— Moi aussi, inspecteur ! dit Morosini à la porte qui se refermait cependant que par l'entrée principale le planton surgissait armé du plateau à thé. Il était en effet cinq heures et le sacro-saint breuvage devait circuler dans toute la maison comme dans tout le reste de l'Angleterre. Aldo détestait le thé et eût donné n'importe quoi pour un bon café mais le divin nectar était outrageusement inconnu dans le Royaume-Uni où l'on osait servir sous son nom – sauf au Ritz d'origine suisse – une accablante tisane que le Vénitien soupçonnait de provenir en droite ligne des glands de la forêt druidique. En outre deux tasses figuraient sur le plateau, signe tangible de l'estime où le tenait Scotland Yard puisqu'il était l'ami du patron. Aussi se résigna-t-il à avaler l'eau chaude additionnée de sucre et de lait qu'on lui offrait.

De son côté, l'inspecteur Pointer fit preuve d'une remarquable célérité : le sous-main de Warren était encore chaud quand il déposa le dossier demandé que d'ailleurs le policier n'ouvrit pas. Il s'agissait d'une liasse épaisse et, devinant que Warren préférait le consulter seul, Morosini se leva et prit congé en annonçant son intention de revenir le lendemain si Warren n'y voyait pas d'inconvénients.

— A moins que vous n'acceptiez de dîner ce soir avec moi ? proposa-t-il.

— N'est-il pas déjà convenu que nous nous retrouvions ce soir ?

— Où ?

— Mais chez Vidal-Pellicorne ?

Il prononçait « Pellicôôôôrne » d'une façon plutôt réjouissante mais Morosini était trop surpris pour s'amuser.

— Adalbert ? Il est ici ?

— Depuis une petite semaine, je crois. Oh, je vois que vous ne le saviez pas et je crains d'avoir gaffé !

— Non. Je viens d'arriver et il l'ignore. Quant à moi je le croyais encore sur le Nil, mais c'est une bonne nouvelle que vous m'annoncez là et je vais filer chez lui de ce pas ! A ce soir sans doute !

Heureux tout à coup comme un collégien qui s'en va rejoindre un copain, Aldo quitta allègrement le siège de la police métropolitaine, héla un taxi et lui donna l'adresse d'Adalbert à Chelsea. En effet, depuis l'affaire de la Rose d'York qui les avait retenus longtemps à Londres, lui et Morosini, l'archéologue louait dans le quartier des artistes une charmante maison datant des Stuart ayant appartenu plus récemment au peintre Dante Gabriele Rossetti. Il s'y était tellement plu qu'il l'avait gardée ce qui lui permettait de venir, de temps à autre, surveiller ce qui se passait chez ses rivaux du British Museum. Depuis la découverte de la tombe de Toutankhamon, qu'il ne parvenait pas à digérer, il brûlait de leur damer le pion d'une manière quelconque. Et tandis que sa voiture se frayait un passage dans les encombrements de la City en cette fin de journée Morosini pensait qu'il devait y avoir une excellente raison pour qu'Adalbert fût parti d'Egypte et eût gagné Londres sans passer par Paris. Surtout sans récupérer son fidèle Théobald, seul capable de lui assurer le confort douillet dont il était bien obligé de se priver sur les chantiers de fouille.

Pourtant quand Aldo sonna à la porte de chêne au vernis aussi étincelant que ses cuivres, ce fut le même Théobald qu'il découvrit derrière, drapé dans un vaste tablier blanc. La surprise fut totale pour tous les deux.

— Son... euh Excellence ? émit celui-ci avec une sorte de hoquet.

— Vous ? Mais qu'est-ce que vous faites là ?

— Monsieur le Prince voit : mon service !

— Pourquoi ne m'avez-vous pas prévenu de votre départ ? Vous êtes ici depuis quand ?...

— Trois jours, Excellence, trois jours ! Monsieur m'a convoqué par télégramme. J'ai fait mon sac, fermé la rue Jouffroy et je suis parti.

— Encore une fois pourquoi n'avoir rien dit ? Vous saviez bien que je cherchais votre maître ?...

— Qu'est-ce que c'est, Théobald ?

L'apparition d'Adalbert armé d'un attendrissant bouquet de roses et de muguet dispensa son serviteur d'une réponse un peu difficile à trouver mais au lieu de s'éclairer à la vue de son ami, son œil bleu sur lequel une mèche blonde s'obstinait à retomber vira à un gris curieux.

— Toi ? Mais comment es-tu venu ici ?

— A ton avis ? Forcément pas à pied ! émit Aldo que ce genre de réception déroutait quelque peu. Bien que ni Adalbert ni lui ne fussent partisans des grandes embrassades, il avait, pour la première fois, la désagréable impression de mal tomber.

— Excuse-moi ! Je voulais dire comment se fait-il que tu sois à Londres ?

Théobald fila discrètement vers la cuisine ce qui laissait Adalbert maître d'un terrain se limitant toujours à l'antichambre. La moutarde commença son ascension jusqu'aux narines sensibles d'Aldo.

— Tu y es bien, toi ? Et je ne suis pas, que je sache, interdit de séjour en Angleterre ? En tout cas tu pourrais au moins me laisser entrer et m'offrir un siège ? Voire un verre ? Cela se fait entre amis.

Visiblement embêté, Vidal-Pellicorne s'écarta pour permettre à Morosini de pénétrer au-delà de ladite antichambre. Toujours aussi agréable avec ses rideaux de velours d'un jaune doux, ses tapis aux couleurs assorties, son mobilier Chippendale et ses vastes fauteuils Chesterfield, il y avait là plus une « pièce à vivre » qu'un salon. Comme la première fois qu'il y était venu Morosini vit une table ronde où le couvert était mis pour trois personnes placée près de la cheminée en marbre blanc où brûlaient quelques bûches répandant une odeur de pinède beaucoup plus agréable que l'habituel feu de tourbe. Il y avait déjà des fleurs dans de grands vases égyptiens et celles que tenait Adalbert étaient destinées visiblement au petit surtout de table d'argent placé au centre de la table.

— Ravissant ! ironisa Aldo. Je vois que tu m'attendais ? J'ai toujours admiré ton sens divinatoire…

— Qu'est-ce qui te le fait supposer ? fit Adalbert d'un ton rogue.

— Cette table ! C'est comme la première fois que je suis arrivé ici. Trois couverts : Warren, toi et moi.

— Où as-tu pris que Warren doit venir ?

— Je sors de chez lui. Il me l'a dit pensant dans sa grande ingénuité que nous allions dîner ensemble.

— Ah ! Tu l'as vu ?… Visite d'amitié ou d'affaires ?

Vidal-Pellicorne revenait à son arrangement floral, ce qui le dispensait de regarder son ami.

— Un peu les deux, répondit celui-ci, mais comme de toute évidence tu t'en fiches éperdument, je m'en voudrais de te déranger plus longtemps. Et surtout de troubler ton envol artistique. Qui me surprend un peu : tu aurais dû me dire que tu te reconvertissais dans la fleur coupée.

— J'ai le droit de mettre des fleurs chez moi, aboya Adalbert qui se coupa un bout d'ongle avec son sécateur.

— Mais tu as tous les droits, mon bon ! Même celui de me recevoir comme un chien dans un jeu de quilles. Je t'ai connu plus aimable. Et puisque décidément je dérange…

— Tu ne me déranges jamais ! Euh… rarement ! J'avoue que ce soir… Mais, j'y pense, tu voulais peut-être venir t'installer ?

— Alors que je te croyais au fond de l'Egypte ? Je n'ai pas pour habitude d'investir les logis qui ne m'appartiennent pas. Rassure-toi j'ai laissé mes petites affaires au Ritz et c'est Warren qui m'a appris ta présence à Londres. En outre, il a gaffé, le pauvre ange, en s'imaginant que je dînais chez toi avec lui.

— Mais enfin pourquoi y es-tu allé ? Tu as des ennuis ?

— Pourquoi veux-tu que j'aie des ennuis nécessitant l'aide de la police de Sa Majesté ?

— Alors qu'est-ce que tu fais à Londres ?

— Ça, mon bonhomme, ça ne te regarde pas ! Chacun ses petits secrets. Je pourrais d'ailleurs te retourner la question mais, comme tu n'as pas l'air décidé à répondre, je te tire ma révérence ! Cependant je n'imaginais pas que le Ptérodactyle eût des goûts aussi romantiques, ajouta-t-il en désignant les fleurs de la table. Des roses et du muguet ! Au fond ce doit être un tendre...

Aldo persiflait mais intérieurement il bouillait. L'accueil plutôt frais de son ami lui causait une déception d'autant plus cuisante qu'elle suivait de trop près la joie éprouvée à l'idée de reconstituer leur tandem dans la chasse aux joyaux de la Sorcière. Il ne comprenait pas ce qui se passait. A eux deux, ils composaient jusqu'à présent une belle mécanique, bien huilée et c'était bien la première fois qu'un grain de sable s'y glissait au point de la faire grincer. Peut-être même la briser ?

Refusant de s'attarder sur une pensée aussi déprimante, Aldo regagna l'antichambre. Adalbert l'y suivit :

— Ecoute, dit-il, je suis désolé de te recevoir de la sorte mais je suis pris par une... importante affaire et je n'ai pas le moindre temps à te consacrer. Il faut comprendre ! On se reverra... plus tard et alors je t'expliquerai...

— Tu n'expliqueras rien parce que c'est moi qui alors n'aurai peut-être plus de temps à t'accorder, lâcha Morosini incapable, sous peine d'étouffer, de contenir plus longtemps sa colère. Je te souhaite une excellente soirée !

— Dis-moi au moins comment vont Lisa et les enfants ?

— Le mieux du monde ! Bonsoir !

En prenant son chapeau et ses gants des mains de Théobald, Morosini rencontra son regard et ce regard empreint d'une lourde tristesse, ce regard qui cherchait à lui transmettre un message lui rappela quelque chose. Théobald avait le même quand, à leur retour du périple à la recherche des émeraudes du Prophète, Adalbert s'était fiancé avec la pseudo-Hilary Dawson et que, rue Jouffroy, on parlait mariage. Un mariage qui représentait aux yeux du serviteur modèle la fin d'une existence, pleine d'imprévus sans doute, mais harmonieusement réglée dans ses détails quotidiens. Le simple fait de cuisiner pour une Anglaise au goût irrémédiablement dépravé le rendait malade. Ce fut pour Aldo un trait de lumière : cette débauche de fleurs, la mauvaise humeur d'Adalbert et son désir de se débarrasser de lui s'expliquaient tout naturellement s'il attendait une femme. Cependant quelque chose clochait : qu'est-ce que Warren venait faire là-dedans ? Aldo que le temps ne pressait pas résolut d'en savoir un peu plus.

Revenu dans Cheyne Walk, la promenade qui longeait la Tamise, il partit d'un pas tranquille comme s'il cherchait un taxi, gagna l'abri des arbres, s'éloigna assez pour n'être plus en vue des fenêtres de la maison, fit un tour et revint s'abriter derrière le tronc le plus commode pour observer ce qui allait se passer. D'abord la nuit tomba puis il vit arriver Warren en smoking sous un ample manteau. Enfin, après un laps de temps qui lui parut interminable une longue Rolls-Royce noire conduite évidemment par un chauffeur en livrée s'arrêta : une jeune femme enveloppée de chinchilla – une frileuse sans doute car on était au printemps et il ne faisait pas froid ! – en descendit. A la lumière d'un réverbère, Aldo put voir qu'elle avait de magnifiques cheveux sombres dans lesquels une aigrette blanche était plantée, fixée par un étroit bandeau clouté de diamants. D'autres diamants brillaient à ses oreilles mais elle était de celles qui n'ont pas besoin d'ornements pour rehausser leur beauté. Sous la lumière froide du réverbère cette femme lui parut ravissante et il eut l'impression qu'elle ne lui était pas inconnue. Elle ressemblait incontestablement à une princesse égyptienne... mais aussi à quelqu'un d'autre que pour le moment il ne situait pas.

Quand la belle inconnue fut entrée dans la maison, Aldo dut se faire violence pour ne pas aller faire un brin de causette avec le chauffeur. Même appartenant à une grande maison, il y a toujours moyen d'en tirer des renseignements mais il se voyait mal dans ce rôle et, pensant que Warren consentirait peut-être à satisfaire sa curiosité, il resta encore un moment à contempler les fenêtres éclairées puis tournant les talons se mit en quête d'un taxi pour rentrer à l'hôtel. Encore plus déprimé qu'en sortant de chez Adalbert parce qu'il y avait gros à parier que celui-ci était tout simplement tombé amoureux de la dame au chinchilla. Il fallait avouer qu'il y avait de quoi mais était-ce une raison pour jeter quasiment dehors son meilleur ami ?

Aldo admettait volontiers que le meilleur ami en question n'avait pas débordé d'enthousiasme lorsque à Istamboul, il avait vu débarquer de l'Orient-Express un Adalbert épanoui escortant une blonde Anglaise que l'on supposait s'appeler Hilary Dawson. Il était resté courtois parce que c'était chez lui une seconde nature mais ne s'était guère donné la peine de cacher son agacement et même sa méfiance[1]. Amplement justifiée par la suite des événements, mais il n'y avait aucune raison pour que la jolie femme entrevue soit aussi vénéneuse. En outre elle ne devait pas avoir de problèmes d'argent...

Une fois casé dans un taxi qui sentait la pipe froide, il fit son examen de conscience et s'adressa des reproches. De quel droit prétendait-il régir la vie sentimentale

---

1. Voir *Les Emeraudes du Prophète.*

d'Adalbert ? Celui-ci avait bien été obligé d'en passer par les fluctuations de la sienne au temps où Anielka Solmanska[1] l'envahissait et, plus tard, de le voir épouser Lisa sans broncher alors qu'il était lui-même quelque peu amoureux de la jeune fille. Et la nouvelle venue semblait bien belle ! Avec son faux air de princesse égyptienne, elle avait tout ce qu'il fallait pour séduire un archéologue. Et la débauche de fleurs à laquelle s'était livré Adalbert était significative. A y réfléchir Aldo finit par conclure que ce qui le froissait le plus dans cette histoire c'était Warren. Quel rôle le Ptérodactyle venait-il jouer dans les amours pellicorniennes ? Celui de duègne ? Ridicule ! Celui de confident ? C'est là que le bât blessait... Ou alors, la dame avait un problème nécessitant un conseil, voire une aide discrète de la Police et ceci expliquerait cela mieux que n'importe quel roman né de son imagination méridionale...

On en était à ce point quand la voiture s'arrêta devant le Ritz mais avant que le voiturier galonné ait eu le temps d'ouvrir la portière, Morosini ordonnait à son chauffeur :

— Retournons à Cheyne Walk !

— Si c'est pour revenir ensuite ici, je préfère que vous preniez un de mes confrères, sir. Je termine dans une demi-heure.

— Dans ce cas...

Aldo paya la course, descendit presque sur les pieds du voiturier qui avait entendu l'échange de paroles.

— Un autre taxi, sir ?

— Pas maintenant, merci !

Habitué aux caprices des clients, l'homme n'insista pas. Aldo rentra dans l'hôtel et fila droit au bar. Il venait de penser à un moyen commode d'exécuter l'idée qui lui était venue mais pour ce faire il avait besoin d'une

1. Voir *L'Etoile bleue*.

fine à l'eau pour se remettre de ses émotions et de l'annuaire du téléphone... Nanti de l'une et de l'autre, il chercha le numéro du White Horse, un pub du Strand où l'une de ses vieilles connaissances avait ses habitudes. Il demanda Harry Finch[1]. Par chance il était là :

— Vous souvenez-vous de moi ? Prince Morosini ?

— On n'oublie pas facilement un client comme vous, sir. Vous avez besoin de moi ?

— Tout de suite si vous êtes libre. Venez me prendre au Ritz !

Quelques minutes plus tard, Harry Finch arrêtait son taxi devant le palace.

— Ça fait plaisir de vous revoir, votre Altesse, s'écria-t-il avec une bonne humeur garante de sa sincérité.

— Laissez l'Altesse de côté ! Je n'y ai pas droit ! Sir suffira.

— Comme vous voudrez. Alors où va-t-on ce soir ? White Chapel, Lime House ? Wapping ? proposa Finch à la manière d'une carte de restaurant.

— Chelsea, si vous le voulez bien. Et en particulier Cheyne Walk.

— Ça change en effet !

— Que voulez-vous on ne peut pas toujours fréquenter les bas-fonds. On finit par se lasser !

— C'est pas une critique. Il arrive qu'on puisse s'amuser autant dans les beaux quartiers...

Le taxi démarra allègrement donnant à Morosini l'impression que son moteur ronronnait d'enthousiasme. Il était lui-même très content d'avoir retrouvé Harry Finch qui s'était montré à une autre époque un auxiliaire d'autant plus précieux qu'il était discret. Arrivés en vue de la maison d'Adalbert devant laquelle la Rolls patien-

1. Voir *La Rose d'York*.

tait toujours, il lui indiqua de rester à quelque distance de façon à ne pas la perdre de vue.

— Et maintenant, on attend ! conclut-il quand Finch eut trouvé l'emplacement idéal.

— Jusqu'à quand ?

— Que la voiture démarre. Il faudra la suivre. Je veux savoir où elle se rendra.

— Me répondez pas si ça vous ennuie mais c'est pas là que vous habitiez au moment du procès Ferrals qui a fait tant de bruit ? Un Français au nom impossible mais bien sympathique y logeait avec vous ?

— Il y est toujours et il n'y a pas d'indiscrétion. Je redoute qu'il soit embarqué dans une histoire... inquiétante...

— ... mais qui a l'air d'avoir les moyens ! Quelle bagnole ! Si je vous ai compris : vous voulez le protéger ?

— Exactement !

L'attente dura environ une heure. Minuit sonnait à Big Ben quand la porte de la maison s'ouvrit, livrant passage à Adalbert accompagnant ses invités jusqu'à la voiture. La vue de la jeune femme arracha à Finch un sifflement admiratif et un :

— *By Jove !* Je comprends que vous soyez inquiet ! Pour une belle femme c'est une belle femme ! Et tout le reste va avec ! Mais dites donc, l'homme qui monte avec elle, ce serait pas l'as de Scotland Yard ? Le Superintendant Warren ?

— Oh oui. C'est lui !

— Eh bien, pour suivre une voiture où il est, il va falloir des précautions. Il connaît la musique !

— Prenez, mon cher Finch, prenez ! Tout ce que je veux, pour ce soir, c'est savoir où cette dame habite et, si possible, qui elle est.

— Ça ne devrait pas poser de problèmes.

Avant de démarrer, Harry Finch laissa la Rolls

prendre un peu de distance puis se lança sur ses traces. Au bout d'un moment, il reprit :

— On dirait qu'elle le ramène au Yard ? Il fait quand même pas des heures supplémentaires ?

— Rien d'étonnant ! Depuis que je le connais je ne l'ai jamais vu vivre comme tout le monde.

C'était effectivement à son bureau que retournait Warren. Les deux observateurs virent la voiture s'arrêter devant le factionnaire et le policier en descendre après quoi elle reprit sa route. Imperturbable, Finch suivit...

On alla ainsi jusqu'à Regent's Park où le beau carrosse s'arrêta devant l'une des plus luxueuses demeures. Le chauffeur d'Aldo siffla doucement :

— Eh bien dites donc elle ne se refuse rien ! Cet hôtel c'est Hanover Lodge qui appartenait jusqu'à y a pas longtemps à l'amiral Beatty ! Qu'est-ce qu'on fait maintenant ?

— Rien sinon me ramener au Ritz. Mais si vous aviez un moyen d'apprendre qui habite à présent cette maison cela me rendrait service.

— Oh ça ne devrait pas poser de difficultés majeures. Avec ce genre d'adresse et le numéro de la Rolls, on peut faire de grandes choses.

— Alors je m'en remets à vous, mon cher Finch ! Il y a longtemps déjà que je n'en ai plus à découvrir sur votre valeur.

Un moment plus tard, Morosini allait se coucher tandis que Harry Finch, tout fier de lui et récompensé royalement de ses peines à venir, reprenait sa course à travers Londres nocturne.

Le lendemain matin, sur la table de son breakfast, Aldo trouvait une enveloppe contenant une carte sur laquelle son chauffeur avait écrit :

« C'est la princesse Obolensky mais ne la prenez pas pour une Russe. C'est une Américaine pur jus qui serait même un brin timbrée. »

CHAPITRE IV

JACQUELINE

Deux heures plus tard, poursuivi par un planton affolé, Morosini faisait irruption dans le bureau du Superintendant Warren. Celui-ci, occupé à absorber l'une de ces mixtures pétillantes censées guérir la gueule de bois en avala de travers, s'étrangla, toussa éperdument, vira au violet et ne retrouva ses nuances naturelles qu'après que le visiteur intempestif lui eut appliqué quelques solides claques dans le dos.

— J'avais... dit... que je ne voulais pas... être dérangé, articula-t-il avec une peine infinie.

— Il n'a rien voulu entendre, gémit le jeune flic. J'ai pourtant fait ce que je pouvais !

— Je sais, Crofton ! Les tempêtes méridionales sont toujours imprévisibles ! Retournez à votre poste ! Et vous, ajouta-t-il d'un ton nettement moins conciliant, qu'est-ce que vous venez faire ? D'habitude on n'entre pas ici comme dans un moulin, vous savez ?

— Toutes mes excuses mais je n'ai pas dormi de la nuit et ce matin je veux savoir qui est la princesse Obolensky avec laquelle vous avez dîné hier soir ?

Warren admira en connaisseur et son œil s'arrondit.

— Quel dommage que vous soyez italien !...
— Vénitien s'il vous plaît !
— Ça fait une différence ?
— Enorme ! Alors vous disiez ? Si je n'étais pas...
— Je vous offrirais une place sur-le-champ !
— Ce n'est pas une réponse et je vous rappelle que votre temps est précieux. Alors je répète : qui est...
— Une Américaine richissime...
— Je le sais déjà.
— Alors que voulez-vous de plus ? grogna Warren au nez duquel la moutarde commençait à monter sérieusement.
— Ce qu'elle est pour Adalbert et ce qu'elle faisait chez lui hier au soir ?
— Vous n'imaginez pas que je vais vous répondre ? Si « votre » ami n'a pas jugé bon de vous le dire ce n'est à moi de le faire. Secret professionnel ! Vous devez le comprendre, hein ?
— Tout à fait d'accord mais puisque vous avez l'air de jouer là-dedans le rôle du confident, je veux savoir ce que cette femme est pour Adalbert ?

L'ironie plissa soudain la longue figure de Warren et une étincelle s'alluma sous le surplomb des sourcils.
— Ma parole vous faites une crise de jalousie ?

Le mot était mal venu. Morosini souffla la fureur par les naseaux.
— Faites attention à ce que vous dites ! Je ne suis pas jaloux, je suis vexé d'être tenu à l'écart d'un fait peut-être inquiétant pour mon meilleur ami. Depuis l'année dernière j'en ai par-dessus la tête de la noblesse russe vraie ou fausse !
— Oh, je pense que cette noblesse-là ne fait guère de doute. La dame est reçue dans la famille royale dont certains membres se rendent parfois chez elle. Une partie des siens appartient à notre aristocratie : le baron Astor of Hever et...

— Ne me dites pas que c'est une Astor ?
— Mais si ! Vous avez quelque chose contre eux ?

Aldo ne répondit pas tout de suite. Il savait à présent qui lui rappelait la « princesse égyptienne » : la redoutable Ava Astor, sans doute l'une des plus jolies femmes de son temps mais aussi la plus sèche de cœur, la plus autoritaire, la plus vaniteuse et la plus envahissante des créatures humaines. En résumé la pire des emmerdeuses ! Pensant tout haut, il finit par exhaler :

— Ce doit être sa fille ! Elle en avait une entichée d'égyptologie...
— De qui ?
— De lady Ribblesdale ! Ava Astor si vous préférez dont le premier mari a coulé avec le *Titanic*.
— C'est bien ça. Comment avez-vous deviné ?
— Physiquement elle ressemble à sa mère. Si elle lui ressemble aussi au moral et si, comme je le redoute, Vidal-Pellicorne en est amoureux, le pauvre garçon court à sa perte.
— Où prenez-vous qu'il soit amoureux d'elle ?
— La débauche de fleurs à laquelle il se livrait hier au soir était on ne peut plus explicite. En outre je suis tombé chez lui comme un pavé dans une mare à grenouilles. Sacrebleu ! Vous devez le savoir, vous, si vous avez partagé le dîner des tourtereaux ?

Cette fois Warren se put s'empêcher de rire.

— Et vous vous demandez ce que je fabriquais au milieu ? J'avoue qu'un moment je me suis posé la question. Qu'Adalbert soit sous le charme, il n'y a aucun doute.
— C'est un duo, ou il soupire en solo ?
— Un duo, non. Pas encore. J'ai l'impression. Comment dire ? Leur relation a quelque chose de... médiéval..., oui : la dame et son chevalier décidé à tout pour la conquérir.
— Je vois ! Des kilomètres à plat ventre pour avoir le

droit de lui baiser les doigts. Et vous trouvez que c'est rassurant !

— Calmez-vous ! Ce n'est pas aussi inquiétant ; je vous confierai même que la princesse Alice...

— Elle s'appelle Alice ?

— Alice-Ava-Muriel !... Je crois même qu'à son baptême Ava venait en premier mais sa mère entend rester la seule de l'espèce et ne l'a jamais appelée autrement qu'Alice.

— C'est bien d'elle ! Pardon de vous avoir interrompu ! Vous disiez que la princesse...

— A des soucis que Vidal-Pellicorne veut l'aider à résoudre et pour lesquels il a requis mes lumières. A présent tenez-le-vous pour dit et ne m'en demandez pas davantage : secret professionnel !

Morosini n'insista pas. L'idée lui venait qu'en coinçant Théobald et en le passant à la question, il arriverait peut-être à en apprendre davantage. Il était temps de revenir à ses propres moutons :

— Je comprends. A présent pouvez-vous me dire si l'étude du dossier d'hier vous a appris quelque chose ?

— Pas vraiment. L'assassin est mort, vous le savez, et rien n'a permis de le relier au sieur Ricci. Le seul tort de celui-ci a été de se trouver présent dans la salle quand la Solari a été tuée. On ne peut tout de même pas lui reprocher d'aimer *Tosca* ?

— Ce doit être Scapia qui le fascine. Ils se ressemblent. Est-ce qu'il a un pied-à-terre en Angleterre ?

— Mieux : un manoir dans les environs d'Oxford mais quand il ne reste à Londres qu'un jour ou deux, il descend au Savoy. Je ne vous cache pas que le personnage me déplaît et que j'aimerais assez l'inculper d'un méfait quelconque mais dans l'état actuel de la question il n'y a rien.

— Et pourtant, soupira Morosini, je mettrais ma

main au feu qu'il trempe jusqu'au cou dans cette affaire. Et peut-être même détient-il ce que je cherche.

— Difficile à prouver ! Apparemment il n'y a pas possibilité de l'impliquer dans le crime de Bagheria, sinon il aurait les bijoux en sa possession depuis cette nuit-là et, par définition, la Solari ne les aurait jamais eus.

— C'est logique, seulement, il a pu les voir, ce soir-là, et les rechercher par la suite. Sait-on comment ils sont entrés dans l'écrin de la diva ?

— Comment savoir ? Son protecteur de l'époque, un banquier milanais, jurait les lui avoir connus depuis le début de leur relation. Son habilleuse et sa femme de chambre aussi. Ce seraient des bijoux de famille.

— De quelle famille ? Là est la question.

— Ce n'est pas mon avis. Il est normal que vous cherchiez à travers l'Histoire les tenants et les aboutissants mais, à mon sens personnel, la question serait plutôt où sont-ils passés depuis Covent Garden ?

— Evidemment. Pourtant, croyez-moi, leur parcours depuis Florence est loin d'être indifférent. Et Dieu sait si celui-là est difficile à retracer ! J'ai la certitude qu'en venant en France épouser Henri IV, Marie de Médicis les possédait. Cependant ils ne sont jamais entrés dans les coffres des Joyaux de la Couronne de France. Donc la Reine s'en était défait. Au profit de qui et pour quelle raison ? Peut-être vers la fin de sa vie quand elle vivait dans une embarrassante gêne financière.

— Ils ont pu être volés aussi ?

— Pourquoi pas ? Et je n'ai aucun moyen de le savoir.

— Encore une fois ce n'est pas si important !

— Si, parce que souvent les descendants des possesseurs momentanés, considérant qu'ils appartiennent à leur héritage, se lancent à leur recherche sans se soucier autrement des moyens de les récupérer. J'en ai eu un exemple chez moi quand feu sir Eric Ferrals décidait de se procurer ce qu'il appelait lui l'Etoile bleue parce qu'au XVIIe siècle elle avait valu les galères à son ancêtre protestant. Mais ma mère a été assassinée par celui qui voulait la lui vendre. Certes ce n'est pas sir Eric qui lui a fait avaler le poison mais il s'est trouvé être le meurtrier indirect. Vous m'avez dit que l'assassin de la Solari avait été retrouvé dans la Tamise où il n'est pas entré de son propre chef : ce qui signe un commanditaire et, même si vous n'avez relevé aucun indice menant à Ricci, vous ne m'enlèverez pas de l'esprit qu'il a donné les ordres. Justement parce qu'il s'appelle Ricci. Vous dites qu'il possède un manoir aux environs d'Oxford ? Où exactement ?

Warren fronça le sourcil et fit toute une affaire de tapoter sur son bureau les feuillets d'un dossier pour qu'aucun ne dépasse les autres.

— Si je vous le dis, vous allez y courir et vous fourrer peut-être dans un guêpier dont je n'aurai probablement aucun moyen de vous tirer. Surtout si vous vous faites pincer ! Vous vous retrouverez en prison parce que devant la loi, il n'y a pas d'amitié qui tienne...

— Vous me croyez si maladroit ?

— Non. Je crois surtout que vous feriez fausse route parce que Ricci est américain, qu'il vit outre-Atlantique beaucoup plus souvent que chez nous et que s'il a les bijoux il ne les a sûrement pas laissés sur le sol britannique.

— Pourquoi pas ? Ce ne doit pas être facile de sortir des pièces de cette importance ?

Un sourire féroce étira les coins de la bouche du Superintendant.

— Il a des relations... et nous l'équivalent de votre valise diplomatique ! En outre, je vous rappelle qu'il a fait construire l'équivalent de votre palais Pitti. Ça me paraît le cadre tout indiqué pour la parure d'une grande-duchesse de Toscane.

Morosini ne répondit pas. C'était assez juste et le raisonnement de Warren lui semblait marqué au coin du bon sens, mais il ne pouvait s'empêcher de penser que le policier cherchait un moyen élégant de se débarrasser de lui. Surtout si Adalbert et son Américaine lui posaient déjà un problème quelconque. Il choisit de changer de sujet :

— Vous ne voulez vraiment pas me dire ce qui se passe entre Vidal-Pellicorne, sa princesse… et vous ?

— Non. Je regrette. Si vous allez le lui demander gentiment il vous le dira peut-être ?

— Gentiment ? Vous auriez dû le voir hier soir : autant essayer d'arracher son os favori à un molosse ! Allons, je vous ai suffisamment ennuyé ! Il est temps que je vous laisse à vos travaux.

— Vous partez ?

Il y avait dans la voix du policier une lueur d'espoir. Aldo haussa des épaules désabusées. Une attitude qu'il savait très bien prendre pour donner le change.

— Pas dans la minute mais je ne vais pas tarder. Ma femme m'attend à Paris et elle a hâte de rentrer à la maison.

Un grand sourire illumina le visage de Warren traduisant un net soulagement.

— Quand la maison en question est un palais sur le Grand Canal on peut la comprendre. Offrez-lui, s'il vous plaît, mes hommages admiratifs… et vous, je vous souhaite bon voyage !

Ainsi expédié – le terme était à peine exagéré – Aldo quitta Scotland Yard sans esprit de retour. Il se sentait plein d'amertume : après Adalbert, Warren lui claquait dans les mains. Il se retrouvait seul et ce n'était pas vraiment agréable ! Cela devint même si pénible soudain que, pris d'un violent désir de retrouver Lisa, la chaleur de son sourire et de son regard violet, il eut envie de tout envoyer promener. Dès l'instant où il ne pouvait plus compter sur Adalbert obnubilé par une Américaine sans doute aussi folle que sa mère, où Warren lui refusait courtoisement son aide il ne lui restait plus qu'à prendre le premier bateau pour Calais, rejoindre la capitale française, son épouse et l'Orient-Express en direction de Venise. La situation dite « intéressante » de Lisa exigeait de lui qu'il lui consacre toute son attention et il repoussa loin de lui le touchant visage de Violaine Dostel condamnée, certainement à brève échéance, à voir disparaître le modeste trésor que l'ancienne cantatrice lui avait légué. La vague impression de défaite qu'il ressentait passerait vite. Enfin... peut-être !

D'un pas nerveux, il franchit le seuil du Ritz fonçant dans la direction du comptoir où était l'homme chargé de la préparation des voyages des clients. C'est alors qu'une jeune femme, assise au fond d'un fauteuil abrité par un palmier nain se leva vivement, le rejoignit et, posant une main sur son bras :

— Monsieur le Prince, s'il vous plaît...

Il opéra un quart de tour et reconnut avec surprise la jolie fille qu'il avait vue déjeuner au Ritz de Paris avec Aloysius C. Ricci. Mais cette fois elle était beaucoup moins gaie et les yeux qu'elle levait sur lui étaient pleins d'une angoisse à la limite des larmes.

— Vous me reconnaissez ? murmura-t-elle.

— Quand on vous a vue une fois il est difficile de vous oublier, dit-il gentiment. C'était à Paris et vous étiez à une table non loin de celle où je déjeunais avec Giovanni Boldini. Vous-même étiez en compagnie d'un Américain... pas très amusant si je ne me trompe.

— Vous ne vous trompez pas. Je vous en supplie, accordez-moi un peu de votre temps ! J'ai... tellement besoin d'aide ! ajouta-t-elle d'une voix mal assurée... Il y a si longtemps que je vous attends !

— Tant que ça ?

— Depuis hier. Je venais d'arriver à Londres pour demander secours à un ami..., du moins je croyais que c'en était un, quand passant devant cet hôtel je vous ai vu y entrer. Alors j'y suis allée à mon tour, j'ai pris une chambre après m'être assurée que vous étiez bien descendu ici et, ce matin, je me suis établie dans ce hall. Vous veniez de partir j'ai donc attendu votre retour.

— D'où veniez-vous ?

— D'un château près d'Oxford où j'ai réussi à prendre un train pour Londres. Je parle à peine l'anglais et ça n'a pas été facile mais il fallait que je m'en aille... le plus loin possible !

Morosini remit à plus tard de lui en demander la raison. Il se contenta de remarquer :

— Vous êtes française ? Pourquoi n'avoir pas pris le train pour Douvres ?

— Parce que c'est à Paris qu'Aloysius me cherchera en premier. Il ne peut pas imaginer que je veuille rester dans un pays où je ne connais rien ni personne.

— Sauf cet ami dont vous n'êtes pas sûre, si je vous ai comprise ?

Elle baissa sa tête blonde coiffée d'une étroite toque garnie de coques de ruban assortie à son tailleur chocolat qu'éclairait un corsage de satin blanc. Puis elle soupira :

— Oui. Il me faisait une cour discrète et même m'avait donné son adresse au cas où j'en aurais assez d'Aloysius mais, quand je suis arrivée chez lui, il n'y était pas et son domestique m'a dit qu'il serait absent plusieurs jours. Alors ne sachant où aller j'ai marché dans la ville... et vous connaissez la suite !

La suite sans doute mais ce qui intéressait Aldo c'était justement ce qui s'était passé avant. Son regard embrassa l'enfilade somptueuse d'arcades de stucs et de dorures qui composaient le rez-de-chaussée du palace, consulta sa montre-bracelet et pour finir s'empara du bras de la jeune femme.

— Venez ! C'est l'heure du lunch et nous serons mieux autour d'une table dans un coin tranquille pour causer.

Elle se laissa emmener sans résistance et ne retint pas un léger soupir de soulagement en prenant place dans le fauteuil cabriolet qu'Aldo lui présentait. A mieux la regarder, celui-ci nota sur le joli visage des traces de larmes mal dissimulées par la poudre du maquillage et, surtout, entre les sourcils un pli soucieux quasi douloureux. Plus étrange encore : elle avait le comportement d'un animal affamé. Son regard d'un brun velouté s'attachait au petit pain posé sur une table voisine où déjeunaient deux hommes. Il se pencha vers elle.

— Avez-vous faim ?

Elle hocha la tête affirmativement sans quitter des yeux la table d'à côté. Il comprit alors que sa question aimable et rituelle à laquelle répondait souvent un sourire rencontrait chez cette femme une résonance tragique et qu'elle souffrait réellement de la faim. Il appela le maître d'hôtel, commanda un repas substantiel sans être trop lourd mais réclama en urgence un « porto flip », du pain et du beurre. Qu'on lui apporta dans l'instant. L'effet fut surprenant : incapable de se contenir plus longtemps, elle s'empara du pain et sans même songer à le beurrer se mit à le dévorer tout en vidant le verre plein d'un liquide parfumé qui lui fit monter le rouge aux joues.

— Ce n'est pas dans cet hôtel que vous avez pris une chambre, affirma Aldo gentiment. Où avez-vous passé la nuit ?

Elle le regarda avec des yeux pleins de larmes puis baissa la tête lâchant son dernier morceau pour serrer ses mains l'une contre l'autre.

— Pourquoi dites-vous ça ?

— Parce que vous êtes réellement affamée et que, dans cet hôtel vous auriez au moins eu un solide breakfast. Alors où étiez-vous ?

— Dans la salle d'attente de la gare qui n'est pas loin d'ici. Vous comprenez j'avais juste assez d'argent pour prendre le train et un omnibus pour Piccadilly. Celui que je venais voir habite sur la même avenue que le Ritz. C'est en passant devant l'entrée que je vous ai vu entrer...

— Bien ! Déjeunons d'abord ensuite nous parlerons !

Tandis que tous deux – elle plus posément que le pain – dégustaient le saumon Marquise de Sévigné qui était l'une des gloires de la maison, Aldo observait discrètement son invitée non sans admiration. En dépit des heures pénibles qu'elle venait de vivre, elle avait réussi à préserver son aspect net. Sans doute les toilettes de la gare de Charring Cross l'y avaient-elles aidée mais cela représentait tout de même un exploit. Qu'il comprit mieux quand enfin, elle se présenta : elle avait vingt-trois ans, était mannequin chez Jean Patou et se nommait Jacqueline Auger, originaire de Dieppe. Trois semaines plus tôt, elle avait rencontré Ricci au cours d'un défilé de mode rue Saint-Florentin et immédiatement il s'était intéressé à elle, sous le prétexte qu'elle était le vivant portrait de sa fille disparue dix ans auparavant.

— Au début, expliqua Jacqueline, je l'ai trouvé merveilleux. Il se comportait vraiment comme un père et il affirmait que je ne devais plus me faire de souci pour mon avenir, qu'il s'en chargeait. Et de quelle façon ! Il a acheté pour moi la moitié de la collection que je présentais, m'a offert cette montre, ajouta-t-elle en montrant le mince bracelet enrichi de brillants qui encerclait son poignet et m'a fait quitter ma chambre des Batignolles pour m'installer avec lui au Ritz. Rien n'était trop beau pour moi et vous avez même pu voir qu'il voulait commander mon portrait à ce grand peintre avec qui vous déjeuniez. Son refus l'a mis fort en colère.

— Je veux bien vous croire : au lendemain de cette rencontre la maison de Boldini a flambé et n'a été sauvée que par miracle...

— Vous pensez que c'est lui qui a mis le feu ?

— Pas lui en personne mais un de ses hommes. Vous avez sans doute dû remarquer son entourage ?

— Oui. Son secrétaire, son chauffeur et son valet de chambre. J'avoue qu'ils ne me plaisaient guère, surtout Agostino, le valet. Il a absolument l'air d'un traître de cinéma. Pourtant c'est lui qui m'a conseillé de fuir et m'a donné un peu d'argent...

— Pas beaucoup puisque vous n'aviez pas de quoi vous offrir un hôtel convenable ?

— Il a fait ce qu'il pouvait. Quant à l'incendie chez le peintre, j'aurais été indignée à ce moment-là que vous accusiez Ricci de l'avoir commandé, maintenant, cela ne m'étonne pas. Et vous avez probablement raison.

— Que s'est-il passé ensuite ?

— Nous sommes revenus ici mais pas à Londres. La voiture nous attendait en gare de Victoria pour nous ramener à Levington Manor, près d'Oxford où Ricci m'avait conduite après m'avoir autant dire enlevée de chez Patou. C'est au bord de la Tamise une belle maison isolée par un parc immense où je ne me suis jamais plu vraiment à cause de l'atmosphère. On voyait venir beaucoup d'hommes et pas de femmes et j'ai compris qu'en fait c'était le centre d'affaires de Ricci pour l'Angleterre. Certains étaient anglais et c'est là que j'ai rencontré David Fenner. Il m'a plu tout de suite et c'était réciproque. Je ne le montrais pas mais je pensais que peut-être mon « père » verrait d'un bon œil une union avec un jeune homme avec lequel il semblait s'entendre. Sur ces entrefaites nous sommes revenus à Paris et c'est là que nous vous avons rencontré. Le soir même nous reprenions le train pour Londres et Levington Manor. David y est venu le lendemain et je dois dire que j'ai entendu les échos d'une explication orageuse. J'étais désolée mais j'ai réussi à lui parler avant qu'il ne parte et c'est à ce moment qu'il m'a donné sa carte en disant que si j'avais besoin d'aide... ; vous savez la suite. Ricci, lui, était furieux et comme j'essayais de plaider la cause de David il l'a été encore davantage. C'est alors que dans sa colère, il m'a déclaré qu'il ne voulait plus en entendre parler et qu'il espérait que je n'avais pas eu l'idée de m'en amouracher parce qu'il voulait faire de moi sa femme. Eh oui, le bon « père » se changeait en fiancé ! Il m'a dit qu'il m'aimait et que nous nous marierions dès notre – très prochain – retour aux Etats-Unis. J'ai eu beau lui expliquer que mes sentiments pour lui – j'avais de l'affection jusque-là – n'avaient rien à voir avec ceux d'une épouse, il s'est entêté : j'étais appelée à un grand destin, je serais la femme la plus enviée, la mieux parée et avec le temps je finirais par lui rendre ses sentiments. De cet instant il a exigé que je l'appelle Cesare...

— Ah, c'est ça le C. qui suit Aloysius ?

— Oui. D'après ce que j'ai compris, c'est son prénom, l'autre n'ayant été ajouté que pour faire plus américain. Je me suis exécutée pour ne pas le pousser à bout mais j'ai été affolée quand il m'a annoncé avant-hier que nous partirions le surlendemain, donc aujourd'hui, pour Southampton afin de nous y embarquer. Je n'ai rien dit sur l'instant mais j'étais terrifiée. Pour essayer de me calmer je suis allée faire un tour dans le parc. En fait, je cherchais comment fuir. C'est alors qu'Agostino m'a rejointe. Il m'a dit qu'il fallait que je m'en aille parce qu'en Amérique il m'arriverait malheur et, comme je lui répondais que je ne demandais pas mieux mais que je ne savais comment faire, il m'a appris que « Cesare » serait absent le lendemain matin puis il m'a demandé si je savais ramer...

— Ce doit être une seconde nature chez les gens d'Oxford ? sourit Morosini.

Elle lui rendit son sourire.

— Heureusement je sais : je suis née au bord de la mer. Le matin suivant, quand Ricci a été parti, Agostino m'a fait prendre une barque qu'il avait amenée dans la nuit au bout du parc. J'étais habillée comme vous le voyez car il m'avait recommandé de ne rien emporter, seulement un sac à main. Cette fois je l'ai pris assez grand pour dissimuler un petit chapeau souple. Agostino m'a donné un peu d'argent et j'ai ramé afin de descendre la Tamise jusqu'à Oxford où j'ai abandonné le bateau pour le train...

— Pourquoi diable faisait-il cela ?

— Je le lui ai demandé. Il m'a répondu que c'était à cause de sa mère qui était française comme moi et il a répété qu'il ne voulait pas que j'aie le même sort que les « autres » sans rien vouloir ajouter. Ce n'était d'ailleurs pas le moment de tenir une conversation. Je l'ai remercié et je suis partie.

Jacqueline se tut pour se consacrer à l'assiette d'agneau rôti que l'on venait de déposer devant elle. Aldo laissa la sienne refroidir. Ce Ricci devenait de plus en plus inquiétant. La mise en garde du valet, pour sibylline qu'elle soit, assombrissait encore un portrait qui n'en avait pas vraiment besoin. Et à propos de portrait, il demanda :

— Si son départ était prévu pour une date aussi proche, comment aurait-il fait si Boldini avait accepté de vous peindre ? Il lui aurait bien fallu rester à Paris un moment ?

— Certainement pas ! Il lui aurait proposé de venir peindre à Oxford et s'il le fallait il l'aurait enlevé. Il en est capable.

— N'exagérons rien ! Cela aurait fait trop de vagues puisque j'étais témoin de la proposition. Je me demande même pourquoi il l'a faite ?

— Je ne sais pas !

— Bon laissons ça de côté ! Reste à savoir ce que je vais faire de vous... A propos de votre David, vous m'avez dit qu'il était absent pour plusieurs jours ? Vous ne savez pas combien ?

— Non. J'étais tellement déçue, tellement désespérée que je n'ai même pas pensé à le demander.

— On va arranger ça ! Il a le téléphone je suppose ?
— Bien entendu !

Elle sortit une carte de visite de son sac et la lui tendit.

— Attendez-moi ! dit Aldo en quittant son siège.

Il se rendit dans le hall, pria le portier de lui appeler le numéro gravé sur le bristol et rejoignit le coin discret où était la cabine. Un instant plus tard, il entendait la voix policée d'un serviteur, lui demanda de lui passer Mr Fenner puis comme l'autre lui répondait ce à quoi il s'attendait :

— C'est contrariant ! Il faut que je le voie assez rapidement. Pourriez-vous me dire quand il rentrera ?

— D'après ce qu'il m'a annoncé il rentrera vendredi. Y a-t-il un message ?

— Oui, voulez-vous lui dire qu'il m'appelle en urgence au Ritz ? Prince Morosini !

Le nom fit son effet habituel. Le domestique promit que la commission serait faite et Aldo, satisfait, regagna la salle à manger : on était mercredi, il n'y aurait jamais que deux jours à patienter. Il en profiterait, tout compte fait, pour essayer d'approfondir le mystère des relations entre Adalbert et la fille de l'insupportable Ava Astor.

— Les choses vont s'arranger, annonça-t-il joyeusement à son invitée. Votre amoureux rentre vendredi soir et il me téléphonera ici quand il arrivera.

L'étincelle qui s'était allumée dans les yeux de la jeune fille s'éteignit.

— Mais je ne peux pas attendre jusque-là...

— Bien sûr que si. En attendant son retour vous êtes mon invitée : vous allez avoir une chambre dans cet hôtel et vous y resterez bien sagement jusqu'à samedi. Par prudence on vous fera monter vos repas mais avant vous aurez peut-être envie de faire quelques achats ? Des objets de toilette, une chemise de nuit par exemple, du linge de rechange. Il y a un magasin de l'autre côté de la rue après Green Park...

Elle le regarda avec stupeur.

— Mais… pourquoi faites-vous cela ? C'est trop…

Rapidement il posa une main apaisante sur celle de la jeune femme.

— Pour la même raison qu'Agostino : ma mère était française… et puis je n'ai pas de sympathie pour le sieur Ricci. C'est une joie, croyez-moi, de tirer de ses griffes quelqu'un d'aussi charmant que vous. Et n'allez pas vous imaginer que je cultive des pensées grivoises : je serai pour vous un frère !

Elle s'empourpra et des larmes montèrent à ses yeux.

— Comment vous remercier ? murmura-t-elle avec dans la voix une légère réticence qu'Aldo saisit au vol. Il se mit à rire.

— Je sais ! Vous êtes payée pour vous méfier de ces gens qui tiennent absolument à vous composer une famille. Après le père, le frère ? Mais rassurez-vous, je suis marié, j'aime ma femme et les enfants qu'elle m'a donnés. Finissez votre dessert, buvons notre café et allons-y !

Une demi-heure plus tard Jacqueline était nantie d'une chambre un peu éloignée de celle d'Aldo et, entièrement en confiance à présent, acceptait les quelques billets de banque qu'il lui offrait pour ses emplettes urgentes. Elle eut alors un joli geste de reconnaissance en lui plaquant sur une joue un baiser sonore – pas très distingué sans doute mais tellement spontané – avant de s'envoler vers les trottoirs animés de Piccadilly. Livré à lui-même Aldo s'interrogea sur ce qu'il convenait de faire, il décida finalement de prendre un taxi pour aller chez Adalbert et sortit en demander un au voiturier au moment précis où éclatait dehors un vacarme de crissements de freins, de cris, d'exclamations en même temps qu'un rassemblement se faisait au milieu de la grande artère.

— Que se passe-t-il ? demanda-t-il au préposé en tenue galonnée qui revenait après être allé voir : Un accident ?

— Moi je dirais plutôt que c'est un meurtre, sir ! Une jeune dame vient d'être renversée par une voiture qui au lieu de s'arrêter a pris la fuite. Une honte !

Un frisson glacé parcourut l'échine de Morosini, une sorte de pressentiment.

— Une jeune femme, dites-vous ?

— Oui et je l'ai vue il n'y a pas cinq minutes sortir d'ici. Si Monsieur désire un taxi...

— Pas maintenant, merci ! Je vais voir...

Il eut quelque peine à se frayer un chemin dans la foule mais un seul regard lui suffit pour voir le corps étendu sur lequel se penchaient un homme et un policeman en tenue : c'était Jacqueline qui gisait là le visage souillé de sang sous sa petite toque de ruban. Jacqueline qui plus jamais n'irait rejoindre David Fenner qu'elle s'était prise à aimer...

Le médecin relevait la tête. Quelqu'un demanda :

— Elle est morte ?

Il fit signe que oui et Aldo recula d'un pas. Son premier mouvement avait été de s'avancer et de déclarer qu'il la connaissait mais il pensa aussitôt qu'il faudrait donner trop d'explications à des fonctionnaires qui n'y comprendraient certainement pas grand-chose et choisit une autre solution : il s'avança vers Piccadilly Circus, prit au vol un taxi qui passait et se fit conduire à Scotland Yard afin d'envahir une fois de plus le bureau de Warren, mais cette fois il se fit précéder du planton. Ce qui n'arrangea pas pour autant l'humeur du « Ptérodactyle » :

— Encore vous ? grogna-t-il. Vous allez bientôt camper ici !

— Ricci vient de tuer une jeune femme sous mes yeux. Ça vous intéresse ou pas ? fit Aldo froidement.

— Comment ?... Et d'abord asseyez-vous ! On dirait que vous êtes remué. Je vous trouve mauvaise mine.

— Il y a de quoi !

Warren alla vers l'un de ses cartonniers, en tira une

bouteille de whisky et deux verres, versa dans chacun une généreuse ration et en tendit un à son visiteur :

— Buvez ! C'est une bonne panacée, ensuite vous raconterez !

Encore bourru le ton s'était adouci. Aldo prit ce qu'on lui offrait et l'avala d'un trait.

— C'est du *pure malt* ! s'indigna l'Ecossais.

— Il est honorable, admit le coupable. Donnez-m'en encore un peu et je promets de le boire avec respect !

Resservi, il cala son verre dans la paume de sa main et entreprit de raconter son aventure. N'étant pas l'homme des longues digressions, ce fut vite et bien fait. Attentif Warren prit quelques notes puis décrochant son téléphone, demanda qu'on lui appelle le poste de Piccadilly avec lequel il eut un duo où sa partition se réduisit à quelques onomatopées après quoi il appela la police de Thames Valley pour demander que l'on envoie du monde à Levington Manor. Puis décida :

— Vous allez venir avec moi reconnaître le corps ! C'est une corvée mais en attendant que l'on atteigne Ricci, vous êtes le seul qui connaisse un peu cette pauvre fille !

Il fallut en passer par là. Pourtant ce fut un moins mauvais moment qu'Aldo l'eût imaginé. Débarrassé du sang et de la poussière qui le maculaient, le visage de Jacqueline était empreint d'une sérénité inattendue par la vertu du léger sourire figé sur ses lèvres. Elle n'avait pas vu venir la mort et c'était vers une vie nouvelle, pleine d'espérance qu'elle courait quand la voiture meurtrière l'avait fauchée. Warren lui-même en fut ému :

— On dirait que, grâce à vous, elle est morte heureuse, murmura-t-il. Ce n'est pas donné à tout le monde...

— Et ce n'est pas une raison pour oublier l'assassin.

— Telle n'est pas mon intention !

Mais les nouvelles qui attendaient Warren au Yard n'étaient guère réconfortantes. A Levington Manor, la

Police avait trouvé visage de bois. Seul, le gardien de la propriété put donner un renseignement : Ricci, son secrétaire, son valet et son chauffeur avaient embarqué le matin même à Southampton sur le paquebot américain *Leviathan* qui devait, à cette heure, avoir atteint la pleine mer. Quant au numéro minéralogique de la voiture criminelle qu'un passant avisé avait relevé, c'était celui du doyen de la cathédrale Saint-Paul...

— Et voilà, conclut le Superintendant, comment on peut commettre en toute impunité un crime en plein cœur de Londres !... Nous n'avons pas le plus petit brin de preuve pour attaquer Ricci. Vous et moi savons que c'est lui mais il est impossible d'obtenir contre lui le moindre mandat... ; outre le fait que sur un navire yankee il est déjà en terre américaine...

— Est-ce que vous ne vous dépêchez pas trop ? s'insurgea Morosini. Si le doyen n'a rien à voir là-dedans, l'automobile qui a tué doit appartenir à quelqu'un, non ?

— C'est sans doute une voiture volée et si elle est maintenant au fond de la Tamise comment voulez-vous qu'on la retrouve ?

— Bon, admettons ! Reste ce David Fenner dont la carte a été retrouvée dans son sac et qui doit rentrer vendredi soir ! S'il l'aimait il aura peut-être quelque chose à dire ?

— C'est notre seule chance.

Warren n'ajouta pas ce qu'il pensait. A savoir que si le jeune homme trempait dans des affaires louches il n'aurait sûrement pas l'envie – ou la folie – de se mouiller pour une femme qu'il connaissait à peine selon le monde et ne connaîtrait jamais bibliquement. Surtout s'il avait quelque idée du danger qu'il courrait en désignant Ricci à la Police... Il aurait peut-être pris des risques si Jacqueline avait vécu mais à présent...

La suite n'allait lui donner que trop raison. Prévenu par son serviteur que la Police le cherchait, David

Fenner se présenta le lendemain. C'était un homme d'une quarantaine d'années, plutôt séduisant qui exerçait le métier de courtier en Bourse. La voix douce, le ton affable et aussi souriant que le permettait la circonstance, il ne nia pas s'être pris d'amitié pour la « fille adoptive » de Mr Ricci et lui avoir proposé de se mettre à sa disposition quand elle viendrait à Londres pour lui faire visiter la capitale britannique. Il se montra navré d'apprendre sa fin tragique mais ne voyait pas en quoi il pouvait être utile à Scotland Yard, ses relations avec l'homme d'affaires américain – à l'exception de deux courts séjours à Levington Manor – ne dépassant pas le niveau du travail.

— Qu'en pensez-vous ? demanda Warren à Morosini auquel il avait fait la faveur de permettre d'assister à l'entrevue, à condition qu'il se taise !

— Qu'il ment ! Je jurerais qu'il était prêt à demander la main de celle qu'il croyait la pupille de Ricci mais la mort de celle-ci lui a fait comprendre qu'il valait mieux adopter un profil bas. Il est probable qu'il aurait servi le même plat à la malheureuse. En changeant la sauce avant de lui conseiller gracieusement de rentrer au logis le plus vite possible. Une éventuelle héritière pouvait l'intéresser mais certes pas une future épouse fuyant un aussi redoutable Othello. Ce serait risible, si ce n'était aussi écœurant !

— Je partage ce sentiment. Aussi ai-je l'intention de faire surveiller discrètement le personnage. La nature exacte de ses affaires, officielles ou non, pourrait être instructive. On y mettra le temps qu'il faut !... A présent, cher ami, je crois que vous pouvez retourner auprès de votre épouse. Elle doit commencer à trouver le temps long...

— Sans doute. Auparavant accordez-moi une question ? Qu'allez-vous faire du corps ?

Warren releva à la fois les sourcils et les épaules.

— L'enterrer, bien sûr ! Aux Indigents puisque, d'après ce que nous savons vous et moi, elle n'a plus aucune famille en France.

— Laissez-moi la rapatrier. Elle était de Dieppe, et même si personne ne s'y souvient d'elle, Jacqueline aura au moins la satisfaction de reposer dans sa terre natale, déclara Aldo sans se soucier de l'œil effaré du policier.

— Ça va vous coûter une fortune et vous la connaissiez à peine !

— Peut-être mais voyez-vous j'ai l'impression, à présent, qu'elle fait un peu partie de ma famille. Et si vous vouliez bien me faciliter les formalités...

— Très volontiers ! Je vais même m'en occuper immédiatement ! Vous m'étonnerez toujours, Morosini, mais vous êtes décidément un vrai gentleman ! Vous pourrez partir demain !

Aldo remercia et cette fois quitta Scotland Yard sans esprit de retour. Il avait hâte, maintenant, de quitter l'Angleterre et de rentrer à Paris. Si ce détour par la Normandie le retardait, il savait qu'il se serait reproché toute sa vie d'avoir abandonné sur une terre étrangère la pauvre jeune femme qui était venue lui demander secours.

N'ayant rien d'autre pour s'occuper ce jour-là, il se fit conduire à Chelsea. C'était trop bête de se séparer ainsi de son meilleur ami sur une vague brouille que le temps pouvait envenimer. Prudemment il pria son taxi de l'attendre et s'en félicita car il ne trouva que Théobald. Celui-ci lui apprit qu'Adalbert venait de partir pour Hever Castle, accompagnant « Madame la Princesse chez lord Astor ».

— Je suis désolé pour Monsieur le Prince, soupira-t-il, mais content qu'il soit revenu ici. Après ce qui s'est passé l'autre soir j'avais grande peur de ne plus le revoir.

Morosini le connaissait depuis trop longtemps pour douter un seul instant de sa sincérité. A la mine navrée du fidèle factotum d'Adalbert il subodorait que la nouvelle relation à tendance amoureuse de son maître ne l'enchantait pas. Il lui offrit son plus désarmant sourire.

— On ne se brouille par pour si peu avec un vieil ami. Nous avons une telle quantité de souvenirs communs que le passage d'une femme, si belle soit-elle, ne peut les effacer.

— Ça fait tout de même des dégâts ! soupira Théobald. Et je suis heureux que Votre Excellence ait eu la bonne idée de passer me voir.

Il en avait visiblement gros sur le cœur ne souhaitant rien d'autre que l'oreille attentive d'un ami sûr.

— J'ai un peu de temps, suggéra Aldo. Voulez-vous que nous bavardions un brin ?

— Oh oui ! Si Monsieur le Prince veut passer au salon...

— La cuisine fera aussi bien mon affaire... ainsi qu'une tasse de café ! Vous devez être le seul à savoir le faire sur cette île déshéritée ! Et cela rappellera le bon temps où nous travaillions ensemble ! Il m'a l'air révolu celui-là !

— Oh, il ne faut jurer de rien ! Je prie chaque jour pour que Monsieur retrouve le sens des réalités.

Tout en parlant il précédait Aldo dans la cuisine, l'installait devant la table ronde, cirée à miracle et entreprenait aussitôt la confection du breuvage espéré en attrapant le moulin à café qu'il se mit à tourner frénétiquement mais Aldo n'avait pas perdu le fil de la conversation :

— Il est vraiment amoureux d'elle ? demanda-t-il.

Sans arrêter son moulin, Théobald leva les yeux au plafond.

— Hélas ! C'est encore pire qu'au retour d'Istamboul quand il s'était entiché de cette Anglaise ! Celle-ci c'est à Louqsor qu'il l'a rencontrée au Winter Palace et depuis il ne jure que par elle. Il voit en elle son étoile...

— Autrement dit il est fou ! Mais enfin pourquoi ? j'ai aperçu cette dame et j'admets qu'elle est fort belle mais il en a vu d'autres.

— Mais pas encore qui se prétende l'incarnation d'une grande dame égyptienne, qui lui soit apparue pour la première fois – à une soirée costumée déguisée en princesse du temps des Ramsès et qui, en plus, possède un mystérieux pouvoir de divination qu'elle tient d'un collier d'or et de lapis-lazuli trouvé dans la tombe de Toutankhamon...

Quoiqu'il n'en eût guère envie, Morosini éclata de rire :

— Non mais je rêve ! Ne dites pas qu'un égyptologue de sa force ait pu se laisser prendre à un appât aussi grossier ? Un collier de Toutankhamon ? Mais il doit sortir tout droit de chez un joaillier du Caire au mieux et au pire de la boutique d'un marchand véreux et persuasif ? Un collier divinatoire en plus ! Il ne nous manquait que ça !

Peu à peu sa gaieté se changeait en colère. Théobald laissa passer le flot, servit une nouvelle tasse de café en y ajoutant des biscuits de sa composition dont son invité raffolait puis soupira :

— Le malheur c'est que ce foutu bijou est authentique. La dame qui était sur place à l'ouverture de la tombe se l'est fait offrir par lord Carnavon avant sa mort. Alors non seulement elle en est fière mais elle croit pouvoir en tirer le pouvoir de remonter le temps, de se réincarner quand elle le souhaite dans l'apparence de cette princesse qu'elle pense avoir été. De plus, Monsieur, outre le fait que sa beauté le subjugue, est extrêmement impressionné par ce qu'elle lui raconte... Il songe à écrire un livre sur la période qu'elle dit avoir vécue : elle est pour lui une documentation hors pair parce que vivante.

— De quoi plier en deux de rire le British Museum,

le Musée du Louvre et quelques autres notabilités du genre ! S'il n'a pas peur du ridicule c'est qu'il est gravement atteint !

— C'est ce que j'essaie de faire comprendre à Monsieur le Prince. C'est toute notre vie que cette femme est en train de chambouler... et moi j'en mourrai de chagrin !

— On n'en est pas là, heureusement ! fit Morosini en considérant la figure épanouie de bonne santé qui le regardait d'un air désolé, et celle-là n'est pas candidate au mariage. A moins que le prince Obolensky ne soit lui aussi qu'un fantôme ?

— Oh non, il est réel et cette dame en a, je crois, un enfant ou deux, mais il a fait son temps et elle songerait à s'en séparer.

— Pour s'attacher votre maître par les doux liens du mariage ? Grand bien lui fasse si c'est là son bonheur mais j'en doute !

— Moi aussi. Votre Excellence peut être sûre que s'il l'épouse moi je m'en vais...

— Vous n'y arriverez jamais. Vous lui êtes trop attaché, sourit Aldo ému de voir une larme poindre au coin de l'œil du fidèle serviteur.

— Il le faudra car cette dame ne m'aime pas. Oh, si je ne trouve pas de place qui me convienne j'irai rejoindre Romuald, mon jumeau pour l'aider à cultiver son jardin...

— Ça ne vous conviendrait pas ! Ecoutez, Théobald, je vais vous faire une proposition : si mariage il y a et si vous faites vos valises, je vous prends à mon service... pour le temps que durera ledit mariage. Vous savez comme moi que ces Américaines ont le divorce dans le sang. La preuve est que celle-là en est déjà là. Une fois qu'elle aura laissé tomber Monsieur vous retrouverez votre place auprès de lui. Un petit séjour à Venise n'est pas si désagréable... il y a évidemment les jumeaux mais...

— Oh que Monsieur le Prince est bon et que je le remercie !

Les mains jointes Théobald semblait voir le Ciel s'ouvrir et sa figure retrouvait le soleil.

— C'est chose convenue, reprit Aldo, et je vais à présent vous laisser, mon bon Théobald. Toutefois..., sauriez-vous me dire ce que le Superintendant Warren faisait entre ces murs l'autre soir avec Madame Obolensky ?

— Pas vraiment, Monsieur est muet comme une carpe à ce sujet. Je crois cependant avoir deviné qu'elle aurait besoin de protection...

— Peste ! A ce niveau de police ce doit être grave ! Comment se fait-il que vous n'en sachiez rien ? Vidal-Pellicorne vous a toujours mis au fait de ce genre de problèmes ?

— Pas cette fois ! Monsieur sait pertinemment que je ne vois pas d'un œil favorable ses relations avec cette dame.

— Vous êtes en froid ?

— Plutôt, oui... et c'est très triste ! Votre Excellence reste encore quelque temps ici ?

— Non. Je ne me suis déjà que trop attardé. Ma femme m'attend à Paris. Ensuite nous regagnerons Venise. Du moins je le pense...

A mesure qu'il parlait Aldo découvrait qu'il n'en était pas autrement persuadé. L'idée de rentrer chez lui en laissant l'assassin de la pauvre Jacqueline libre de poursuivre en paix une carrière détestable l'irritait, le blessait même. En reprenant son taxi il permit cependant à la voix de la raison de se faire entendre : c'était très beau de vouloir jouer les justiciers mais cela ressemblait à de l'inconscience : aller combattre sur son propre terrain un homme disposant de tous les atouts alors que lui-même ne sachant à peu près rien du pays se trouverait sans appui et sans la moindre aide possible. Il ne pourrait que s'y casser les dents. Voire autre chose.

Or il était marié, père de deux enfants, bientôt d'un troisième, il avait ce qu'il fallait pour être heureux et il osait songer à risquer ce bonheur pour aller jouer les Don Quichotte chez les Yankees. En outre, il ne pouvait plus compter sur Adalbert. Ce serait suicidaire... Il était urgent d'oublier cette affaire !

Mais le lendemain, sur le quai du port de Newhaven, en regardant le cercueil plombé de Jacqueline embarquer au moyen d'une grue dans les entrailles du bateau assurant la liaison avec Dieppe, il savait qu'oublier serait au-dessus de ses forces. Debout auprès de Warren qui l'avait conduit jusque-là, les mains au fond des poches de son vieux Burberry's, une casquette en tweed enfoncée jusqu'aux sourcils pour le protéger de la pluie fine et insistante qui noyait le pays depuis la nuit précédente, il suivait des yeux l'ascension du coffre funèbre contenant les restes d'une jeune femme innocente avec une amertume où se mêlait une sorte de rage. A ses côtés, Warren, emballé dans l'antique macfarlane dont les ailes lui donnaient l'air d'un oiseau préhistorique, fumait tranquillement une courte pipe sans rien dire.

Ce fut seulement quand la longue boîte eut disparu dans la cale qu'il tira de sa poche une enveloppe blanche et la tendit à Aldo.

— Tenez ! Ça pourrait vous être utile.

Celui-ci tourna vers lui un œil interrogateur.

— Qu'est-ce que c'est ?

— Ma carte... avec quelques mots dessus. Au cas où vous seriez tenté par un voyage outre-Atlantique, je ne saurais trop vous conseiller d'aller voir, à New York, un vieil ami : le chef de la police métropolitaine Phil Anderson. Il est très intelligent, très compétent, très discret et de très bon conseil. En outre, il a une dent longue comme une défense d'éléphant pour ce qui touche à la Mafia et votre Ricci pourrait lui appartenir.

— Qu'est-ce qui vous fait supposer que je vais aller là-bas ? émit Aldo en empochant tout de même le message.

— Oh rien finalement ! C'est une idée qui m'est venue comme ça. Remarquez, vous n'êtes pas obligé d'en tenir compte... A présent, il est temps pour vous d'embarquer, ajouta-t-il en consultant sa montre. Offrez mes hommages à la princesse. Il se peut qu'un jour j'aille vous rendre visite.

— Ce serait la meilleure des nouvelles ! La maison est grande ouverte pour vous !

Les deux hommes se serrèrent la main et Aldo se dirigea vers la passerelle mais, au bout de trois pas, il se retourna.

— S'il vous plaît, essayez d'empêcher Vidal-Pellicorne de faire de trop grosses bêtises ! Il est en train de se prendre pour Marc-Antoine et sa Cléopâtre américaine aurait tendance à m'inquiéter !

Warren ôta sa pipe de sa bouche et grimaça ce qui pouvait passer pour un sourire.

— Moi aussi, figurez-vous ! Bon voyage !

Deux jours plus tard Aldo était de retour à Paris. Jacqueline Auger reposait désormais pour l'éternité dans sa terre natale et, grâce aux dispositions prises par Scotland Yard, il n'avait eu qu'à se louer de l'organisation. La police et un fourgon des pompes funèbres l'attendaient à la descente du bateau et le contrôle douanier s'était montré discret. Après un court service à l'église, le corps avait été inhumé sous une couronne de fleurs fraîches (Warren avait même pensé à ce détail) et dans la tombe où reposaient déjà ses parents. Il ne restait plus à Aldo qu'à régler la facture et à espérer qu'il se trouverait quelqu'un pour venir prier devant la dalle où il ordonna que fussent gravés les noms et dates de la jeune femme. Aussi, en reprenant le train pour Paris, se sentait-il la conscience en paix. A défaut de tranquillité d'esprit car il ne pouvait se faire à l'idée que Ricci pût continuer à jouir de la chaleur du soleil après en avoir privé à jamais une créature de Dieu qui avait cru trouver en lui une espèce de Père Noël sous lequel se cachait un impitoyable assassin. Pour lui, en effet, la culpabilité de l'Américano-Sicilien ne faisait aucun doute en admettant même qu'il eût les mains nettes des meurtres de Covent Garden et de Bagheria.

Son retour rue Alfred-de-Vigny fut salué par un triple soupir de soulagement en dépit de plusieurs appels téléphoniques pour que les trois femmes ne s'inquiètent pas trop. Ce qui n'avait rien empêché car Lisa, retrouvant d'instinct ses anciennes habitudes de parfaite secrétaire, s'était procuré des journaux anglais où s'étalait largement « Le meurtre mystérieux de Piccadilly ». Ce fut ce que l'on mit sous le nez d'Aldo quand, débarrassé des escarbilles et autres poussières du voyage, il rejoignit « ses » femmes dans le jardin d'hiver à l'heure où la marquise pratiquait à sa manière le *five o'clock tea* en buvant un ou deux verres de champagne.

— Il y a longtemps que tu connais cette jeune femme ? demanda Lisa en offrant le *Daily Mail* à son époux.

Le ton était innocent mais Morosini connaissait trop Lisa pour se tromper sur certaine vibration de sa voix, mais fort de sa pureté d'intentions il n'était pas disposé à se laisser malmener, fût-ce par une épouse plus ravissante que jamais dans une robe de crêpe de Chine imprimé de dessins géométriques vert amande et blanc. Il fronça le sourcil puis, fidèle à son habitude répondit par une question :

— Qu'est-ce qui t'a pris d'acheter la presse anglaise ?

— Quand tu vas quelque part, mon chéri, j'achète toujours les journaux du coin, fit-elle en forçant sur l'angélisme. Il est rare que l'on n'y trouve pas de tes nouvelles. Tu es un homme tellement intéressant !...

— Ne me dis pas que l'on parle de moi là-dedans ? grogna-t-il en considérant la photo de Jacqueline – où diable ces gens-là avaient-ils pu se la procurer ? – qui décorait l'article.

— Pas en toutes lettres, intervint Madame de Sommières, mais quand on parle du prince M... et que tu es dans le quartier ça devient limpide. Le mieux serait peut-être que tu racontes... en fabulant le moins possible !

— Je n'ai jamais fabulé avec vous, protesta Aldo. Puis considérant les trois regards qui convergeaient dans sa direction, il ajouta : « Vous avez décidé de vous constituer en tribunal ou quoi ? Je viens de passer des jours pénibles et je vais peut-être en passer de pires, et tout ce que vous trouvez à faire c'est de me passer à la question ? Vous mériteriez que je ne vous raconte rien ! »

— On ne mérite pas d'être punies ! gémit Marie-Angéline prête à pleurer. Ce serait trop cruel !

— C'est bien pour vous faire plaisir Angelina ! Sachez d'abord que je n'ai jamais tant vu Jacqueline Auger que le jour de sa mort. Jusque-là je m'étais contenté de l'apercevoir au Ritz lors de mon déjeuner avec Boldini et comme je vous ai raconté ce qu'il m'a dit vous devriez vous en souvenir.

— Ah ! C'est celle-là ? émit Lisa.

— Oui. C'est celle-là ou plutôt c'était celle-là ! Maintenant tâchez de m'écouter sans m'interrompre.

Ce fut vite fait mais à la fin du récit Tante Amélie avait les larmes aux yeux :

— Tu l'as ramenée auprès de ses parents ? Oh, ça c'est très bien, mon petit !

— Il y a longtemps que je sais que j'ai épousé une assez bonne copie de Don Quichotte, fit Lisa plus émue qu'elle ne voulait le montrer. Ce qui m'inquiète à présent c'est la suite.

— Quelle suite ?

— Celle que tu vas donner à cette triste histoire en

rendant sous peu une visite à la Compagnie Générale Transatlantique. Ai-je raison ? C'est ce que tu as dans l'idée ?

Aldo vint s'asseoir près de sa femme sur le canapé de rotin garni de coussins en toile de Jouy et prit sa main pour en baiser la paume comme il en avait la tendre habitude. Il vit une larme dans la frange de ses cils.

— Pas si cela te cause de la peine, mon cœur. Certes j'aimerais fort faire payer son ou ses crimes à ce triste sire et retrouver les bijoux de la Capello, parce que je suis persuadé qu'il y a un lien entre tous ces faits mais tu es ce que j'ai le plus précieux et pour rien au monde je ne voudrais que tu te tourmentes. En particulier en ce moment ! Si encore tu venais avec moi...

— Ce serait de la dernière imprudence ! s'écria Marie-Angéline dont les narines frémissaient depuis que Lisa avait évoqué la célèbre compagnie de paquebots. Il faut penser au bébé à venir !... Nous, en revanche, nous pourrions avantageusement accompagner Aldo puisque nous sommes invitées à Newport par Mrs Van Buren.

— Je me disais aussi que nous n'allions pas tarder à en entendre parler ! ironisa Madame de Sommières. Vous ne perdez jamais une occasion d'avancer vos petites affaires, hein Plan-Crépin ? Pourquoi un voyage en Amérique serait-il une imprudence pour Lisa et pas pour moi ? Elle est enceinte mais je suis une vieille dame fragile...

— A qui le ferez-vous croire, Tante Amélie ? dit Lisa qui retrouvait son sourire. Vous êtes forte comme un quarteron de mousquetaires.

— C'est gentil de ne pas m'avoir comparée à un Turc, apprécia la marquise. Mais pour en revenir à nos moutons, si tu décides d'aller là-bas Aldo, j'accepterai peut-être cette fichue invitation dont on me rebat les oreilles. Au fond, Lisa, vous pourriez parfaitement nous accompagner. Mrs Van Buren qui cultive passionnément l'armorial serait aux anges de recevoir une princesse, vous n'êtes qu'en début de grossesse, vous n'avez jamais eu le mal de mer et en aucun cas vous n'auriez à craindre l'inconfort. Evidemment, je déplore que le jeune Vidal-Pellicorne se soit retiré du circuit pour courir la gueuse...

Elle achevait sur un soupir quand Cyprien entra portant sur un plateau d'argent un télégramme qu'il tendit à Morosini. Celui-ci le prit, le décacheta d'un doigt impatient et lut à haute voix :

« Paquebot *Ile de France* fera escale le 15 prochain à Plymouth destination de New York. Places retenues pour Monsieur et sa compagne. Respectueusement. Théobald. »

— Magnifique ! s'écria Marie-Angéline. Voilà qui change tout ! Il faut immédiatement...

A l'aide de sa canne, Madame de Sommières frappa le parquet d'une série de coups.

— Du calme, Plan-Crépin ! Le 15 est dans cinq jours. Il ne doit plus y avoir une place libre à bord et l'entrepont ne me tente pas !

— On peut toujours essayer ? gémit l'interpellée. Je fais confiance à Aldo : il saura se débrouiller.

— Un instant !... Viendrais-tu, Lisa ? J'en serais si heureux !

Elle comprit qu'en esprit il était parti, que sa décision était prise. Cependant elle lui sourit de tout son cœur.

— Non mais tu peux t'embarquer sans remords. Je ne sais si je t'ai dit que je n'aime pas l'Amérique. De plus je préfère ne pas courir les aventures même si je ne suis gênée en rien.

— Que vas-tu faire alors ? fit-il sincèrement désolé.

— En premier lieu rentrer à la maison y prendre les jumeaux puis aller t'attendre chez Grand-Mère à Rudolfskrone. Les enfants adorent et j'y serai mieux qu'à bord d'un bateau, si luxueux soit-il, pour éviter les inévitables nausées du début d'une grossesse. Pars tranquille !

— Tu es la femme la plus merveilleuse de la terre ! fit-il sincère. Et tu peux être certaine que je ferai l'impossible pour te ramener un époux en bon état... Et nous n'aurons peut-être pas de places ?

Marie-Angéline avait anticipé et foncé chez le concierge pour téléphoner.

Elle en revint déconfite. Il ne restait qu'une seule cabine en première classe. Encore était-ce parce qu'un passager malade venait de se décommander.

— Je l'ai retenue pour Aldo, soupira-t-elle au bord des larmes, et le billet sera à sa disposition demain matin mais nous, il est impossible de nous caser...

— La belle affaire ! fit Madame de Sommières. Nous prendrons le paquebot suivant !

— Oui mais ce ne sera pas sur l'*Ile de France* et tous ceux qui l'ont pris proclament que voyager à son bord est merveilleux, un véritable rêve !

— Bah ! Vous serez aussi bien sur le *Paris*, le *La Fayette* ou le *France* ! N'importe comment vous aurez le mal de mer !

— Nous savons que je ne l'ai jamais eu ! Ce ne sera pas la première fois que nous naviguerons...

Ce genre de discussion avait tendance à durer quand la marquise et sa « Bécassine à tout faire ! » en entamaient une. Aussi Lisa jugea-t-elle prudent d'intervenir en disant que, pour sa part, elle était satisfaite de rester en Europe. L'important était qu'Aldo parte en même temps qu'Adalbert. Cette brouille stupide entre eux ne pouvait être durable et elle avait besoin de lui pour se sentir rassurée ! conclut-elle.

Laissant les autres poursuivre le sujet, elle reprit le journal abandonné par son époux et se mit à examiner attentivement la photo de la première page. Aldo s'en aperçut et s'approcha d'elle.

— C'est seulement une pauvre fille qui n'a pas eu de chance, émit-il avec douceur. Elle méritait mieux.

— Sans aucun doute ! Mais tu n'as rien remarqué ?

— Ma foi non !... Sauf peut-être que le papier de journal n'arrange pas vraiment les visages. Il ne lui rend pas justice ! On dirait que, toi, ça t'inspire ?

— Hum !... Si l'on tient compte du papier, comme tu dis et des modes différentes ta protégée ressemble beaucoup au portrait de Bianca Capello par Bronzino.

— Comme je ne l'ai jamais vu, je ne peux pas te dire si tu as raison.

— Tu aurais pu : il est à Londres à la National Gallery mais tu ne t'intéresses qu'aux bijoux ! Les tableaux ont du bon, tu sais ?

— Tu es injuste : les peintres m'ont souvent inspiré des réflexions. Parfois ce fut un simple jalon mais parfois aussi un signal de départ. Mais si elle lui ressemble à ce point, cela aurait dû frapper Boldini quand nous avons vu Jacqueline Auger ensemble ?

— Boldini croit à son propre génie et ne cultive pas spécialement les anciens maîtres mais je t'assure que pour moi la ressemblance est réelle..., et j'en viens à me demander si la fiancée de Bagheria n'était pas dans le même cas. D'après ta description reprise sur Boldini ce pourrait être ça.

— A quoi penses-tu ?

— Je ne sais pas trop. L'idée m'en vient simplement.

— Mais la Solari était brune ?

— Tu as déjà vu *Tosca* ou *Butterfly* jouées par des blondes ? Les perruques existent. Cela dit c'est une simple incidence : je ne l'ai jamais vue et je laisse peut-être mon imagination galoper !

— Elle te confère parfois un côté voyante extralucide qui n'est pas sans intérêt. On va voir si dans ton idée il n'y a pas quelque chose à creuser...

— Pour moi, intervint Marie-Angéline, le lien c'est

la parure : les deux premières victimes la portaient quand on les a tuées...

— Afin de s'en emparer, fit Aldo. Or elle n'apparaît pas dans le meurtre de Piccadilly ?

— Non mais en revanche il y avait le visage de Bianca Capello et...

En frappant le sol sur le mode irrité, Tante Amélie fit taire tout le monde :

— On ne pourrait pas parler d'autre chose ? se plaignit-elle. Prenez garde aux idées fixes ! Si on continue on va bientôt la voir partout cette femme-là !

DEUXIÈME PARTIE

LA FOIRE AUX VANITÉS

CHAPITRE V

LES PASSAGERS DE L'*ÎLE-DE-FRANCE*

Dans le train-transatlantique l'emportant vers Le Havre, Aldo s'avouait qu'il n'était pas mécontent de faire seul ce voyage puisque Lisa ne l'accompagnait pas. Il adorait Tante Amélie et reconnaissait volontiers les talents multiples, le dévouement sans faille de Marie-Angéline mais il préférait éviter les initiatives de cette dernière quand, à Plymouth, Adalbert ferait son apparition aux côtés de sa conquête. Les histoires d'hommes doivent se régler entre hommes et celle qui l'opposait à son ami lui semblait particulièrement délicate. De toute façon, il les retrouverait plus tard, sans doute à Newport et elles constitueraient peut-être pour lui une arrière-garde non négligeable en terre étrangère sinon ennemie. Quant à sa belle épouse, et même si la séparation lui était toujours aussi pénible, il aurait les mains beaucoup plus libres sans elle. L'esprit aussi, la sachant dans une situation qui la fragilisait. Certes elle était capable de faire face à des événements difficiles – sa précédente grossesse menée tambour battant dans des conditions impossibles – mais il serait quand même plus tranquille de la savoir au cœur des montagnes autrichiennes avec les jumeaux. D'autant que sa présence en Amérique eût sans doute affaibli son jugement, son audace aussi, par crainte du danger que son action à lui pourrait lui faire courir. Sans elle, ce danger qu'il devinait inévitable redevenait pour Aldo ce qu'il n'avait jamais cessé d'être : le sel d'une de ces aventures dans lesquelles il se jetait toujours avec un plaisir qu'il n'hésitait pas à qualifier de pervers mais dont au fond il était conscient qu'il avait besoin d'y goûter de temps à autre comme à un fruit défendu. Cela mettait du piment dans son existence de « boutiquier ». Même si la boutique en question était un palais vénitien et les objets que l'on y vendait presque tous dignes de figurer dans un musée ou dans un trésor royal. Il fallait qu'il en soit ainsi pour justifier à ses propres yeux l'idée saugrenue d'aller chercher outre-Atlantique une parure dont il ne savait absolument pas si elle s'y trouvait et de courir sus à un homme qu'il tenait pour un meurtrier – ce dont il n'avait pas la moindre preuve – et dont il n'avait jamais eu à se plaindre. Un homme dont il y avait gros à parier qu'il appartenait à la Mafia. Pour venger une inconnue ? Oui, sans doute, mais peut-être aussi pour l'amour du sport, pour suivre son flair sur une piste qu'il sentait chaude... et pour essayer d'empêcher Adalbert de faire une sottise : la « princesse égyptienne » était ravissante mais elle était la fille d'Ava Astor, ce qui n'annonçait rien de bon pour la paix de l'âme d'un brave archéologue français. En résumé la somme de ces éléments constituait autour de ce voyage une auréole assez excitante et Aldo se surprit à sourire d'aise en regardant la vallée de la Seine défiler derrière les vitres tout en allumant sa dixième cigarette.

L'arrivée à la gare maritime du Havre lui arracha un sifflement admiratif : le paquebot *Ile-de-France* était réellement une magnifique unité ! Avec sa longue coque noire, ses superstructures blanches et ses trois cheminées rouge et noir, le dernier né de la Compagnie Générale

Transatlantique n'était peut-être pas le plus grand des navires alors en exercice – 241 mètres de long quand même – mais il alliait la majesté à l'élégance des lignes, son style de vie et ses aménagements intérieurs étaient incomparables. Un journaliste américain avait écrit de lui qu'il « était beau sans grandiloquence, confortable sans mièvrerie, mondain sans mépris et incarnait sur mer l'idée que les Américains se faisaient de la France[1] ». Aldo pour sa part pensa que ce serait un réel plaisir de voyager sur ce beau coureur des mers et s'en convainquit en recevant à la coupée l'accueil courtois du Commissaire en second qui le confia à l'un des grooms en uniforme aux couleurs de la Compagnie pour le conduire à la cabine première classe où il logerait les cinq jours suivants. Moderne mais sans outrance, extrêmement confortable avec ses meubles en macassar et citronnier, ses tentures crème et sa moquette d'un brun profond, sa salle de bains étincelante où rien ne manquait, ses lampes à l'éclairage opalescent, elle était vaste et claire.

Ce n'était pas la première traversée de Morosini mais la dernière remontait à l'avant-guerre et si de notables changements lui apparaissaient il n'avait pas pour autant oublié les règles du bon passager. Aussi sonna-t-il un steward pour défaire ses valises, en ranger le contenu dans la penderie, et signer les paperasses de la douane et du passeport. Cela fait, il réendossa son imperméable, se coiffa de sa casquette et remonta sur le pont principal pour assister au départ. Le temps était gris, frais et légèrement pluvieux mais sur le quai il y avait une véritable foule agitant des mouchoirs et poussant des cris quand la sirène du navire eut retenti par trois fois. Tirée par ses

---

1. Il fut dans la suite des temps le bateau préféré de John Wayne, Kirk Douglas, John Ford, Dean Martin, Humphrey Bogart et Lauren Bacall.

remorqueurs, l'*Ile-de-France* s'écartait du quai dessinant un canal qui allait s'élargissant, révélant les silhouettes de ceux qui restaient dont on ne voyait jusque-là que les têtes et les bras. Aucun signe d'adieu ne s'adressant à lui, Aldo s'était placé à l'écart et tandis que la gare maritime s'éloignait lentement, il pensa que pour ceux qui restaient – il avait pu remarquer plusieurs visages en larmes – le départ d'un paquebot était plus cruel que celui d'un train parce que beaucoup plus lent. Il avait toujours détesté qu'on l'accompagne quand il partait en voyage et se félicitait de ce que Lisa eût la même horreur des « au revoir » au bord de quelque moyen de locomotion que ce soit. Ainsi, l'avant-veille, elle lui avait interdit de la conduire à son sleeping du Simplon-Orient-Express, n'autorisant que Marie-Angéline et Cyprien à l'escorter pour s'assurer que le départ se passait au mieux. Cette fois, pourtant, il avait protesté, désireux de rester auprès d'elle le plus longtemps possible mais en s'arrachant à son étreinte avant de monter en voiture rue Alfred-de-Vigny, elle lui avait lancé :

— Il n'y a aucune raison de changer quoi que ce soit à nos habitudes... à moins que tu penses ne jamais revenir ? De toute façon, nous avons toujours détesté, toi et moi, nous donner en spectacle.

Un dernier baiser, rapide celui-là, et elle était partie, droite et fière détournant la tête pour qu'il ne vît pas les larmes dans ses yeux. Le souvenir revenait à Aldo tandis que le navire s'avançait vers la sortie du port et soudain, le bel optimisme qui lui avait tenu compagnie entre Paris et Le Havre s'effaça devant l'impression qu'en s'engageant dans cette aventure, il commettait une sottise, que cette séparation d'avec tout ce qu'il aimait pouvait être définitive, irréparable et il se fût peut-être précipité chez le Commandant pour demander à être débarqué avec le pilote quand une voix à la fois incrédule et joyeuse retentit à ses oreilles et le fit sursauter :

— Non mais je rêve ! Qu'est-ce que tu fais là ?

Il tourna la tête : son ami Gilles Vauxbrun, le grand antiquaire de la place Vendôme, était devant lui si visiblement content de le voir qu'il en était presque hilare. Grâce à lui l'impression désagréable s'envola.

— Eh bien et toi ? rétorqua-t-il tandis que leurs mains se serraient avec vigueur.

Aussi grand qu'Aldo mais plus corpulent, Vauxbrun, le cheveu rare – momentanément masqué par une casquette irlandaise – et la paupière lourde, ressemblait assez à un empereur romain dans les bons jours et à Louis XI dans les mauvais. Toujours tiré à quatre épingles, habillé à Londres, la boutonnière perpétuellement fleurie selon la saison, il cachait sous un aspect majestueux le meilleur caractère du monde – tant qu'on ne lui marchait pas sur les pieds ! –, une énorme culture, un goût raffiné et un remarquable sens des affaires joints à une grande générosité et à un faible pour les jolies femmes. Il avait en permanence une histoire de cœur sur le feu et savait séduire : sa voix était caverneuse et son sourire charmant. A la question de son ami il répondit, désinvolte :

— Je vais racheter à une succession un meuble qui n'aurait jamais dû quitter la France, le fauteuil de bureau de Louis XV...

— Rien que ça ? fit Morosini après un petit sifflement admiratif. Et bien entendu tu es prêt à te ruiner parce que si tu le rapportes tu ne le revendras pas ?

— Bien entendu...

Le XVIIIe siècle en général et Versailles en particulier étaient la passion de l'antiquaire. Reconstituer autant que faire se pourrait le mobilier de l'inégalable palais vidé par la Révolution était son violon d'Ingres et il comptait déjà quelque succès en ce domaine lui permettant un début de collection destinée à être léguée – sous sévères conditions – à l'Etat si Vauxbrun mourait sans enfants. Ce qui était prévisible chez ce célibataire endurci pour nombre de belles-mères éventuelles car il était riche et Aldo le savait bien. Son inquiétude relevait donc de l'ironie. Gilles Vauxbrun n'y répondit pas. Il préféra reprendre la conversation en son début : qu'est-ce que Morosini fabriquait sur un paquebot en partance pour New York ?

— Essayer de retrouver des joyaux disparus dans des circonstances tragiques...

— Donc « rouges » ? fit Vauxbrun en employant le terme consacré par les spécialistes pour les bijoux ayant trempé dans un assassinat.

— Extrêmement rouges ! Et aussi, essayer de faire pincer un criminel !...

— Joli programme ! Qu'est-ce qui te prend ? Tu t'es engagé dans la police ? Pas très sage quand on est marié et père de famille !

— Tu ne sais même pas jusqu'à quel point ! Mais il y a des choses qu'un honnête homme ne supporte que dans certaines limites.

— Tu vas avoir tout le temps de me raconter ! Oh chère baronne ! Vous ici ?

Et sur cette exclamation, Gilles Vauxbrun planta là Morosini pour se jeter à la rencontre d'une grande femme brune, très belle, qui, vêtue de gris fumée depuis ses longs pieds minces chaussés de daim ton sur ton jusqu'au voile de mousseline qui emprisonnait sa tête, ressemblait au fantôme de quelque impératrice errante. L'une de ses mains, gantée, en retenait les plis autour d'un visage qui eût été monotone à force de perfection sans la présence d'une bouche généreuse, trop grande, trop ourlée, trop pulpeuse peut-être mais d'un rouge éclatant. Elle repoussait au second plan des yeux couleur de nuage et légèrement étirés. Sur l'autre main qu'elle tendait, nue, à l'antiquaire, un seul diamant mais superbe étincelait.

— Ah cher Vauxbrun ! Je vous savais à bord et vous cherchais.

La voix était étrange, basse, voilée, un peu rauque, sensuelle juste ce qu'il fallait pour ouvrir devant un homme des horizons troublants. Pas étonnant que Gilles fût sous le charme : cette baronne-là devait lui rappeler Varvara Vassilievitch la Tsigane dont il s'était si follement épris l'année précédente[1]... Empressé auprès de la belle dame, il lui offrait son bras pour l'entraîner dans la direction opposée sans plus s'occuper de son ami. Avec un soupir résigné Aldo retourna au paysage. C'était une gageure en vérité ! Après Adalbert c'était au tour de Gilles – qui semblait cependant si content de le voir l'instant précédent ! – de le laisser tomber pour une femme. Exceptionnelle comme l'autre mais, enfin, il y avait des limites !

A présent, le navire ayant quitté le port venait de se séparer de son pilote pour piquer en direction de la haute mer. Les côtes de France s'estompaient avec la ville du Havre mais aussi, les toits bleus de Honfleur et plus loin le liséré beige des plages de Houlgate, de Deauville et de Cabourg. Le vent fraîchit encore et Morosini quittant enfin son bastingage allait rejoindre sa cabine quand un bruit de moteur, relayé par les cris des passagers l'attira vers l'autre côté du pont : un petit avion biplan « Bluebird Blackburn » tournoyait juste au-dessus du paquebot, s'approchant si près que l'on pouvait voir le pilote agiter un mouchoir par le cockpit ouvert. Ce sémaphore semblait parfaitement compris d'un groupe de personnes entourant une jeune fille, qui, elle, agitait une écharpe bleue en faisant de grands gestes, envoyant même des baisers que le pilote rendait avec usure. Il devait être le fiancé de la belle enfant et avait trouvé ce joli moyen de lui dire un dernier au revoir. Les passagers étaient enthousiastes, sous le charme. Aldo aussi d'ailleurs : il appréciait ce geste un peu fou... Le pont

---

1. Voir *La Perle de l'Empereur*.

résonnait maintenant de rires et d'appels mais il y a une fin à tout et, après un dernier cercle, l'appareil reprit le chemin de la côte. Puis soudain, ce fut le drame : le biplan, moteur calé, piquait droit dans la mer. Ce ne fut qu'un cri sur le pont mais dans celui de la jeune fille il y avait un sanglot : il trahissait l'horreur et l'impuissance des spectateurs. L'appareil était déjà loin et le temps de descendre une chaloupe et de nager vers le lieu du drame, tout serait consommé ! Des femmes s'évanouirent mais pas la jeune fille qui agrippée au bastingage et quasi tétanisée regardait éperdument.

Et puis ce fut un silence total parce que les machines venaient de stopper puis de rétrograder : l'immense navire revenait en arrière pour tenter de sauver le pilote. Il parcourut deux ou trois milles avant de réduire l'allure et de croiser lentement à l'endroit où l'avion s'était englouti mais aucun débris ne flottait en surface. A bord on retenait son souffle et durant un moment une angoisse proche du désespoir habita le paquebot. Toute trace de drame semblait effacée et pourtant l'*Ile-de-France* cherchait encore ne pouvant se résoudre à abandonner. La nuit approchait quand soudain ils entendirent venant de l'avant :

— Il est là ! Je le vois...

De l'endroit où il se trouvait, Aldo lui ne voyait rien, sinon le canot de sauvetage que l'on descendait rapidement. Un moment plus tard on entendit venir de l'embarcation :

— On le tient ! Il est vivant !

— Dieu soit loué ! exhala près d'Aldo la voix de la dame en gris. La pauvre Dorothy ne se serait jamais remise de cette catastrophe.

— Vous la connaissez ?

— Nous sommes même un peu cousines. Elle s'appelle Dorothy Paine, d'une de nos meilleures familles new-yorkaises, mais son fiancé, l'aviateur, est français.

Il se nomme Pierre van Laere et c'est le fils d'un richissime courtier en coton[1]...

La baronne disait ces choses naturellement, comme si elle connaissait son voisin depuis longtemps mais elle ne le regardait pas et Aldo s'étonna que Gilles fût invisible :

— Qu'avez-vous fait de mon ami Vauxbrun ? demanda-t-il.

— Oh ! Il a couru sur la passerelle voir le Commandant mais je pense que ce grand marin n'avait pas besoin de ses conseils. C'est un vrai gentleman ! Détourner un si grand navire pour un si petit personnage !

— Il doit penser qu'une vie humaine a sa valeur et qu'il faut faire de son mieux pour la préserver, mais vous avez raison c'est un bonheur que naviguer sous un tel homme ! A présent peut-être serait-il convenable que je me présente à vous...

Elle se mit à rire et, en dépit de sa voix troublante, son rire était extraordinairement gai.

— C'est inutile. J'ai interrogé notre ami. En revanche vous, vous ignorez qui je suis ?

— Je le regrette depuis que je vous ai vue.

— Ah que galamment ces choses-là sont dites ! Eh bien sachez que j'ai nom Pauline Belmont, veuve depuis six mois du baron Frantz von Etzenberg et que je rentre chez moi à New York.

Une énorme acclamation lui coupa la parole : le jeune aviateur, trempé comme une soupe sous la couverture qui l'enveloppait, venait d'apparaître porté par deux marins qui l'emportèrent à l'infirmerie où le médecin allait l'examiner. Il eut juste la force d'adresser un signe à sa fiancée qui, cette fois, pleurait de joie.

Cependant Vauxbrun revenait et s'il fut un rien contrarié de voir que la baronne et Morosini bavardaient

---

1. Anecdote authentique.

comme de vieilles connaissances, il ne le montra pas. L'enthousiasme l'emplissait encore trop pour laisser place à un sentiment plus mesquin.

— Quel type, ce Commandant ! Quel sang-froid, quelle élégance ! Il m'a poliment fichu à la porte mais je ne peux lui en vouloir. Lui et son bateau vont décidément bien ensemble[1]. Peut-être serait-il temps de nous préparer pour le dîner ? ajouta-t-il en offrant son bras à la baronne qui le refusa :

— Allez sans moi ! Je vais prendre des nouvelles de Dorothy et resterai un moment auprès d'elle, et personne ne s'habille pour le dîner qui suit l'appareillage...

— Moi qui espérais vous inviter..., émit Vauxbrun avec une grimace de déception. Tous les deux bien sûr ! ajouta-t-il avec une précipitation qui fit sourire Morosini.

— Vous aurez largement le temps pour ce faire ! Et je suppose que vous avez beaucoup de choses à vous dire si vous ne vous êtes pas vus depuis un moment.

— Ce n'est pas une si mauvaise idée, approuva Gilles aussitôt. Il y a paraît-il à bord deux vedettes et quelques autres personnalités qui ne se montreront pas le premier soir. On sera tranquilles pour bavarder...

— Ben voyons ! murmura Aldo tandis que Pauline von Etzenberg s'éloignait vers les escaliers. C'est tellement agréable d'être un pis-aller ! Je suppose que tu es, une fois de plus, très amoureux ? J'avoue que je ne saurais te donner tort.

---

1. L'*Ile-de-France* a laissé dans l'histoire de la navigation un souvenir tout personnel qui lui valut le surnom de « Saint-Bernard des mers ». A neuf reprises, en effet, au cours de sa carrière, il se porta au secours d'autres navires en perdition, souvent en se détournant largement de sa route. Le dernier en date fut le sauvetage de l'*Andrea Doria*, paquebot italien, en juillet 1956. Il fut aussi le paquebot le plus décoré de l'Histoire, titulaire de la Légion d'honneur et de plusieurs décorations étrangères.

— Elle est superbe, n'est-ce pas ? soupira l'antiquaire avec dans la voix un trémolo qui fit comprendre à Aldo que le dîner se passerait à vanter les charmes de la belle Américaine.

— Absolument mais il y a longtemps que tu la connais ?

— Huit jours. Je l'ai rencontrée au « Bœuf sur le Toit » où j'avais emmené un client suisse. Elle y était avec des amis et il se trouvait que mon client la connaissait. C'est lui qui nous a présentés.

— Une veuve de six mois au « Bœuf sur le Toit » ? Voilà un mari vite enterré il me semble ?

— Il buvait comme une éponge et la battait comme plâtre quand il était ivre. Etant donné qu'il était toujours entre deux vins ou entre deux schnaps, tu vois qu'elle n'a pas grand-chose à regretter. Cela dit, elle ne s'habille jamais qu'en gris ou en blanc... mais qu'est-ce qui te prend, d'un seul coup, d'être aussi pointilleux ? Tu n'as pas d'ennuis, au moins ? J'entends côté Lisa ?

— Pas le moindre. Elle se prépare à me donner un troisième enfant et pour l'instant elle doit être en Autriche avec les jumeaux. Je reconnais cependant volontiers que si je ne suis pas devenu totalement infréquentable je n'en suis pas loin. Mon humeur n'est pas au mieux.

— Tu vas me raconter ça pendant le dîner, on se lave les mains, on va boire un verre et on y va...

Pur produit des Arts décoratifs, les pièces d'apparat du paquebot desservies par le monumental escalier de marbre, de cuivre poli et de glaces, alliaient la simplicité des lignes au luxe le plus raffiné. Les plus grands décorateurs en avaient composé l'harmonie : Ruhlmann pour le Salon mixte, dit aussi Salon de thé, avec ses boiseries en loupe de frêne blanc relevé de minces baguettes en bronze argenté, le gigantesque hall d'embarquement de Richard Bouwens, le Grand Salon de Sue et Mare avec ses canapés tendus de tapisseries d'Aubusson reproduisant les plus beaux monuments de la région parisienne – Versailles, Chantilly, Maintenon, Noyon –, le Grand Café terrasse et fumoir à triple niveau de Henri Pacon, tout cela orné des admirables ferronneries de Raymond Subes, l'immense salle à manger enfin de Patout, avec ses plafonds à trois décrochements illuminé par les 110 plots de verre ambré de Lalique, animée en outre par l'étonnante fontaine de Navarre élevant au milieu une pyramide de cylindres or et argent. C'est près de cette fontaine que Morosini et Vauxbrun s'installèrent après leur passage au bar d'acajou déjà pris d'assaut par des Américains soucieux de profiter sans tarder des délices d'un pays exempt des barbaries de la Prohibition.

La salle à manger n'était pas pleine. Certaines dames pas forcément célèbres avaient choisi de se faire servir chez elles afin de mieux préparer leur apparition du lendemain. Calés dans les jolis fauteuils de sycomore tendus d'une tapisserie vert Véronèse à motif dégradé, les deux amis purent savourer un menu aussi varié que délicieux choisi dans une carte abondante mais que l'on pouvait compléter à volonté en demandant ce que l'on souhaitait. Vauxbrun testa immédiatement la proposition du maître d'hôtel en optant pour des œufs brouillés aux truffes qui lui furent apportés avec le vin de son choix.

Ainsi qu'Aldo l'avait prévu, une bonne partie du repas fut consacrée à la baronne Pauline sur laquelle son admirateur se montrait intarissable. Il apprit de la sorte – mais il le savait déjà – qu'étant une Belmont elle était née d'une des plus grandes familles new-yorkaises et aussi – ça il l'ignorait – qu'elle était un sculpteur de talent encore que mal connu et, bien sûr peu apprécié des siens guère ouverts aux éventuelles originalités.

— C'est sans importance, apprécia Vauxbrun. Indépendante, surtout depuis son veuvage, elle possède sa maison et son atelier sur Washington Square et une fortune que son défunt n'a pas réussi à dévorer, mais je peux t'assurer que ses œuvres sont remarquables ! Positivement ! Et j'aimerais monter pour elle une exposition à Paris…

Tant et si bien que ce ne fut pas avant le dessert que l'antiquaire, un peu à bout de souffle, abandonna le sujet et s'intéressa enfin à la présence de son ami Aldo sur le navire. Agacé, celui-ci se borna à l'essentiel : il recherchait une parure provenant des trésors Médicis ayant déjà causé quelques dégâts et espérait du même coup mettre fin aux activités criminelles d'un personnage qui pouvait bien en être l'actuel détenteur.

— Et tu as des preuves ? émit Gilles Vauxbrun qui allumait un odorant havane à la flamme d'une bougie après avoir rejoint les confortables fauteuils du fumoir.

— Des preuves ? Non, mais une forte présomption que je partage avec le chef superintendant Gordon Warren, de Scotland Yard avec lequel tu sais que j'entretiens des relations amicales depuis longtemps.

— M'est avis que tu vas perdre ton temps ! patoisa l'antiquaire qui aimait abandonner parfois le style olympien. Et t'attirer pas mal d'ennuis. Depuis quand n'es-tu pas allé aux U.S.A. ?

— 1913 ! J'avoue que ça fait un moment !

— Plutôt ! Ce qui signifie que tu n'as aucune idée des us et coutumes qui se sont développés depuis la guerre et si ton type est un mafioso tu vas à la catastrophe. Tiens, si tu veux on en parlera demain à Pauline ! Elle te dira…

— Rien ! s'emporta Morosini. Ce sont mes affaires et j'aimerais qu'elles restent secrètes ! Que « Pauline » soit en train de devenir le centre de ta vie, cela te regarde mais comme je ne veux pas m'impliquer dans tes amours, tu me permettras de me retirer ! J'ai sommeil !

— Tu m'as surtout l'air de te prendre un fichu caractère ! remarqua Gilles pas vexé le moins du monde. C'est parce que, pour une fois, ton égyptologue cinglé n'est pas avec toi ?

Le choix du terme n'était pas fait pour apaiser Aldo. Il savait qu'un certain antagonisme existait entre ses deux amis mais jamais Vauxbrun ne l'avait exprimé si peu que ce soit.

— Si tu veux le savoir, il embarque cette nuit à Plymouth mais il ne me sera sûrement d'aucune utilité parce qu'il est comme toi : réduit à l'état de chien savant par une jolie femme. Bonne nuit !

— Ah oui ? Mais alors...

Aldo n'entendit pas la suite : il était déjà dans le grand escalier avec l'intention de regagner sa cabine quand il eut soudain l'envie d'aller fumer une cigarette sur le pont supérieur. La nuit était noire, sans étoiles mais un vent froid s'était levé qui apportait un avant-goût de la température que l'on rencontrerait quand on approcherait de la zone des icebergs. La mer se formait sous la longue coque noire animée d'un léger roulis. Le pont était désert et la solitude d'Aldo y fut totale. N'ayant pas pris la précaution d'aller chercher un manteau, un frisson désagréable lui courut dans le dos. Ce n'était pas vraiment le moment d'attraper froid – en admettant qu'il y en ait pour ça ! – et jetant par-dessus bord le mince rouleau de tabac à demi consumé, Aldo rentra dans son confortable logis flottant, se lava les dents, se coucha et sans prendre un livre ou un journal, il s'endormit bercé par l'écho lointain de l'orchestre du bord. Il dormit même si profondément qu'il ne broncha pas quand, au milieu de la nuit, l'*Ile-de-France* fit escale à Plymouth pour embarquer ses passagers britanniques. Il serait temps demain de savoir si Adalbert avait fait son entrée sur le bateau. Les nouvelles amours de Gilles Vauxbrun lui avaient donné le coup de grâce.

Ce fut pourtant cette idée qui l'éveilla bien que la longue houle atlantique continuât de bercer doucement son lit. Il se leva, prit une douche, se rasa, et, enveloppé dans le peignoir de bain au monogramme de la

Compagnie Générale Transatlantique, sonna pour son petit déjeuner. Peu après le steward lui apportait de quoi nourrir une famille. Outre le café, qu'il avait décidé, non sans inquiétude, d'essayer et qui se révéla parfait, il y avait là des œufs à la coque, du jus d'orange, un pamplemousse, des brioches moelleuses, des croissants croustillants, des toasts à point, du miel, diverses sortes de confitures, du beurre frais, du lait et du fromage à la crème fraîche.

— Si Monsieur désire autre chose ? proposa le steward prévenant.

— Vous voulez dire que s'il me prenait fantaisie de vous demander un gigot je pourrais l'avoir ?

— Absolument, Monsieur ! J'aurais seulement le regret de vous prier de m'accorder un léger délai.

— Magnifique mais rassurez-vous je n'en ferai rien. C'est parfait... Tiens ! D'où sortez-vous ce journal ?

Il y en avait un, en effet, plié sur le plateau et dont Aldo s'emparait en parlant.

— C'est *L'Atlantic*, Monsieur, le journal édité le matin par le bord. Une partie est imprimée à Paris mais l'autre sur le bateau : il y a les dépêches, les cours de la Bourse reçus par T.S.F. et le programme de la journée.

Vraiment complet. On pouvait faire du sport en salle avec tous les ustensiles mécaniques possibles ou bien se promener sur le pont-promenade à moins que l'on ne préfère s'y installer avec un livre dans l'une des nombreuses chaises longues, les jambes enveloppées d'un plaid par les soins des grooms attentifs. Comme la température était fraîche, une distribution de bouillon chaud était prévue à onze heures. Le déjeuner serait servi à midi et demi suivi du café présenté à deux heures dans le beau salon de Ruhlmann. A trois heures, cinéma avec le *Chanteur de Jazz* le premier film parlant. A quatre heures, Guignol pour les enfants qui disposaient aussi de salles de jeu. A cinq heures, le thé avec sandwiches, glaces et pâtisseries variées. A huit heures, dîner. A neuf heures, concert au cours duquel un jeune pianiste polonais au nom imprononçable se ferait entendre après quoi l'on danserait une partie de la nuit... avec champagne et autres consommations. Les soirs de gala, la soupe à l'oignon était prévue au petit matin.

— Mais dites-moi, on mange tout le temps sur ce bateau ? fit Morosini amusé.

— C'est un paquebot français, Excellence. Nous tenons à faire apprécier notre cuisine et nos vins. D'ailleurs, il y a l'air de l'océan ! Votre Excellence n'imagine pas à quel point il creuse ! Même les jeunes dames qui soignent leur ligne n'y résistent pas...

— Heureusement que la traversée ne dure pas un mois ! Vous débarqueriez des cargaisons d'obèses.

— On n'est pas mal traité non plus sur les paquebots qui font l'Extrême-Orient, pourtant les passagers n'ont guère de surpoids à déplorer mais, évidemment, pour ceux à qui la nourriture trop raffinée pose problèmes, il y a les bateaux anglais ! Avec eux, personne n'a rien à craindre...

Peu désireux de retourner se coucher, fût-ce dans une chaise longue en face de l'océan, Aldo choisit d'aller arpenter le pont-promenade, large avenue délimitée par le bastingage en bois de teck surmonté de vitrages coulissants que l'on ouvrait par beau temps. Ce n'était pas le cas ce matin : la mer était grise ainsi que le ciel avec un vent de force six ou sept qui chassait les nuages et la pluie vers les côtes européennes. Aussi n'y avait-il que peu de monde même dans les « transatlantiques ». Une douzaine de personnes seulement étaient alignées contre le mur de tôles peintes d'un ton crème avec alternance de mat et de brillant, vêtues de tweed ou de « whipcord » avec casquettes assorties pour les hommes, de fourrures et d'étroits chapeaux de feutre souple ou de velours pour les femmes mais tous étaient entortillés jusqu'à la ceinture dans des plaids écossais aux couleurs identiques.

Aldo ne leur accorda qu'un regard rapide, le temps de constater qu'il n'y avait personne de connaissance et poursuivit sa promenade circulaire heureux de ne rencontrer qu'un Américain se livrant à un footing accéléré, un groom menant en laisse trois fox-terriers à poil dur et une nurse avec une poussette occupée par une mignonne fillette d'environ deux ans qui lui fit un joli sourire en battant de ses petites mains puis, sans transition, se mit à hurler quand un long passager coiffé d'un chapeau noir et le nez chaussé de lunettes au moins aussi sombres, passa près d'elle. En gagnant la plage arrière du pont supérieur, il vit avec étonnement qu'il y avait à cet endroit, soigneusement bâché, un hydravion de taille réduite posé sur une catapulte. Un marin lui apprit que, lancé à un certain point de la traversée, l'appareil permettait au courrier de gagner plus de vingt-quatre heures. Et ce fut pendant qu'il causait avec le jeune homme que la baronne von Etzenberg le rejoignit.

— Il m'avait bien semblé vous reconnaître, dit-elle en manière d'entrée de jeu. Vous faites partie des courageux qui préfèrent entretenir leur forme plutôt que se vautrer sous les couvertures ?

— Je n'ai jamais été très « chaises longues », répondit-il en s'inclinant sur la main qu'elle lui tendait. Mais je pourrais vous retourner le compliment.

— Oh moi je ne fais rien comme tout le monde ! En outre j'ai le pied marin d'un vieux cap-hornier. Ce qui n'est pas le cas de notre ami. Je l'ai rencontré alors qu'il essayait héroïquement d'aller faire quelques exercices au gymnase mais subitement il est devenu vert comme une salade et m'a laissée en plan.

— Pauvre Gilles ! Je devrais peut-être aller voir si je peux l'aider ?

— N'en faites rien, je viens de lui envoyer le médecin du bord. Un type très bien dont je n'ai eu qu'à me louer quand il m'est arrivé par hasard d'en avoir besoin.

— Vous avez déjà voyagé sur l'*Ile-de-France* ?

— C'est mon quatrième voyage ! J'adore ce navire. On s'y sent chez soi et même mieux parce qu'on y est pour vous aux petits soins et qu'il y règne une atmosphère comme je les aime. Et vous ?

— Oh moi c'est la première fois. Je n'ai pas revu l'Amérique depuis 1913.

— C'est étonnant car vous êtes connu des deux côtés de la « Mare aux harengs » ?

— Sans doute, mais jusqu'à présent l'Europe me suffisait, d'autant plus que vos compatriotes m'ont souvent fait la grâce de venir me consulter à domicile...

— Quand le domicile est un palais cela n'a rien de surprenant. Joint à votre réputation il fait de vous un objet de curiosité, rendant votre présence à bord d'autant plus étonnante. Qu'est-ce que vous allez faire chez nous ? ajouta-t-elle, donnant libre cours à sa curiosité sans s'encombrer, en bonne Américaine, des discrétions de la civilité puérile et honnête telle qu'on la pratiquait en Europe.

Pourtant la brutalité de la question ne choqua pas Aldo, peut-être parce qu'il sentait chez cette femme une réelle sympathie et que ses yeux gris se plantaient droit dans les siens. Cependant il resta évasif :

— Régler une affaire.

— Quel genre d'affaire ?

Il eut un haut-le-corps et fronça les sourcils. La baronne Pauline allait tout de même un peu loin mais déjà elle reprenait :

— Pardonnez-moi si je vous parais indiscrète et ne voyez dans cette question directe qu'un désir de nouer avec vous une véritable amitié. Or, vous n'êtes pas venu aux U.S.A. depuis des années et les « affaires » revêtent souvent chez nous un caractère brutal, ou alors sournois, en particulier lorsqu'il s'agit de celles dont vous vous occupez : les bijoux historiques, célèbres ou non, toujours magnifiques sinon vous ne vous y mêleriez pas, et donc obligatoirement dangereux.

— J'espère qu'il n'en sera rien, sourit Aldo. Je souhaite seulement vérifier une hypothèse.

Au contraire de ce qu'il attendait, elle ne lui demanda pas de préciser l'hypothèse en question, se contentant de le dévisager en silence avec une extrême attention dans laquelle il devinait une forme d'inquiétude qui le toucha parce que cette femme n'essayait pas de le séduire : elle venait de parler d'amitié et Aldo la sentait sincère. Peut-être aussi avait-il envie de la croire ?... Finalement, elle questionna :

— Vous avez des amis à New York ?

— Quelques clients... dont je n'ai pas coutume de faire des amis. Pourquoi me le demandez-vous ?

— Pour savoir si vous allez descendre dans une maison particulière.

— Mon Dieu non ! Je n'ai pas d'a priori contre la vie d'hôtel et je l'aime quand elle est de qualité. J'ai retenu au Waldorf Astoria...

— Comme tout le monde ! Je l'aurais juré ! C'est ridicule.

— Comment ridicule ?

— Pas parce que je déteste ce qui de près ou de loin touche aux Astor et parce qu'il va être bientôt démoli... Oh ! Par exemple !

Cette dernière exclamation venait de lui être arrachée par l'apparition sur le pont de la princesse Obolensky qu'Aldo n'eût peut-être pas reconnue sous son étroite toque de velours grenat assortie au manteau ourlé de renard noir sans la présence d'Adalbert Vidal-Pellicorne – symphonie en tweed et casquette moutarde – qui marchait à ses côtés en lui parlant avec volubilité.

— Vous connaissez cette dame ?

— Elle est célèbre... ou presque ! Alice Astor, la fille

d'Ava qui est encore plus cinglée qu'elle. Je ne peux pas la souffrir. Offrez-moi votre bras et allons chez le radio !

— Vous voulez lancer un S.O.S. ? plaisanta Morosini.

— Il ne faudrait pas me pousser beaucoup ! Non, nous allons faire changer votre réservation : vous ne pouvez descendre qu'au « Plaza » ! Le seul convenable pour un homme de votre qualité. D'ailleurs notre ami Vauxbrun a déjà retenu...

C'était incontestablement une raison plus valable que les antipathies de la baronne et Aldo se laissa emmener assez content au fond de voir la tête que ferait Adalbert quand leurs couples se croiseraient...

Le fait dépassa largement ses espérances. Quand il passa auprès de lui en bavardant à bâtons rompus avec sa compagne, Adalbert ouvrit des yeux comme des soucoupes, s'arrêta pile et même se retourna tandis que les deux femmes échangeaient un regard glacial, l'une avec une moue dédaigneuse – Pauline ! – l'autre avec un haussement d'épaules qui l'était tout autant. Aldo lui se contenta d'un sourire narquois que la baronne était trop fine pour ne pas remarquer :

— Vous connaissez cet homme ?

— C'est même d'habitude mon meilleur ami.

— Pourquoi d'habitude ? Il ne l'est plus ?

— C'est la question que je me pose. Depuis qu'il connaît la princesse Obolensky j'ai l'impression qu'il n'a plus envie de me voir.

— Parce qu'il est amoureux de cette dinde et qu'il est beaucoup moins séduisant que vous ? Que fait-il dans la vie ?

— C'est un très brillant égyptologue...

La main sur la poignée de la porte de la radio, la baronne Pauline éclata de rire.

— Eh bien vous pouvez faire une croix sur votre belle amitié ! Alice se prend pour la réincarnation de

Cléopâtre ou quelque chose d'approchant. Elle n'en fera qu'une bouchée...

Elle riait encore en pénétrant dans l'habitacle mais Morosini n'en avait plus envie. Cette curieuse femme possédait l'art de décortiquer l'âme humaine et même si l'idée ne lui serait jamais venue qu'Adalbert pût voir en lui un rival éventuel, ce qui était grotesque, il était à craindre, au cas où elle aurait raison, que leur quasi-fraternité eût du plomb dans l'aile. Et ça ce n'était pas supportable, surtout dans l'état d'esprit où il était en ce moment. Conséquence logique : il fallait une bonne explication franche, face à face, dans les yeux et en privé !

En attendant, quand la baronne en eut terminé avec ses radiogrammes il la laissa se rendre au bar avec un couple d'artistes qui avaient embarqué dans la nuit et s'en alla prendre des nouvelles de Gilles Vauxbrun. Elles n'étaient pas fameuses : il trouva le malheureux gisant sur son lit toujours en tenue de sport et toujours aussi vert en compagnie de son steward[1] qui lui appliquait sur le front des compresses froides. En dépit des hublots ouverts, il régnait dans la chambre une odeur aigrelette peu agréable. A son entrée, le malade tourna vers lui un regard mourant que sa vue n'éclaira pas, bien au contraire.

— Ça n'a pas l'air d'aller ? constata Morosini.

— Toi, en revanche, ça va on ne peut mieux ! grogna Vauxbrun. Tu as une mine répugnante alors que je ne suis plus qu'une larve... Et j'ai horreur qu'on me voie dans cet état !

Aldo voulait bien le croire : lui aussi avait horreur d'être vu malade.

— Je ne suis pas « on » mais un vieux copain qui

---

[1]. La C.G.T. (Compagnie Générale Transatlantique) mettait alors à la disposition des classes de luxe un steward pour deux cabines.

comme toi a fait la guerre. Qu'est-ce que t'a donné le médecin ?

— Une potion au chloral censée me faire dormir mais que je n'ai pas gardée deux minutes...

— Il t'a traité en jeune fille ! Pas étonnant d'ailleurs si tu l'as regardé avec ces yeux-là ! Tu devrais manger...

— Tais-toi malheureux !

— ... du pain grillé, des brioches... et puis essaie donc le whisky soda bien glacé !

— D'où sors-tu cette trouvaille ?

— Mon vieil ami lord Killrenan avait beau être un vieux loup de mer, il n'en était pas moins sujet parfois à ce genre de malaise, tout comme l'amiral Nelson. Il s'en tirait avec ce remède-là. Remarque, le whisky était pour lui la panacée universelle depuis les maux de tête jusqu'aux cors aux pieds. Cela dit il n'avait pas tort : il m'est arrivé entre Calais et Douvres d'avoir à expérimenter ce truc avec succès. Votre médecin devrait le connaître, ajouta Morosini en s'adressant au jeune steward.

— Peut-être hésite-t-il à l'employer quand il ne connaît pas la personne afin que les autorités américaines ne nous accusent pas de pousser à la consommation d'alcool. En outre si Monsieur a le foie fragile...

— Un peu, admit Vauxbrun mais je préfère mourir que rester ainsi ! Qu'est-ce que la baronne va penser de moi ?

— Le plus grand bien, rassure-toi ! Elle se soucie de toi et c'est déjà une bonne chose, non ? Restez près de lui ! Je vais chercher le remède moi-même, conclut Aldo en rejoignant la porte.

Il sortit si vite qu'il bouscula un homme qui se trouvait de l'autre côté, qui s'excusa et fila sans attendre que Morosini en fît autant. Un peu interloqué, celui-ci regarda disparaître au bout de la coursive une gabardine mastic comme il devait en exister plusieurs sur le bateau. Le col en était relevé et la casquette enfoncée jusqu'aux sourcils ne lui avait pas permis de distinguer le visage. Ce qu'il regretta parce qu'il aurait juré que, lorsqu'il l'avait bousculé, le personnage était en train d'écouter à la porte. Il s'élança à sa poursuite mais quand il atteignit l'angle du large couloir, il ne vit plus personne. L'homme avait dû disparaître dans l'une des cabines…, mais allez donc savoir laquelle ?

Tandis qu'il gagnait le bar, la question le turlupinait de deviner pourquoi quelqu'un pouvait s'intéresser à ce qui se passait chez un homme malade depuis le début de la matinée et qui, à part son entretien avec le médecin et quelques paroles échangées avec le steward, n'avait guère à émettre que des borborygmes internes guère ragoûtants. A moins que le curieux ne se consacre à lui-même et non à Gilles et ne l'eût suivi ? C'était peut-être plus logique mais pas plus éclairant pour autant.

Muni d'un verre convenablement embué, il retourna administrer sa potion personnelle au malade et annonçant qu'il reviendrait dans l'après-midi il rentra chez lui pour se préparer en vue du déjeuner. Il était occupé à nouer sa cravate quand on frappa à sa porte mais il n'eut pas le temps de crier : « Entrez ! ». Vidal-Pellicorne était là. L'œil sombre et la mèche en bataille, il lança sans préambule :

— Il faut qu'on parle !

Son reflet s'inscrivit aussitôt dans le miroir devant lequel Aldo continua d'opérer comme si de rien n'était.

— C'est aussi mon avis mais tu pourrais commencer par dire bonjour !

— Eh bien, bonjour si tu y tiens !

— Cela me paraît la moindre des choses et je te fais grâce des politesses dans le genre : « Comment vas-tu ? »

— C'est l'évidence même, tu as une mine magnifique !

— Et de deux ! C'est la seconde fois qu'on me la

reproche depuis ce matin et comme chaque fois cela vient d'un ami – ou supposé tel ! – cela devient obsédant.

— Qui est l'autre « supposé tel » ?

— Gilles Vauxbrun.

— Il est là lui aussi ?

— Et pourquoi pas ? Tu y es bien ? Maintenant qu'est-ce que tu veux ?

Le nœud de cravate étant parfait, Aldo s'éloigna du miroir pour aller chercher son étui à cigarettes laissé sur la table de chevet cependant qu'Adalbert opérait le mouvement contraire en allant s'adosser à la commode que dominait la glace.

— C'est plutôt à moi de te le demander ? Pourquoi me suis-tu ?

— Où as-tu pris que je te suivais ?

— A Londres d'abord, où tu es tombé chez moi comme la foudre...

— Je préférerais comme un pavé dans la mare obscure où vous barbotiez joyeusement Warren, une belle dame et toi.

— ... et maintenant sur ce bateau !

— Où j'ai embarqué avant toi au Havre sans me douter un instant que l'escale de Plymouth me vaudrait le plaisir de ta compagnie ! mentit Aldo avec un aplomb convaincant. Cela dit, continua-t-il en durcissant le ton, j'aimerais savoir, moi, ce que je t'ai fait à part débarquer sans prévenir ?

— Rien, mais...

— Aurais-je déplu sans le savoir à la fille de lady Ribblesdale ?... Ça n'aurait rien d'étonnant, sa mère me déteste.

— J'avais raison de me méfier : tu t'es arrangé pour savoir qui elle est ?

— Tu me prends pour un enfant de chœur ? Certainement je me suis « arrangé ». Tu penses bien que j'ai passé

Warren à la question ! Pour une fois que la curiosité était de mon côté !

Sous le hâle qui ne quittait jamais son visage – pas plus que celui de Morosini – Adalbert avait pâli.

— Qu'est-ce qu'il t'a raconté ?

— A l'exception du nom de la future ex-princesse Obolensky absolument rien sinon que vous auriez ensemble une affaire délicate...

Un soupir de soulagement s'échappa de la poitrine de l'archéologue.

— J'aime mieux ! Ecoute je peux simplement te dire ceci : elle possède un joyau inestimable donc convoité par des gens prêts à tout pour se l'approprier. Warren a fait en sorte de la protéger à Londres mais le danger se rapproche au point qu'elle a préféré partir discrètement pour les Etats-Unis. C'est la raison de notre embarquement nocturne sur un bateau français. Or, la présence auprès de nous de l'expert le plus célèbre en pierres historiques ne peut nous être que néfaste alors qu'Alice se donne un mal fou pour faire croire qu'elle s'est défaite du bijou...

— Qu'est-ce que c'est ?

— Un collier trouvé dans la tombe de Toutankhamon et que lui a donné lord Carnavon...

— Jamais entendu parler ? re-mentit Aldo. D'ailleurs les joyaux égyptiens ne m'intéressent pas ! Ils sont trop mats ! Je n'aime que les étoiles étincelantes que sont les diamants et leurs sœurs de couleur. Tu devrais le savoir !

— De l'or et du lapis-lazuli sortant d'un tombeau qui fait rêver la terre entière, tu es difficile ! Tu pourrais faire une exception !

— Eh non ! Les perles de Cléopâtre, je ne dirais pas, parce qu'elles sont vivantes et ont de tous temps composé à la femme une belle parure, mais les placards d'or cloisonné que les pharaons s'appliquaient sur l'estomac ne m'ont jamais attiré. C'est ta partie à toi !

— Soit, je te l'accorde. Alors qu'est-ce que tu fabriques ici ?

— ... Et sans toi... alors que jusqu'à présent nous avons parcouru ensemble pas mal de kilomètres ? Que veux-tu, moi je suis comme Vauxbrun : un commerçant dont les affaires ne sont pas toujours faciles...

Tout en parlant, Aldo se dirigeait silencieusement vers la porte en esquissant sur ses lèvres le signe du silence, l'ouvrait brusquement : il n'y avait personne derrière mais, dans la coursive, il vit la même silhouette que précédemment s'éloigner : le simple bruit de sa voix qui se rapprochait avait dû donner l'alerte au curieux.

— Tu crois que l'on nous écoutait ? demanda Adalbert.

— Comme on écoutait à la porte de Vauxbrun. Et cette fois je suis certain que c'est à moi qu'on en a.

— Pourquoi ? Tu fais des recherches qui pourraient déranger quelqu'un ?

— A ton avis ? Qu'est-ce qui peut m'avoir poussé sur ce bateau agréable, j'en conviens, tandis que Lisa rentre seule à Venise ?

— Elle pourrait être avec toi ! Elle n'aime pas l'Amérique ?

— Pas beaucoup. En outre elle attend un bébé. Enfin on n'emmène pas sa femme quand on suit la piste d'un joyau et d'un assassin, les deux pouvant peut-être se rejoindre.

— Fichtre ! Et c'est quoi, ce joyau, ne put s'empêcher de demander Adalbert en s'efforçant de prendre un air détaché.

— Rassure-toi ! Ce n'est pas le collier de Toutankhamon mais c'est au moins aussi dangereux. A ma connaissance trois femmes, si ce n'est plus, sont mortes de l'avoir... non de les avoir portés puisqu'il s'agit d'une parure. Satisfait ?

Pas vraiment puisque Adalbert avait encore une question à poser :

— La dame avec qui tu te promenais sur le pont ? C'est pour elle que tu travailles ? Elle est très belle !

— Les sous-entendus malveillants à présent ? Non, Monsieur, je ne travaille pas pour elle. C'est une amie de Vauxbrun et je l'ai rencontrée hier seulement. Mais tu dois savoir qui elle est ? Ta princesse a dû te renseigner : elles se détestent.

— Alice ne m'a rien dit de semblable. Elle ne l'a même pas regardée.

— Mais elle l'a vue ! Tu as encore quelque chose à me dire ? D'intelligent de préférence ?

— Non... Si ! Si je t'ai compris, nous avons tous les deux une affaire délicate et peut-être vaut-il mieux ne pas mélanger les choses. Pour la sécurité d'Alice, je propose que, durant le voyage, nous continuions à nous ignorer...

— Mais tant que tu voudras, mon cher ami, émit Aldo entre ses dents serrées pour retenir la colère qui montait. Et même après ! Chacun ses problèmes, chacun son chemin ! C'est aussi bien comme ça !

Il retourna à la porte qu'il ouvrit en grand, indiquant de la sorte clairement que l'entretien était terminé. Ennuyé tout de même, Vidal-Pellicorne ne bougea pas.

— J'espérais que tu comprendrais, fit-il avec un soupir en se dirigeant vers la coursive. Tu as beaucoup changé, Morosini !

— Changé ?... J'ai toujours été complètement idiot ! Tu ne savais pas ?

Adalbert disparu, Aldo claqua violemment le vantail derrière lui avant de s'attaquer pour faire bonne mesure à un cendrier à portée de sa main qu'il envoya se fracasser contre une paroi. Cela le soulagea un peu mais lui donna envie de pleurer. Adalbert n'était-il venu le voir que pour lui enjoindre de rester à l'écart de sa précieuse Alice, qu'Aldo se mit aussitôt à exécrer ? Fallait-il qu'elle soit forte, la garce, pour avoir réussi à entamer une amitié qu'il pensait forgée pour l'éternité ! C'était incroyable ! Incompréhensible !... Lamentable surtout et Aldo, l'appétit coupé à la seule idée de se retrouver en face de celle qui lui enlevait une partie de lui-même et pas la plus mauvaise, décida de se passer de déjeuner. Il y en aurait sans doute d'autres pour imiter son exemple car le temps ne s'arrangeait pas. Une dépression venue d'Islande secouait l'Atlantique Nord et le navire par la même occasion en dépit du souci qu'avaient eu ses constructeurs de le rendre aussi stable que possible[1]. Depuis toujours Aldo aimait le vent, voire la tempête même si ce n'en était pas complètement une et, pensant que le spectacle de la mer s'accorderait mieux à son état d'âme que les échos de la vie mondaine ou le silence ouaté de sa cabine, il enfila un imperméable et gagna l'arrière du navire près de l'endroit où se dressait la hampe du drapeau tricolore et là il s'accouda au bastingage juste au-dessus de l'épais et long sillage esquissant un ruban d'eau vite absorbé par l'océan. Vert-de-gris crêté d'écume blanche, celui-ci se laissait effacer de loin en loin par les écharpes de brume que le vent effilochait. Il n'y en avait pas assez pour déclencher la lugubre corne des jours de « purée de pois » mais c'était suffisant pour qu'Aldo sentît se renforcer sa déprimante impression de solitude. L'air froid charriait une humidité salée dont il chercha le goût sur ses lèvres. Derrière lui l'espace était désert, le repas de midi et quelques malaises ayant suffi à dégarnir les ponts. Il n'y avait que l'emblème français dont l'eau alourdissait l'étoffe et, là-haut, la catapulte de l'hydravion qui semblait appartenir à un autre monde tout comme le ronronnement lointain des machines. Et le chemin d'eau s'allongeait inexorablement entre lui et l'Europe déjà lointaine, entre lui et tout ce qu'il aimait.

1. Le système anti-roulis n'en était encore qu'aux balbutiements.

Soudain, ses sens toujours en éveil lui révélèrent l'approche de pas légers, rapides, précautionneux et certainement assourdis par des semelles de caoutchouc. Il se retourna juste à temps pour voir ce qui lui parut être un matelot gigantesque au visage noirci se précipiter vers lui un couteau tenu fermement dans sa main droite...

D'un écart digne d'un matador devant le taureau, Aldo évita la charge meurtrière mais pas le contact avec un corps puissant qui sentait la laine mouillée, la sueur et une odeur qu'il remit à plus tard de définir s'il sortait vivant de l'aventure. Pour l'instant sa vigilance était concentrée sur le combat qu'on lui imposait et qui risquait d'être bref. Outre son couteau, l'adversaire disposait d'une force considérable et il était venu pour tuer. N'étant pas d'accord sur ce point, Aldo se défendit mais en dépit d'une vigueur due à une pratique assidue de la boxe, de la lutte, de l'escrime et de la natation il comprit qu'il serait difficile d'échapper à un adversaire doué d'une force exceptionnelle. Tous deux avaient roulé à terre et déjà l'homme renonçant au poignard avait noué ses mains autour du cou de Morosini qui se sentit pris dans un étau... Il étouffait...

CHAPITRE VI

SOIRÉE À BORD

Avec l'énergie du désespoir Aldo tenta de se libérer du poids de ce corps, de ces mains agrippées à sa gorge qui brûlait mais il n'était pas de taille et ses forces déclinaient inexorablement. Il comprit qu'il allait mourir là, en plein midi, sur ce bateau bourré de monde et que, dans un instant, il ne resterait plus à son assassin qu'à le passer par-dessus bord pour l'effacer à jamais du monde des vivants. Comme dans un film déroulé à grande vitesse il vit Lisa, ses enfants, sa vie écoulée, sa mère... mais soudain il y eut contre son oreille un cri de douleur et le poids qui l'écrasait s'envola. Les oreilles bourdonnantes et les yeux pleins d'étoiles noires, il sentit un parfum, une main rapide qui desserrait sa cravate, ouvrait son col, sa chemise et commençait doucement à masser sa gorge douloureuse. Ouvrant enfin les yeux il distingua des traits, une grande bouche rouge.

— Allons, on dirait que je suis arrivée à temps ! émit le contralto de la baronne Pauline. Tenez, essayez d'avaler quelques gouttes de mon élixir !

A présent elle lui soulevait la tête avec douceur en approchant de ses lèvres un flacon de voyage en argent contenant une sorte de vitriol qui lui incendia la bouche et l'œsophage, le fit tousser, pleurer mais le remit sur son séant.

— Qu'est-ce que c'est ?...

— Un mélange à moi : un tiers gin, un tiers whisky et un tiers calvados. Efficace, non ? J'en ai toujours sur moi en cas de petite faiblesse. Essayez de vous relever maintenant ! Je vous aide...

Ce n'était pas si facile. Le bateau traversait une zone perturbée mais étayé par le bastingage et le bras de Pauline, vigoureux pour une femme, Aldo réussit à retrouver la position verticale.

— Merci, baronne !... Vous êtes plus forte qu'on ne pourrait le supposer...

— Je suis sculpteur. Les matériaux que j'emploie sont plus lourds qu'une toile de peintre et j'ai beaucoup de mal à garder des mains convenables mais chaque médaille a son revers. Comment vous sentez-vous ?

— Mieux, grâce à vous ! Je vous dois la vie mais comment avez-vous fait pour me libérer de mon meurtrier ?

Pauline von Etzenberg ramassa une canne d'ébène terminée par une fusée d'ivoire sculpté qui lui donnait l'air d'une garde d'épée mais en fait c'en était une ainsi qu'elle le démontra en tirant du fourreau de bois noir une courte et fine lame d'acier.

— Je lui ai planté ça dans le dos mais j'ai dû rencontrer une côte car ma lame s'est courbée et l'homme non seulement ne s'est pas écroulé mais a détalé comme un lapin. Pardonnez-moi de ne pas l'avoir suivi : il fallait que je m'occupe de votre état. Vous m'avez fait très peur !

— Et moi donc ! fit Aldo en riant. Mais par quel miracle vous êtes-vous trouvée là ? Et avec cet objet ?

— C'est simple : je vous cherchais. Vous n'étiez ni chez vous ni à la salle à manger ni au bar, il fallait forcément que vous soyez quelque part et j'avais cru remarquer que vous aimiez prendre l'air. A présent, allons chez le Commandant ! ajouta-t-elle en lui offrant son bras.

— Pour quoi faire ? Vous ne supposez tout de même pas que mon agresseur puisse appartenir réellement à son équipage ?

— Pourquoi pas ? Au milieu des hommes qui servent sur ce navire un assassin doit pouvoir se cacher ?

— Sûrement pas. Outre que la Compagnie n'emploie que des matelots et du personnel triés sur le volet il est rare qu'il y en ait parmi eux qui se parfument au Vétiver de Guerlain. L'homme a dû se procurer ce déguisement, le Diable sait comment, mais croyez-moi, j'ai eu affaire à un passager. Inutile d'encombrer notre commandant avec cette histoire !

— Mais enfin pour quelle raison a-t-on tenté de vous tuer ? Sauf si vous avez des ennemis à bord, ça n'a pas de sens ?

— Des ennemis à bord ? Je n'en sais rien. Toutefois on ne peut éviter de s'en créer dans la profession que j'exerce. Et vous, au fait ! Comment se fait-il que vous vous promeniez avec une arme pareille ?

— Dans le quartier des artistes où je vis, il est bon pour une femme qui aime sortir seule d'avoir parfois les moyens de se défendre. Cela dit je ne me déplace pas toujours avec une canne. Si je l'ai prise c'est parce que le bateau danse un peu et que j'ai horreur de m'aplatir devant les pieds d'un tas de snobs imbéciles. Une heureuse inspiration. Non ?

— Vous pouvez le dire !... Si on allait boire un bon café ? J'ai découvert qu'on savait le faire sur ce paquebot, ce qui croyez-le n'est pas chez moi un mince compliment !

A quelque heure que ce soit il y avait du monde au bar. Ils y trouvèrent cependant une table à l'écart d'une autre où s'étaient installés des joueurs de poker. Silencieux par excellence les joueurs de bridge avaient un salon particulier. Un moment Aldo et sa compagne gardèrent eux aussi le silence. Ils avaient besoin de se remettre. Lui plus qu'elle évidemment et bien qu'un danger de mort ne soit pas pour lui une nouveauté, sur ce navire plein de monde et au milieu du jour, c'était pour le moins inattendu puisqu'il avait retenu son passage au tout dernier moment. Or il se découvrait deux antagonistes : celui qui écoutait et celui qui voulait le jeter à l'eau. Ce ne pouvait être le même. Question de taille. L'espion lui avait semblé très moyen alors que l'assassin possédait une stature supérieure à la sienne. En outre, si le premier logeait sans doute en premières, rien ne disait que le second ne soit pas venu des deuxièmes ou troisièmes classes qui, en principe, n'avaient pas le droit de franchir la limite des premières mais il devait bien y avoir un moyen de contourner la difficulté. Alors qui ? Pourquoi ? Autant de questions sans réponse. Et surtout, surtout qui était derrière ces actions ? En dehors d'Aloysius C. Ricci, il ne voyait pas qui pouvait le haïr au point d'en arriver à lui envoyer un tueur. L'aide momentanée offerte à Jacqueline Auger était-elle une offense à ce point mortelle aux yeux du milliardaire ? Il est vrai que pour moins que cela, Boldini avait subi un début d'incendie et que Jacqueline avait payé sa fuite de sa vie. Il allait falloir faire très, très attention dans les jours qui venaient...

Plongé dans ses réflexions il avait oublié la providentielle baronne mais celle-ci ne semblait pas s'en offusquer. Elle l'observait avec l'attention d'un entomologiste en face d'un insecte rare et finit par demander :

— Qu'allez-vous faire maintenant ?

Il y avait de l'inquiétude dans sa belle voix grave et il lui offrit un chaleureux sourire.

— Que puis-je faire d'autre que d'attendre ? Ne sommes-nous pas tous prisonniers de ce superbe navire ? Je vais m'efforcer d'achever cette traversée le plus agréablement possible. En prenant toutefois quelques précautions. Vous-même que comptez-vous faire de cet après-midi ? Vous conduirai-je au cinéma ?

— Non merci. Je voudrais écrire des lettres.

— Dans ce cas le salon de correspondance ? Il est agréable.

— Sans doute mais je préfère être seule quand j'écris. Dans cette jolie pièce on doit avoir l'impression d'être à l'école. Je rentre chez moi et vous devriez en faire autant : frôler la mort doit secouer un brin ? On se retrouvera au dîner.

Elle se levait et Aldo en fit autant pour l'accompagner mais elle le pria de rester et il s'inclina tandis qu'elle s'éloignait nonchalamment appuyée sur la canne dont elle faisait si bon usage. C'était décidément une femme étrange mais séduisante et combien attachante ! Que Vauxbrun soit amoureux d'elle n'avait rien d'étonnant. Lui-même, indépendamment du fait qu'il lui devait la vie, s'avouait être sensible à ce curieux mélange de camaraderie et de sensualité qu'elle dégageait.

Avant de regagner sa cabine il se rendit chez Gilles pour voir où il en était. Le médecin du bord en sortait et lui apprit que leur « malade commun » dormait à poings fermés.

— Demain il sera frais comme l'œil... s'il n'a pas la gueule de bois.

Et comme Morosini le regardait sans comprendre, l'officier ajouta avec un sourire goguenard :

— Un whisky ça va mais une demi-douzaine c'est beaucoup ! C'est l'ennui avec ce genre de médication plutôt agréable : on peut avoir tendance à forcer dessus !

Rassuré de ce côté-là, Aldo réintégra sa cabine. Il y trouva un carton à la marque de l'*Ile-de-France* le priant de dîner à la table du Commandant. C'était une raison de plus pour effacer les traces de sa dernière mésaventure ! Et il s'étendit sur son lit après avoir tiré les rideaux et fermé soigneusement sa porte à clef.

A huit heures, sanglé dans un habit noir coupé à la perfection qui rendait pleine justice à son aristocratique silhouette, Aldo suivait le maître d'hôtel qui le conduisait à la table d'honneur à travers l'immense salle à manger étincelante de cristaux et d'argenterie, fleurie et illuminée par les flots de lumière tombant des caissons de verre dépoli et sculpté et par des torchères en forme de vases renvoyant une lumière douce et diffuse. Le spectacle du grand escalier que descendaient lentement des femmes en robes brillantes chargées et parfois coiffées de bijoux étincelants que mettaient en valeur les fracs noirs des hommes était féerique. La mode évoluait et les robes chemises n'avaient plus la cote. Les genoux se cachaient et, pour le soir, la ligne avait à présent tendance à plonger en arrière jusqu'aux talons. De même le droit-fil faisait place au biais utilisant pleinement l'élasticité des tissus pour mouler les formes féminines, au grand désespoir de celles dont la plastique n'était pas irréprochable. Les décolletés souvent vertigineux révélaient le dos jusqu'aux reins mais pouvaient se voiler d'écharpes de satin, de mousseline, de dentelles ou de plumes. Et que ces tissus étaient donc somptueux ! Lamés d'or, lamés d'argent, brocarts, satins nacrés, crêpes brodés de perles, de strass ou de paillettes mais aussi mousselines et voiles s'effilant en longues pointes aériennes comme des flammes depuis les hanches souvent drapées de larges ceintures diaphanes retombant en longs pans. L'asymétrie était à la mode, la robe laissant une épaule nue, l'autre retenant l'étoffe par un ornement de pierreries ou de fleurs. Moins strictes aussi, les coiffures laissaient davantage leur chance à la beauté des cheveux, à la grâce d'une vague ou de boucles légères permettant à nouveau le port du diadème... C'était, sur les majestueux degrés de marbre couverts de tapis rouges comme un ballet scintillant, une sorte de pavane rythmée par quelque metteur en scène épris d'élégance et d'art de vivre.

Séduit par ce spectacle où il venait jouer un rôle minuscule Aldo laissait son regard s'y attarder sans prendre garde à ce qui l'attendait. Ce fut d'abord le sourire épanoui de Pauline von Etzenberg qui vint au-devant de lui, superbe dans une robe de crêpe georgette de ce gris qu'elle affectionnait, dont le corsage souple retenu par de minces épaulettes et les longs volants décalés faisaient briller à chaque mouvement les perles de cristal dégradées du blanc au noir. Aucun collier ne coupait la ferme colonne de son cou sur lequel ses cheveux de laque noire étaient noués en un chignon qui lui tirait la tête en arrière. Quelques étoiles de diamant y étaient piquées semblables à celles montées en longues girandoles qui tremblaient de chaque côté de son visage.

En venant prendre le bras d'Aldo avec l'aisance parfaite d'une femme du monde, elle murmura :

— Vous arrivez à point nommé pour avoir le temps de digérer la surprise avant l'arrivée des vedettes...

— Quelles vedettes avons-nous ?

— Adolphe Menjou, l'acteur de cinéma et surtout l'immense Cécile Sorel et son comte de Ségur de mari. Quant à la surprise...

— Merci, j'ai vu...

En effet, assise à la place indiquée par le maître d'hôtel, à la gauche du Commandant, la belle Alice jouait avec ses longs sautoirs de perles tandis que penché sur elle, Adalbert lui parlait de façon intime.

— Eh oui ! soupira Pauline. Nous allons dîner ensemble ! Ce que c'est que d'appartenir à d'illustres familles américaines ! Mais grâce à Dieu nous ne serons pas face à face, cette chipie et moi. Vous ne serez pas non plus trop près de votre « ami ». Ni de moi ajouta-t-elle avec une grimace. C'est votre égyptologue qui va être mon voisin mais comme il sera loin de sa belle, je crains qu'il ne soit pas très récréatif...

— Cela m'étonnerait. Il est brillant, en général, et,

croyez-moi, c'est fondamentalement un homme charmant. Qui avons-nous d'autre ?

— L'attraction d'hier : ma petite cousine Dorothy et son chevalier ailé...

— Il a décidé de rester avec nous ?

— Le moyen de faire autrement ? De toute façon et même s'il n'a pas le sou sur ce bateau, il en a largement les moyens. Le Commandant, qui est un vrai gentleman, le traite en invité privilégié... et lui a même prêté un smoking. Il y a aussi un jeune couple adorable : Vladimir Ivanov et sa femme Caroline. C'est un Russe blanc naturalisé Américain et elle appartient à l'une de nos bonnes familles, les Van Duysen...

Ils approchaient de la table où il allait bien falloir faire quelques présentations, ce dont Aldo se réjouissait secrètement, quand une énorme ovation mit tout le monde debout : le maître du navire descendait le grand escalier entouré du jeune Van Laere et de Dorothy Paine, jolie à croquer dans une robe on ne pouvait plus virginale, en tulle blanc piqué de petits bouquets de roses pompons de la même teinte que ses joues : elle vivait là avec son héros une heure de gloire. Arrivés à destination, l'officier fit les présentations.

D'aspect sévère, avec un beau visage énergique et d'épais cheveux grisonnants, le Commandant Blancart n'en était pas moins renommé pour sa courtoisie et sa galanterie. Son courage et son audace aussi. Le bruit courait encore du premier voyage de l'*Ile-de-France* en direction du Havre au sortir des chantiers de Saint-Nazaire où l'officier signait les derniers papiers avant de donner l'ordre d'appareillage : une manœuvre criminelle, prise à sa place, avait fait mettre les machines en marche. Le bateau avançait dans un bassin où tout écart était impossible et l'espèce de pont-levis qui séparait ce bassin de la sortie du port était fermé. L'ordre de stopper vint aussitôt mais le bateau courait sur son erre. Une belle tentative de sabotage qui aurait rendu fou n'importe quel commandant de bord mais Blancart n'était pas n'importe qui. Il fit corner l'ordre d'ouvrir le pont et, prenant en personne la barre en main, dirigea l'*Ile-de-France* droit sur l'étroit passage en pensant que son coup d'audace pouvait payer, vaincre l'incroyable concours de circonstances et que les dégâts seraient moindres. Et il réussit : le pont se leva presque à ras de l'étrave et s'écarta suffisamment pour que le bateau pût franchir le goulet sans une égratignure, salué par les acclamations de la foule massée sur les quais.

C'était ce même marin qui, un sourire un peu timide aux lèvres, recevait à présent en homme du monde confirmé, présentant ses invités les uns aux autres. Il y avait là outre Pauline, Aldo, la princesse Obolensky et Adalbert, Van Laere et Dorothy Paine, le jeune couple américano-russe annoncé : le comte et la comtesse Ivanov. Lui, un magnifique gaillard taillé pour porter la tenue des anciens chevaliers-gardes, elle, née Caroline Van Druysen, une grande fille blonde, rieuse et charmante, élégante aussi dans une robe de velours noir et une parure de fort beaux rubis, s'assortissaient magnifiquement. On échangeait baisemains et *shake-hands* quand Menjou souriant et volubile arriva en hâte s'excusant sur les aléas du poker et chacun prit sa place.

— Tout le monde n'est pas arrivé ? émit le Commandant en constatant que la place en face de la sienne restait vide ainsi qu'une autre entre Caroline Ivanov et l'aviateur.

Un éclat de rire de Pauline lui répondit :

— Quand on invite Célimène, Commandant, il faut s'attendre à ce qu'elle n'arrive que le théâtre plein et le rideau levé depuis un moment. La grande Sorel ne saurait entrer comme vous et moi.

— Sans doute, mais comme cette dame n'est pas chef d'Etat ni tête couronnée, je n'ai aucune raison de faire attendre d'autres dames et je vais ordonner que l'on serve...

L'instant suivant, un silence de la salle saluait l'arrivée de la comédienne et en vérité il y avait de quoi. Sur l'escalier, vide à présent, se dressait la silhouette majestueuse et insolente de celle qui à la Comédie-Française remplaçait Sarah Bernhardt pour le faste et l'excentricité et continuait d'interpréter Célimène, Phèdre ou Andromaque la quarantaine passée mais avec quelle allure ! Drapée d'une sorte de simarre cardinalice sur une longue robe de lamé argent, la tête orgueilleusement rejetée en arrière coiffée d'aigrettes pourpres sur un bandeau de diamants, sa longue main posée sur l'épaule de son époux, le comte Guillaume de Ségur, elle resta immobile un instant, somptueuse et insolite si l'on s'en tenait à la mode qu'elle dédaignait avec superbe, regardant cette salle comme elle l'eût fait depuis la scène du Français. Des applaudissements crépitèrent et Célimène acheva noblement sa descente, accueillie au bas des marches par celui que la courtoisie obligeait à l'y chercher.

Lorsqu'elle fut près de lui – il allait avoir l'honneur d'être son voisin – Aldo s'avoua qu'elle était encore belle – le cheveu blond vénitien, l'œil bleu agrandi par un maquillage parfait, la large bouche carminée s'ouvrant sur des dents un peu trop régulières peut-être, cette comtesse de Ségur d'un nouveau genre répandait autour d'elle autant de parfum qu'une cassolette orientale. En outre, elle parlait – toujours pour la galerie – d'une voix de tête avec parfois des intonations graves donnant l'impression qu'elle était en scène. A peine fut-elle assise que toute conversation devint impossible. Comme une reine recevant sa cour, la grande Cécile tint une sorte de conférence destinée à distribuer à chacun de ses compagnons des sortes de satisfecit qui leur démontra qu'elle savait exactement qui ils étaient.

— Elle a dû se faire communiquer la liste des invités,

chuchota Pauline qui avait trouvé le moyen de changer de place pour rejoindre Aldo et qui s'était entendu déclarer pour sa part qu'elle « maniait le ciseau comme Molière sa plume... », c'était assez habile : les compliments font toujours plaisir.

Chacun y eut droit et comme le tour de table s'achevait par Aldo occupé à déguster le homard thermidor que la tragédienne dédaignait superbement, il bénéficia, à sa surprise, d'un régime particulier. Après lui avoir déclaré à haute et intelligible voix qu'il était « le magicien des fastes du passé », la grande Cécile baissa notablement le ton pour lui demander – tout en se décidant à attaquer son crustacé et alors qu'un bienfaisant silence permettait d'achever le plat tranquillement – ce qu'il savait du sort exact des « autres » diamants du Collier de la Reine. Elle était persuadée d'en posséder un qu'elle portait à l'annulaire gauche entouré d'autres plus petits. Aldo se pencha sur la belle main qu'elle lui tendait et observa avec attention la bague en question.

— Il se peut que vous ayez raison, Madame. Votre diamant doit peser trois carats. Il y en avait huit de ce poids dans le fameux collier qui, si ma mémoire est fidèle et s'agissant des diamants ronds en comptait vingt-six : un de onze carats, quatorze de dix, trois de cinq, huit de trois plus six cent trois petits diamants ronds sans compter les dix-huit en forme de poire. Le vôtre peut fort bien être l'un des huit. Où l'avez-vous acheté ?

— A Londres, chez un antiquaire dont j'ai oublié le nom. Il m'a assurée de son authenticité. Donc celui-ci n'est pas en question : c'est le sort des autres qui m'intéresse...

— En dehors de ceux que possèdent les ducs de Sutherland et de Dorset les autres ont été éparpillés et remontés dans d'autres bijoux...

— Oh j'aurais tant aimé savoir ! Voyez-vous je rêve

d'en acheter encore quelques-uns et si pouviez m'aider je vous en aurais une reconnaissance infinie...

« Ça y est, pensa Aldo. Encore une qui me prend pour une espèce de détective privé qui n'a rien d'autre à faire qu'attendre le client ! » Son regard, à ce moment, croisa celui d'Adalbert qui, séparé de sa belle par une bonne longueur de table, s'ennuyait visiblement comme un rat mort en faisant des efforts surhumains pour entretenir la conversation avec sa voisine. Il y vit luire un instant l'étincelle de la vieille complicité – tout à l'heure, ils avaient échangé une poignée de main correcte mais sans plus avant qu'Aldo fût admis à saluer Alice Obolensky – mais ce fut très fugace, les yeux de Vidal-Pellicorne revenant aussitôt vers Alice en train de bavarder avec le Commandant Blancart. Mais il fallait répondre à son impérieuse voisine :

— Vous me demandez l'impossible, Madame. A moins que l'une des deux maisons ducales que je viens de citer n'annonce une vente – ce qui me paraît impensable ! – je ne vois pas comment je pourrais retrouver des pierres isolées, peut-être retaillées et incluses dans différentes pièces de joaillerie. A moins d'un miracle...

— N'êtes-vous pas justement l'homme des miracles ? intervint Cyril Ivanov qui suivait la conversation avec attention. Je parierais que votre présence ce soir s'explique par la traque de quelque joyau ? Je me trompe ?

Ivanov possédait la beauté froide d'une statue grecque mais son sourire était charmant. Morosini le lui rendit à sa manière nonchalante.

— Sans doute perdriez-vous. Il se peut que je souhaite visiter une collection privée... ou répondre à l'appel d'une importante personnalité empêchée de se déplacer... par son âge par exemple ?

— Comme le maître de la Standard Oil ? John Rockefeller est, en effet, très âgé. Cependant à quatre-vingt-dix ans, il joue encore au golf sur les links de sa propriété de Pocantico Hills...

Aldo eut un rire bref.

— Lui ou un autre ! Et pourquoi mon voyage ne serait-il pas motivé par le simple désir de revoir les Etats-Unis où je ne suis pas retourné depuis la guerre ? L'écho de son exceptionnelle prospérité...

— Ah c'est bien vrai ! s'enthousiasma aussitôt le jeune homme. Depuis l'élection du Président Hoover nous connaissons une incroyable période. Le niveau de vie ne cesse de monter. Songez que d'après une récente statistique, un Américain moyen ne possède pas moins de vingt costumes, douze chapeaux, huit pardessus et vingt-quatre paires de chaussures !

— Je suppose que vous en possédez beaucoup plus ? fit Morosini avec une pointe d'insolence...

— Ma foi, je n'en sais rien ! Je renouvelle souvent mais une chose est certaine : les fortunes s'édifient chez nous à grande vitesse ! Depuis que Chrysler a institué une sorte de vente à crédit, les voitures de luxe encombrent les rues de New York et, tenez, si l'on regarde votre partie, prince, à la fin de l'année dernière, Black Starr et Frost, les joailliers de la 5e Avenue, ont proposé un extraordinaire collier de perles roses qu'ils avaient chiffré 685 000 dollars. Ils ne l'ont pas gardé huit jours. Celui qui l'a acheté ne s'est pas fait connaître mais d'après les vendeurs il s'agissait d'une « fortune récente et modeste » ! Tout se vend, tout s'achète et jusque dans les journaux on trouve des annonces vantant des zibelines à 50 000 dollars...

— Prodigieux, en effet !

— Et absolument exact, approuva Pauline mais vous devriez ajouter que c'est dû à une spéculation effrénée. Le Stock Exchange[1] flambe sans cesse et pour ma part

---

1. La Bourse de New York.

je me demande si ce n'est pas dangereux ? Il y a des moments où je crains que mes compatriotes soient plus ou moins pris de folie.

— Pourquoi donc ? s'écria Ivanov. N'est-il pas naturel que chaque homme cherche à se procurer toujours plus de confort, toujours plus de richesse ? Et puisque le Marché est porteur il est normal que tous veuillent en profiter. Quand nous serons tous fabuleusement riches nous régnerons sur le monde !

— Je me demande parfois, intervint doucement le Commandant, si ce n'est pas dû à ce que les Américains s'ennuient...

— Que voulez-vous dire ?

— Oh c'est simple : la prohibition les empêche de boire, les paris sur les jeux de hasard sont interdits par la loi, alors ils spéculent. Une façon comme une autre de se procurer des émotions...

Pauline opina soutenue par l'acteur de cinéma mais, comme Ivanov après une protestation indignée se lançait dans ce qui menaçait d'être une philippique contre un officier d'une compagnie n'ayant qu'à se louer des flots d'argent américain, celui-ci coupa court en demandant à Adolphe Menjou des nouvelles de Hollywood et de ses prochains films, ce qui permit à Célimène, après que l'acteur eut répondu avec sa bonne grâce habituelle, de reprendre la conversation en main et de ne plus la lâcher en la faisant rouler, non sans une certaine habileté, sur l'Art en général et le Théâtre en particulier. On put y participer, après quoi des entretiens privés s'établirent entre voisins. Sorel bavardait avec le comédien, le comte de Ségur – un gentilhomme massif et assez taciturne – avec l'aviateur et Caroline Ivanov, Pauline avec Aldo qui, du coin de l'œil observait Adalbert. Lui ne parlait à personne, se contentant, en buvant peut-être un peu plus que de raison, de contempler Alice que le Commandant Blancart interrogeait sur l'Egypte. Et cela, Aldo n'aimait pas, même sachant d'expérience que l'archéologue tenait bien l'alcool. Mais s'il avait pu enregistrer quelques « cuites » mémorables auxquelles il lui était arrivé de prendre part, cela se passait toujours dans la bonne humeur qui était d'ailleurs le climat normal d'Adalbert. Cette fois une morne tristesse émanait de cet homme en train de vider verre après verre en regardant sa princesse égyptienne rire avec le Commandant. Fallait-il qu'il fût atteint pour avoir ce regard affamé, douloureux ? Et jusqu'à quel point ? Quel droit la fille de l'insensible Ava lui avait-elle donné – ou fait semblant de donner – sur sa personne et sur son cœur ? Etait-elle sa maîtresse ? S'était-elle promise afin de s'approprier au moins une partie de sa profonde science archéologique ? Et que faire dans ce cas puisque Adalbert n'accordait plus à Aldo les privilèges de l'amitié donc le droit de l'aider ?

Quand on se leva de table, pas une fois il n'avait croisé son regard. Vidal-Pellicorne se détourna même quand il se mit debout pour marcher d'un pas encore ferme – peut-être un peu raide et automatique – vers la jeune femme à qui Ivanov offrait déjà son bras pour la conduire au salon de conversation où il y aurait concert, après quoi on allait danser. Aldo le vit s'interposer d'une façon trop autoritaire pour être polie puis entraîner Alice qui se laissa emmener sans protester et avec un sourire qui détendit le visage crispé de son pauvre amoureux.

Etouffant un soupir, Aldo s'apprêta à le suivre quand la main de Pauline se posa sur son bras.

— Si nous allions entendre Ravel ensemble ? proposa-t-elle. Il me semble que ce serait plus amusant ! Ou bien aurais-je démérité moi aussi ?

— Pardonnez-moi ! Si vous pouvez vous contenter d'un compagnon aussi peu récréatif que moi ?

— Vous ? Mais à côté de votre ami vous pétillez de franche gaieté, mon cher prince ! Il est sinistre ce soir et si je devais plaindre quelqu'un ce serait cette garce d'Alice. Ecouter la « Pavane pour une infante défunte » en compagnie de ce joyeux drille devrait la mener tout droit chez les Carmélites !

— Ne soyez pas cruelle, baronne ! Cela ne ressemble pas à une femme qui possède ce beau regard droit et cette bouche généreuse ! Vous feriez mieux de m'aider à trouver un moyen d'opérer un sauvetage qu'à chaque instant je devine de plus en plus nécessaire. Adalbert jouant les amoureux transis, voire les Othello ce serait à pleurer de rire si ce n'était à pleurer tout court...

— Elle l'a changé à ce point ?

— Vous ne pouvez imaginer. Si vous l'aviez connu...

— Ah non, pas ça ! coupa-t-elle. Il n'est pas mort que je sache et il n'y a aucune raison pour en venir aux regrets éternels. Surtout si nous pouvons l'empêcher ?

— Nous ? Me proposeriez-vous une association ?

— Pourquoi pas ? Rien ne me ferait davantage plaisir qu'arracher une proie à cette chère Alice. Voyez-vous, continua-t-elle avec la franchise brutale qui lui était particulière, j'ai été la maîtresse de Serge Obolensky et nous devions nous marier quand elle me l'a soufflé sous le nez. Ce sont des choses qui ne s'oublient pas.

— Si j'en crois son regard quand il se pose sur vous, elle ne vous aime pas beaucoup plus !

— C'est parce qu'elle n'a pas le sens de l'humour. Nous nous retrouvons de temps à autre, Serge et moi et elle le sait. Allons entendre un peu de bonne musique ! C'est excellent pour l'élévation de l'âme !

Renonçant à explorer plus avant celle des femmes américaines, Aldo se laissa entraîner jusqu'à un confortable fauteuil où il faillit bien s'endormir bercé par le rythme solennel de la pavane exécutée par un quatuor tchèque au nom imprononçable. Il eut au moins le loisir de réfléchir. Si Pauline en mélomane avertie applaudit chaleureusement les œuvres interprétées, elle n'en garda pas moins le silence absolu pendant la durée du concert.

A deux rangs devant eux, Aldo pouvait voir les épaules et les têtes souvent rapprochées d'Alice et d'Adalbert et cela lui donna tant à penser qu'il finit par ne plus avoir envie de dormir... Comment faire pour briser le sortilège ?

Un moment plus tard, les invités du Commandant se retrouvaient sur la piste de danse du grand salon, brillamment éclairée par la pluie de lumières tombant comme des feuilles d'or des caissons dorés à la feuille du plafond tandis qu'autour les tables où l'on se reposerait en buvant du champagne restaient dans une agréable pénombre. Le jazz remplaçait Ravel et l'orchestre du bord s'en donnait à cœur joie.

Aldo venait d'entamer, avec Pauline, un slow un rien langoureux qu'il appréciait parce que la jeune femme était une bonne partenaire. Le parfum complexe mais délicat qui émanait d'elle rendait fort agréable le rapprochement de leurs corps lorsqu'une main se posa sur son épaule.

— Si tu le permets, c'est mon tour maintenant !

Et Gilles Vauxbrun, tiré à quatre épingles, comme à son habitude, lui enleva d'autorité sa danseuse. Celle-ci se mit à rire.

— Vous voilà ressuscité, on dirait ? Mais que vous êtes donc beau !

— Il fallait que je vous rejoigne ! Je ne pouvais plus supporter l'idée de vous savoir éloignée de moi. Ça ne te contrarie pas que je prenne ta place ? ajouta-t-il, un rien acerbe, à l'adresse d'Aldo. Et sans attendre de réponse, il disparut avec Pauline au milieu des danseurs.

Résigné, Morosini alla s'asseoir à une table, appela un serveur pour lui commander une fine à l'eau et resta un moment à contempler le joli spectacle des robes chatoyantes dont le mouvement allumait les reflets, des jambes gainées de soie claire, des pieds chaussés d'escarpins ou de fines sandales à hauts talons or ou argent.

Quand la danse prit fin, il vit que Vauxbrun emmenait Pauline à une table de l'autre côté de la piste. Quant à Adalbert et Alice, ils n'étaient visibles nulle part. Pensant qu'il ferait mieux d'aller se coucher, Aldo finit son verre et quitta sa place pour rentrer chez lui. Il se sentit fatigué tout à coup sans qu'il eût rien fait pour justifier cette lassitude. Plus morale peut-être que physique. Après celle d'Adalbert – surtout sans doute à cause de celle d'Adalbert – la défection de Vauxbrun lui était aussi sensible que désagréable. Il avait la sensation d'être un pestiféré.

Avec un dernier regard à la piste illuminée où les couples s'enlaçaient pour le plus argentin des tangos, il se disposait à franchir le seuil du salon quand il se heurta à Ivanov.

— Vous partez déjà ? Il est à peine onze heures ! s'écria celui-ci avec une cordialité inattendue.

— Cela me paraît une heure excellente pour bouquiner dans son lit, répondit-il s'attendant à ce que le garçon se lance dans une apologie de la vie nocturne mais il n'en fut rien.

— Vous en avez de la chance ! J'aimerais tellement en faire autant, seulement ma femme aime danser et je ne peux pas faire moins que rester dans les environs.

— Vous ne dansez donc pas ?

— Non, je n'aime pas ! Je sais que ça peut paraître drôle parce qu'on imagine toujours les Russes accroupis bras croisés en train de lancer les jambes dans tous les sens en poussant des cris de Comanches, mais les entrechats n'ont jamais été ma tasse de thé et encore moins depuis que je suis devenu américain. Je préfère le base-ball et... les pantoufles.

— Avec une aussi jolie femme la vie mondaine me paraît difficile à éliminer, fit Aldo amusé. Que faites-vous pendant que la comtesse danse ?

— Je fais de grands discours à la gloire de ma nouvelle patrie... et je joue. Un bridge ne vous tente pas ?

— A mon tour de dire : je n'aime pas.

— Un poker alors ?

— Pas davantage ! Je bluffe très mal et je me fais plumer. Je préfère le jeu des enchères : quand l'adversaire est coriace c'est assez excitant...

— Je veux bien vous croire. Venez me raconter ça en buvant un dernier verre au bar ! Vous ferez une œuvre de charité : les parties sont organisées et je ne sais trop que faire de moi !

Difficile de refuser une invitation formulée avec une telle bonne humeur ! D'autant que Morosini trouvait Ivanov de plus en plus sympathique. Il était rare qu'un homme très beau le soit. Les spécimens aussi réussis que lui, couverts de femmes en général, ayant plutôt tendance à se prendre pour le nombril du monde. Celui-là ressemblait à un gamin qui a envie d'apprendre et tandis que le « dernier verre » se multipliait par deux Ivanov posa une foule de questions sur le métier d'Aldo, le jeu des enchères justement et surtout les joyaux illustres qu'il lui arrivait d'acquérir ou seulement de côtoyer. Il en savait peut-être un peu plus sur le sujet qu'il n'y paraissait car, après avoir commandé un troisième verre – qu'Aldo refusa – il dit soudain :

— Il y a quelque chose qui m'intrigue. Je me plais à lire les journaux français et anglais et j'ai gardé en mémoire certaines histoires où vous étiez mêlé – l'affaire Ferrals il y a quelques années et l'an passé cette histoire de perle de Napoléon – en compagnie d'un certain Vidal-Pellicorne, égyptologue de son état. Or nous venons de dîner avec un personnage du même nom et vous n'avez pas l'air de vous connaître ? Pardonnez-moi si je vous parais indiscret.

Il avait surtout une trop bonne mémoire et Aldo pris

de court se donna le temps d'allumer une cigarette qu'il venait de tirer de son étui.

— Non, dit-il en exhalant la première bouffée. Seulement nous sommes en froid depuis quelque temps.

Cyril Ivanov éclata de rire et dans la meilleure tradition yankee frappa sa paume de son poing fermé.

— Dix contre un que la charmante épouse de mon cousin Obolensky y est pour quelque chose ?

— Elle est votre cousine ?

— Plus pour longtemps puisqu'ils en sont au divorce. C'est une jolie fille mais elle est à moitié cinglée depuis qu'elle a mis le pied en Egypte pour la première fois. Alors un spécialiste de la question c'est du gâteau pour elle et c'est tant mieux que vous soyez brouillés.

— Pourquoi donc ?

— Parce que si vous la laissez faire, je ne donne pas six mois à votre ex-ami avant de se prendre pour Ramsès II. C'est drôle que vous soyez sur le même bateau...

— Simple coïncidence dont j'ai été le premier surpris après l'escale de Plymouth.

— Je sais : la belle Alice, ses trente malles et son nouveau toutou préféré ont embarqué avec nous. Il faut espérer que ce pauvre homme remettra les pieds sur terre avant qu'il ne soit trop tard ! Vous pourrez peut-être l'y aider ?

— Certainement pas ! affirma Morosini en se levant. Je me rends à New York pour une affaire. Une fois celle-ci conclue, je rentre... par le premier bateau...

— Si vous n'avez pas vu l'Amérique depuis longtemps, ce serait dommage. Laissez-nous, ma femme et moi, vous montrer à quel point elle peut être séduisante !

— Merci de l'offrir ! Nous en reparlerons... A présent, je vous abandonne si vous le permettez : j'ai vraiment sommeil !

— Moi aussi et je vais aller voir où en est Caroline !

Les deux hommes se serrèrent la main et chacun partit de son côté.

Dans les trois jours qui suivirent, Aldo eut l'impression, non seulement de vivre dans un monde à part ce qui était assez normal, mais dans un monde tournant à l'envers. Alors qu'il s'agitait dans le même espace clos que ses meilleurs amis, il côtoyait surtout des gens qui lui étaient inconnus comme les Ivanov, Van Laere et sa fiancée, l'acteur français dont il appréciait l'humour et l'élégance naturelle. C'était particulièrement sensible avec Adalbert qui l'ignorait de façon quasi systématique. Auprès de Gilles Vauxbrun, Aldo retrouvait encore l'ancienne cordialité mais seulement quand ils étaient seuls. Dès que la baronne Pauline s'inscrivait dans le paysage, l'antiquaire se ruait sur elle comme si Aldo eût été une bombe à retardement capable de la faire exploser. Ce qui au fond amusait la jeune femme qui ne protestait pas, se contentant d'un clin d'œil complice au passage. Ni elle ni Aldo n'avaient envie de faire de la peine au brave Gilles saisi visiblement d'une de ces passions dévorantes dont il était coutumier. En temps normal Aldo considérait ces flambées de façon débonnaire mais, cette fois, cela finit par l'agacer. La veille de l'arrivée à New York, il accéléra sa toilette en vue du dîner et alla frapper à la porte de son ami chez lequel ces préparatifs prenaient un temps fou. Il entra sans attendre la réponse.

L'antiquaire était occupé à nouer avec précaution la cravate neigeuse qui était comme le point d'orgue de l'habit de soirée. Il sursauta, rata sa coque, ce qui l'exaspéra.

— Tu pourrais frapper ! Qu'est-ce que tu veux ?
— Un : j'ai frappé. Deux : j'ai une question à te poser.
— Laquelle ?
— Est-ce que tu te souviens de ma femme ?
— Ben… oui ! émit Vauxbrun désarçonné.
— Tu n'as pas oublié, j'espère, son visage, sa silhouette, son charme ?

— Ben... non !

— On ne le dirait pas. Penses-tu sincèrement que lorsqu'on a épousé quelqu'un comme elle, on puisse se lancer à l'assaut de la première belle créature qui se présente ? Je commence à en avoir assez de vous voir, toi et Vidal-Pellicorne me traiter en lépreux. Vous devriez chanter *Othello* en duo !

Vauxbrun ôta la cravate froissée, s'assit et alluma une cigarette d'une main qui tremblait un peu.

— Tu as raison, c'est idiot. Je veux que tu saches cependant que ce n'est pas toi que je crains : c'est elle ! Je sais bien que tu aimes Lisa et que jamais tu ne ferais la cour à l'amie d'un ami. Seulement cette amie a des yeux et je ne peux pas l'empêcher de faire des comparaisons qui ne seront jamais à mon avantage. Quand tu es là j'ai l'impression d'être Quasimodo...

— ... et moi cet imbécile de Phoebus ? Merci beaucoup !... Mais, dis-moi, c'est nouveau chez toi ? Tu m'as souvent présenté tes conquêtes sans faire un complexe, parfaitement ridicule d'ailleurs !

— J'en conviens et tu as certainement raison mais vois-tu, cette fois, c'est sérieux ! Je crois vraiment que je l'aime, murmura-t-il.

— A merveille ! Epouse-la et je serai ton témoin. C'est une femme formidable ! Est-ce qu'elle t'a dit qu'elle m'a sauvé la vie ?

Et Aldo raconta ce qui s'était passé sur la plage arrière au second jour de navigation.

— Elle manie l'épée comme feu d'Artagnan, conclut-il. Une véritable amazone et comme c'est aussi une artiste vous irez fort bien ensemble !

Tout en parlant, Aldo allait fouiller dans les petits tiroirs d'une malle cabine, en tira une cravate fraîche et s'approcha de son ami.

— Laisse-moi faire ! Tes mains tremblent...

— Est-ce que tu te rends compte de ce que tu viens

de dire ? Quelqu'un a essayé de te tuer et tu n'as pas averti le Commandant ?

— Ça n'aurait servi à rien. L'homme s'est fondu dans la masse et l'attaque ne s'est pas renouvelée. Tiens-toi droit et relève le menton !

Sous les doigts agiles d'Aldo le papillon neigeux s'épanouit à la perfection mais Vauxbrun ne retrouva pas pour autant le sourire.

— Qui peut vouloir ta mort sur ce bateau ?

— Je ne le sais toujours pas. Comme tu le penses, j'ai veillé, pris des précautions mais je n'ai plus rien remarqué de suspect et j'en suis venu à me demander si l'attaque ne m'était pas adressée par erreur.

— Une erreur sur la personne ? Difficile à croire ! Il n'y a pas beaucoup d'hommes avec qui on pourrait te confondre.

— Il suffit d'une mauvaise description. Mon meurtrier n'était sans doute qu'un exécutant.

— Ou alors il n'aura pas osé recommencer, mais une fois à terre tu devrais ouvrir l'œil... au cas où ce ne serait pas une méprise. Cela dit tu aurais dû m'en parler plus tôt !... Je suis ton ami que diable !

Et Vauxbrun, les larmes aux yeux, prit Morosini aux épaules pour une brève accolade qui donna la mesure de son émotion. Cette dernière soirée, les deux hommes et la baronne Pauline la passèrent ensemble et le plus joyeusement du monde. Retrouver son Vauxbrun habituel avait fait beaucoup pour le moral d'Aldo : l'impression qu'un étau se desserrait...

Le lendemain, ils regardaient tous les trois depuis le pont supérieur approcher les côtes américaines.

Accoudée au bastingage entre les deux hommes Pauline von Etzenberg, enveloppée d'une immense et fine écharpe gris argent dont les pans flottaient au vent, voyait se dégager peu à peu de la brume dorée du matin la poignée de « gratte-ciel » dont un demi-siècle avait saupoudré l'île de Manhattan[1]. L'*Ile-de-France* avait réduit ses machines et avançait lentement sur l'eau calme de l'immense baie de New York tandis que sur ses ponts, les appareils photos cliquetaient pour immortaliser la statue de la Liberté jadis offerte par la France et devenue le symbole même de l'Amérique.

A proximité, le beau navire noir, blanc et rouge s'arrêta pour laisser accoster une vedette portant des douaniers et des médecins. On n'entrait pas aux Etats-Unis sans montrer patte blanche et l'île proche d'Ellis Island avec ses bâtiments bas et ses quatre tourelles attendait pour de longs examens les candidats à l'immigration. Image grinçante tempérant la gloire de ce matin ensoleillé aux yeux de ceux pour qui la grande dame au flambeau de cuivre vert représentait l'espoir.

Oubliant son nom allemand et se retrouvant américaine cent pour cent, Pauline situait pour ses amis les principaux buildings en s'efforçant de les pointer du doigt : le Woolworth, le New York Telephone, le Liberty, le Cunard, le Standard Oil, le Pulitzer, le Park Row, celui de la Bank of Manhattan et bien entendu l'imposant édifice municipal abritant la Mairie de la ville. Elle semblait tout à coup si heureuse de rentrer qu'elle en perdait une quinzaine d'années pour redevenir une adolescente enthousiaste. Et comme Aldo lui en faisait la remarque amusée, elle répondit :

— Vous avez raison. J'adore l'Europe mais chaque

---

[1]. A cette époque on allait démolir le vieux Waldorf Astoria Hotel pour construire l'Empire State Building, le bâtiment civil le plus haut du monde. Déjà impressionnant pour ce temps, le panorama de Manhattan lorsque l'on arrivait par la mer n'était cependant pas, et de loin, aussi époustouflant qu'aujourd'hui.

fois que je revois ma ville, je me demande comment il peut m'arriver de vivre loin d'elle.

— Je croyais que vous aimiez Paris ? émit Vauxbrun d'un ton qui traduisait sa déception.

— Mais certainement j'aime Paris ! Comment pourrait-on ne pas aimer Paris ? C'est une ville sublime et tellement amusante où j'ai de nombreux amis et j'y retournerai, soyez-en sûr, à maintes reprises mais c'est ici que l'épisode allemand terminé, j'entends planter ma tente...

Le pauvre amoureux ne fit aucun commentaire mais le soupir qu'il poussa en disait long et Aldo ne put s'empêcher de compatir. Après une Tsigane inaccessible, cette Américaine fantasque dont il réussirait peut-être à faire une maîtresse mais en aucun cas l'épouse dont il commençait à rêver ! L'arrivée tumultueuse des Ivanov et de Dorothy Paine outrée d'avoir dû laisser son chevalier volant, dépourvu bien entendu de visa, s'expliquer avec les services de l'immigration, changea la direction de ses idées. Pauline, naturellement, se précipita au secours de la jeune fille changée en fontaine en s'efforçant de la réconforter mais celle-ci ne voulait rien entendre.

— Nous avons préféré l'écarter, expliqua Ivanov. Elle était sur le point de sauter à la figure des fonctionnaires parce qu'ils ont déclaré que son Vincent ne pouvait pas débarquer dans ces conditions. Le Commandant Blancart et le Commissaire Villar ont eu beau déclarer qu'ils répondaient de lui et nous en avons tous fait autant mais la loi est la loi. Il va devoir rentrer en France.

Rien ne semblait pouvoir faire tarir les larmes de Dorothy. N'ayant pour les affronter que de minuscules carrés de batiste ornés de dentelles, les deux femmes se trouvèrent vite débordées.

— Donnez-moi votre mouchoir, Cyril ! ordonna Caroline, et son époux s'exécuta en riant mais, entre sa poche et la main tendue de la jeune femme, il y avait

Morosini et la senteur qui imprégnait le tissu blanc lui sauta aux narines.

C'était, il l'aurait juré, le Vétiver de Guerlain. Sa remarque partit aussitôt :

— Voilà une odeur que je connais, dit-il. Vous êtes un fidèle client de Guerlain ?

— Malheureusement oui, cher ami !

— Je ne vois rien là de si tragique ?

— Hé si ! J'ai égoutté sur ce mouchoir le tréfonds de mon dernier flacon et je m'en trouve à présent démuni : la fiole que j'avais achetée avant de partir et que je tenais en réserve m'a été volée dans ma cabine et il m'est impossible d'en trouver ici. Vous me voyez inconsolable !

— Un vrai drame ! renchérit sa femme. Comme s'il n'y avait au monde que les parfums français ! Surtout pour un homme ! Qu'utilisez-vous, prince ?

— Une lavande anglaise..., répondit Aldo presque machinalement.

— Là, vous voyez bien, Cyril !

— Quand on est né russe, seules les eaux françaises...

La discussion se poursuivit entre les époux sur fond des sanglots de Dorothy mais Aldo s'en désintéressa, s'écarta même de quelques pas. Un instant – non sans stupeur –, il avait cru qu'Ivanov était son agresseur. N'en avait-il pas la taille, la stature ? Quant à la raison pour laquelle ce jeune homme brillant, marié à une riche héritière, aurait voulu le rayer du nombre des vivants, elle lui échappait complètement... comme, d'ailleurs, celle d'un tueur anonyme caché dans les flancs du paquebot, n'en sortant que pour cambrioler les cabines de luxe et jeter les gens par-dessus bord !

— A quoi penses-tu ? demanda Vauxbrun qui l'avait rejoint et lui offrait une cigarette.

— Tu veux le savoir ? A rentrer chez moi le plus vite

possible parce que j'en arrive à me demander ce que je viens faire dans ce pays...

— Ton métier, je suppose ?

— Non. Je viens me mêler de ce qui ne me regarde pas...

— Quoi ? Pas le moindre joyau à la clef ?

— Si, bien sûr, mais je ne suis même pas certain qu'il y soit ! Et ce que je n'aime pas c'est que le feu sacré a l'air de m'abandonner depuis que nous avons quitté Le Havre...

— Il ne s'appellerait pas un brin Vidal-Pellicorne, ton feu sacré ?

— Peut-être finalement ! Je trouve cette histoire tellement grotesque !

— Ah ça je te l'accorde ! Tourner le dos à un ami comme toi pour faire plaisir à une femme, c'est franchement idiot, fit sans rire le bon Gilles Vauxbrun avec une sainte indignation qui du coup remonta le moral d'Aldo. Sa main s'abattit sur la clavicule de Gilles.

— Ne t'inquiète pas ! Je m'en remettrai...

A présent guidé par des remorqueurs, le beau seigneur de la mer remontait l'Hudson en direction du « pier » de la Compagnie Générale Transatlantique. Sur le pont supérieur la meute habituelle de journalistes se lançait à l'assaut des personnalités dont les noms avaient été relevés sur la liste des passagers. La grande dame de la Comédie-Française en avait sa bonne part ainsi qu'Adolphe Menjou mais aussi Alice Astor. De sa place, Aldo pouvait la voir accrochée au bras d'Adalbert au milieu d'un groupe de photographes. En revanche, il ne vit pas venir à lui une jeune femme armée d'un bloc et d'un stylo derrière laquelle trottait un photographe.

— Prince Morosini, je présume ? Nelly Parker du *New-Yorker*. Puis-je avoir quelques mots ?

Il la regarda avec une franche stupeur : c'était bien la première fois que la presse l'accueillait en pays étranger mais la petite journaliste était charmante avec ses cheveux fous et roux dépassant d'un incroyable béret écossais.

— Vous présumez juste, Mademoiselle, mais en quoi puis-je vous intéresser ?
— Vous plaisantez ?
— Pas le moins du monde.
— Vous êtes l'homme des joyaux célèbres et vous avez fait rêver de nombreux lecteurs. Quel est le but de votre voyage ? Affaires, je suppose ? Apportez-vous quelque pièce rare à l'un de nos milliardaires ou bien venez-vous en acheter ? Nous en avons vous savez ?
— D'abord, je ne « livre » jamais. Quand un client m'achète un bijou, il se charge lui-même de son transport. Ensuite..., je fais tout simplement un voyage d'agrément. Il y a longtemps que je ne suis venu dans ce beau pays et l'idée m'est venue de le revoir...
— Sans votre femme ?
— Sans ma femme... mais avec des amis : Monsieur Gilles Vauxbrun l'antiquaire renommé de la place Vendôme ici présent et la baronne von Etzenberg. Ils m'ont convaincu du plaisir que l'on retire d'une traversée sur l'*Ile-de-France*.
— Sans autre raison ? Je sais que tous les passagers de ce bateau chantent ses louanges...
— Ils ne les chanteront jamais assez ! C'est simple : à part une allée cavalière pour les passionnés d'équitation, une route pour les fanatiques de l'automobile et un bois pour les amoureux de promenades en forêt, il ne manque absolument rien de ce qui peut rendre la vie agréable. En résumé : je suis en vacances, Mademoiselle. Et très heureux de l'être !

Sous ses sourcils froncés l'œil bleu de Nelly se chargea de soupçons.

— Je ne vous crois pas ! déclara-t-elle sans ambages.
— Libre à vous ! C'est pourtant la vérité !

— Sûrement pas ! Quand on habite un palais à Venise...

— Quand donc cessera-t-on de me servir ce cliché ? Un palais à Venise, c'est exactement comme un château en France ou un appartement sur votre 5e Avenue : il vient toujours un moment où l'on a envie d'en sortir. Surtout quand, en outre, on y travaille...

— Vous avez l'intention de rester longtemps ?

— Je ne sais pas encore. Demandez à Monsieur Vauxbrun ! ajouta Aldo avec malice...

— Et pourquoi pas à moi ? intervint Pauline. Je reviens aux Etats-Unis pour y rester et je souhaite montrer à mes amis quelques-uns des agréments de la vie new-yorkaise... certaines fêtes notamment et, ajouta-t-elle en prenant chacun des deux hommes par un bras, ce qui offrit au photographe l'occasion d'un bon cliché, nous allons bien nous amuser !

Pour Aldo il était évident que la jeune personne ne la croyait pas plus que lui. Mais elle avait encore de la ressource.

— Ils vont descendre chez vous dans Park Avenue ?

— Chez mon père ? Certainement pas ! Quant à moi j'habite Washington Square et mon atelier tient presque toute la place disponible. Mais il y a ici d'excellents hôtels, ironisa Pauline plus baronne que jamais. Voilà, je crois que vous savez tout à présent...

Ce n'était pas l'avis de la journaliste. Elle ne bougea pas d'une ligne, continuant d'écrire Dieu sait quoi sur son bloc.

— Lequel ? demanda-t-elle sans regarder les trois compères.

— Le Plaza ! lâcha Morosini agacé. Et maintenant, Mademoiselle, nous souhaiterions aller saluer le Commandant Blancart et le remercier avant de quitter son navire...

— Mais faites donc ! dit Nelly en refermant son

carnet et en lui décochant un large sourire. Et amusez-vous bien !

D'une main ferme, elle renfonça sur sa tête le bonnet aux vives couleurs qui lui donnait l'air d'un lutin et que le vent dérangeait puis toujours suivie de son photographe elle rejoignit ses confrères et la masse des passagers qui s'apprêtaient à quitter le bateau maintenant à quai. Un quai où il y avait autant de monde qu'au départ. Ce n'étaient pas les mêmes mais déjà le trépidant vacarme de New York sautait au visage, cacophonie de klaxons, de sirènes, de bruits de chantiers, de ronflements de moteurs et d'une clameur imprécise, un bourdonnement continu qui était la voix même de cette ville qui ne dort jamais.

S'attardant sur le pont, Morosini vit Vidal-Pellicorne descendre l'un des premiers avec sa compagne reçue avec autant d'empressement qu'une star de Hollywood et monter à sa suite dans une énorme limousine noire conduite par un chauffeur en livrée blanche. Il se demanda si la belle Alice allait déposer Adalbert dans un hôtel ou bien lui offrir l'hospitalité... Et il comprit qu'il avait pensé tout haut quand Pauline lui répondit :

— Les Astor possèdent plus de deux mille maisons dans l'Etat de New York. Vous pouvez être sûr qu'elle va l'installer sinon chez elle, ce qui serait délicat étant en instance de divorce, du moins à portée de la main. Donc pas question d'un lieu aussi public qu'un hôtel où il pourrait vous rencontrer !

— J'aimerais savoir ce que je lui ai fait ? Elle me regarde comme si j'étais son ennemi juré !

— Vous êtes son rival et elle doit vous exécrer d'autant plus qu'en d'autres temps et en d'autres circonstances elle se fût certainement donné un mal fou pour vous séduire et vous enchaîner à son char mais, si j'ai un conseil à vous donner, essayez donc de mettre votre amitié entre parenthèses. Ou je connais mal Alice ou elle se lassera quand elle aura fini d'extraire toute la substantifique moelle de son égyptologue. Il sera peut-être bon, alors, de vous trouver là pour ramasser les morceaux.

— Je n'ai pas l'intention de m'éterniser ici, fit Aldo avec raideur.

— Elle non plus, soyez-en persuadé. On est beaucoup trop loin de sa chère Egypte et d'une Europe qu'elle adore. Passé la saison de Newport, je vous parie qu'elle ramènera son toutou à Paris, à moins qu'elle ne lui ait déjà enlevé son collier pour l'envoyer japper ailleurs !

C'était peu réconfortant, cependant Aldo décida de suivre le conseil d'écarter le plus possible Adalbert de son esprit. Ce ne serait pas facile mais il avait besoin de garder – outre un jugement clair – sa liberté de mouvements puisqu'il foulait à présent la même terre qu'Aloysius Cesare Ricci et – peut-être – les joyaux de la Sorcière vénitienne... Un moment plus tard il roulait dans un taxi jaune vers l'hôtel Plaza en compagnie de Gilles Vauxbrun tandis qu'une grosse Chrysler grise – moins imposante que la limousine noire – avec chauffeur assorti ramenait la baronne von Etzenberg chez elle. Un fourgon à bagages suivait car sans aller jusqu'à trente malles, celle-ci, qui voyageait d'ailleurs avec sa femme de chambre, en alignait tout de même une douzaine. Un train un peu inhabituel pour un sculpteur. Son atelier n'avait sans doute que peu de rapport avec ceux des artistes besogneux de Montparnasse... ou de Montmartre.

CHAPITRE VII

TROIS PAS DANS NEW YORK...

Implanté depuis 1907 à l'angle de la 5ᵉ Avenue et de la 59ᵉ rue, l'hôtel Plaza considéré comme un chef-d'œuvre du style néo-Renaissance français – un chef-d'œuvre de dix-huit étages et de huit cents chambres ! – offrait, dès sa porte tournante franchie, une atmosphère ouatée, silencieuse, extrêmement reposante après le tintamarre du dehors. En outre, avec son décor franco-italien où les tapisseries d'Aubusson, les lustres de Baccarat, les meubles et candélabres Louis XVI rejoignaient les marbres de Carrare, les mosaïques façon Ravenne, les cariatides blanches sous des plafonds et des boiseries dorés sans oublier des lambris de chêne, il offrait aux visiteurs d'outre-Atlantique la rassurante impression de rentrer chez eux tout en persuadant les indigènes de la solidité de leurs racines dans l'Histoire et les fastes européens. En face de l'hôtel une grande fontaine à degrés, la Pulitzer Fountain et, au-delà, les frondaisons vertes de Central Park ajoutaient au charme de sa maison.

Logé au cinquième étage dans une suite où l'accueillit une copie – un peu réduite tout de même ! – du *Printemps* de Botticelli, Aldo, tandis qu'un valet de chambre déballait ses bagages et rangeait ses vêtements dans la penderie, opta pour un bain d'eau plus douce qu'à bord. Là les matières savonneuses moussaient divinement. Il s'y attarda afin de mettre de l'ordre dans ses idées en fumant une cigarette, se sécha, s'habilla, téléphona au portier un câblogramme annonçant qu'il était bien arrivé, pria ensuite l'homme aux clefs de faire envoyer quelques douzaines de roses à la baronne von Etzenberg chez laquelle il devait dîner puis descendit rejoindre Gilles au bar où il le retrouva tristement assis devant une citronnade à laquelle d'ailleurs il n'avait pas touché. Sa mine déconfite alluma une étincelle de gaieté dans l'œil de Morosini.

— Te voilà au régime local on dirait !

— Pas de quoi rire ! Toi aussi tu y es. Tant qu'on est sur le bateau on ne se rend pas compte de ce que leur prohibition peut être pénible. Tu veux quelque chose ?

— Quoi par exemple ?

— Du lait, du thé, de la limonade, du café, du jus comme celui-là ?

— Non merci. Allons plutôt déjeuner.

— Si tu t'imagines que ce sera plus gai, tu te trompes ! Cuisine européenne oui et, hélas, pas le moindre soupçon de pinard pour l'arroser. Ça va être d'un drôle !

— Mais enfin tu savais à quoi t'en tenir ? Ce n'est pas la première fois que tu viens depuis que l'Amérique s'est mise au sec ?

— Si ! Je suis comme toi, moi. Je ne traverse pas les mers pour un oui ou pour un non et s'il n'y avait pas ce meuble de Versailles que je compte ramener...

— Tu serais resté chez toi à deux pas des délices du Ritz... et tu n'aurais pas rencontré la baronne !

— C'est vrai ! Le malheur est qu'elle veuille s'installer ici désormais !

— Bah, il suffirait que tu t'installes chez elle. Je parie

tout ce que tu voudras que ce soir, tu ne boiras pas de l'eau.

— Tu crois ?

— J'en jurerais ! Une femme qui transporte sur elle en cas de « faiblesse » un cocktail aussi explosif que ce qu'elle m'a fait avaler ne se résigne pas à boire uniquement de l'eau. Elle doit avoir une cave.

Ranimé par cet espoir, Vauxbrun suivit Aldo dans l'Oak Room, la salle à manger du Plaza habillée de chêne foncé presque jusqu'au plafond, ce qui ne la rendait pas fort récréative en dépit des vases de fleurs, des éclairages doux et de l'éclat de l'argenterie et de la cristallerie. Pas de fenêtres mais des grandes impostes arrondies à petits carreaux placées tout en haut des murs sombres.

Un maître d'hôtel imposant prit leur commande de turbot sauce mousseline, de poulet grillé et leur proposa sans rire de les arroser d'une bouteille de canada dry. Comme il était français cela lui valut de la part de Vauxbrun suffoqué d'horreur un :

— Vous n'avez pas honte ?

— Absolument pas, Monsieur, et je pense que notre canada dry pourrait agréer à ces messieurs. Il a... quelque chose de pas désagréable !

— Si vous le dites ! On peut toujours essayer.

On essaya et le sourire revint sur le visage olympien de l'antiquaire parisien : la vulgaire bouteille de boisson pétillante contenait un pinot chardonnay très satisfaisant. Et comme Aldo en faisait compliment au solennel serviteur, celui-ci eut un étroit sourire.

— Il faut bien essayer de contenter une clientèle européenne qui boude un peu. J'ajoute – et il baissa la voix de plusieurs tons – que certain thé servi aux étages selon un code défini a vu souvent le jour au bord de la Charente... ou de la Tweed selon le cas. En outre – et la voix atteignit les profondeurs abyssales – il existe dans la 58e rue, un « speakeasy » plus qu'honnête où l'on ne risque pas de devenir aveugle. Si ces Messieurs le souhaitaient le portier de l'hôtel pourrait les introduire…

— Ma foi non, exhala Vauxbrun. Nous nous en tiendrons aux produits de l'hôtel…

Le café, lui, fut excellent et après l'avoir dégusté les deux hommes se quittèrent pour vaquer chacun à ses occupations. Par le truchement du portier, Morosini fit porter au Chef de la Police un billet demandant audience sous le patronat de Warren puis, en attendant que lui revienne une réponse, choisit de flâner afin de refaire connaissance avec New York. Il avait pensé d'abord traverser la place pour prendre une calèche et se promener longuement dans Central Park mais le temps de ce début d'été était beau et doux, il grimpa sur l'impériale d'un des grands autobus verts qui descendaient la 5e Avenue pour rejoindre Washington Square et le sud de Manhattan. Il y avait quelque chose de tranquille et de bon enfant dans ce mode de transport, avec sur le visage la caresse d'un vent léger et, du côté droit, le spectacle du Park suivi sur toute sa longueur. De l'autre côté s'alignaient les plus riches demeures de la ville, alternant avec les musées de New York et le Metropolitan Museum qu'Aldo se promit de visiter. En dépassant le zoo, il entendit les cris de joie d'enfants et le grondement des lions se mêlant aux bruits de la rue. Puis, quittant la verdure pour plonger vers le centre grouillant de la métropole géante, il revit la cathédrale Saint-Patrick avec en face d'elle d'énormes blocs d'immeubles appartenant à l'Université de Columbia auxquels s'attaquaient les pioches des démolisseurs comme il avait vu, peu avant, le vieil hôtel Waldorf Astoria encore debout, mais plus pour longtemps, où Pauline lui avait évité de descendre. Pour finir il vit des magasins luxueux telle la joaillerie Tiffany où il projeta de venir faire un tour par simple curiosité plus que pour rapporter un souvenir. Il savait que Lisa préférerait toujours un bel objet ancien à un bijou.

Son bus le déposa Washington Square, un carré de verdure bordé d'anciennes maisons de brique où se réfugiaient les fondements de l'élégance new-yorkaise. Tout au long des rues voisines se dressaient des demeures majestueuses dont les salons conservaient les richesses de la fin du siècle précédent. Là avaient vécu, il s'en souvenait, quelques-unes des douairières les plus redoutables mais le Square était à présent le centre intellectuel et artistique de Greenwich Village. C'était là qu'habitait Pauline von Etzenberg. De ses fenêtres on devait contempler juste en face l'arc de triomphe élevé à la gloire de George Washington et Aldo comprit pourquoi, prohibition ou non, celle qui signait ses œuvres Pauline Belmont avait choisi de revenir vivre dans l'une de ces demeures à échelle plus humaine que les énormes hôtels des magnats de l'industrie...

La rêverie d'Aldo s'acheva brusquement. Il venait d'apercevoir Vauxbrun, la canne à la main et le chapeau de feutre à bords roulés, incliné sur le côté qui arpentait le trottoir devant la résidence de Pauline. Ce n'était pas le moment de se faire voir. Facilement tourné vers le soupçon, ces temps-ci, ce diable d'homme aurait sans doute peine à croire au but purement touristique de son ami. Pensant d'ailleurs que cela suffisait pour ce jour-là Aldo héla un taxi et ordonna à son chauffeur de le ramener au Plaza.

Ce dont il se félicita car le portier lui remit un message de Phil Anderson : le chef de la police lui faisait savoir qu'il l'attendrait avec plaisir à cinq heures et demie. Aldo jeta un coup d'œil à sa montre : il était cinq heures moins le quart.

— Le quartier général de la police, c'est loin ?
— Assez oui, mais un taxi vous y conduira à temps. Civil Center dont les New York Police Headquarters font partie se trouve au sud de Greenwich Village...

Autrement dit, Aldo repartait à peu de choses près

d'où il était venu et il eût été plus intelligent de se renseigner avant de s'en aller jouer les badauds ! Il courut à sa chambre prendre la lettre de Warren et quelques instants plus tard, il roulait vers le sud de Manhattan...

En sortant en trombe de l'hôtel pour s'engouffrer dans son taxi il faillit renverser une jeune fille qu'il ne prit pas le temps de regarder se contentant d'un rapide : « Veuillez m'excuser ! »

L'eût-il examinée qu'il ne l'eût sans doute pas reconnue. Originale mais pas idiote, Nelly Parker avait remplacé les couleurs éclatantes de son béret écossais par une cloche de feutre marron qui engloutissait entièrement ses cheveux de flamme. Quand Morosini eut disparu, elle revint vers le voiturier.

— Cet homme a la bougeotte ! Où est-ce qu'il court encore ?

— Chez les « cops » !

— En taxi et à cette allure ? Qu'est-ce qui lui arrive ?

— Je n'en sais rien. Tout ce que je peux vous dire, miss Parker, c'est qu'il va chez un boss puisqu'il est en route pour Baxter Street.

— Ah ! Qu'est-ce qu'il peut bien aller y faire ?

Le voiturier haussa des épaules fatalistes tandis que la réflexion fronçait le petit nez couvert de taches rousses de la journaliste. Finalement elle soupira :

— Bouh !... Je l'ai suivi tout l'après-midi, ça ne servirait à rien de recommencer. Si ça tombe à pic, il sera déjà reparti quand j'arriverai. Autant l'attendre ici ? Qu'en pensez-vous Willie ?

— C'est sûr qu'il finira par revenir à un moment ou à un autre mais si vous me permettez, il m'est pénible de vous voir vous fatiguer de la sorte. Il est si intéressant ce type ? Plutôt pas mal de sa personne d'accord mais...

— Ce n'est pas ce qui compte encore que... Et pour être intéressant vous pouvez être certain qu'il l'est ! Il ne se déplace jamais sans faire des vagues et avec lui, je suis sûre d'avoir une mine de papiers sensationnels !

— Comment se fait-il alors qu'il n'y ait ici aucun de vos confrères ?

— Parce que, en dehors du cinéma, du base-ball et de la politique, ils ne connaissent rien à rien. Bon ! Qu'est-ce que je fais ?

— Entrez donc vous asseoir dans le hall ! Vous serez aux premières loges pour le voir rentrer...

— Au fond pourquoi pas ? Je vais aller m'offrir une tasse de café !... Et merci de m'aider, Willie !

— C'est naturel, Miss Parker ! Ça me rappelle le vieux temps et ça c'est toujours agréable...

Tout l'appareil administratif de la ville était groupé au nord de Foley Square dans un agglomérat de buildings, bâtis pour la plupart à la fin du XIXe siècle dans le style néoclassique. Plus au nord encore, les New York Police Headquarters se trouvaient dans un bloc délimité par Hester Street, Grand Street, Brome Street et Baxter Street où était l'entrée principale flanquée d'énormes lanternes de bronze [1].

Le taxi qui déposa Aldo devant la porte accepta d'autant plus volontiers de l'attendre que, bavard et curieux comme à peu près les trois quarts de ceux de sa corporation, il avait vainement cherché à savoir ce que son élégant client venait faire chez les flics.

Sans avoir le côté monumental du Municipal Building avec sa base à colonnades, ses quatorze étages et son sommet à trois tambours – toujours à colonnades –

---

1. Dans les quartiers anciens de New York, les rues ont conservé leurs noms primitifs et possèdent un tracé plus capricieux que les carrés tirés au cordeau des nouveaux quartiers où les artères sont numérotées du sud au nord.

lui donnant l'air d'un gâteau de mariage sommé d'une statue de la Gloire civique, le quartier général de la police était un bâtiment imposant dont la courbe d'un grand escalier occupait une partie du rez-de-chaussée. Quant à l'atmosphère, c'était la même que celle respirée à Scotland Yard ou au Quai des Orfèvres : allées et venues rapides, légère fièvre, fumées de tabac et mauvaise humeur chronique. Où les choses différaient quelque peu c'était au niveau des dimensions des bureaux, celui de Phil Anderson se révélant plus vaste que ceux de Langlois et Warren réunis. Il est vrai qu'il s'agissait là du grand patron, ce que n'était encore aucun des deux autres. Les murs étaient couverts de bibliothèques plus ou moins en désordre alternant avec des trophées, des fanions et le drapeau des Etats-Unis. Un énorme bureau occupait le centre sous un épais nuage de fumée au milieu duquel, tel Bouddha surgissant des volutes de l'encens, trônait le chef aux yeux mi-clos derrière de larges lunettes d'écaille.

Un cigare d'une main, il réussit à extraire sa vaste personne du fauteuil tournant qui la contenait et tendit l'autre, large comme une assiette, à son visiteur avec une cordialité à laquelle aucun de ses confrères n'avait habitué Morosini. Sur le sous-main de cuir posé devant lui, était posée la carte de Warren que l'on venait de lui faire passer.

— Bienvenue ! tonna-t-il d'une voix de basse. C'est un plaisir de recevoir un ami de Warren ! Comment va le cher vieux crocodile ?

— Au mieux quand je l'ai vu, il y a quelques semaines, répondit Aldo amusé par l'appellation : il semblait qu'on ne pût comparer le superintendant qu'à des animaux préhistoriques.

— Parfait ! Asseyez-vous et racontez-moi votre histoire ! Warren m'écrit que vous avez à vous plaindre de cette crapule de Ricci ?

Anderson cracha le nom plus qu'il ne le prononça. En même temps son visage épanoui, jovial et bien nourri dans lequel les petits yeux noirs ressemblaient à des pépins de pomme, s'assombrissait.

— Jusqu'à présent, je n'ai pas eu à m'en plaindre personnellement. Je me suis seulement trouvé mêlé à une vilaine affaire dans laquelle je suis persuadé qu'il a joué un rôle déterminant. Cela dit, ajouta Aldo avec un sourire, je ne voudrais pas que vous me preniez pour un Latin imaginatif et agité…

— Ne vous tourmentez pas pour ça, mon garçon ! Je sais qui vous êtes !

— Ah oui ! Vous m'en voyez surpris… et flatté !

— A plusieurs reprises j'ai séjourné en Europe et je me suis toujours intéressé à ses trésors comme nombre de mes compatriotes. Dans le monde de la joaillerie, en particulier dans la partie des bijoux anciens et de leurs aventures, vous faites autorité. Comme il arrive parfois que certains fassent parler d'eux ici cela fait partie de mon job autant que de mes goûts. Et maintenant dites-moi ce que vous savez de Ricci ! Où l'avez-vous rencontré ?

— A Paris alors que je déjeunais au Ritz avec un compatriote, le peintre Giovanni Boldini…

Anderson tourna la tête pour postillonner une particule de cigare.

— Lui aussi je connais ! Content de savoir qu'il est toujours vivant.

— Certes, mais il décline et le récent incendie qui a failli détruire sa maison l'a beaucoup affecté…

— Signé Ricci ?

Morosini eut un geste évasif.

— Je le pense… sans en avoir la preuve.

— Il n'y a jamais de preuves avec lui. C'est l'une de ses forces. Mais poursuivez ! Je ne vous interromprai plus !

Il tint parole se contentant de souffler de furieuses bouffées à certains moments du récit et, à d'autres, de laisser la fumée s'exhaler lentement de sa bouche ouverte comme d'un cratère de volcan. On en était là quand Aldo termina sur son départ de Newhaven avec le corps de Jacqueline et, un instant, Phil Anderson resta la tête appuyée à son haut dossier de cuir noir, les yeux au plafond. Morosini respecta cette méditation en allumant lui-même une cigarette, ce qui n'arrangea pas l'atmosphère de la pièce mais c'était une assez bonne détente. Enfin le chef de la police new-yorkaise émit, pensant tout haut plus que s'adressant à son visiteur :

— N'importe comment, cette malheureuse n'aurait pas vécu longtemps si elle avait suivi Ricci dans ce pays. Un mariage avec lui ne porte pas bonheur et, à cette heure, il serait sans doute veuf pour la troisième fois...

— Que voulez-vous dire ?

Avant de répondre, le policier sonna pour qu'on lui apporte du café après s'être assuré que Morosini en prendrait avec lui. Sur sa lancée il fit quelques pas majestueux en direction d'une fenêtre qu'il ouvrit en grand afin d'évacuer la fumée. C'était simple : il venait de finir son cigare. Jusqu'à ce que le plateau soit servi, il resta devant l'ouverture recevant de plein fouet le vacarme de la rue puis il referma, revint à son bureau, remplit les tasses, en offrit une à Morosini en lui laissant le soin de sucrer à son idée, revint s'asseoir, avala son café d'un trait... et alluma un nouveau cigare dont il avait tranché le bout d'un coup de dents. Une longue bouffée voluptueuse et, se carrant à nouveau dans son siège, il déclara :

— A moi maintenant de vous raconter une histoire peu banale. Il y a quatre ans environ, Ricci s'est marié en grande pompe dans son palais de Newport, dans le comté de Rhode Island qui est...

— Je connais. Ne vous fatiguez pas à me décrire l'endroit, j'y ai séjourné en 1913.

— Parfait ! Vous savez donc que toute la Society de New York y possède des propriétés somptueuses et y donne des fêtes qui ne le sont pas moins. Les origines de Ricci étant quelque peu douteuses, il a eu de la peine à se faire admettre mais on le sait très riche, très puissant aussi car il semble disposer d'une espèce d'armée occulte, et en outre, il s'est montré d'une telle générosité envers les œuvres charitables des dames les plus en vue qu'elles ont fini par accepter une de ses invitations puis par le recevoir. Son statut auprès d'elles était celui d'un original, l'un de ces Américano-étrangers bizarres mais distrayants à force d'être fastueux. Aussi, quand il s'est marié, tout le gratin était-il représenté à la fête. D'autant qu'elle promettait d'être amusante puisque les invités, comme les époux eux-mêmes, devaient porter des costumes du XVIe siècle italien.

— Tiens donc ! fit Morosini entre ses dents.

— C'était selon lui une façon élégante de rendre hommage à ses ancêtres florentins en même temps qu'à ceux de sa fiancée qui était de là-bas elle aussi. Celle-ci se nommait Maddalena Brandini. Elle dansait à Broadway dans une revue et c'était une fille magnifique : blonde avec des yeux sombres, une allure de reine et une plastique assortie. Pas très intelligente peut-être mais sa beauté excusait toutes les folies. J'ai eu l'occasion de l'apercevoir peu avant son mariage et... peu après. J'étais alors inspecteur et j'avais été détaché par New York chez le shérif Williams, à Newport, pour suivre un escroc dont on n'était pas certain qu'il ne soit pas aussi un assassin. J'y étais donc au moment des épousailles et pour une belle fête ça a été une belle fête ! La mariée était littéralement vêtue d'or roux – la couleur même de ses cheveux – avec des joyaux anciens, magnifiques comme on n'en voit guère que dans les musées d'Europe...

— Une grande croix de diamants, perles et rubis assortie à de longs pendants d'oreilles ? lança Morosini inspiré par une voix intérieure singulièrement impérative.

Aussi fut-il à peine surpris de constater l'effet de ses paroles sur son interlocuteur.

— Comment le savez-vous ? lâcha celui-ci stupéfait.

— Une idée ! Depuis l'Angleterre je suis persuadé que Ricci possède les joyaux que je cherche, que c'est lui qui a fait assassiner Cecilia Solari et peut-être aussi la fiancée de Pavignano. Il faudrait alors qu'ils lui aient échappé pendant quelque temps sinon comment expliquer qu'ils se soient retrouvés au cou de la cantatrice ? Mais poursuivez je vous en prie et pardonnez-moi de vous avoir interrompu.

— Le mal n'est pas grand : votre intervention ne manquait pas d'intérêt mais revenons au mariage ! Vers le milieu de la nuit, les époux se sont retirés, les invités aussi... et une semaine plus tard, le corps de Maddalena, nu, disloqué et éventré était retrouvé sur une plage au sud de Newport. Je ne dirais pas assassiné mais massacré... Même pour moi le spectacle était difficile à supporter.

— Comment se fait-il dans ce cas que Ricci ne soit pas sous les verrous depuis quatre ans ? gronda Aldo révulsé d'horreur.

— Simplement parce qu'il ne pouvait pas être l'assassin. Il était en Floride au moment du meurtre. Il y était parti au matin qui suivit ses noces et il avait une collection de témoins tous plus sérieux les uns que les autres.

— Payés sans doute ?

— Non. Des gens très bien, hôteliers, serveurs, conducteurs de train, etc.

— ... de même qu'il était à bord du *Leviathan* au moment où Jacqueline Auger était écrasée devant le Ritz... S'il n'a pas agi en personne il a commandé le crime. Vous avez dû enquêter. Vous n'avez rien trouvé ?

— Rien ! Pas ça ! fit Anderson en faisant claquer l'ongle de son pouce entre ses dents. On a visité son énorme baraque, le Palazzo Ricci comme il l'appelle, depuis les caves jusqu'aux toits sans détecter la plus petite trace, le moindre indice. Les jardins aussi et le hangar à bateaux. On a fouillé chez les domestiques, on les a passés au gril et, tenez-vous bien : ceux-ci ont vu Maddalena entrer dans la chambre nuptiale, menée par Ricci mais ensuite ils n'ont pas revu la jeune femme.

— Comment cela ?

— Elle n'est jamais ressortie de cette chambre. Du moins à leur connaissance car il a bien fallu qu'elle en sorte pour qu'on la retrouve une semaine plus tard sur les rochers. Ricci, lui, apparemment désolé d'être obligé de s'éloigner, s'est fait conduire à New York dans son yacht d'où il a pris le train pour la Floride. Naturellement avant de partir il avait recommandé que l'on veille sur son épouse, mais lorsque la femme de chambre est venue réveiller Maddalena avec une tasse de thé il n'y avait personne et la chambre était dans l'état exact où elle l'avait elle-même laissée quand vers la fin de la journée elle était venue l'examiner afin d'être sûre que tout était en ordre. La couverture du lit nuptial était faite, les vêtements intacts, la robe de noces étalée sur un fauteuil. Seuls manquaient les bijoux, la chemise de nuit et le déshabillé assorti en batiste et dentelles blanches ainsi que les mules de velours rouge.

— Autrement dit Maddalena serait partie faire un tour dans cet appareil un peu succinct – au fait, c'était quand ?

— En juillet, donc en été, et il faisait chaud, une espèce de chaleur orageuse un peu étouffante.

— Qui expliquerait l'envie de faire un tour dans la fraîcheur de la nuit, mais après une fête les domestiques se hâtent habituellement de remettre tout en ordre et quelqu'un aurait pu la voir si – et c'est le plus probable – elle était descendue vers la mer.

— Mais personne ne l'a vue et croyez-moi il y avait du monde : rien qu'au Palazzo, ils sont vingt à demeure et il y avait aussi des extra. Cela faisait une cinquantaine de personnes...

— Et elle a disparu comme ça : en chemise et saut-de-lit mais avec les joyaux ? Que s'est-il passé ensuite ?

— On a prévenu le mari par télégramme et il est accouru en donnant tous les signes d'une profonde désolation. Il avait l'air à moitié fou, exigeait que l'on mène une enquête serrée, promettant même une forte récompense à qui ferait prendre l'assassin, et je vous prie de croire qu'il y a eu du monde, mais, comme d'habitude en pareil cas, toutes ces bonnes volontés n'ont fait que gêner notre action.

— Je veux bien le croire. Et vous dites qu'on l'a retrouvée nue, les bijoux envolés bien entendu.

— Eh oui ! On a avancé alors l'hypothèse que la malheureuse était allée rejoindre un amoureux. Par quel chemin on n'en a rien su à moins qu'elle n'ait eu la possibilité d'emprunter le balai des sorcières ou de se faire pousser des ailes...

— Les sorcières ? fit Morosini avec l'ombre d'un sourire. Voilà qui est séduisant ! Savez-vous que j'ai donné le nom de « joyaux de la Sorcière » à la fameuse parure de Bianca Capello ? Et Salem n'est pas tellement loin de Rhode Island ? Mais vous en étiez à un amoureux possible...

— Pas vraiment surprenant avec une fille aussi belle mariée à un homme beaucoup plus âgé et plutôt quelconque. Sa passion assouvie, l'amant pour éviter les ennuis aurait exécuté sa maîtresse avant de prendre la poudre d'escampette avec les bijoux...

— Possible sans doute...

— Mais hautement improbable car le drame s'est reproduit pratiquement de la même façon deux ans après et presque jour pour jour... Il y a vingt-quatre mois donc, Ricci après avoir mené un deuil impressionnant, a décidé de se remarier. Cette fois, il s'agissait d'une

Américaine, une fille de dix-neuf ans qu'il avait rencontrée à Central Park où elle donnait à manger aux oiseaux. Elle s'appelait Anna Langdon et elle était vendeuse chez Woolworth...

— ... sans aucune famille, blonde tirant sur le roux avec des beaux yeux sombres.

— Comment le savez-vous ?

— Je ne sais pas : j'imagine. Cela me paraît couler de source.

— Une vraie Cendrillon en effet dont Ricci a fait une éblouissante créature. Et le scénario s'est renouvelé. Le mariage a été annoncé. Il devait avoir lieu comme le premier à six heures du soir et se terminer par un bal.

— En costumes d'époque, j'imagine ?

— Tout à fait. Ricci avait demandé à ses invités de faire ce petit effort en mémoire de sa première épouse si tragiquement disparue.

— Et ils ont marché ?

— Presque tous. La première fête avait été sublime, d'une rare somptuosité. Elle avait laissé de tels souvenirs – même dans un lieu aussi fabuleux que Newport ! – qu'ils ont eu envie de la renouveler. Par pure curiosité j'y suis allé, moi aussi, bien que je n'eusse pas été invité et j'avoue que le coup d'œil était féerique.

— La mariée portait-elle des bijoux ?

— Naturellement, mais ce n'étaient pas ceux de la première fois.

— Tiens donc ? J'aurais cru pourtant...

— Ne laissez pas s'envoler votre imagination : si la parure de Maddalena lui a été volée par celui qui l'a tuée, comment voulez-vous que Ricci puisse l'offrir à sa nouvelle fiancée ? Elle avait sur la gorge un énorme rubis au bout d'une chaîne d'or, des perles et des rubis plus petits, rien aux oreilles, rien aux bras mais à la main droite, il y avait un autre rubis de la même taille.

— Que s'est-il passé ensuite ?

— Pratiquement le même scénario. Ricci est entré avec sa jeune épouse dans la chambre. A dû en ressortir environ une demi-heure après, appelé par un télégramme à La Nouvelle-Orléans. Il en a montré paraît-il une vive contrariété mais l'affaire, une fois encore, était d'importance et il est parti en recommandant à ses serviteurs la plus grande vigilance…

— Il y a quelque chose que je ne comprends pas. La Floride comme la Louisiane sont des territoires plutôt agréables : pourquoi donc n'y emmenait-il pas ses compagnes ? Un voyage de noces comme un autre ! Etrange qu'il n'y en ait pas eu au programme…

— Mais c'était prévu : le couple devait partir pour l'Italie la première fois, pour Paris la seconde au matin suivant la nuit de noces. D'après ce que j'ai pu entendre des domestiques, ni l'un ni l'autre ne souhaitait se lancer dans un voyage d'affaires sans grand attrait surtout après une journée si fatigante. Après le départ de l'époux la porte de la chambre s'est refermée sur Anna comme elle s'était refermée sur Maddalena… et plus personne ne l'a revue vivante. Au matin elle avait disparu ne laissant derrière elle que ses atours de mariée et sans que rien ait été dérangé dans la pièce.

— Elle est partie en chemise de nuit comme la première ?

— Et avec les bijoux. Quatre jours plus tard, son corps mutilé de la même façon que l'autre était découvert à la pointe de l'île. Vous imaginez l'effet sur la population. L'affaire a fait un bruit énorme et cette fois le F.B.I. s'en est mêlé. Le coupable a été retrouvé…

— Ah bon ? Et c'était ?

— Un pêcheur des environs. Un beau type, entre parenthèses, dont on pouvait comprendre qu'une femme puisse s'éprendre, surtout si on le comparait à Ricci mais un solitaire aussi, vivant avec sa mère dans une maisonnette au bord de l'eau, taciturne, un peu demeuré... à ce que l'on disait.

— Bref le coupable idéal ! fit Morosini sarcastique. On a réussi à lui extorquer des aveux ?

— Mieux que ça ! On a retrouvé les joyaux enterrés près de sa bicoque. Il a été jugé... et exécuté !

— Il y a eu un tribunal pour le condamner alors que, selon moi, tout désignait Ricci ?

— Selon moi aussi mais encore une fois il était absent. On n'a pas cherché à savoir comment Peter Bascombe – c'était le nom du pêcheur – a pu s'y prendre pour s'emparer des jeunes femmes. On a supposé qu'elles sont allées le rejoindre de leur plein gré...

— Ça ne tient pas debout ! Elles le connaissaient ?

— Certains témoins ont prétendu l'avoir vu parler avec Anna au cours d'une promenade de la jeune femme.

Incapable de rester tranquille plus longtemps, Morosini se leva et se mit à arpenter le bureau du chef comme s'il était dans le sien propre. Cette histoire était abracadabrante, inexplicable et il avait une sainte horreur des affaires inexplicables.

— A-t-on au moins cherché à savoir comment elles sont sorties de la chambre ? Par les fenêtres ?

— Ouvertes bien sûr étant donné la saison mais trop hautes pour des femmes. Le palazzo Ricci est une copie quelque peu réduite de la résidence des grands-ducs de Toscane, à Florence, le palais Pitti. Il aurait fallu supposer que notre homme avait épousé coup sur coup deux alpinistes chevronnées capables d'évoluer sur la paroi encombrées de frous-frous et volants de déshabillés élégants..., et ne me parlez pas des murs : on les a sondés du sol au plafond sans découvrir quoi que ce soit. Pas la moindre cachette, pas le moindre passage !

— C'est insensé ! A moins d'une complicité, je ne vois pas comment la sortie était possible, mais les domestiques sont-ils fiables ?

— J'ai l'impression qu'ils ont tous une peur bleue de leur patron. La plupart sont italiens et il doit les tenir d'une façon ou d'une autre.

— Sans doute, mais vous m'avez dit que ces femmes étaient très belles : une jolie fille peut obtenir ce qu'elle veut d'un amoureux...

— Quoi qu'il en soit ni la police ni le F.B.I. n'ont trouvé quoi que ce soit et, comme le supposé coupable est mort, le dossier n'est plus à l'ordre du jour...

— Il a bien failli se rouvrir en l'honneur de Jacqueline Auger puisqu'elle était destinée à devenir la troisième épouse et par conséquent la troisième victime car, j'en mettrais ma main au feu, c'est lui qui les tue ou les fait tuer.

— Elle « est » la troisième victime, sans compter le malheureux Bascombe puisque lui aussi a été assassiné. Son seul avantage est que sa mort a été rapide ce qui malheureusement n'est pas le cas des autres. Ça vous ennuierait de vous tenir tranquille ? Vous me donnez le vertige !

— Pardon !

Aldo revint s'asseoir pour allumer une nouvelle cigarette avant de demander :

— Sauriez-vous où est Ricci en ce moment ?

— Je n'en sais rien mais ce n'est pas difficile à savoir.

Anderson attrapa l'un des téléphones posés sur son bureau, aboya dedans des ordres en suivant d'un œil rêveur les volutes de son cigare. Environ deux minutes plus tard il avait la réponse.

— Il est ici : le Maire inaugure demain un building qu'il vient d'achever sur Lexington Avenue. Qu'avez-vous en tête ?

— Rien de précis pour l'instant. Sinon... que j'aimerais visiter Newport quand il n'y est pas. La « Season » n'est pas encore commencée, je pense ?

— Non. Dans quelques jours. Je crains que vous ne trouviez pas grand-chose. Les enquêteurs ont tout passé au peigne fin.

— Un œil nouveau peut parfois déceler ce qui a échappé à des professionnels avertis. Ainsi j'aimerais voir l'endroit où habitait Bascombe.

— Ça, je peux vous le donner...

Sur un bloc de papier, Anderson griffonna trois lignes, arracha la page et la tendit à son visiteur.

— C'est à peu près tout ce que je peux faire pour vous. En Rhode Island vous ne serez plus sous ma juridiction mais sous celle de la police de Providence en général et du shérif de Newport en particulier. L'un comme l'autre sont farouchement hostiles à ce qui peut troubler la vie de leur secteur en particulier durant la période la plus élégante.

— Ricci ne s'en est pas privé pourtant !

— Oui, mais vous ne devez jamais perdre de vue le fait qu'il est très riche, très habile et très généreux avec cette flopée de fondations plus ou moins charitables. Jusqu'à présent on s'obstine à voir en lui un homme malheureux poursuivi par un destin implacable. Alors si vous allez fouiner là-bas faites attention aux endroits où vous mettrez les pieds !

Pour montrer que, selon lui, l'entretien prenait fin, Phil Anderson s'extirpa une fois de plus de son fauteuil et Aldo fut bien obligé d'en faire autant. Cependant il avait encore quelque chose à dire :

— J'ai pris bonne note que pour l'instant il est à New York, donc chez vous... Ne pouvez-vous le faire surveiller... discrètement ?

L'autre partit d'un énorme éclat de rire.

— Est-ce que vous imaginez, par hasard, que je m'en prive ? Comme vous, je suis certain que c'est un criminel comme on n'en voit pas beaucoup, même ici, et que, en outre, il trafique l'alcool, l'opium et deux ou trois autres babioles. Alors si grâce à vous je pouvais dénicher une preuve qui me permette de l'abattre, je vous promets une reconnaissance éternelle et peut-être même des funérailles officielles mais n'allez pas vous aviser de demander l'aide de Dan Morris, le shérif de Newport : il lui mange dans la main. Compris ?

— C'est on ne peut plus clair ! Merci de vos conseils, chef Anderson. Je m'en souviendrai...

Difficile à oublier, en effet ! Aldo se retrouvait seul comme devant, aux prises avec un ennemi dont il ne pouvait pas imaginer l'étendue des forces et du pouvoir de malfaisance. Cela n'avait rien de récréatif mais il était malgré tout assez satisfait d'une chose – une seule : Ricci était bel et bien le possesseur des joyaux de la Sorcière et, dans ce cas, il y avait gros à parier qu'il était aussi le meurtrier de la fiancée de Pavignano et de la cantatrice de Covent Garden. Morosini allait peut-être risquer sa vie mais au moins ça en vaudrait la peine. Dommage seulement que les doigts agiles d'Adalbert lui fassent défaut pour récupérer la croix et les pendants d'oreilles. Les doigts mais aussi l'intelligence, la bonne humeur, le courage tranquille et ce qui faisait de lui un incomparable compagnon d'aventures.

Comme chaque fois qu'il pensait à Adalbert ces temps derniers, son humeur s'assombrit et en arrivant à l'hôtel, il n'était pas à prendre avec des pincettes. Ce fut Nelly Parker qui en fit les frais quand elle courut après lui tandis qu'il fonçait vers les ascenseurs.

— S'il vous plaît sir Morosini ! Rien qu'un mot !

Il lui jeta un regard noir. En dépit de son habillement différent il la reconnaissait fort bien et son absurde chapeau cachait la seule chose en elle qui pût inciter Aldo à l'indulgence : ses cheveux roux qui même de loin lui rappelaient Lisa.

— Lequel ? Je ne suis pas certain d'en avoir de polis à votre disposition.

— J'essaierai de m'en contenter, fit-elle avec un sourire timide qui dévoila de petites dents blanches, des dents de gamine évoquant les barres de chocolat et les pots de confitures mangés en cachette. Vous ne voulez pas que nous nous asseyions deux minutes ?

— Si c'est ce que vous vouliez savoir c'est non. Je suis pressé !

— Ça vous reposerait un peu : vous n'avez pas arrêté de courir depuis le lunch.

— C'est gentil de vous intéresser à moi mais je me reposerai beaucoup mieux dans ma chambre, et seul ! Alors, ce mot, il vient ? Je suppose que vous ne vouliez pas seulement me demander de m'asseoir ?

Les yeux candides de la jeune fille se firent implorants.

— Confiez-moi les raisons de votre séjour chez nous !

— Je vous l'ai déjà dit : vacances !

— Non : la vraie raison ! On ne commence pas ses vacances en allant chez les flics !

— Pas vous ? Comme c'est bizarre ! Je commence toujours les miennes par une visite à la police locale. Ce sont les gens les mieux renseignés sur les avantages et les inconvénients d'un pays et, croyez-moi, ils répondent à vos questions avec une urbanité exquise. Vous devriez essayer la prochaine fois que vous aurez envie d'aller vous détendre quelque part ! Je vous souhaite le bonsoir, Miss !

Et sans lui laisser le temps de réaliser, il s'engouffra dans l'ascenseur dont les portes venaient de s'ouvrir devant lui. Tandis qu'elles se refermaient il put apercevoir Nelly plantée toujours à la même place avec la mine déconfite d'une petite fille qui vient de voir s'envoler son ballon rouge. Cela le fit sourire et lui fit du bien. Avant cette rafraîchissante rencontre il était à peu près décidé à laisser Vauxbrun aller dîner seul chez la baronne Pauline mais maintenant il pensait que cette sortie lui changerait peut-être les idées. Ce qui relevait de l'impossible s'il restait seul à tourner en rond dans sa chambre en écoutant la radio. En foi de quoi, il se déshabilla, se doucha longuement, se frictionna avec sa chère lavande anglaise, et se rasa. Ensuite il enfila du linge frais, des chaussettes de soie noire, passa un pantalon de smoking, des souliers vernis, brossa ses épais cheveux bruns dont l'argenture près des tempes lui parut plus accentuée, noua avec la dextérité de l'habitude un papillon de soie noire sous son col à coins cassés après avoir piqué son plastron empesé de minuscules saphirs montés sur or et endossa finalement la veste aux revers de soie dans les poches de laquelle il glissa son portefeuille et son étui à cigarettes en or frappé à ses armes sans lesquels il ne se déplaçait jamais. La douceur de l'air ne justifiant pas le port d'un manteau il prit un mouchoir propre, un chapeau, des gants et après une dernière chiquenaude à un grain de poussière, un dernier regard au miroir, il descendit rejoindre Gilles Vauxbrun qui devait l'attendre dans le hall. Mais s'il espérait trouver un Vauxbrun épanoui à la perspective de la soirée à venir, il dut déchanter. Si Gilles offrait une image de pure élégance et de grande allure, il n'en était pas moins d'humeur chagrine et à peine dans le taxi, il ne fit aucune difficulté pour en confier la raison à son ami. Le fauteuil de bureau de Louis XV venait de partir pour Boston, ce qui ne l'arrangeait pas.

— Autrement dit tu as fait la traversée pour rien ? demanda Aldo.

— Ce n'est pas cela : je n'ai pas perdu mes chances de l'avoir et, de toute façon, à cause de la baronne jamais je ne dirai que j'ai fait ce voyage pour rien, ajouta-t-il avec une mine extasiée qui donna aussitôt à son compagnon l'envie de lui taper dessus.

Cependant celui-ci se contenta de grogner :

— Je sais. Parle-moi plutôt du fauteuil ! Qu'est-ce qu'il fait à Boston ?

— Il appartient maintenant à Diana, la fille aînée du

vieux Lowell, qui y habite. Elle a réussi à le faire entrer dans sa part de succession en disant que son père le lui avait promis.

— Cela veut dire qu'elle ne le vendra pas.

— Tu n'y es pas. Ce qu'elle veut c'est faire monter les enchères. Elle sait que je dois venir et elle a déclaré au notaire qu'elle m'attendait. Il va falloir que j'aille là-bas, émit Vauxbrun avec un soupir aussi lourd que s'il devait s'embarquer pour la Patagonie.

— Et alors ? Ce n'est pas le bout du monde, Boston. Ce ne doit pas faire beaucoup plus de cinq cents kilomètres…

— Je sais, et si je pouvais traiter entre deux trains je ne t'en parlerais même pas mais j'ai bien peur d'être obligé de rester beaucoup plus longtemps. J'espérais pouvoir acheter avant que la succession ne soit liquidée mais si mon affaire ne dépend plus que de Diana ça va être toute une histoire. Je vais devoir palabrer pendant des jours et des jours !

— Tu veux dire marchander ? Mais ça ne te ressemble pas. Quand tu veux quelque chose – en particulier pour ta collection ! – tu paies le prix ! Point final !

— Le malheur c'est que ce n'est pas si simple. La marotte de cette femme c'est le XVIIIe siècle français et comme elle n'a pas souvent un interlocuteur de ma taille elle va en profiter et faire traîner en longueur.

— Mais enfin elle doit savoir que tu as autre chose à faire que t'asseoir, une tasse de thé à la main, pour parler Louis XV à perte de vue ?

— Pas Louis XV : Pompadour ! Elle a pour la marquise une vraie passion. Jusqu'à essayer de lui ressembler !

— Tu n'aurais pas une bricole lui ayant appartenu et que tu pourrais lui proposer comme monnaie d'échange ?

— Si ! fit l'antiquaire morose. J'ai un bonheur-du-jour provenant du château de Choisy… mais il me serait pénible de m'en séparer. Tu dois le comprendre, toi ! En outre, si je le mets sur le tapis, mon joli petit meuble, elle est capable de vouloir venir le chercher elle-même et tout de suite. Tu peux être sûr qu'elle ne me lâchera plus et que je devrai rentrer par le premier bateau. Or...

— Or cela ne t'arrange pas ?

— Pas du tout ! J'aimerais rester à New York deux ou trois semaines. Ma maison de Paris marche presque toute seule avec Bailey et il se peut que je trouve ici une occasion ou deux.

Il devenait fébrile et Aldo pensa, tristement, que lui aussi était sévèrement mordu et que cette fichue Amérique était en train de lui enlever ses plus chers amis. Aussi mit-il une grande douceur en remarquant :

— J'ai peur que cela ne te suffise pas. Deux ou trois semaines sont vite passées et il faudra bien que tu rentres un jour. A moins que tu ne décides de transporter la place Vendôme dans Washington Square ?

On y arrivait justement, ce qui permit à Gilles de ne pas répondre sinon par un nouveau soupir. Une idée traversa alors l'esprit d'Aldo tandis qu'ils sonnaient à la porte de Pauline et soudain il déclara :

— Remarque : ces contretemps sont véritablement agaçants. Je suis comme toi... ou, plutôt non, je ne suis pas comme toi parce que moi je n'ai qu'une hâte c'est de rentrer à Venise. Or, j'ai l'intention de partir dès demain pour Newport. Et pas pour m'amuser. Je préfère au contraire que la Saison ne soit pas commencée...

Il avait touché au but : quand la porte s'ouvrit libérant la lumière du hall d'entrée, celle-ci lui permit de voir la figure de Vauxbrun s'épanouir brusquement comme un bégonia assoiffé sous l'arrosoir. C'était évident : ce qui ennuyait le plus le bon Gilles c'était d'aller se perdre dans les brumes du Nord tandis que son ami Aldo continuerait de se dorer au soleil de New York en compagnie de sa bien-aimée Pauline, preuve que l'amour et l'intelligence ne faisaient pas souvent bon ménage. Il y avait dans la ville même une foule d'hommes séduisants au possible et cependant le pauvre garçon, tout pareil à Adalbert, ne trouvait rien de mieux que prendre pour cible de ses soupçons un vieil ami dont il savait pourtant que, depuis son mariage, il n'était plus dangereux. C'était à pleurer !

La soirée n'en fut pas moins charmante.

La maison de Pauline acheva de convaincre Morosini de ce dont il s'était déjà aperçu. A savoir qu'aux Etats-Unis, le statut d'artiste n'avait aucun point commun avec celui des rapins de Montmartre ou de Montparnasse, ces sommets de l'Art parisien, et que le talent ne s'y réfugiait pas sous un toit percé ou dans une chaumière.

Elle n'avait guère de points communs non plus avec les hôtels démesurés, pompeux à la limite de l'étouffant et dorés sur tranche, alignés au long de la 5e ou de Park Avenue. Pas immense, cette demeure privilégiait le style colonial pour la simplicité des beaux meubles anciens en y mêlant avec bonheur des œuvres d'artistes contemporains comme l'un des « Toits » éblouissants de soleil d'Edward Hopper qui était d'ailleurs le voisin immédiat, un coin de jardin de Claude Monet, un Van Dongen, une ébauche de Rodin, une collection de statuettes chryséléphantines de Chiparus, une « Rue de New York » de Prendergast, une tête de femme romaine en bronze et quelques-unes de ces étranges statues venues des lointaines Cyclades et de la nuit des temps. En fait, un assortiment de ce que peut rassembler une artiste doublée d'une femme de goût fortunée. Les lignes sobres, les couleurs claires de l'intérieur laissaient leur pleine valeur aux œuvres exposées ainsi qu'à l'esthétique de Pauline elle-même vêtue pour ce soir d'une longue et simple robe de velours noir sous un grand sautoir de perles magnifiques.

Pas d'armée de domestiques non plus. Trois serviteurs seulement, un « butler » anglais qui servait aussi de chauffeur, une cuisinière française et une femme de chambre américaine assuraient une vie quotidienne harmonieuse à cette maison, plus masculine que féminine. En prenant place autour de la table dont l'acajou sombre, brillant comme du satin, reflétait les flammes des chandeliers d'argent, les verres en cristal de Bohême et les orchidées blanches du surtout, les deux hommes firent à leur hôtesse un sincère compliment.

— C'est une vraie joie de venir chez vous, baronne, dit Gilles Vauxbrun. On s'y sent à l'aise... mais vos amis doivent vous le répéter à satiété ?

— Il faudrait que j'en donne l'occasion. J'ai peu d'amis et reçois encore moins. Je suis lasse de ces cohues où l'on se marche sur les pieds en criant très fort pour dominer les autres en buvant n'importe quoi. Depuis la prohibition tout au moins.

— Ceci n'est pas n'importe quoi, émit Aldo en promenant sous son nez la tulipe de cristal à demi pleine d'un meursault remarquable...

— Mon défunt époux possédait une qualité – je me suis souvent demandé si ce n'était pas la seule en dehors de son physique : il aimait les vins et savait les choisir. J'ai grâce à lui une excellente cave.

— Je sais d'expérience, fit Aldo, que la prohibition ne vous dérange pas beaucoup. L'occasion m'a été donnée de goûter le vulnéraire que notre amie emporte avec elle dans ses voyages, dit-il à l'intention de Gilles. Comment faites-vous, baronne, pour vous jouer ainsi des lois ?

— Ayant la double nationalité autrichienne et américaine, la première m'accorde certains privilèges mais surtout j'appartiens à ce que mes compatriotes considèrent comme leur aristocratie fondée sur l'ancienneté et aussi la fortune. Il faudrait être un irrécupérable rustre pour venir voir ce qu'il y a dans le verre d'une Belmont. Cela dit, messieurs, cette maison vous est ouverte et vous me ferez plaisir en y venant souvent durant vos séjours...

— Malheureusement, soupira Vauxbrun, je dois interrompre le mien dès demain pour me rendre à Boston. Je vous ai parlé, baronne, du fauteuil que je veux acheter et j'espérais qu'à cette heure ce serait chose faite mais il faut que je lui courre après jusque dans le Massachusetts. La succession a été réglée plus vite que je ne pensais et...

— ... et c'est Diana Lowell qui l'a emporté, devina Pauline qui ne put s'empêcher de rire. Eh bien, mon pauvre ami, je vous souhaite du plaisir ! A moins que vous ne renonciez, vous en avez pour un moment. Elle va déguster avec gourmandise le mets de choix que vous représentez.

— J'espère gagner du temps en lui proposant une sorte d'échange. Puisque vous la connaissez, vous savez sa passion pour la Pompadour...

— Prenez garde ! Elle est capable de s'arranger pour avoir les deux...

Tout en parlant, elle se tournait vers Aldo qui se hâta de déclarer qu'il se proposait de prendre le même train que son ami. Sans lui laisser le temps de s'expliquer, Pauline frappa d'un geste sec le bois de sa table.

— Oh, par exemple ! Vous allez à Boston vous aussi ?

— Non. A Newport. Je quitterai le train à Providence, dit Aldo qui s'était renseigné à l'hôtel.

— Il vous faudra prendre un bus embarqué d'abord sur un ferry pour atteindre l'île et refaire en sens inverse une partie du chemin parcouru en train ? Mais c'est idiot !

— Ah bon ? Mais pourquoi ?

— Parce qu'un homme de votre qualité ne voyage pas comme un représentant de commerce. Toutes les familles qui ont une propriété dans le coin s'y rendent sur leur yacht. La nôtre ne fait pas exception et je peux faire mettre à votre disposition...

— Non, ma chère baronne ! Votre offre est adorable mais je ne veux à aucun prix arriver là-bas à grand fracas...

— Où serait le fracas ? Les plus beaux bateaux de la côte Est s'y pressent à longueur d'année. C'est simple au contraire. En outre vous descendrez chez nous !

Coupant le fil de paroles volubiles, la main d'Aldo se posa juste un instant sur celle de Pauline.

— Merci, merci, et encore merci mais je ne veux rien de ce que vous m'offrez. Il importe que je n'y sois qu'un visiteur anonyme. Un peintre par exemple, décida-t-il soudain se rappelant le rôle qu'il avait assumé en Autriche quand il s'était rendu à Hallstatt à la poursuite de l'opale de l'impératrice Elisabeth.

— Vous savez manier les pinceaux ?

— Dans une certaine mesure. Suffisamment pour donner le change et ne pas me ridiculiser. Aussi je tiens essentiellement à voyager comme Monsieur Tout-le-monde et à descendre dans un hôtel. Ou mieux dans une vieille auberge. Je crois me souvenir qu'il y en a.

— Bien sûr qu'il y en a ! Une en particulier : White Horse Tavern qui date du XVIIIe siècle. Les chambres sont en annexe, petites mais agréables et la cuisine pas mal du tout, concéda Pauline, mais...

— Pas de mais, s'il vous plaît ! C'est très important qu'il en soit ainsi.

— Ce qui veut dire que vous n'avez pas la moindre intention de m'apprendre quelles sont vos raisons ?

— En effet. Et je vous en demande pardon.

— Quel homme mystérieux vous faites ! Et vous, ajouta-t-elle en revenant à Vauxbrun qui donnait de légers signes d'impatience de se voir à ce point délaissé. Vous avez une idée de ce que notre ami cherche là-bas ? A part les ennuis qui ne peuvent manquer lorsque l'on se cache plus ou moins.

— Pas la moindre. Il y a longtemps que j'ai appris à me contenter de ce que Morosini a la bonté de me confier et vous devriez m'imiter. Imaginez un instant qu'il soit sur la piste de quelque bijou hors du commun et qu'il ait l'intention de s'introduire discrètement dans l'un des véritables palais de Newport ? C'est un coup à vous perdre de réputation et mieux vaut l'ignorer. Nous ne nous en porterons que mieux vous et moi !

Son ton allègre, son sourire suggéraient la boutade, pourtant Pauline ne s'en montra pas amusée. Tandis que ses longs doigts habiles jouaient avec les perles de son collier, elle considéra d'un œil rêveur les rutilances qu'allumaient les bougies dans son verre.

— Je ne suis pas de votre avis, dit-elle. Ce pourrait au contraire être très distrayant. Voire passionnant...

Puis comme, avec une belle unanimité, les deux hommes se récriaient sur le danger de parer « une simple » affaire de couleurs trop romantiques, elle avala d'un coup le contenu de son verre, les regarda l'un après l'autre et déclara que finalement elle était bien bonne de se soucier de prétendus amis qui refusaient à ce point de lui faire confiance.

— Mais vous avez mon entière confiance, baronne...

— Appelez-moi Pauline ! Et vous aussi, enjoignit-elle en regardant Vauxbrun qui rougit de joie même si l'injonction s'était adressée à Aldo avant lui.

— Soit ! Donc vous avez ma confiance, je vous le répète, ma chère Pauline. J'aurais mauvaise grâce à refuser après ce que vous avez fait pour moi. Cependant...

— Oh que je n'aime pas ce mot-là ! Cela sent la restriction !

— Absolument pas ! Je veux seulement vous rappeler ce que vous m'avez dit, durant la traversée, de ce monde des affaires qui règne sur l'Amérique d'aujourd'hui...

— Comme il régnait sur celle d'hier, grogna Vauxbrun avec un haussement d'épaules, et régnera sur celle de demain...

— Sans doute mais, si comme vous le dites et tout me le laisse supposer, il est devenu particulièrement dur, je ne veux à aucun prix qu'une femme aussi rare que vous, une artiste de surcroît se trouve mêlée à l'une des miennes. Elles sont parfois sujettes à des chocs en retour très désagréables.

— Comme en général ce qui touche aux pierres précieuses surtout quand elles sont historiques n'est-ce pas ?

— En effet.

— Je vois. Libre à moi d'imaginer quelle trace d'antique trésor vous espérez relever à Newport, cette foire aux vanités ! Pauvre Amérique en vérité ! soupira la baronne. Elle dépense des fortunes et se donne un mal de chien pour s'approprier quelques-uns des chefs-d'œuvre de la vieille Europe et celle-ci ne le supporte pas : il faut qu'elle envoie ses enfants les plus doués pour nous les reprendre. Le fauteuil d'un roi et je ne sais quel joyau ! Vous pourriez au contraire nous être reconnaissants de les sauver souvent du désastre...

— Oh mais nous sommes pleins de gratitude envers John Rockefeller qui nous aide si généreusement à refaire les toits de Versailles, dit Gilles. C'est de la grandeur d'âme et je suis certain qu'il serait d'accord avec moi dans ma quête des meubles et objets qu'une révolution stupide a sottement dilapidés...

— Quant aux joyaux, enchaîna Aldo, ils fascinent trop pour que le désastre, c'est-à-dire la destruction, les atteigne. En revanche ils sont eux-mêmes source de catastrophes souvent imprévisibles. Et c'est selon moi, conclut-il avec un sourire nonchalant, faire œuvre pie qu'éviter le malheur à des amis chers.

Pauline se mit à rire et ne fit aucun commentaire. Son regard passa lentement de l'un des deux hommes à l'autre mais quand il s'arrêta sur Aldo son sourire s'accentua. Et quand, le repas terminé, elle ramena ses invités au salon où deux énormes bouquets de roses rouges, à peu près identiques, se faisaient face sur des consoles jumelles, Pauline alluma une cigarette qu'elle fixa au bout d'un mince tube d'or avant de désigner les deux buissons pourpres et embaumés :

— Elles sont magnifiques, dit-elle, et je ne vous ai pas encore remerciés. Comment avez-vous deviné, chacun de votre côté, que les roses rouges ont ma préférence ?

— Aucune autre ne me semblait digne de vous, dit Vauxbrun avec un regard appuyé cependant que Morosini se contentait d'assurer qu'elles allaient parfaitement avec leur hôtesse avant de demander :

— Votre maison tout entière vous ressemble. Nous ferez-vous la grâce de nous montrer votre atelier ?

— Non. N'y voyez pas offense mais je n'ai encore accordé à personne le droit d'y entrer et j'en fais moi-même le ménage... quand j'y pense !

— Il vous arrive pourtant d'exposer vos œuvres, dit l'antiquaire en désignant une étrange statue de grès évoquant une femme agenouillée au visage aveugle où se retrouvait la manière cycladique. Je sais que celle-ci est de vous.

— Je ne pensais pas que vous me connaissiez si bien ! J'expose, il est vrai, très rarement et toujours pour une œuvre charitable. Quant à mon atelier il est l'endroit où je m'abandonne à tous mes instincts, à tous mes élans, tous les tourments de la création. Et cela n'appartient qu'à moi seule ! Laissez-moi le droit de conserver un certain mystère ! Ces roses sont le signe que vous en avez peut-être découvert une bribe. Souffrez que je garde le reste : leur compagnie me permettra de penser à vous quand vous serez partis...

Gilles Vauxbrun brûlait d'envie de lui demander à qui elle penserait le plus mais n'osa pas. C'était déjà assez désagréable d'avoir découvert qu'Aldo et lui avaient envoyé les mêmes fleurs. Il craignait une réponse peu conforme à ses vœux mais se rasséréna, quand au moment du départ et tandis qu'il baisait sa main avec dévotion, Pauline murmura :

— Ne permettez pas à Diana Lowell de vous accaparer trop longtemps et surtout ne lui dites pas que nous sommes amis. Elle ne vous lâcherait plus... et j'en serais désolée !

Pour Aldo, elle se contenta d'un : « Prenez soin de vous ! » plutôt bref qui acheva d'enchanter son amoureux. Aussi déborda-t-il de sollicitude quand, de retour au Plaza, Aldo trouva une lettre éplorée de Marie-Angéline du Plan-Crépin : Madame de Sommières était au lit avec une grosse bronchite et le voyage outre-Atlantique était à l'eau. Sans grand espoir d'être réactualisé : « Nous avons pris froid au cours des trois jours que nous venons de passer à Maintenon chez les Noailles où nous avons tenu à faire une longue promenade sans parapluie en dépit des prévisions du jardinier en chef. Nous avons été trempée et nous avons refusé de nous aliter au château. Vous savez, mon cher Aldo, comme nous sommes ! Nous avons donc enjoint à Lucien de nous ramener à Paris où nous avons tout de même consenti à nous coucher avec une forte fièvre. Si forte que le Professeur Dieulafoy redoute une broncho-pneumonie qui à notre âge pourrait être fatale. Je ne saurais vous dire à quel point je suis inquiète. D'habitude nous ne supportons guère de devoir rester au lit mais cette fois nous n'opposons aucune résistance... »

A travers le style si personnel de Marie-Angéline, une véritable angoisse se faisait sentir effaçant le regret du beau voyage qu'elle se promettait joint au plaisir de retrouver Aldo et de se mêler un peu d'une de ses passionnantes affaires. Une peur douloureuse de voir partir la vieille dame que tout son entourage s'était habitué à considérer comme indestructible. Une peur qu'Aldo ressentit avec une acuité qui le fit pâlir. Il devinait un appel au secours même si celui-ci n'était pas formulé.

— Elle est peut-être déjà... pensa-t-il tout haut sans

se résoudre à prononcer le mot fatal. Cette lettre date de près d'une semaine...

— Si c'était le cas Marie-Angéline t'aurait envoyé un télégramme relayé par radio ou par le câble anglais qui fonctionne. Réfléchis : avant de t'appeler au secours elle aurait alerté Lisa...

— Tu as sans doute raison mais je me demande quand même si je ne devrais pas repartir avec l'*Ile-de-France*. Si le pire se produisait et que je me trouve à Newport ça mettrait un temps fou pour m'atteindre...

— ... et de toute façon tu arriverais trop tard. Ecoute, envoie demain matin un télégramme demandant réponse immédiate et tu décideras en connaissance de cause si tu rentres à Paris ou si tu peux continuer ton voyage. Tu n'aurais jamais qu'un jour à passer ici pour attendre les nouvelles.

C'était la sagesse. Aldo n'en passa pas moins une très mauvaise nuit au terme de laquelle il décida de rentrer. Aucune chasse, si excitante soit-elle, ne pouvait prévaloir contre son amour pour les siens. Il pourrait toujours revenir plus tard... Au matin avant même le petit déjeuner il passa son message, sachant qu'il faudrait du temps pour avoir la réponse, il accompagna Gilles Vauxbrun au train pour Boston.

— Que vas-tu faire de ta journée ? demanda celui-ci.

— Attendre évidemment ! Que veux-tu que je fasse d'autre ? Et puis sans doute foncer à la Compagnie Générale Transatlantique pour retenir mon passage. Avec un soudain accès de mauvaise humeur il grogna : « Tu as peur que j'aille demander des consolations à Pauline ? »

— Tu pourrais faire plus mal : c'est une amie sûre... et de bon conseil, fit Vauxbrun avec une gravité qui fit honte à Morosini. La meilleure adresse si tu as besoin d'un coup de main. Tiens, ajouta-t-il en lui tendant une feuille de calepin sur laquelle il venait d'écrire quelques mots : Voilà celle de mon hôtel à Boston avec le téléphone. Je voudrais que tu me tiennes au courant.

— Promis, je te téléphonerai avant de partir !

— Merci. Et puis... si tout s'arrangeait et si d'aventure tu allais quand même à Newport, tu pourrais peut-être... m'appeler, ou m'envoyer un petit bleu réclamant mon retour d'urgence. Ça pourrait me rendre service !

En dépit de ses soucis, Aldo faillit se mettre à rire. Ce sacré Vauxbrun ne perdait jamais de vue ses intérêts et s'il avait fait preuve de grandeur d'âme en conseillant d'aller chercher réconfort auprès de la baronne Pauline, il ne voyait pas d'inconvénient à ce qu'Aldo l'aidât à revenir plus vite auprès de sa belle.

— N'importe comment, j'avais l'intention de le faire, assura celui-ci. Si je reste ici je t'appellerai au téléphone.

Gilles était tellement ému qu'il l'embrassa.

— J'espère sincèrement que tu pourras rester et faire ce que tu dois mais prends garde, malgré tout, où tu vas mettre les pieds !

A sa surprise, en rentrant à l'hôtel, Aldo trouva un message de Lisa qui avait dû croiser le sien : « Rien de grave, écrivait la jeune femme. Marie-Angéline s'est affolée trop vite – stop. Achève ton travail mais reviens vite – stop. Déteste te savoir si loin de moi – stop. Tendrement. Lisa. »

Soulagé de savoir Tante Amélie hors de danger mais peut-être un peu déçu vis-à-vis de lui-même de n'avoir plus le plus exigeant des prétextes pour abandonner une histoire qui lui plaisait de moins en moins, Aldo décida de réagir. Il s'enquit du prochain train pour Providence, s'en alla à Greenwich Village faire l'achat d'un matériel de peintre suffisamment convaincant, mais en se spécialisant dans la gouache et l'aquarelle qui lui semblaient parfaitement adaptées aux paysages qu'il allait rencontrer et, surtout, seraient beaucoup moins encombrantes que l'huile et les toiles.

Cela fait il rentra déjeuner à l'hôtel, écrivit une lettre pour Lisa et une autre pour Marie-Angéline, rangea et referma sa malle-cabine après avoir empilé dans une valise ce qui lui était nécessaire, descendit payer sa note d'hôtel en demandant qu'on lui garde ses bagages les plus encombrants, se fit appeler un taxi pour retourner à Grand Central Station où, n'étant plus obligé d'aller jusqu'à Providence pour tenir compagnie à Gilles durant les trois quarts de son trajet, il prit un train du genre omnibus qui remontait la côte Est et le mena jusqu'à Narragansett, agréable port de pêche au bord de la baie du même nom dont un ferry lui ferait traverser, le lendemain matin, les quelque dix milles le séparant de Newport.

CHAPITRE VIII

LES GENS DE RHODE ISLAND

En mettant pied à terre au seuil de White Horse Tavern dans Marlborough Street non loin de Friends Meeting House, l'ancien lieu de réunion qui rappelait l'importance de la population quaker de la ville au XVIIe siècle, Aldo découvrit que ce Newport-là n'était pas le même que celui rencontré par lui avant la guerre. Il avait alors été hébergé, grâce à un ami lui-même invité mais qui n'avait eu aucune peine à le faire admettre dans l'une des fabuleuses et parfois extravagantes demeures semées le long de Bellevue Avenue ou d'Ocean Drive. Il s'agissait à cette époque de « The Breakers », le spectaculaire palais italien des Vanderbilt tout colonnes de marbre et pilastres d'albâtre, qui voisinait avec « Beaulieu », le château français bâti par John Jacob Astor pour sa capricieuse épouse Ava. Débordant lui aussi de trésors exilés de leur terre natale. De toute façon, une « villa » à Newport ne pouvait être qu'un palais de la Renaissance italienne, un château français ou à la rigueur anglais dans le style Tudor, la construction de chacune d'elles ayant coûté plusieurs millions de dollars plus ce qu'il y avait dans des intérieurs emplis de statues de marbre, de tapis d'Aubusson ou des Gobelins, de miroirs de Venise, de lustres de cristal, de tableaux de prix et de meubles sculptés, dorés, chantournés. Le tout animé par une domesticité en livrée galonnée d'or ou d'argent. Cependant s'alignaient dans leur port particulier les plus beaux yachts à vapeur et surtout à voiles, ceux qui étaient admis à courir contre l'Angleterre l'America's Cup dont Newport était[1] la capitale. Aldo lui-même y était alors arrivé à bord du yacht Vanderbilt, un steamer capable de traverser n'importe quel océan aussi aisément qu'un transatlantique et, pris aussitôt dans le tourbillon des fêtes et des plaisirs variés, n'avait pratiquement rien vu de l'île et de ses habitants. Les gens d'Ocean Drive ou de Bellevue Avenue composaient un monde à part d'où même le petit tramway desservant la ville était interdit de séjour.

Quant aux gens de moindre importance et de moindre fortune, ceux qui n'étaient pas nés avec une cuillère en or dans la bouche et n'appartenaient pas à ce que l'on appelait les « Quatre cents » limitant ceux qui avaient le droit d'évoluer dans le cirque sacré, les nouveaux venus – exception faite pour les étrangers très riches, très nobles ou très célèbres – pouvaient patienter des années avant de réussir à obtenir une invitation à un bal ou à un piquenique. Les naturels du pays, eux, étaient encore plus mal vus. La High Society les appelait gracieusement « nos paillassons » et ils ne pouvaient fréquenter que la plage d'Euston, dite « plage du vulgaire », et en aucun cas franchir l'accès de l'élégante « Bailey Beach » protégée d'ailleurs en saison par des valets galonnés sur toutes les coutures.

Aldo se souvenait d'avoir trouvé du dernier ridicule cette espèce de féodalité sauce américaine dépouillée de tout lien d'entraide mais à l'époque il souhaitait surtout

1. Et est toujours.

s'amuser. A présent il voyait les choses d'un autre œil et en pénétrant au cœur du vieux Newport si séduisant avec ses blanches maisons coloniales, la flèche de l'église baptiste Trinity Church, ses jardins, ses vergers pleins de pommiers noueux et de fragiles cerisiers, ses grands toits à pans coupés, ses fenêtres à l'anglaise garnies de petits carreaux, son port enfin où se balançaient des bateaux de pêche à l'écart des voiliers de plaisance il en éprouva du plaisir plus qu'en franchissant les portes dorées de ces énormes demeures. Elles n'étaient pour ce pur produit du vieux continent, pour ce véritable seigneur, que faux-semblants auxquels manquait l'âme des demeures patriciennes de l'« Ancien Monde ». Et que le cadre était donc séduisant avec son chapelet d'îles vertes posées sur les eaux bleues et scintillantes de l'immense baie de Narragansett ! Le temps était magnifique, plein d'un soleil qui retenait ses coups sous un vent léger, empli d'odeurs marines et du vol paisible des oiseaux de mer.

En franchissant le seuil de la vieille taverne aux plafonds bas, au plancher inégal mais vénérable – elle datait de 1687 ! – il eut l'impression de remonter le temps, de s'introduire dans le décor de *L'Ile au Trésor* ou de *Moby Dick*. Cela n'avait rien pourtant d'un mausolée ou d'un musée. On menait même grand tapage entre les murs lambrissés de pin auxquels le temps avait donné une belle couleur de sirop d'érable. Nombre d'hommes occupaient les tables nappées de blanc – la maison était fort bien tenue – et discutaient ferme en buvant du thé, du café, de la limonade ou une sorte de bière tellement légère qu'elle ne devait pas titrer plus de deux degrés, en attendant de déguster les petits homards ou les poissons de la baie en train de cuire dans une rôtissoire à charbon placée derrière le bar en compagnie de marmitées de clams qui étaient la spécialité du lieu. Des serveuses, en bonnets tuyautés et tabliers blancs sur d'amples jupes rouges à la mode d'autrefois, voltigeaient entre les tables avec leurs plateaux. L'une d'elles avisa le nouveau venu et ses bagages qu'un commissionnaire avait transportés depuis le débarquement du ferry. Elle vint s'enquérir de ce qu'il voulait au juste et appela le patron qui officiait au comptoir mais accourut aussitôt.

La quarantaine, pas très grand mais solide avec un large visage où le sourire creusait mille petites rides dans la peau tannée, l'œil franc et bleu, Ted Mawes accueillit le voyageur étranger avec une jovialité spontanée. Prendre pension dans sa maison lui semblait une idée parfaite à une époque où les visiteurs n'étaient pas encore trop nombreux. Aldo – Monsieur Morosini pour une circonstance où sa qualité lui paraissait plus encombrante qu'autre chose – reçut l'assurance d'être mieux nourri que partout ailleurs et de disposer d'une chambre dans une maison voisine – on ne logeait pas à la taverne même – où il jouirait de tout le confort et, en outre, du calme nécessaire à l'artiste qu'il était. Après mûres réflexions, Aldo s'était en effet annoncé comme un écrivain doublé d'un peintre désireux de rassembler le matériel destiné à un livre sur la guerre d'Indépendance et les rôles qu'avaient joué à Newport les troupes du roi de France en général, du marquis de La Fayette et du comte de Rochambeau en particulier. L'idée était bonne parce qu'il se trouvait que cette période de l'histoire des Etats-Unis était le dada favori de Ted Mawes et Aldo, de son côté, doté d'un ancêtre français ayant participé à l'expédition et instruit par un précepteur tout aussi français, pouvait tenir largement sa partie dans une joute oratoire sur le sujet.

Entre lui et l'aubergiste la glace fut donc vite rompue. Ted aimait discourir et se promettait d'agréables moments avec ce client visiblement fortuné avec lequel il envisagea aussitôt de longues causeries au coin du feu. Même en été, et sauf en cas de canicule, il n'était pas rare d'en allumer le soir, le climat du nord-est océanique rafraîchi par le courant du Labrador étant sujet à des fluctuations rapides avec alternance de soleil et de pluie et des différences de plusieurs degrés. Le soir même Ted vint, avec le plateau du café garni de deux tasses et sa pipe, s'asseoir à la table de ce client de choix, versa le noir liquide – qui sentait bon, ma foi ! – et cala ses pieds sur la pierre de l'âtre voisin.

— A cette heure-ci je suis un peu plus tranquille : on va pouvoir causer. Par où voulez-vous commencer ?

— Ma foi je ne sais pas trop. Reste-t-il ici beaucoup de vestiges de la Révolution[1] ?

— Pas mal, à commencer par cette maison qui lui est bien antérieure mais il y en a d'autres et presque la totalité du centre-ville est d'époque depuis la vieille synagogue – la plus ancienne des Etats-Unis – jusqu'à Trinity Church en passant par la maison des Quakers, le petit musée, Hunter House, le Brick Market et surtout Old Colony House que je vénère : c'est là que le grand Washington, votre Rochambeau et le chevalier de Ternay son chef d'escadre se sont rencontrés en 1781. Par la suite elle est devenue le centre du gouvernement. Les milliardaires new-yorkais se sont contentés de s'installer vers le sud de l'île pour y construire toute leur marbrerie et ils ont laissé le cœur de la ville tranquille.

Le ton était acerbe. Aldo glissa négligemment :

— On dirait que vous ne les aimez pas beaucoup ?

— A l'exception de quelques-uns, non. Ils nous considèrent en bloc comme des fournisseurs, à peine plus que des pêcheurs. Ils vivent entre eux et nous ignorent. Pourquoi voulez-vous que nous les aimions ? On voit que vous ne les connaissez pas...

— Si, un peu. Avant la guerre, un ami m'avait emmené aux Breakers.

1. En Amérique on nomme ainsi la guerre d'Indépendance.

Ted émit un léger sifflement cependant que son œil disait clairement qu'il avait compris que son écrivain n'était pas n'importe qui.

— Le vieux Vanderbilt ? C'était lui le mieux de la bande. Avec aussi les Belmont. C'est Mrs Belmont qui a « lancé » Newport avec Ward Mac Allister mais ensuite, le vieux filou s'est mis au service de Mrs Caroline Astor celle que l'on appelait « la » Mrs Astor qui s'était couronnée elle-même reine de New York... et de Newport. Je l'ai vue quand j'étais petit et vous n'imaginez pas ce qu'elle pouvait transporter comme diamants sur la poitrine. Et elle ordonnait, et elle décidait, et elle faisait la loi de la haute société ! Mais laissons ces gens-là et revenons à nos beaux temps de la Révolution !...

— Juste encore un mot à ce sujet parce que le personnage m'intrigue depuis que j'en ai entendu parler en Europe. Connaissez-vous Aloysius C. Ricci ?

Aldo eut l'impression qu'un voile de brume descendait sur la joviale figure de son hôtelier mais ce fut bref et le beau temps revint vite.

— Tout le monde le connaît ici. Un drôle de personnage ! marmotta Ted en tapant sa pipe dans la cheminée avant de la bourrer de nouveau avec un soin méticuleux.

— Mais encore ? J'ai entendu dire en France qu'il avait fait construire une réplique réduite du palais Pitti à Florence. Or, quand je suis venu en 1913 j'ai vu quelques maisons de style italien mais rien de tel.

— Parce qu'il l'a fait construire juste après la guerre. En plus il n'est pas dans le Cercle d'Or mais plus loin vers les pointes où la côte est plus déchiquetée. Décision sage, parce qu'il était plutôt mal vu au début mais il en a tant fait qu'il a réussi à se créer des relations pour ses fêtes de mariage qui toutes deux ont mal tourné. Je ne sais s'il compte recommencer : ça m'étonnerait beaucoup après ces deux drames.

N'étant pas censé être au courant, Aldo réclama quelques explications complémentaires qu'on lui donna bien volontiers en ajoutant que si ça l'amusait, on lui montrerait avec plaisir le « Palazzo » en question tout en précisant qu'il était gardé jour et nuit et quelle que soit la saison, que le maître soit là ou pas, par des gens de type méditerranéen qui ressemblaient plutôt à des gangsters et aussi peu rassurants que possible. Il est vrai que, selon les bruits rapportés par Ted, la bâtisse recelait des trésors.

Le lendemain, après avoir passé la matinée à sacrifier à son rôle en parcourant la ville ancienne et en rendant visite à la bibliothèque, plus riche qu'il ne l'eût imaginé, Aldo loua une bicyclette, le moyen de transport local le plus courant, fixa sur le porte-bagages son matériel de peinture et s'en alla en reconnaissance s'aidant de ce que lui avait appris Ted et de ses propres souvenirs, sa mémoire lui restituant les noms, les lieux, les images même datant de plusieurs années auparavant.

Il commença par piquer droit sur Euston Beach, la « plage du vulgaire » d'où partait le chemin préservé par les pêcheurs et les douaniers qui longeait la rive est opposée au port et filait vers le sud où le littoral se découpait en plusieurs longues pointes. Depuis ce chemin étiré sur quatre ou cinq kilomètres on pouvait contempler les façades arrière des somptueuses demeures où il avait été reçu jadis. Les « Breakers », « Marble House », autre logis Vanderbilt copié sur le Petit Trianon de Versailles mais où certaines moulures étaient d'or massif, puis « Rosecliff », « Beechwood » et « Belcourt Castle », d'autres encore dont il n'avait pas retenu les noms. Il aurait pu emprunter Bellevue Avenue qui partait de la bibliothèque, formant un peu l'épine dorsale du quartier chic sur laquelle ouvraient d'autres « villas », mais il pensait qu'en longeant ainsi la côte il trouverait plus facilement ce qu'il cherchait. Partout la proximité de l'ouverture de la « Season » se faisait sentir. Les intérieurs, toutes fenêtres ouvertes, étaient livrés au grand ménage et l'on s'activait dans les parcs à enrichir les massifs de fleurs et à rendre les pelouses aussi douces et unies que du velours vert. Ailleurs on roulait les courts de tennis.

Il pédala de la sorte pendant une bonne dizaine de kilomètres suivant une petite route s'enfonçant dans les terres en direction des pointes et n'eut pas besoin qu'on lui souffle qu'il était arrivé quand, débouchant sur l'océan, il découvrit adossé à une pente couverte de pins et assis sur une terrasse ce qu'il cherchait. Il mit alors pied à terre et, appuyé au guidon de son vélo, resta là un moment à contempler ce qui était pour lui un phénomène avec un mélange de colère et d'envie de rire. Il fallait être complètement fou pour reproduire – assez mal – ce symbole de la puissance des grands-ducs de Toscane. Pour qui ne connaissait pas l'original et n'avait jamais vu ses pierres cyclopéennes se dorer à la tendre lumière florentine, cette copie imparfaite pouvait faire illusion mais, privé de ses deux galeries de retour délimitant une noble cour d'honneur et de deux ou trois fenêtres de chaque côté, il ne restait plus qu'une lourde barre de pierre à deux étages sommée d'une autre moins longue ménageant deux terrasses. Tout le reste – hautes fenêtres cintrées, balustres et balcons – était exact, encore que réduit, mais que la couronne de pierre posée au sommet telle une cerise sur un gâteau était donc ridicule comme les grilles dorées apposées aux ouvertures du rez-de-chaussée et à l'entrée de la propriété ! En bon Vénitien, Morosini n'avait jamais aimé les palais florentins qu'il trouvait lourds comme des coffres-forts de banquiers – ce qu'ils étaient pour la plupart – et le palais Pitti ne faisait exception qu'en vertu de la splendeur de ses jardins animés d'eaux vives et du foisonnement des plantes méditerranéennes. Ceux de celui-là étaient plus anglais qu'italiens même si, descendant devant la façade, au milieu de la pelouse, une fontaine en escalier avec un dispositif pour des jets d'eau encore endormis s'efforçait de l'ennoblir.

Ici, en revanche pas de grand ménage, pas de jardiniers à l'œuvre. Tout était clos, fermé, muet, aveugle et le gris sombre des moellons patinés par les hivers et les vents de tempête conférait un air sinistre, menaçant même, à un ensemble qui mieux arrangé aurait pu avoir sa beauté.

Cela acquis et puisque apparemment l'endroit semblait abandonné, Aldo pensa qu'il ne serait peut-être pas inintéressant de jeter un coup d'œil à l'intérieur. Menant sa bicyclette à la main, il entreprit de suivre les murs hérissés de tessons qui, descendant jusqu'aux rochers, délimitaient la propriété, à la recherche de la porte de service qui ne pouvait manquer d'exister. Un étroit sentier filait tout au long bordé de l'autre côté par un épais bois de pins, d'aulnes et de cornouillers qui enveloppait le domaine sur trois côtés.

A hauteur environ de la maison, il trouva en effet une ouverture basse, enfoncée dans l'épaisseur du mur recouvert de lierre. Naturellement elle était fermée et il se pencha sur la serrure afin de l'examiner. Sans posséder la virtuosité d'Adalbert dont les doigts agiles semblaient se jouer des mécaniques les plus compliquées, Aldo en avait reçu quelques leçons – à toutes fins utiles – qui devaient lui permettre de se débrouiller dans les cas les plus simples. Assez ancienne cette serrure ne devait pas présenter de difficultés insurmontables et, soudain plein d'optimisme, il fouilla dans la sacoche de son vélo et en tira un crochet de fer qui normalement devait suffire. Il allait l'introduire dans le trou quand, venue de nulle part, une main se posa sur son bras.

— Ne faites pas ça ! Vous allez déchaîner toutes les forces du mal.

Il se redressa et vit à ses côtés ce qu'il crut d'abord, au son grave de sa voix et aux cheveux gris coupés courts, être un homme mais qui en fait était une femme sans âge parce que le visage avait perdu l'éclat de la jeunesse sans avoir atteint les effondrements de la vieillesse. Celle-là était ridée comme une pomme en train de sécher mais n'avait ni bajoues ni fanons. Elle semblait sculptée dans les mêmes pierres que le « Palazzo » mais elle lui rappela un peu Pauline parce qu'elle aussi était grise de vêtements – un chemisier et une jupe de toile sous un chandail délavé – et d'yeux et que, comme celle-ci, elle portait sa détermination sur son visage.

— Que voulez-vous dire ?
— Que si vous enfoncez cet outil dans la serrure vous allez déclencher une sonnerie stridente qui ameutera toute la maison.
— Le mal ne serait pas grand : il n'y a personne !
— Ah vous croyez ?... Alors essayez !

Elle n'avait pas l'air de plaisanter. Tenté malgré tout de mener son projet à bonne fin, Aldo considéra son crochet d'un œil dubitatif.

— Mais enfin, s'il y a une porte c'est pour entrer. Comment faut-il faire ?
— Escalader le mur si vous vous en sentez le courage sinon essayez de vous procurer une clef comme en ont les domestiques. La sonnerie ne se met en marche que si l'on tente de forcer la serrure.

Cette femme semblait vraiment être au courant. Il fallait en profiter.

— Auriez-vous cette clef par hasard ? fit-il en risquant un sourire auquel répondit un regard lourd de mépris et un :
— Me croyez-vous au service de ce démon ? Dans ce cas je n'ai plus rien à vous dire. Faites donc ce que vous voulez !

L'inconnue tourna ses talons chaussés de bottes à l'épreuve des ronces et des vipères pour regagner les bois mais Aldo se jeta presque sur elle pour la retenir : une femme qui classait Ricci dans la catégorie des démons pouvait être plus qu'utile.

— Ne partez pas, je vous en prie ! Et surtout excusez-moi ! Je suis étranger et ne connais pratiquement personne. Vous auriez pu être une sorte de gouvernante, une « housekeeper » !

— Vous trouvez que j'en ai l'allure ? fit-elle un pli moqueur au coin des lèvres. Vous devez en effet être réellement étranger... ou innocent ! Au fait quel genre d'étranger ?

— Je suis vénitien...

— Un Italien, hein ? Encore un de plus ! gronda-t-elle. Et Aldo pensa qu'elle ne devait pas les porter dans son cœur.

— Les gens de Venise, dit-il, et moi en particulier, avons beaucoup de mal à nous reconnaître compatriotes de Mussolini. Non, les enfants de la Sérénissime République de Venise ne sont pas vraiment italiens.

— Comment vous appelez-vous ?

— Morosini ! Aldo Morosini... Et... et vous-même ? osa-t-il demander en s'avouant que cette femme l'impressionnait.

— Je ne crois pas que ça vous intéresserait, répondit-elle en haussant les épaules.

— Pourquoi pas ?

— Vous ne vous imaginez pas que nous allons entretenir des relations ? Je ne sais pas ce que vous venez faire ici ! Vous êtes quoi ? ajouta-t-elle en fixant l'attirail arrimé sur le porte-bagages : un peintre ? Il y a d'autres choses plus belles que cette bâtisse maudite...

— Je ne suis qu'un peintre du dimanche mais je suis aussi écrivain... et antiquaire !

Les sourcils gris de la femme se relevèrent de deux bons centimètres.

— Je commence à comprendre ! Pensant la maison

vide, vous espériez pouvoir y entrer pour vous procurer de la camelote sans bourse délier ?

C'était le genre de discours qu'il ne fallait pas tenir à Morosini sous peine de lui ôter toute politesse.

— Vous me prenez pour un cambrioleur ?

— Voulez-vous me dire ce qui s'y oppose ? Etre bien habillé, bien élevé et plutôt séduisant n'empêche pas d'avoir la main leste et un sens des affaires particulier. Bon ! Assez bavardé ! J'ai autre chose à faire et je vous donne le bonjour !

Cette fois, elle s'écarta si vite qu'il n'eut pas le temps de la retenir. Juste celui de crier :

— Je vous jure que je n'en suis pas un ! Dites-moi au moins votre nom...

— En quoi cela vous regarde-t-il ? Il ne vous dirait rien.

— Dites-le quand même ! Vous n'aimez pas Ricci plus que moi, je sens..., nous pourrions être amis !

Il l'entendit rire.

— Alors s'il en est ainsi suivez un conseil d'amie : fichez le camp et ne revenez jamais ! C'est malsain...

Le bruit de la course se perdit dans les profondeurs des bois. En dépit de ses bottes – de son âge aussi peut-être –, elle courait avec la rapidité d'un chevreuil. Aldo, perplexe, resta là jusqu'à ce qu'il n'entendît plus que le cri des oiseaux de mer. Alors il se retourna vers le « Palazzo » où tout semblait frappé d'immobilité. De silence aussi ! Un silence tel qu'il semblait impossible qu'il y eût là-dedans un seul être vivant. L'inconnue devait se tromper : il n'y avait certainement personne puisque Ricci lui-même était toujours à New York. Mais, après tout, pourquoi ne pas s'en assurer ?

Aldo commença par examiner l'environnement, coucha son vélo à terre derrière un buisson et chercha un arbre proche de la muraille où il soit possible de grimper. Justement il y avait un grand pin, bien touffu et qu'il était facile d'atteindre dans un temps record. Ensuite, il vint, sans même hésiter une minute, plonger son crochet dans la serrure puis courut se mettre à l'abri dans son arbre tandis qu'éclatait une sonnerie aussi stridente que la trompette de l'Ange au Jugement dernier...

Le pin offrait un excellent abri encore que peu confortable à cause de la rugosité du tronc et des piqûres des aiguilles mais l'occupant ne s'en rendit pas compte, passionné par ce qu'il voyait. L'alarme avait fait l'effet d'un coup de pied donné dans une fourmilière : des deux bouts de la bâtisse des hommes sortaient vêtus comme des ouvriers ou des valets. Il y avait même des marmitons et un cuisinier mais, si divers que fussent leurs vêtements, ils avaient tous délaissé leurs outils habituels au bénéfice d'armes à feu qu'ils semblaient manier avec une grande aisance.

Ils coururent vers les limites de la propriété. L'un d'eux ouvrit la porte qui les avait alertés, examina les alentours pendant un moment, haussa les épaules et referma en grognant :

— Encore un de ces foutus gamins de pêcheurs que ça amuse de nous faire sortir !

— Faudrait peut-être aller dire à leurs parents de leur apprendre la politesse s'ils ne veulent pas prendre du petit plomb, émit un autre. Quand ils en auront pris plein les fesses on s'ra peut-être tranquilles.

— Oui, mais vaut mieux pas le faire avant l'arrivée du patron ! Il aime pas les initiatives...

— Alors il faut espérer qu'il ne tardera plus ! J'en ai marre, moi !

Le calme revint bientôt. La maison se referma et le silence reprit ses droits mais Aldo attendit qu'il se fût bien installé pour commencer à bouger. Il descendit lentement de son arbre, alla chercher son vélo et le poussant à la main s'enfonça à son tour dans l'épaisseur du bois en se fiant à son sens de l'orientation afin de rejoindre la route côtière passant par Fort Williams qui le ramènerait à domicile par un autre chemin. Plutôt songeur il était car si son pavé dans la mare avait fait surgir les grenouilles démontrant ainsi que l'inconnue ne se trompait pas, s'il avait eu l'avantage de lui apprendre que Ricci n'était pas encore présent, il lui avait aussi démontré que l'absurde Palazzo était aussi sévèrement gardé que Fort Knox et qu'y pénétrer seul avec les armes dont il disposait – une trousse à outils et un couteau suisse – relèverait de la pure folie ! Que serait-ce quand le maître des lieux serait là puisqu'il savait que le Sicilien ne se déplaçait jamais sans un entourage convaincant.

Pour la première fois de sa vie, Aldo se sentit menacé par le découragement. A qui s'adresser ? Où trouver l'aide indispensable ? Au moins quelqu'un pour veiller au grain s'il parvenait à s'introduire dans la place, et à première vue, c'était déjà une sacrée difficulté. A moins de s'y faire engager comme domestique ?

L'idée était séduisante et durant un moment il la retourna sur toutes les coutures dans son esprit. Au fond il parlait l'italien aussi purement que tous ces gens-là même si l'accent était légèrement différent et même s'il n'était plus assez jeune pour faire un valet de pied – ce qui lui répugnerait ! – il avait suffisamment d'allure pour faire un bon maître d'hôtel ou un chauffeur. Malheureusement cela ne pourrait marcher qu'en l'absence de Ricci parce que celui-ci le reconnaîtrait sans doute et il n'y avait guère de chance que les occupants actuels eussent la possibilité d'engager qui que ce fût. Sauf peut-être un homme de main ou deux.

Guetté par la migraine et tenté par le beau temps qui semblait vouloir s'installer, il retourna à Euston Beach, acheta un maillot de bain, prit une cabine pour se déshabiller puis traversa la plage en courant pour s'en aller piquer une tête dans la mer. Elle était froide ce qui expliquait qu'il n'y avait pas beaucoup de candidats à la baignade mais elle lui parut extrêmement revigorante. En bon fils de l'Adriatique il avait su nager presque avant de savoir marcher et adorait cela. Il nageait de façon remarquable et durant une bonne demi-heure s'en donna à cœur joie de « plumer » l'eau heureux de sentir s'envoler la légère douleur à sa tête et ses muscles se décontracter. Aussi, quand il toucha terre à nouveau, éprouva-t-il un tel bien-être qu'il se promit de recommencer. En somme, l'été arrivait et puisqu'il le rencontrait dans une station balnéaire autant en profiter !

Ragaillardi, il arrivait en vue de la taverne quand il aperçut Ted Mawes bavardant sur le seuil avec l'étrange femme de tout à l'heure et en éprouva une vive satisfaction. C'était l'occasion rêvée d'apprendre qui elle était. Aussi fonça-t-il sur le couple pour le rejoindre mais au moment où il allait sauter de sa bicyclette, l'inconnue fronça les sourcils, jeta un mot d'adieu et partit à pas rapides, tête haute, en balançant le panier vide qu'elle tenait à la main.

— Aurais-je fait peur à cette dame ? dit-il à Ted qui l'accueillait avec un large sourire. J'en serais désolé...

— Non, répondit Mawes en regardant s'éloigner la femme. Betty est assez sauvage. Il faut dire, ajouta-t-il comme pour lui-même, qu'elle a eu de grands malheurs...

— Si grands ?

— Oh oui..., mais je ne pense pas qu'ils puissent vous intéresser, soupira Ted en laissant retomber la main dont il abritait ses yeux du soleil.

— Détrompez-vous ! Ceux qui souffrent ont droit à ma compassion si je ne peux rien, à mon aide si je peux quelque chose. Que lui est-il arrivé ?

— Elle a perdu son fils dans des circonstances tragiques : il a été accusé de deux crimes odieux qu'il n'avait pas commis. Et exécuté ! Une véritable honte !

La colère vibrait dans la voix de Ted prenant naissance dans les profondeurs de son être et, dans le cerveau de Morosini, un déclic se produisit. Il y avait là peut-être une chance d'avancer et il décida de jouer cette carte.

— Je crois savoir de quoi vous parlez. Elle s'appelle Bascombe n'est-ce pas ?

— Qui vous l'a dit ?

— Je viens seulement de l'apprendre. Voyez-vous, cette femme je viens de la rencontrer aux abords du Palazzo Ricci... alors que je cherchais un moyen de m'y introduire, émit Aldo paisiblement.

Les yeux de Ted s'effaraient cependant que se fronçaient ses sourcils.

— Qu'y cherchiez-vous ? Et qui êtes-vous au juste ? Un policier ?

— A votre avis ? fit-il avec un sourire narquois. J'en ai l'air ?

— Evidemment non, mais...

— Et si j'étais quelqu'un qui veut faire payer à Ricci la mort d'une jeune femme qu'il a tuée il n'y a pas longtemps en Angleterre ? Sa mort et celle de Maddalena Brandini, d'Anna Langdon et peut-être d'autres encore ?

— Je dirais que vous êtes fou... mais venez plutôt par ici !

Il avait saisi Aldo par le bras et l'entraînait à travers la taverne jusqu'à une pièce faisant suite à son bureau où il y avait des fauteuils confortables de part et d'autre d'une cheminée, un divan avec des coussins et une couverture en patchwork, une bibliothèque et une collection de pipes.

Désignant l'un des sièges, Ted plongea dans les soubassements de la bibliothèque et en tira deux verres plus une bouteille pansue qui ne semblait pas contenir de l'eau. Il emplit à moitié les verres, en tendit un.

— Ce n'est pas du whisky canadien ! dit-il en s'asseyant à son tour. Celui-là vient d'Ecosse via Terre-Neuve...

L'alcool ambré était ce dont Aldo avait le plus besoin

et il le dégusta avec d'autant plus de plaisir qu'il était excellent. Ted cependant faisait claquer sa langue et s'affalait verre en main dans le cuir usagé du fauteuil avec satisfaction.

— Et vous comptez vous y prendre comment ? demanda-t-il. Je suppose que vous disposez d'une véritable armée ?

— Ma foi non. Je suis seul…, ce qui me pose quelques problèmes et d'autant plus que je sais n'avoir aucun secours à attendre de votre shérif. Un certain Morris, je crois ? Si c'est toujours lui ?

— Toujours, hélas ! Vous êtes peut-être fou mais vous êtes bien renseigné. Par qui ?

Abrupte, la question trahissait un reste de méfiance. Aussi Aldo ne jugea-t-il pas utile de la contourner :

— Le chef Anderson de New York à qui m'avait envoyé mon vieil ami le chief superintendant Warren, de Scotland Yard…

— Vous connaissez le vieux Phil ? Alors vous pouvez compter sur moi. Il était ici pendant les événements que vous venez d'évoquer et je vous prie de croire qu'ils ne lui ont pas plu. Et à moi pas davantage. Je connaissais parfaitement le jeune Peter Bascombe. Un type superbe et un brave garçon mais contre la bande à Ricci il n'était pas de taille et ils avaient mis le paquet : tout l'accablait et je ne suis pas certain que son avocat, un jeunot commis d'office, n'ait pas été acheté… ou menacé ! Il a été pendu haut et court !

— Et sa mère ? Il ne lui est rien arrivé ?

— Ils n'ont pas osé aller jusque-là. On l'a laissée tranquille dans sa modeste maison de Judith Point où, pour vivre, elle continue de pêcher comme le faisait Peter et elle se débrouille. Ici – j'entends dans la vieille ville –, tout le monde la connaît et la plaint. Elle adorait son fils et si elle ne s'est pas suicidée c'est parce qu'elle craint Dieu et qu'elle espère pouvoir contribuer à la perte de son ennemi, mais que voulez-vous qu'elle fasse contre Ricci et sa bande ?...

— A ce propos, comment se fait-il qu'en l'absence du patron il y ait tant de monde dans la bâtisse ? D'habitude les villas sont gardées – et gardées avec vigilance étant donné ce qu'elles contiennent –, mais pourquoi des cuisiniers ? C'est peut-être beaucoup pour nourrir des domestiques ?

— Je vais vous dire : on ne sait jamais si Ricci est là ou pas. Evidemment, il y a ce que j'appellerai les arrivées officielles quand le *Médicis* vient s'ancrer dans le port...

— Son yacht s'appelle le *Médicis* ? Il ne manque pas d'aplomb !

— Je ne vois pas qui pourrait l'en empêcher... Donc il y a les entrées au vu et au su de tous mais je sais qu'il vient parfois de façon beaucoup plus clandestine : un bateau anonyme vient mouiller dans la baie en pleine nuit, le débarque à son ponton et revient le chercher de la même manière. La maison reste fermée et on n'y voit que du feu.

— Comment pouvez-vous en avoir connaissance ?

— C'est simple : un jour Mrs Schwob en venant commander des « pies » aux huîtres à mon cuisinier Edgar qui les réussit comme personne, a eu la langue trop longue – faut dire qu'elle ne rechigne pas à boire un verre discret avec moi – et elle a parlé de Ricci comme si elle venait de le voir. Elle s'est rendu compte de sa sottise et a essayé de se rattraper mais elle n'est pas futée et n'a fait qu'aggraver les choses. J'ai été faire un tour du côté du Palazzo et à l'aube j'ai vu le *Médicis* qui s'éloignait...

— Qui est donc cette Mrs Schwob pour en savoir si long ?

— La femme de Nephtali Schwob, un Juif allemand enrichi dans la ferraille qui possède « The Oaks » sur Ocean Drive. Pas jeunes, sans enfants, pas antipathiques, ils sont les seuls amis intimes de Ricci qu'ils connaissent depuis longtemps. Ce sont eux qui l'ont amené dans le coin...

— Et qui ont convaincu la « haute société » d'accepter ses invitations ?

— Dans un sens oui. Mrs Schwob fait partie de tous les comités possibles et imaginables. Elle est d'ailleurs généreuse et comme Ricci leur a versé de grosses sommes, une douairière s'est décidée à l'inviter, puis une autre et finalement, la curiosité aidant, tout ce beau monde a assisté à son mariage. Le premier du moins. Pour le deuxième c'était un brin réduit... Au fait, vous parliez d'une femme tuée en Angleterre ?...

— ... à la veille de son embarquement pour l'Amérique où ils devaient se marier. Il l'avait d'abord embobelinée en la traitant comme sa fille adoptive mais, quand elle a su qu'elle allait en fait devenir sa femme, elle s'est enfuie d'autant plus vite qu'elle en aimait un autre. Un taxi lui est passé dessus en plein milieu de Piccadilly.

— Et il n'a pas été arrêté ?

— Au moment où elle expirait il était à bord du *Leviathan*.

Un silence suivit que Ted peupla en versant une autre ration de scotch dont il avala un bon tiers avant de soupirer :

— Dans un sens elle a eu de la chance, surtout si elle a été tuée sur le coup ! Je me demande ce qui lui serait arrivé si elle était venue jusqu'ici ?

— J'y ai pensé mais ces séjours clandestins au Palazzo comment les expliquez-vous ?

— Par la contrebande. Je suis persuadé qu'il en fait sur une grande échelle et sans doute préfère-t-il superviser personnellement certains envois, ou recevoir des fournisseurs plus facilement que dans ses bureaux de

New York où Phil Anderson doit le surveiller. Et maintenant qu'est-ce que vous allez faire ?

— Il faut que je réfléchisse ! Encore une question. Vient-il pendant la « Season » ?

— Toujours ! Il reste un temps variable entre trois semaines et un mois, en juillet pour une célébration à la mémoire de ses défuntes.

— Ce qui signifie qu'il ne va plus tarder... Pourriez-vous convaincre Mrs Bascombe de me parler ? Quelque chose me dit qu'elle en sait davantage que n'importe qui sur les habitudes de la maison.

— On peut essayer. Je vous emmènerai demain avec la camionnette mais on ne fera que passer : juste le temps de vous mettre en contact. Après vous pourrez y aller seul...

Mais le lendemain, il fut impossible de trouver Betty Bascombe. Le bateau qu'elle amarrait auprès de sa maison – à peine plus qu'une cabane en bois mais soigneusement entretenue avec des murs que la femme devait blanchir à la chaux une année sur deux – était absent lui aussi.

— Elle doit être en mer, conclut Ted mais ça ne fait rien. Vous savez maintenant où elle habite et je vous donnerai un mot pour elle...

— L'endroit est joli, apprécia Morosini en contemplant l'étroite anse si calme où l'abrupt des rochers ne laissait pas place à la moindre grève, comment se fait-il que les milliardaires du coin ne s'en soient pas emparés ?

— Impossible ! Les Bascombe sont là depuis le XVIIe siècle comme ma taverne. Déjà, quand Peter a été arrêté ça a failli déclencher une révolution dans le pays. Alors personne n'oserait toucher à Betty. Ils se contentent de l'ignorer et elle n'en demande pas plus.

— Et l'autre, le Ricci ? Tel que je le connais il n'aurait guère de scrupules à s'en débarrasser ?

— Il n'oserait pas : ce serait signer ses crimes et, en

hiver, on aurait bien trouvé le moyen de le lyncher. Et il le sait !

— Etrange cette espèce de sécession entre la vieille ville et le Newport doré ! C'est une source de prospérité ?

— Et encore ce n'est plus ce que c'était mais notre île depuis que les premiers colons y sont venus a toujours été une terre de contrastes. Au commencement, comme dit la Bible, étaient les minorités persécutées du XVIIe siècle, Quakers puis Juifs et pourtant l'origine de la fortune de l'île c'est l'esclavage, partie prépondérante du commerce avec les Etats du Sud.

— L'esclavage ?

— Eh oui ! Autant et même plus que Charleston, Savannah ou La Nouvelle-Orléans. Les anciens avaient mis au point un système parfait : ils bâtissaient des navires, les expédiaient en Afrique faire le plein de nègres puis cinglaient vers les Indes occidentales où ils échangeaient leurs cargaisons contre du sucre, de la mélasse et de l'or. Après quoi ils revenaient ici où la mélasse était transformée en rhum. Ainsi se trouvait bouclé un circuit à toute épreuve. En outre nous entretenions d'excellentes relations avec les riches planteurs aristocrates du Sud que rejoignaient aussi les riches planteurs anglais de la Jamaïque. Cela pendant l'été pour fuir les fortes chaleurs. Mais personne n'avait fait construire de similipalais ou de copies de châteaux. Tout ce monde vivait dans les simples maisons coloniales du vieux Newport où les réceptions succédaient aux réceptions durant tout le XVIIIe siècle, même après la Guerre d'Indépendance qui a fait disparaître les Anglais. Puis ce furent les planteurs du Sud après la guerre de Sécession.

— Vos planteurs avaient des esclaves ?

— Pas seulement eux. Le grand Washington en avait à Mount Vernon et Jefferson à Monticello. C'étaient les seigneurs de la Virginie. Nous avions d'ailleurs été les derniers à ratifier la Charte d'Indépendance et on s'est un peu fait tirer l'oreille pour aller se faire tuer dans le Sud. Ici c'était et c'est resté longtemps une terre de tolérance. Et puis, après la guerre Mrs Augustus Belmont est venue avec Ward Mac Allister, l'homme de toutes les folies qui a transformé nos pique-niques bon enfant en « fêtes champêtres » avec valets dorés versant le champagne à flots dans les bois ou sur les plages, architectures florales, argenterie massive, nappes de dentelles étalées à même le sol et orchestres cachés dans les buissons où les dîners de cent convives étaient quotidiens et où le moindre bal coûtait cent mille dollars. Et puis a commencé le règne de « la » Mrs Astor. C'est elle qui a limité la haute société à 400 personnes parce que c'est exactement ce que peuvent contenir ses salles de bal, tant à New York qu'ici... Vous savez le reste je pense, mais nous autres gens du vieux pays nous n'avons jamais pu nous faire à cette foire aux vanités qui n'est pas toujours du meilleur goût. Savez-vous qu'Harry Lehr a donné l'an passé un « dîner de chiens » où étaient invitées cent personnes et leurs toutous ?

— Qu'est-ce qu'on leur a donné à manger ? Des os ?

— Vous avez mis dans le mille ! Une fricassée d'os, du foie de veau bouilli et diverses autres gâteries. Tout le monde était par terre et la joyeuse réunion s'est terminée plutôt mal parce que si les hommes pratiquent l'hypocrisie, les chiens, eux, quand ils ne s'aiment pas, ça s'entend et ça se voit !

Morosini riait de bon cœur mais pas Mawes. Les bras croisés, il s'était approché du sentier dévalant les rochers et le quai de planches. Il regardait l'océan tout bleu où quelques voiles blanches évoluaient gracieusement.

— Vous me direz, soupira-t-il enfin, que six semaines sont vite passées. Après et avant nous avons la joie de contempler les plus beaux voiliers de l'univers et leurs propriétaires sont marins avant d'être richissimes :

ceux-là se mêlent à nous pendant leurs entraînements... et ils sont les bienvenus... Tiens, mais... on dirait...

Ted interrompit son discours et une main en auvent au-dessus des yeux scruta l'horizon, sourcils froncés.

— Qu'y a-t-il ?

Ted étendit son bras gauche, un doigt pointé.

— Là-bas ! Une fumée !... la coque blanche d'un yacht ! Pourtant le premier qui arrive c'est traditionnellement le *Nourmahal*, celui de Vincent Astor et il n'entre jamais au port avant ou après le 12 juillet...

Morosini avait de bons yeux mais ceux de Ted devaient être meilleurs pour distinguer ce genre de détail. Pendant un moment celui-ci ne dit rien regardant grossir ce qui apparut bientôt être un élégant steamer que le tavernier identifia aussitôt :

— C'est le *Médicis* ! Et il va droit au port sans passer par son repaire ? Il faut voir ça de près ! Venez ! On rentre !

Aldo n'avait rien à objecter et regrimpa dans la camionnette qui partit sur les chapeaux de roues. Il ne comprenait pas bien pourquoi Ted tenait tellement à assister à l'arrivée du navire mais s'abstint de poser la moindre question devant la mine farouche qu'arborait son compagnon dont l'attention était concentrée sur la route.

On entra dans Newport comme une fusée et en un rien de temps les freins crièrent quand on atterrit près du wharf où s'amarrerait tout à l'heure le navire. Ted jura entre ses dents : arrogante à souhait une somptueuse Rolls-Royce noire montée par un chauffeur et un valet de pied en livrée blanche et casquette galonnée était là.

— C'est ce que je pensais ! Ce type doit posséder une station de radio...

— Parce que les gens de Ricci ont été prévenus à temps pour venir le chercher ? Est-ce qu'un simple télégramme ne suffirait pas ? hasarda Aldo.

— Un télégramme passe par la poste et serait arrivé au plus tard ce matin. Or il n'y en a pas eu...

— Comment le savez-vous ?

— J'aime à être tenu au courant et j'ai mon petit service de renseignements... C'est un peu illégal, je vous l'accorde, ajouta Ted dont l'œil glissait vers son passager mais vous n'imaginez pas à quel point c'est utile dans mon commerce ! Ça me permet de prévoir...

Il n'en dit pas davantage et Aldo eut le tact de ne pas lui demander de compléter sa phrase. Il commençait en effet à s'habituer à l'idée que, dans ce curieux pays aux lois draconiennes, le sport national pourrait bien consister à les contourner. Cependant cette histoire de radio privée lui semblait excessive.

— Quand je suis allé au « Palazzo » je n'ai rien vu, ni sur la bâtisse ni sur les communs qui ressemble à une antenne.

— Peut-être parce que vous n'imaginiez pas qu'il pouvait y en avoir une. Quand on ne s'attend pas à trouver une chose on a moins de chance de la remarquer...

— Dans ce cas vous auriez pu la déceler ? Je suppose que vous êtes allé voir ?

— Je m'aventure rarement dans cet endroit et c'est vrai que je n'ai rien vu mais il se pourrait qu'on puisse la dissimuler.

Aldo n'insista pas. Le steamer blanc montrait à présent son nez fin entre l'île plate de Goat Island qui protégeait la partie la plus ancienne du port et l'avancée de King's Park. Une petite foule sortie des boutiques ou des restaurants se rassemblait et les deux hommes descendirent pour s'y mêler. L'attente fut brève. A peine la coupée fut-elle au quai, quatre personnes en descendirent : d'abord Aloysius C. Ricci, puis deux femmes auxquelles il offrit la main pour les aider à mettre pied à terre, enfin un homme d'un certain âge comme l'une des dames qui était peut-être son épouse selon Aldo. Il fut rapidement renseigné :

— Tiens, remarqua Ted, il amène les Schwob ! D'habitude ils viennent seuls, sur leur propre bateau. Quant à la fille, je ne sais pas qui elle est... Pas la leur, ils n'ont pas d'enfants...

L'autre femme en effet était beaucoup plus jeune que Mrs Schwob, même si la mode et la saison les vêtaient toutes deux de robes de soie claire bleu pâle pour la première et mauve pour la seconde sous des capelines de paille souple. Les hommes pour leur part portaient pantalons blancs et blazers marine sur des chemises non empesées mais cravatées aux couleurs du club nautique.

Tous les quatre semblaient fort gais, Ricci et le couple s'empressant autour de la benjamine qui avait un peu l'air d'une reine avec ses courtisans mais une reine rayonnante de grâce.

— Elle est ravissante ! commenta Ted soudain emballé. J'ai hâte de savoir qui elle est ?

Occupé à se demander s'il ne faisait pas un cauchemar, Aldo ne répondit pas. C'était à n'y pas croire et, tandis que le groupe se dirigeait vers la Rolls dont le valet de pied tenait la portière ouverte, il dévorait littéralement des yeux l'arrivante. D'un geste vif, elle venait d'ôter son chapeau en riant afin de laisser le vent de mer jouer dans sa chevelure d'un magnifique blond vénitien à reflets d'or rouge. Mais il sut qu'il ne se trompait pas même si cette couleur l'avait dérouté un instant. La mince silhouette, les longues jambes fines, l'allure dansante, le teint de fleur anglaise, le joli visage à fossettes et les yeux bleus – peut-être plus foncés que dans son souvenir mais cela pouvait venir d'un maquillage poussé – ne pouvaient appartenir qu'à une seule personne dont, bien souvent, Aldo avait pensé que dût-il vivre mille ans il ne l'oublierait pas. Une personne apparue un jour dans sa vie par le truchement de l'Orient-Express d'où il l'avait vue débarquer un matin en gare d'Istamboul au bras d'Adalbert. Depuis elle lui avait donné toutes les raisons de la détester mais, sachant de quoi elle était capable l'idée – ô combien consolante ! – d'observer le développement de ses relations avec Ricci pouvait ouvrir des horizons surprenants.

Cependant Ted au comble de l'excitation retournait à sa camionnette après avoir suivi des yeux la voiture emmenant la jeune femme et ses compagnons. En y remontant il confia à Morosini :

— Ce soir même je saurai comment elle s'appelle. Il me suffira d'aller porter à Mrs Schwob un *pie* aux huîtres ou une paire de homards en cadeau de bienvenue.

— Ça vous prend souvent ? émit Aldo sincèrement surpris.

— Quoi ?

— Ce coup de foudre pour une parfaite inconnue ? Elle est... charmante j'en conviens mais de là à flamber...

Ted haussa ses larges épaules et embraya férocement :

— Je suis ainsi ! Quand une fille me plaît, je suis prêt aux pires folies pour l'avoir. Vous comprenez maintenant pourquoi je ne me suis jamais marié mais pour celle-là j'irais au bout du monde à la nage. Elle est, elle est...

Dans son enthousiasme, Mawes ne trouvait plus ses mots. Il était devenu tout rouge et ses yeux lançaient des éclairs au point qu'Aldo se demanda s'il ne conviendrait pas de jeter un peu d'eau froide sur ce qui ressemblait à une insolation. Lui dire, par exemple, que lorsque lui-même avait rencontré sa belle inconnue elle répondait au nom de l'Honorable Hilary Dawson mais que toutes les polices d'Europe la connaissaient sous le sobriquet de Margot la Pie et que ce n'était en fait rien d'autre qu'une voleuse de classe internationale.

Ne connaissant pas suffisamment son aubergiste pour savoir comment il prendrait ce genre de révélation, Morosini jugea plus sage de garder l'information pour lui et se contenta d'un :

— Cela ne vous dérange pas qu'elle vienne en compagnie de Ricci et qu'elle soit on ne sait quoi ?... Sa maîtresse ?

— Vous rêvez ? Une fille comme elle avec ce... il faut avoir l'esprit mal tourné pour imaginer une chose pareille.

Là il exagérait. Aldo passa la vitesse supérieure :

— Comment étaient les femmes qu'on lui a tuées ? Des laiderons ?

— Oh non ! Mais...

— Il n'y a pas de mais : c'est homme est assez riche pour s'offrir tout ce qu'il veut.

— Pas celle-là ! s'écria Ted avec indignation. Je reconnais volontiers qu'il a tout l'argent pour plaire mais une femme de cette classe avec ce regard, ce sourire, n'acceptera jamais d'un type pareil, même doré sur tranche comme il est, autre chose que l'hommage de son admiration sans rien accorder en échange ! J'en mettrais ma main au feu !

Aldo aurait pu prédire qu'il pourrait finir manchot mais s'abstint. Il savait de quoi Hilary – puisqu'il ne lui connaissait pas d'autre nom – était capable. Il avait vu Adalbert bêtifier devant elle pendant des mois mais celui-là battait tous les records ! Il avait d'ailleurs encore quelque chose à dire :

— Vous avez malgré tout raison d'attirer mon attention à ce sujet ! La pauvrette doit ignorer à quel genre d'individu elle a affaire ! Il va falloir ouvrir l'œil afin de la protéger si le besoin s'en faisait sentir !

La camionnette arrivait à cet instant devant la White Horse Tavern et Ted freina des quatre fers en faisant couiner ses pneus. Puis il se tourna vers son passager avec un grand sourire.

— Je suis certain que cette journée va compter dans ma vie, qu'il faut la marquer d'une pierre blanche !

— Si vous le dites !... Et vous allez faire quoi ? Allumer un feu de joie ?

La large patte de l'Américain s'abattit avec une vigoureuse cordialité sur le dos aristocratique de son client.

— Ce serait prématuré ! On verra plus tard... Est-ce que je vous ai déjà fait goûter le vieux rhum qu'on distillait au temps de la traite ? Je suis sûr que vous n'avez jamais rien bu de pareil !

CHAPITRE IX

LE FUGITIF

Mrs Adela Schwob aimait décidément beaucoup le *pie* aux huîtres car en revenant des « Oaks » où il était allé le porter lui-même, Ted irradiait la satisfaction par tous les pores de sa peau. Non seulement il savait ce qu'il désirait apprendre mais en outre, il l'avait vue ! Il lui avait parlé. Elle lui avait même souri quand Adela le lui avait présenté en disant qu'il était non seulement une sorte de gentilhomme d'ancienne souche fidèle gardien des traditions culinaires de l'île mais aussi le maître d'une maison possédant le double avantage d'être un monument historique et un lieu convivial comme les temps modernes n'en connaissaient plus. En ajoutant même qu'il était un peu la mémoire vivante de Newport.

— Elle s'appelle Mary Forsythe, exhala enfin le bienheureux dans son extase. C'est une Anglaise d'excellente famille connue des Schwob depuis longtemps et elle est arrivée à New York avec l'intention de répondre enfin à leur invitation pour la « Season ». Je suis sûr qu'elle en sera la reine car vous n'imaginez pas à quel point elle est exquise ! Les hommes vont se battre pour elle...

— Si c'est à coups de poing vous avez votre chance,

coupa Morosini agacé, mais si c'est à l'épée ou au pistolet, je vous vois mal parti. Et Ricci dans cette affaire ?

— Lui ? Aucune importance ! Si Mary et ses amis sont arrivés avec lui c'est qu'il leur avait proposé son yacht mais il n'a fait que les transporter.

— Et vous aussi par la même occasion ? Sincèrement, Ted Mawes, où pensez-vous aller de la sorte ? Jusqu'au mariage, après que vous aurez étendu raides morts tous ces prétendants que vous anticipez ?

— Pourquoi pas ? se renfrogna l'aubergiste. Elle pourrait tomber plus mal ! Je suis riche et si je n'appartiens pas à la haute société j'appartiens à l'Histoire, comme dit Mrs Schwob. Ne sommes-nous pas, nous les fils des premiers colons, la vraie noblesse des Etats-Unis ?

— C'est incontestable, admit Aldo conciliant. Eh bien, il me reste à vous souhaiter bonne chance, mon ami ! Tous mes vœux vous accompagneront.

Aldo venait d'achever son dîner et, laissant Ted à ses rêves, il sortit faire un tour avant de regagner l'agréable chambre, donnant sur un jardin fleuri de clématites et de roses trémières, où il logeait. La nuit ne s'était pas contentée de chasser le soleil, elle avait aussi amené une pluie fine, presque impalpable mais obstinée et pénétrante comme il en venait sur Venise au printemps. Et maintenant il faisait presque froid. Cela ne déplut pas au promeneur solitaire qui alla prendre un ciré au portemanteau de son logis avant de descendre au port déserté par les estivants, les badauds après la fermeture des boutiques ce qui lui rendait son identité. Les rares enseignes lumineuses laissaient la vedette au petit phare dont le rayon blanc balayait l'eau noire de la baie.

Col relevé, les mains au fond des poches, semblable à n'importe quel marin attardé, il marcha lentement jusqu'au *Médicis*, s'assit sur un bollard d'amarrage et resta là à regarder le yacht comme s'il pouvait en extraire des réponses aux questions qu'il se posait, la première étant : qu'est-ce que Margot la Pie venait faire à Newport sous l'aspect lisse et rassurant d'une jeune amie d'un vieux couple de riches ferrailleurs ? Quand on la connaissait, il n'y avait qu'une réponse : se livrer à son habituelle industrie et ramasser une ample moisson de bijoux de prix. Peut-être pas chez ceux qui l'hébergeaient mais sans doute dans les fastueuses demeures d'alentour à l'occasion des fêtes, bals et autres réceptions où elle comptait se faire emmener. Il est vrai qu'une fois la société des 400 réunie, il y aurait de quoi combler pour un moment son appétit. Restait à savoir chez qui elle avait l'intention de faire son marché.

Une réponse se présenta à lui, née du nom « Médicis » étalé sous ses yeux mais Hilary – il aurait du mal à l'appeler autrement – devait tenir à jour sa liste des collectionneurs de joyaux prestigieux et Aloysius Ricci n'en avait jamais fait partie. Donc elle n'avait aucune raison de s'intéresser à lui...

Une idée soudaine lui traversa l'esprit et le fit sourire : il ne saurait y avoir de bonne « Season » à Newport sans les Astor – un ou deux membres du clan tout au moins – et si d'aventure la belle Alice rappliquait avec son nouveau toutou favori, il pourrait être amusant de voir la tête d'Adalbert coincé entre ses nouvelles amours et les anciennes. Et si, par hasard, Hilary était au courant du collier de Toutankhamon, la conjoncture vaudrait son pesant d'or...

Un chapelet de jurons italiens tira Aldo de ses réflexions. Derrière lui, un homme vêtu de noir mais dont il était impossible de distinguer le visage sortait – ou bien était-il éjecté ? – d'un de ces bars de port, si toniques jadis et où il n'était plus possible de ne boire que du café, du thé, du lait, de la limonade et autres boissons sans alcool. Ce dont, d'ailleurs, l'homme se plaignait :

— Foutu pays !... hic !... On ne peut... même plus... avaler, hic !... un p'tit quelque chose pour... hic !... se remonter le moral !

Si l'on en croyait son discours, l'inconnu l'avait déjà trouvé le « petit quelque chose » et n'était venu chercher là qu'un supplément de cuite. En s'approchant de lui, Aldo vit qu'il brandissait une bouteille vide mais comme son flot d'imprécations était proféré en italien, il alla l'attraper par un bras au moment où une embardée menaçait de l'envoyer se fracasser le crâne contre le mur d'une maison.

— Hé ! Doucement. Où prétendez-vous atterrir ?

Le reflet d'un des rares réverbères lui montra un visage brun et assez beau, mouillé mais plus par des larmes abondantes que par la pluie.

— Boire ! répondit l'homme. Je veux... boire ! Encore... et encore !

— Vous avez déjà bien assez bu et si vous continuez à brailler, vous allez vous faire arrêter. Où habitez-vous ?

— ... t'regarde pas !... Et puis j'habite plus... nulle part !

Relevant la tête, il considéra Morosini d'un œil dubitatif mais pas trop glauque.

— T'es qui, toi ?... Un... hic !... Un Sicilien comme moi ?... Non !... T'es pas... sicilien. Tu parles pointu !

Incontestablement il gardait dans son ivresse une part de lucidité comme tous ceux qui habitués à boire ne perdaient le sens qu'après de fortes libations.

— Je suis italien quand même, admit Aldo renonçant pour l'occasion à son distinguo préféré. Le fait que son ivrogne soit sicilien l'intéressait et il demanda : Comment t'appelles-tu ?

— A... Agostino !... Et je veux boire... et puis foutre le camp... avant qu'ça arrive !

— Quoi ?

— Le… le mariage !… J'veux plus voir ça !

Un trait de lumière, fulgurant comme un éclair au milieu d'un ciel noir, traversa l'esprit d'Aldo, déclenché par ce prénom peu courant. Jacqueline Auger l'avait prononcé au Ritz. C'était celui du valet de Ricci, celui qui l'avait aidée à fuir en lui donnant un peu d'argent. Et c'était lui à présent qui voulait prendre le large ? Sa décision fut immédiate.

— Viens avec moi ! dit-il en empoignant le Sicilien qui chercha à lui échapper : mollement car il ne possédait ni la taille ni la force nerveuse d'Aldo.

— J'veux… aller nulle part ! J'veux boire !

— Tu auras à boire !

— Où… où qu'tu m'emmènes ?…

— A la taverne !… Tu y trouveras ce qu'il faut ! Je vais te soutenir mais essaye de marcher droit…

Injonction superflue. S'il avait résisté Aldo était prêt à l'endormir d'un coup de poing et à le porter sur son dos. C'était un cadeau du Ciel que cet Agostino et il fallait le mettre à l'abri avant que ses confrères ne se mettent à sa recherche. Quelques minutes plus tard, tous deux faisaient à la taverne une entrée, circonspecte de la part de Morosini. Par chance le mauvais temps avait déjà renvoyé chez eux les derniers consommateurs et il n'y avait pratiquement personne. Ted n'était pas non plus en vue mais pensant qu'il s'était retiré en son appartement privé, Aldo y transporta son intéressant ivrogne, frappa un coup bref et entra sans attendre la permission. Ted, en effet, était là, rêvassant en fumant une cigarette et se leva pour protester mais Aldo le prit de vitesse :

— Je m'excuserai plus tard ! Ce garçon est soûl comme toute la Pologne bien qu'il soit sicilien mais il dit des choses passionnantes !

Sans grands ménagements, il laissa choir son fardeau sur le divan où il s'avachit avec un soupir béat, puis il demanda :

— Vous n'auriez pas quelque chose de fort à lui donner ?

— Vous venez de dire qu'il est soûl ? Ça ne vous paraît pas suffisant ?

— Juste un petit peu d'alcool pour que je puisse tenir ma promesse. Après on pourra le récurer au café !

Tandis que Ted servait un fond de verre de son précieux whisky, Aldo lui raconta ce qu'Agostino avait laissé échapper, sa terreur évidente et son désir de fuir. Au mot « mariage » l'aubergiste changea de couleur :

— Ce qui voudrait dire que Ricci a l'intention de convoler une troisième fois ?

— A votre avis ? Et... qui, selon vous, aurait-il l'intention d'épouser ?

Le hâle de Ted vira au gris cependant qu'une véritable angoisse montait dans son regard.

— Oh ! non ! s'écria-t-il. Pas elle ?

— J'ai peur que si. Ce n'est pas parce qu'elle n'habite pas le Palazzo qu'elle n'a pas l'intention d'y vivre ? Une Anglaise ne saurait respirer sous le toit de son fiancé avant le mariage. C'est valable d'ailleurs pour d'autres nationalités.

— Mais les précédentes habitaient là avant !

— Ça ne veut rien dire ! Celle-là doit tenir d'autant plus au respect des bons usages qu'elle n'est pas – et de loin ! – l'innocente ingénue que vous imaginez. Elle est certainement décidée à épouser Ricci...

— Qu'est-ce qui vous le fait croire ?

— La couleur de ses cheveux. Au naturel votre Mary Forsythe est d'un joli blond scandinave, légèrement argenté...

— Vous la connaissez donc ?

— Oh oui ! Pardon de ne pas vous l'avoir révélé plus tôt mais je n'avais jusqu'ici aucune raison de le faire. Simplement parce que je ne pensais pas qu'avec ce qui va remplir Newport dans les jours prochains, Margot la Pie eût jeté son dévolu sur Ricci.

— Margot la Pie !

— Oui. La Pie voleuse ! C'est le surnom dont l'ont rebaptisée les diverses polices européennes qui n'ont encore jamais réussi à mettre la main dessus. Seule celle de Palestine, il y a trois ans, avait pu s'en emparer mais elle leur a échappé je ne sais trop comment. J'ajoute que sa spécialité ce sont les bijoux, de préférence anciens et historiques car ce n'est pas n'importe quelle chapardeuse : elle est très cultivée, très habile et froide comme glace pour ce qui est de la lucidité. A la limite, si je ne savais ce que nous partageons vous et moi, je serais enclin à plaindre Ricci de tomber dans ses filets : elle est capable de le dépouiller jusqu'à l'os !

Le malheureux Ted était effondré au milieu des éclats de son rêve démoli mais l'œil qu'il releva sur son étrange client recelait une méfiance que celui-ci n'aima pas.

— Comment pouvez-vous en savoir si long ? articula-t-il. Ça n'a pas grand-chose à voir avec la guerre d'Indépendance, le détachement français et le reste ?

— En effet, je l'avoue. Si je descends bien par ma mère d'un des officiers de Rochambeau, si j'aime dessiner et même peindre je ne crois pas avoir le temps ni l'intention décrire un bouquin sur ce sujet.

Mawes s'était remis debout, les poings serrés.

— Je crois qu'il va falloir me dire la vérité, gronda-t-il. Qui êtes-vous ?

— Aldo Morosini. Ça c'est vrai. Vénitien c'est encore vrai mais j'exerce la profession d'antiquaire et d'expert en joyaux historiques. Un peu comme Margot, si vous voulez, mais moi j'achète. C'est en recherchant deux émeraudes millénaires à Jérusalem que j'ai rencontré celle qui se faisait appeler alors l'Honorable Hilary Dawson, spécialiste en faïences anciennes et détachée par le British Museum.

Le calme d'Aldo, la désinvolture avec laquelle il venait d'allumer une cigarette parurent ébranler l'Américain. Pourtant il ne se rendait pas encore :

— Qu'est-ce qui me prouve que cette fois vous dites la vérité ?

— Mon passeport que vous avez eu l'élégance de ne pas me demander. Et puis...

— Où êtes-vous, Ted Mawes ! appelait de la salle une voix féminine. Montrez-vous ! Il faut que je vous parle...

L'interpellé alla à la porte, l'ouvrit découvrant la propriétaire d'un timbre si particulier qu'Aldo l'avait déjà identifiée : Pauline ! Elle était là, debout à quelques pas de la porte dans un ensemble blanc que justifiait sans doute la saison mais certainement pas le temps de ce soir !

— Ah vous voilà ! s'écria-t-elle en voyant paraître celui qu'elle appelait et sur la figure duquel sa vue ramenait le sourire.

— Miss Pauline ? A cette heure ? Que puis-je pour vous ?

— On arrive quand on peut mon bon Ted mais je dois dire que notre départ a été décidé assez vite !

— Mais vous êtes seule ?

— Pour l'instant oui. Le yacht repartira au jour chercher mon frère et ma belle-sœur qui s'est refusée à avancer son départ afin de ne pas bousculer les traditions en précédant le *Nour Mahal*. D'où cette arrivée nocturne.

— Qui me fait bien plaisir. Voulez-vous dîner ?

— Non, merci ! Je viens voir ce que vous avez fait de mon ami Morosini ?

— C'est votre ami ?

— Vous devriez le savoir : c'est moi qui vous l'ai envoyé. Ah, le voici !

Entendant son nom, en effet, Aldo venait à sa rencontre et baisait la main qu'elle lui tendait. Ces retrouvailles touchantes n'apaisèrent pas apparemment les soupçons récents de Ted Mawes.

— Je vois que vous le connaissez et en ce cas j'aimerais savoir ce qu'il est au juste... Peintre, écrivain, antiquaire ou quoi ? Détective peut-être ? Il s'intéresse à...

La baronne leva un sourcil réprobateur.

— Qu'est-ce que ça peut vous faire du moment qu'il venait de ma part ?

— Je ne le lui ai pas dit, ma chère Pauline. Je pensais que ce serait mieux pour la discrétion que je souhaitais. Venu ici sous les couleurs que vous savez je viens seulement d'avouer mes coupables activités.

— Oui eh bien maintenant on ne joue plus ! Vous redevenez vous-même et d'ailleurs je viens vous chercher pour vous installer chez nous...

— Il n'en est pas question ! Je vous en suis infiniment reconnaissant mais je vous ai déjà dit mon désir de passer inaperçu...

— On ne passe jamais plus inaperçu qu'au milieu d'une foule ! Parmi les gens qui vont venir batifoler il y en aura certainement plusieurs qui pourraient vous reconnaître. A commencer par votre vieil ami l'archéologue d'Alice Astor et ils ne vont pas tarder. En outre, Phil Anderson préférerait que vous acceptiez mon invitation.

Du coup, l'amour-propre de Ted Mawes trouva une nouvelle matière à offense.

— On ne peut être mieux ailleurs que chez moi et le vieux Phil le sait !

On allait sans aucun doute vers un dialogue de sourds et la baronne décida d'y mettre fin. Elle éleva la voix et son magnifique contralto emplit la pièce vers laquelle on refluait :

— Mettons les choses au point sinon on ne s'y retrouvera plus ! Primo, pour répondre à votre question, mon cher Ted, votre client n'est pas Monsieur Morosini mais le prince Aldo Morosini, antiquaire certes mais surtout expert mondialement reconnu en joyaux historiques. Secundo, il vient ici traiter une affaire dont on ne m'a pas confié la nature mais qui tourne autour d'un déplaisant personnage...

— Aloysius C. Ricci, je sais, grogna Ted. Il aurait un compte à régler avec lui...

Au nom de son employeur, Agostino qui dormait roulé en boule sur le divan à la manière d'un gros chat ouvrit un œil et émit d'une voix pâteuse mais angoissée en faisant de touchants efforts pour se remettre debout :

— Ri... Ricci !... Un mariage encore !... Filer !... Filer !...

— Du calme ! enjoignit Aldo en l'obligeant à se recoucher. On va s'en occuper.

— Qui est-ce ? demanda Pauline.

— Agostino, un valet de Ricci qui semble ne pas supporter l'idée d'un remariage. Je dirais même que cette perspective le terrifie. Il faut vous dire que son patron est arrivé tout à l'heure avec les... Schwob ? C'est bien ça ?

— C'est bien ça ! approuva Ted.

— Autrement dit j'arrive en retard. Le chef Anderson voulait que vous sachiez, Aldo, que votre gibier allait quitter New York avec une jeune Anglaise qu'il a l'intention d'épouser. Il est déjà là, tant pis mais Anderson semble craindre que la fiancée ne soit en danger. Comme il me connaît et sait que nous sommes amis, il a trouvé en moi le moyen de vous aider si peu que ce soit. C'est pourquoi il vous préférerait chez moi... afin qu'il y ait au moins quelqu'un qui s'inquiète si vous disparaissiez.

— Ainsi, gémit Ted, il va l'épouser ?

— Eh oui ! fit Aldo. Il faut vous dire, chère baronne, que notre ami Ted est tombé follement amoureux de celle qui se fait appeler Mary Forsythe...

— Ce n'est pas son nom ? demanda Pauline. Pourtant Phil Anderson...

— N'est pas au courant de ce qui se passe sur le vieux continent sinon il aurait entendu parler de Margot la Pie, croqueuse de diamants et voleuse réputée insaisissable.

— Et c'est elle ?
— Absolument ! Je la connais de longue date.
— Dans ce cas, émit la baronne, si comme vous le pensez elle court un danger en épousant Ricci, le moyen de la sauver est simple : faites-la arrêter !
— Sans preuves ? Et avec un shérif à la dévotion de Ricci ?
— Oh là là ! Que c'est compliqué ! Mon cher Ted auriez-vous encore quelques gouttes de cet élixir qui vous vient de Terre-Neuve avec la morue salée ? Nous avons besoin de nous éclaircir les idées !

Cette fois l'aubergiste mit beaucoup d'empressement à servir la baronne, Aldo et lui-même. On but en silence comme il convenait à l'âge de la liqueur en question.

— Bien ! soupira Pauline en reposant son verre. Il se fait tard et un peu de sommeil nous sera salutaire. Allez chercher votre brosse à dents Aldo, je vous emmène ! Vous n'avez besoin que d'elle, toutes vos affaires sont déjà à Belmont Castle.
— Comment ça ? protesta Morosini.
— L'hôtel Plaza me les a remises le plus simplement du monde.
— Mais c'est contraire à la loi ! Ils n'en ont pas le droit !
— C'est possible, mais je suis une Belmont et je possède une partie de leurs actions. En outre, je crois que je leur suis sympathique ! acheva-t-elle avec un sourire satisfait. Venez à présent !
— Désolé, Pauline mais je reste ! déclara fermement Aldo. A moins que Ted me considère indésirable ?
— Sûrement pas ! bougonna l'autre. On commençait à s'entendre et on pourrait continuer.

Madame von Etzenberg ouvrit la bouche pour protester mais Aldo la gagna de vitesse :

— Comprenez donc, baronne, que j'ai besoin de garder mes coudées franches, ce qui serait impossible en compagnie de votre frère et de votre belle-sœur. En outre, il faut que je m'occupe de cet homme, ajouta-t-il en désignant Agostino qui avait replongé dans son divan.

— Qu'allez-vous faire ? interrogea Pauline.

— Le dessoûler d'abord et lui poser quelques questions. Après j'essaierai de lui faire quitter l'île puisque c'est son désir mais comme on doit déjà le chercher la tâche ne va pas être facile...

— Très facile au contraire, reprit Pauline en tendant son verre pour « un léger supplément ». Je vous ai dit que notre yacht le *Mandala* repartait à l'aube pour New York chercher le reste de la tribu. Il le ramènera mais ensuite...

— Il se débrouillera et son sort ne nous regardera plus. Cela dit merci, baronne !

— Il n'y a pas de quoi ! Ted, vous connaissez bien le capitaine Blake qui commande le *Mandala*. Il vous prendra votre bonhomme sans problème. Ajoutez tout de même que c'est moi qui l'envoie. Et puis il a toujours la possibilité de me téléphoner. Sur ce, messieurs, je vous laisse. J'adorerais rester parce qu'il va sûrement se dire en mon absence des choses passionnantes mais il vaut mieux que je rentre à la niche. Une baronne veuve de fraîche date n'a pas le droit de courir le guilledou la nuit entière. On en jaserait à l'office et mon frère n'apprécierait pas.

Tandis qu'Aldo raccompagnait Pauline à la grosse voiture de sport qui l'attendait devant la taverne et qu'elle conduisait elle-même, Ted filait à la cuisine faire un grand pot de café très fort qu'il rapporta avec un seau vide, un broc d'eau fraîche et des serviettes.

Faire ingurgiter tasse après tasse d'un breuvage noir comme de l'encre mais odorant à un homme obstiné à rester roulé en boule dans son sommeil, le faire marcher entre-temps pour le ramener à la conscience ne fut pas aisé. L'horloge de l'église proche sonnait une heure quand enfin Agostino réveillé après avoir vomi la plus grande partie de son café put s'installer devant les nourritures solides réclamées par son estomac. Aldo s'assit en face de lui et beurra une tartine.

— Vous êtes toujours décidé à quitter l'île ? demanda-t-il sans se soucier du regard sombre de son vis-à-vis.

— Je n'ai pas le choix. Si on me trouve je suis un homme mort !

— S'offrir une petite virée un peu arrosée n'est pas un si grand crime ?

— Boire nous est interdit doublement : par la loi sans doute mais surtout par le patron. N'importe comment, je veux partir et le plus loin possible…

— On va vous conduire à un bateau, le yacht des Belmont qui vous ramènera à New York…

— Vraiment ?

Un immense soulagement se lisait sur le visage brun du fugitif.

— Vraiment ! Vous saurez vous en sortir ensuite ?

— J'espère. Le principal est de partir d'ici sans être vu.

— Nous allons faire en sorte qu'il en soit ainsi. Je vous donnerai aussi un peu d'argent.

Agostino examina un instant son interlocuteur d'un œil où une inquiétude, une méfiance revenaient.

— Pourquoi m'aidez-vous ? Qui êtes-vous ?

— Il importe peu. Je vous aide parce que vous avez fait ce que vous pouviez pour sauver Jacqueline Auger.

— Vous la connaissez ?

— Je l'ai connue. Pas très longtemps je l'avoue. Le temps d'un déjeuner, le temps de lui rendre courage…, puis elle a été tuée presque sous mes yeux.

— Elle est morte ? Oh… non !

— Oh si !… Vous ne le saviez pas ?

— Comment je l'aurais su ? Le lendemain de sa fuite, j'ai embarqué avec le patron sur le *Leviathan*. Et vous dites qu'elle a été tuée ?

— Pas comme les autres. Cette fois c'est un taxi qui l'a écrasée mais pour être morte elle est bien morte. Et enterrée : j'ai ramené son corps en France. Et maintenant, je veux en savoir davantage…

Agostino essuya à sa manche la larme qui coulait et renifla pour retenir les suivantes.

— Que voulez-vous que je vous dise ? Je ne sais pas tant de choses que vous le croyez.

— Ça c'est à moi d'en juger. Vous êtes – ou vous étiez – valet de chambre chez Ricci ?

— Oui.

— Donc vous ne le quittiez pratiquement jamais. Depuis combien de temps le serviez-vous ?

— Une dizaine d'années. Je n'ai pas eu à m'en plaindre parce que j'étais généreusement payé et j'ai pu me faire une pelote que je pense en lieu sûr.

— Autrement dit, vous avez assisté à deux mariages au soir desquels il a été obligé de s'éloigner suffisamment pour éviter d'être accusé des meurtres qui les ont suivis. Vous êtes parti avec lui ?

— Oui, et j'ai pu répondre sans mentir à la police qu'il était effectivement où il le prétendait. Il n'avait pas besoin, en outre, de ma caution : ses alibis soutenus par le personnel ferroviaire et hôtelier, les gens d'affaires qu'il rencontrait aussi étaient plus que solides.

— Et pourtant vous savez que le meurtrier c'est lui. Disons que c'est lui qui donne l'ordre de tuer ?

— Non.

— Comment ça, non ? intervint Ted Mawes qui suivait le dialogue avec une attention passionnée.

Agostino regarda tour à tour chacun des deux hommes penchés sur lui et la franchise de ce regard était indubitable.

— Je sais que c'est difficile à croire pourtant je ne peux que répéter : il ne tue pas et n'en donne pas non plus l'ordre. Il épouse, il ne consomme pas et il s'en va…

— Admettez que c'est difficile à avaler ! reprit Aldo. Vous n'avez pas la prétention d'essayer de nous faire croire à la culpabilité de ce malheureux Peter Bascombe ?

— Certainement pas. Il n'a même jamais eu, j'en suis sûr, l'occasion d'approcher les deux victimes.

— Si vous en étiez certain, pourquoi ne pas l'avoir dit aux juges ? gronda Ted.

L'ex-valet eut un rire sans gaieté.

— Vous croyez que l'on aurait admis que je fasse quoi que ce soit pour le disculper ? Je n'aurais pas vécu longtemps après. C'est l'omerta qui le veut. La loi du silence et elle règne sur la Mafia.

— Et Ricci est un mafioso de haut rang j'imagine…, comme vous devez en être un moins important. En ce cas, pourquoi avoir choisi de fuir au lieu de vous tenir tranquille et de laisser faire ?

De la plus imprévisible façon, Agostino éclata en sanglots en bredouillant des paroles à peu près incompréhensibles à travers lesquelles on réussit à démêler le nom de Dieu. On le laissa pleurer un instant puis Morosini l'attrapa aux épaules et le secoua : si brusquement que l'homme s'arrêta net.

— La crainte du Dieu Tout-Puissant, hein ? La peur du Jugement et du feu éternel ? C'est ça qui s'est emparé de toi ?

La figure ravagée qu'Agostino leva sur lui était pitoyable.

— Oui ! J'ai quarante ans à présent et je voudrais pouvoir vivre en paix avec mon âme. En faisant fuir Jacqueline j'espérais avoir évité un nouveau drame, un nouveau crime, et l'avoir évité pour longtemps puisque elle et les épouses précédentes se ressemblaient. Et puis en voilà une autre qui arrive…

— Tu veux parler de Mary Forsythe ? Mais elle ne ressemble guère à Jacqueline ?

— Ce n'est pas frappant mais un peu. Les cheveux, les yeux, la forme du visage...

Il n'avait pas tort et c'était à cause de cela qu'Aldo avait hésité un instant à reconnaître Hilary. Pour une raison connue d'elle seule, elle avait réussi à s'approcher du portrait de Bianca Capello. Et le mystère ne s'en épaississait que davantage.

— Où l'a-t-il connue celle-là ? Chez les Schwob ?

— Non. Les Schwob, qui lui mangent dans la main, j'ignore pourquoi, ont accepté bien volontiers d'en faire une cousine. En réalité il l'a rencontrée sur le paquebot et il a eu le coup de foudre. Il faut avouer qu'elle a fait ce qu'il fallait pour y arriver. C'est une fille très forte, elle sait ce qu'elle veut et j'ai tout de suite compris que c'était lui qu'elle voulait. Ce qui est un mystère pour moi. A part son fric il n'a rien de séduisant...

— C'est plus que suffisant. Pour une femme comme elle, un homme couvert d'or est infiniment plus beau que l'Apollon du Belvédère !

— Ça la regarde ! Quoi qu'il arrive il va l'épouser et moi je ne supporterai pas un nouveau drame.

— Qu'est-ce que ça peut te faire ? Tu ne seras pas là quand elle mourra mais à San Francisco, à Mexico ou au pôle Nord, puisque Ricci s'en va avant qu'elle ne soit mise à mort ?

Agostino se mit à trembler et réclama encore du café qu'il avala d'un trait.

— Peut-être mais j'ai vu les précédents cadavres et j'en ai eu des cauchemars. Je suis à bout ! Je préfère partir. Vous me conduisez au bateau ?

Il essaya de se lever mais Morosini le retint à sa chaise.

— Pas si vite ! Tout n'est pas dit ! Tu as prétendu que Ricci ne tue pas, ce qui est l'évidence, et qu'il ne donne pas non plus l'ordre de tuer ? Qui alors ?

— Je n'en sais rien ! Sur le salut de mon âme je l'ignore !

— C'est impossible, fulmina Ted qui était en train de perdre patience. Et moi, ça ne me satisfait pas !... Mon garçon, ou tu parles ou je te jette dehors et tu feras ce que tu veux de ta carcasse.

— Entièrement d'accord, reprit Aldo. Revenons au soir des mariages ! La fête terminée, on conduit la mariée à sa chambre comme on faisait jadis pour les princesses. L'époux ne viendra qu'une fois la jeune femme au lit. Or, au lieu de se coucher il s'en va prendre le bateau, le train et Dieu sait quoi. Personne, si j'ai bien compris, ne revoit la jeune épousée avant que l'on ne retrouve son cadavre massacré sur un rocher à bonne distance du Palazzo et cela trois ou quatre jours après. C'est donc à partir de cette chambre qu'elle s'envole. Par la fenêtre selon ce que l'on veut faire accroire. Or la police, qui n'est tout de même pas idiote, n'a retrouvé aucune trace ni le long du mur – sans un drap quelconque ça représente un joli saut – ni dans le parc. Alors ?... Pour assurer que Ricci n'est en rien coupable il faut que tu saches quelque chose.

— Et tu vas nous le dire immédiatement sinon je te jure que tu ne quitteras pas l'île...

Agostino n'avait pas le choix. La peur qui habitait ses traits était réelle et ne lui venait pas des deux hommes qui l'interrogeaient. Son regard anxieux allait de l'un à l'autre comme s'il cherchait à deviner lequel lui serait le plus favorable mais les deux visages étaient aussi tendus, attentifs et déterminés. En désespoir de cause, après un soupir, il avala sa salive et murmura :

— Je ne peux dire que ce que je sais... Il y a dans le Palazzo une partie du rez-de-chaussée où l'on ne pénètre jamais et dont la porte est toujours fermée. C'est celle qui se trouve sous l'appartement nuptial que l'on ouvre seulement le jour des noces.

— Ce n'est pas la chambre habituelle de Ricci ?

— Non. La sienne est à l'autre bout du palais. Elle est assez simple alors que l'autre est d'une incroyable somptuosité : une profusion d'or et de brocarts dignes d'une reine.

— Si on ne l'ouvre que pour les mariages, il doit y avoir un sacré ménage à faire la veille des noces ? fit l'aubergiste sarcastique.

— Non. Personne n'y va jamais faire le ménage et pourtant elle est parfaitement entretenue.

— Et qui s'en charge ? Un fantôme ? ricana Aldo.

— Ceux que l'on ne voit pas et dont on connaît cependant l'existence : les gardiens du Saint des Saints.

— C'est quoi ce truc ? demanda Ted. Une chapelle où l'on rend un culte à je ne sais quel démon ? A un quelconque dieu antique ?

— Un Moloch assoiffé de sang ? renchérit Aldo.

— Je ne sais pas et je n'ai jamais cherché à savoir. Ceux qui l'ont tenté ne sont plus là pour s'en vanter. Ils sont morts dans des conditions telles que l'envie d'en apprendre davantage ne dure guère. Tout ce que je peux dire est que le patron disparaît parfois durant la nuit et quand le matin revient, il déborde d'activité, de projets. Des ordres partent, des affaires sont lancées. Parfois aussi il se montre amer, abattu comme un gamin puni.

— Tu veux faire entendre qu'il ne serait pas le vrai patron de son organisation ? Que les murs du Palazzo renfermeraient un cerveau ?

Agostino baissa la tête et écarta les mains d'un geste d'impuissance.

— Je ne peux dire que ce que je sais et je ne sais pas grand-chose sinon que Ricci n'est pas tout à fait le maître. Les autres serviteurs ont été choisis parmi les hommes les plus sûrs, les plus durs et les plus obéissants, comme je l'étais moi-même mais je ne peux plus…, et je n'ai plus envie de percer le mystère parce que la peur s'est emparée de moi. Je voudrais vivre, vous comprenez ? Vivre loin de cet enfer quand il en est temps encore. Par pitié, aidez-moi à m'en aller ! Je ne veux pas devenir fou et c'est ce qu'il m'arrivera si je vois une autre femme, jeune et belle, franchir le seuil de la chambre.

— Une question encore ! fit Morosini. Tu as parlé des gardiens du Saint des Saints. Il y a d'autres serviteurs qui vivent en dehors de ceux dont tu fais partie ?

— Oui et nous ne les rencontrons jamais. Ils sont les prêtres du dieu caché...

— Tous les prêtres qui peuplent l'univers sont tout sauf de purs esprits. Ceux-là font exception ? Ils ne se nourrissent jamais ?

— C'est pourquoi il y a des cuisiniers à demeure au Palazzo. Les cuisines sont en sous-sol et les plats déposés dans un monte-charge particulier, différent de celui qui dessert les salons...

Il y eut un silence. Chacun des trois hommes pesait les paroles prononcées ou entendues. Aldo se redressa et consulta sa montre. Le temps passait vite et si l'on voulait conduire ce malheureux au *Mandala* il fallait se mettre en route sans tarder. Il dit encore :

— Est-ce uniquement à cause de ce mystère abominable que vous avez voulu sauver Jacqueline Auger ou y avait-il autre chose ?

— Vous voulez savoir si je l'aimais ? Je n'ai aucune raison de le cacher : oui je l'aimais et je me suis reproché de n'avoir pas fui avec elle mais elle ne m'aurait peut-être pas cru si elle supposait que j'agissais pour mon propre compte. Et puis je pensais aussi qu'en restant j'aurais, avec un peu de chance, la possibilité de retarder les recherches.

— Bien ! Si vous êtes d'accord, Ted, nous pourrions y aller ? Tenez, ajouta-t-il en tirant quelques billets de son portefeuille et en les offrant à Agostino qui les prit avec des larmes dans les yeux.

— Vous me sauvez, Monsieur, et j'espère que Dieu vous le rendra. Sachez encore que moi je n'ai jamais tué personne, sinon pendant la Guerre…

— Je l'espérais. A présent j'en suis sûr !

Quand on sortit de la taverne c'était l'heure noire entre toutes qui précède l'aube. La pluie reprenait après avoir cessé un moment activée par un vent froid venu du nord.

— La Season commence bien mal ! remarqua Ted Mawes. D'habitude à cette époque, on aurait plutôt tendance à avoir chaud.

— Vous craignez que la vie mondaine n'ait à en souffrir ?

— Pas vraiment. Les réceptions varieront un peu. On tendra des vélums sur les jardins et le champagne coulera quand même à flots…

— Le champagne ? Et la Prohibition alors ?

— Vous ne voudriez pas que l'élite de la société new-yorkaise s'en prive et se mette à la limonade ? On dit même qu'il existe un pipe-line de whisky avec le Canada. La police sait trop bien de quel côté sa tartine est beurrée. Elle n'aura guère que six semaines à fermer les yeux…

Un moment plus tard, Agostino dûment embarqué, les deux hommes revinrent, l'un vers la taverne, l'autre vers sa chambre sous les roses trémières. Avant de se séparer, Ted avait dit :

— Vous, je ne sais pas, mais moi j'ai besoin de deux ou trois heures de sommeil pour me remettre les idées en place. Quelle histoire ! Vous y croyez ?

Devant eux les mâts des bateaux aux coques fraîchement repeintes dansaient dans le vent du matin. Sur les quais, les portes et les fenêtres pimpantes souvent habillées de lierre ou de fuchsias ouvraient sur les premiers rayons du jour. En dépit du ciel gris et des bourrasques, l'image était plaisante, empreinte d'un charme ancien sur lequel l'agressive rougeur d'une pompe à essence ne pouvait pas grand-chose. Sous son imperméable mouillé Aldo haussa les épaules.

— Difficile d'y croire quand on est devant un tel décor, n'est-ce pas ? Pourtant je suis persuadé que ce garçon a dit la vérité même si elle nous paraît abracadabrante. Derrière toutes les clartés il y a des ombres et il arrive que des vipères se glissent sous les roses.

— Il est beaucoup trop tôt pour la poésie, grogna Ted. Allez dormir ! Vous en avez besoin autant que moi !

Comme un rideau de théâtre qui se lève annoncé par les coups du brigadier, l'arrivée du *Nour Mahal* fit éclater le calme et le silence relatif où baignait encore l'île. Une série de yachts le suivirent cependant qu'apportés par les ferries, voitures de sport, coupés et limousines, tous du dernier cri, se succédaient et rejoignaient les différents domaines dans des vrombissements de moteurs et les éclaboussures d'une poussière qui transformée en boue n'avait pas eu le temps de sécher. Un soleil rouge se montra pourtant en fin de journée annonciateur d'un vent qui réjouit les coureurs de régates rassemblés sur la terrasse du Yacht-Club frissonnante sous les fanions et les drapeaux. En même temps l'air s'emplit de musiques, fanfares ou jazz annonçant aux échos que la Season de Newport commençait et que, pour caser ces manifestations, il n'y avait pas de temps à perdre, six semaines étant vite passées.

Chassé par cette agitation débordante, Aldo décida de faire une nouvelle tentative d'approcher Betty Bascombe. Cette femme, qui errait si souvent aux abords du Palazzo et qui avait une si puissante raison d'en haïr le propriétaire, devrait en savoir plus long que les autres habitants de l'île. Ted étant introuvable ce matin-là, il choisit de tenter sa chance en se passant de recommandation, enfourcha son vélo et partit en prenant soin d'éviter Bellevue Avenue et les endroits trop fréquentés. Grâce à

Ted et à la carte placardée à l'entrée de la taverne il en savait assez sur la configuration de l'île pour ne pas se perdre.

Cette fois elle était là. Assise sur l'une des marches en bois menant à sa maison, ses bras entourant ses jambes repliées, elle regardait la mer et, perdue dans sa rêverie, ne le vit pas arriver mais se retourna au crissement des freins. S'attendant à ce qu'elle s'enfuie ou s'enferme chez elle, Aldo prit les devants tandis qu'il posait son engin contre le tronc d'un pin :

— Mrs Bascombe, voulez-vous me permettre de parler un moment avec vous ? Je suis venu récemment avec Ted Mawes chez qui je loge mais vous étiez en mer.

— Parler de quoi ?

— De l'homme qui vous a fait tant de mal. Le hasard m'a fait découvrir cette nuit certains faits susceptibles de vous intéresser.

— Si vous venez m'annoncer la mort de Ricci vous êtes le bienvenu. Sinon passez votre chemin !

— Mon chemin a rejoint le vôtre depuis un bon moment et, pour aujourd'hui, vous en êtes le but. Il faut que je vous parle. C'est important.

Elle haussa les épaules mais se poussa pour lui ménager une place auprès d'elle en lui faisant signe de la rejoindre. En même temps elle fouillait dans son chandail informe, en tirait une paquet de cigarettes, s'en collait une au coin de la bouche et se disposait à l'allumer mais le réflexe d'Aldo fut rapide et la flamme de son briquet apparut au bout du mince rouleau de tabac. Le briquet était en or et Betty leva un sourcil.

— Bel objet ! On dirait que chez vous les peintres font bien leurs affaires ? fit-elle avec un léger dédain.

— Je vous ai dit que j'étais aussi... et surtout antiquaire. J'ajoute : spécialisé dans les bijoux historiques !

— Ah je vois ! c'est pour ça que vous vouliez entrer chez lui l'autre jour. Vous vouliez les voir ?

— Cessez donc de me confondre avec un voleur. Ce que je veux je le paie ! Quant à Ricci ce sont moins ses possessions que sa personnalité qui m'attirent : il a tué une de mes amies presque sous mes yeux. Une jeune femme qu'il devait ramener ici pour l'épouser, qui s'est enfuie et qu'une voiture a renversée en plein Londres dès le lendemain mais ce n'est pas cela que je suis venu vous raconter : au matin Ted et moi avons fait quitter l'île au valet de chambre de Ricci pris de panique à l'idée qu'un nouveau mariage se préparait.

La femme tressaillit. Cette fois sa carapace montrait une fêlure :

— Il va en épouser encore une autre ? Il doit être fou car, cette fois, mon pauvre Peter ne sera plus là pour endosser le massacre.

— Fou, je ne crois pas, mais soumis en totalité à une volonté plus forte que la sienne, c'est dans le domaine du possible. Ecoutez plutôt ce que nous avons appris cette nuit, Ted et moi !

Elle l'écouta sans un mot, sans une exclamation mais quand ce fut fini elle se prit la tête à deux mains, fourragea dans ses courts cheveux gris et laissa un instant ses paumes plaquées sur son visage. Aldo respecta son silence et attendit qu'elle parle. Cela dura jusqu'à ce que les mains retombent sur les genoux de Betty.

— Vous dites que Ted a entendu lui aussi cette histoire ?

— Nous avons tout partagé.

— Et qu'en pensez-vous ?

— Honnêtement quand nous avons conduit Agostino nous ne savions trop que penser. Cela paraît tellement insensé mais il n'avait aucune raison de forger une histoire aussi abracadabrante pour alléger les charges – de toute façon très lourdes – pesant sur un homme dont il avait peur au point de tenter le maximum pour s'en éloigner. Et vous, me direz-vous votre sentiment ?

— Je pense qu'il doit avoir raison. Il y a un secret dans cette maudite baraque. Ce qui expliquerait la présence de ces gens qui y vivent en permanence même quand Ricci n'y est pas, alors que trois ou quatre gardes suffiraient pour protéger les richesses et il y en a une quantité à ce que l'on dit ! Ils sont là pour garder... autre chose. J'ai trop souvent observé le Palazzo pour douter de ce que vous a appris cet Agostino.

— En ce cas qui pensez-vous que ce soit ? Un fou ?

— Un fou qui tiendrait Ricci sous sa coupe et l'obligerait à une obéissance absolue ? Je dirais plutôt un cerveau... Peut-être un chef de la Mafia en Amérique ?

— Pour commettre de tels meurtres il faut avoir l'esprit dérangé... et je vois mal cet homme brutal, cynique et sans scrupules, ce maître d'un véritable empire financier asservi à un fou...

Betty Bascombe se leva, secouant machinalement sa jupe puis vint se planter devant Morosini, bras croisés.

— En résumé vous êtes venu pour quoi exactement ?

— D'abord pour retrouver les joyaux historiques dont il s'est emparé par deux fois en assassinant deux femmes. Ensuite faire tout ce qui est en mon pouvoir pour venger la mort d'une autre...

— Et vous êtes seul au monde, vous n'avez pas de famille ?

— Si. Je suis marié et heureux. J'ai aussi des enfants...

— Alors je vais répéter le conseil que je vous ai donné l'autre jour : allez-vous-en ! Ce qui ce passe ici ne vous regarde pas et vous vous briserez sans profit pour quiconque. A moins que vous ne disposiez de nombreux soutiens...

— Aucun en dehors de Ted... et de vous en qui j'espérais beaucoup.

— Autrement dit, personne. Ceci est ma guerre à moi et je n'ai à y laisser qu'une vie dont la vengeance est le seul intérêt. Quant à Ted, il a les pieds sur terre et, après ce que vous a raconté cet Agostino, je serais surprise qu'il veuille se lancer plus avant dans une aventure où il aurait tout à perdre. Or jusqu'à votre arrivée, il se trouvait satisfait de son sort. Ne vous y trompez pas : vous êtes seul et le resterez ! Adieu…

A pas rapides, Betty entra dans sa maison dont elle referma soigneusement la porte derrière elle : Aldo put l'entendre tirer les verrous. Une façon un peu brutale de laisser entendre que l'entretien était terminé et qu'il n'y en aurait pas de suivant.

Il revint lentement vers sa bicyclette qu'il enfourcha mais resta là un moment, assis sur la selle et l'épaule appuyée au tronc du pin à regarder la maison muette avec les yeux de la déception. Il avait espéré en cette femme, pensant stupidement qu'elle accueillerait à bras ouverts un allié imprévu, une volonté sincère de partager son combat mais il n'en était rien. Si inégale que fût sa lutte – celle du pot de terre contre le pot de fer – elle entendait la garder pour elle et ne le lui avait pas envoyé dire : c'était sa guerre à elle, une vendetta impitoyable qu'elle était prête à payer de sa vie.

Pensant qu'il n'avait plus rien à faire à cet endroit, Aldo rentra à White Horse Tavern. Ted était au bar en train d'essuyer des chopes anciennes et de vérifier le miroitement des verres. Il accueillit son client avec une grimace qui pouvait passer pour un sourire.

— Bien dormi ? Voulez-vous déjeuner ?

— C'est fait depuis longtemps. Je suis même allé rendre visite à Mrs Bascombe, mais je prendrais volontiers un café !

A l'exception peut-être de la nombreuse colonie italienne immigrée Ted Mawes était sans doute le seul Américain capable de faire un café convenable et Aldo en profitait le plus souvent possible. Ted s'empressa de le servir mais le dos qu'il tourna était aussi réprobateur que possible sans qu'il eût besoin de dire un mot. Ce fut seulement quand il plaça le breuvage brûlant devant Morosini qu'il demanda :

— Vous avez pu en tirer quelque chose ?
— Rien... sinon un refus formel d'accepter mon aide.
— Vous lui avez raconté l'histoire de cette nuit ?
— Naturellement. Elle s'est contentée de dire que cela expliquait certaines choses. Sans plus.
— Ah bon ! C'est ce qu'elle a dit ?
— En termes propres. Ça vous étonne ?
— Un peu, oui !

Ted s'adjugea aussi un café et s'accouda au bois poli du bar en face d'Aldo.

— Je n'ai pas réussi à dormir quand nous sommes rentrés. En revanche je n'ai pas arrêté de réfléchir. On est en train de se mêler, vous et moi, de ce qui ne nous regarde pas...
— Des meurtres à répétition, la condamnation d'un innocent regardent tout homme digne de ce nom, fit Morosini cassant. Ne me dites pas que vous avez l'intention de laisser tomber ?
— Qu'est-ce que vous voulez qu'on fasse d'autre ? Vous vous rendez compte du rapport des forces ? Si ce que nous a raconté Agostino est vrai, le Palazzo pourrait abriter le Parrain suprême d'une Mafia dont on sait qu'elle est plus puissante que le président Hoover, qu'elle a des ramifications dans le pays entier et que si on fait à peine mine de l'attaquer on risque de se retrouver les bras en croix avec une corde au cou ou un couteau entre les épaules. Au mieux d'ailleurs car pour ce qui est du pire mieux vaut ne pas essayer de l'imaginer.
— Et si c'est faux puisque vous avez l'air d'en douter ?
— Il reste que Ricci dispose d'armes redoutables, que nous n'aurions aucun secours à attendre du shérif Morris sinon peut-être l'abri d'une cellule à la prison tandis que nous n'avons pas l'ombre d'une preuve à lui

mettre sous le nez ! Or je possède une affaire ancestrale à laquelle je tiens autant qu'à l'existence.

Point n'était besoin d'en entendre davantage. Betty Bascombe avait raison sur toute la ligne : Ted n'avait aucune envie de s'engager plus avant dans une expédition où non seulement il n'aurait rien à gagner mais risquerait de tout perdre. Le café qu'Aldo trouvait si bon l'instant précédent venait de prendre le goût amer de la solitude ce qui le dissuada d'en demander un autre. Ted cependant continuait :

— En outre, tenter quoi que ce soit pendant la Season relèverait de la folie pure, en dehors du fait que l'on va crouler sous le travail, et j'imagine qu'il ne doit pas vous manquer à vous non plus ? Si vous voulez un bon conseil, vous devriez accepter l'invitation de la baronne et vous mêler à la haute société dont vous faites partie...

— Je ne suis pas venu pour danser ou jouer au tennis, coupa Aldo.

— Je sais mais vous verriez les choses de plus près, vous pourriez rencontrer Ricci puisqu'il fréquente ces eaux-là et peut-être arriveriez-vous à le convaincre de vous vendre ce bijou que vous recherchez ?...

Il ne manquait plus que ça ! Au bord du dégoût, Aldo lâcha :

— Merci de vos conseils mais je ne crois pas en avoir besoin pour exercer ma profession comme je l'entends. Or je n'entends pas payer une fortune pour obtenir un joyau couvert du sang de deux femmes au moins et que des vols crapuleux ont amené dans les mains d'un bandit ! A présent, vous voudrez bien m'excuser mon cher Ted mais je vais faire mes bagages ! Préparez-moi ma note s'il vous plaît...

— Vous partez ?

— Eh oui ! C'est ce que vous souhaitez, n'est-ce pas ?

— Vous partez vraiment ?...

— Je ne crois pas que cela vous regarde !... donnez-moi ma facture !

En réalité il n'en savait strictement rien n'ayant aucune envie de fuir devant l'ennemi et pas davantage d'aller demander l'hospitalité à Pauline après l'avoir refusée. Il y avait bien la solution de l'hôtel qu'on lui avait déconseillé mais qui, à présent, devait déborder de touristes ? Outre que la baronne pourrait s'offenser. D'autre part il commençait à être las de cette histoire où les portes à peine ouvertes semblaient prendre un malin plaisir à se refermer devant lui.

Il regagnait l'annexe de la taverne et en était là de ses cogitations quand la torpédo grise de Pauline se matérialisa et Pauline elle-même en jaillit :

— Cette fois, dit-elle en balayant superbement les salamalecs mondains, je vous emmène. Et pas de résistance s'il vous plaît ! Vous avez assez joué les touristes anonymes, il est temps de réendosser l'armure. Je vais vous aider à faire vos bagages...

Elle, toujours tirée à quatre épingles, offrait ce matin une image inattendue en jupe plissée, sweater blanc et chaussures de tennis cependant qu'un bandeau élastique avait bien du mal à garder un semblant de maintien à ses cheveux noirs en désordre.

— Et la raison de cet enlèvement ?

— Ne soyez pas fat ! Il se passe des choses beaucoup plus intéressantes dans le quartier chic que dans l'auberge de Ted Mawes.

— Quoi par exemple ?

— Je vous le dirai plus tard ! En attendant nous avons à faire et il faut nous dépêcher si nous voulons avoir le temps de vous installer et nous mettre en tenue convenable pour passer à table !

Sans attendre un quelconque assentiment, Pauline se rua dans la chambre, chercha la grande valise, le sac à chaussures et la mallette de toilette, entreprit d'emplir les deux premiers avec ce qui lui tombait sous la main pendant qu'Aldo d'autant plus résigné qu'il grillait de curiosité se chargeait des objets de toilette et de ce matériel de peintre qui lui avait si peu servi.

En quelques moments tout fut réglé, la chambre vidée, et Aldo embarqué dans la Packard qui démarra sur les chapeaux de roues faisant fuir un chat attardé et plaquant le pasteur contre le mur du musée. Cramponnée à son volant Pauline le sourcil froncé, bouche pincée, regardait droit devant elle conduisant le pied au plancher comme si sa vie en dépendait. Ce fut seulement quand elle embouqua la belle avenue sablée contournant une immense pelouse unie comme du velours qui menait à Belmont Castle qu'elle se détendit, ralentit afin d'éviter un groupe de trois sycomores ombrageant une sorte de salon de jardin. Un instant plus tard, elle arrêtait son bolide devant une assez bonne copie du château de Maisons-Laffitte.

— Ouf ! Sauvés ! émit-elle en couvant son passager d'un regard satisfait. Vous voilà chez nous et là plus rien à craindre !

— Craindre quoi ? Sauvé de quoi ? Vos propos tiennent de la poésie lettriste, ma chère Pauline ! C'est de l'hermétisme à l'état pur pour moi.

Des domestiques accouraient pour ouvrir une portière qu'Aldo avait déjà enjambée et prendre les bagages cependant qu'un maître d'hôtel cérémonieux s'inclinait devant l'invité avant de le précéder dans le « vestibule » où celui-ci retrouva avec stupeur le décor exact du modèle français : les quatre aigles aux ailes déployées dans les angles, les quatre bustes dans le goût antique entre lesquels on avait placé de grands paysages italiens. Si l'écho aigrelet d'un banjo jouant un air à la mode n'avait flotté dans l'atmosphère, Aldo se fût attendu à voir paraître Louis XIII, le cardinal de Richelieu ou d'Artagnan mais ce qui vint – en courant – ce fut un personnage en maillot de bain, bleu de froid et grelottant sous une vaste serviette blanche qui lui lança un bonjour nasillard, et se précipita dans l'escalier en éternuant.

— Mon frère, John-Augustus ! présenta Pauline. Quand il est ici, il passe la moitié de son temps dans l'eau quelle que soit la température ou dessus. Or comme les fortes chaleurs n'ont pas l'air de s'annoncer il risque de se retrouver au lit avec une bonne bronchite. Venez, je vais vous montrer votre chambre.

Celle-ci était ce que l'on pouvait attendre dans une telle demeure : vaste, tendue de tapisseries avec lit à colonnes, cabinet florentin, fauteuils à hauts dossiers montant la garde devant une cheminée imposante mais remplie pour l'heure des fusées jaunes d'un genêt fleuri. Par la porte-fenêtre ouverte sur le balcon à balustres on découvrait une autre partie des jardins – qui eux n'avaient rien à voir avec les parterres de Lenôtre – et ceux de la propriété voisine, une somptueuse demeure, elle aussi dans le goût français, mais avec un siècle de moins. Il y régnait une activité intense au milieu de laquelle se remarquaient des uniformes et deux voitures de police.

Naturellement, Aldo qui avait jeté un coup d'œil machinal au-dehors demanda ce qui se passait.

— Ça, dit Pauline qui l'avait rejoint à la fenêtre, c'est Beaulieu, la propriété d'Ava Astor qu'elle a laissée à ses enfants afin de garder Beachwood qui se situe de l'autre côté. Notre amie Alice y est arrivée hier à bord du yacht fraternel et en compagnie de votre ex-meilleur ami ainsi que des Ivanov dont vous vous souvenez peut-être.

— En dehors du fait que j'ai une excellente mémoire la traversée n'est pas si loin, baronne. Mais pourquoi la présence de la police ? J'espère, ajouta-t-il avec un bizarre pincement au cœur, qu'il n'est rien arrivé de grave ?

— Pas à ce point-là mais pour Alice c'est une véritable catastrophe : on lui a volé le collier de Toutankhamon.

— Encore ? Lorsque nous étions tous à Londres on le lui avait déjà piqué mais Gordon Warren l'a récupéré et c'est pour protéger ce précieux trésor qu'elle a repris le chemin des Etats-Unis.

— Pour une réussite c'est une réussite mais vous ne savez pas encore tout. Le collier a été retrouvé... dans les affaires de votre ex-meilleur ami et, il y a une heure, le shérif Dan Morris qui, entre parenthèses, déteste les Français, s'est fait un immense plaisir de l'arrêter. Il paraît qu'il en pleurait presque de joie...

CHAPITRE X

« NOUS AUTRES, LES BELMONT... »

Les états d'âme du shérif importaient peu à Morosini qui, prévenu contre lui, le détestait d'instinct. En revanche qu'il ait mis les pattes sur Adalbert l'incommodait fort.

— Puis-je savoir comment on en est arrivé là ? demanda-t-il sèchement.

Pauline défaisait les bagages si hâtivement bâclés pour en ranger les différentes pièces dans un dressing-room à faire pâlir d'envie un roi d'Angleterre. Le contenu de ses deux malles-cabines y avait déjà pris place. La tête dans une armoire elle répondit :

— C'est simple ! Hier soir, Alice avait mis son collier égyptien afin de se livrer à l'une de ces séances d'inspiration prophétique dont elle a fait sa spécialité. Quand ce fut fini, un peu lasse, elle s'est contentée de le laisser sur sa coiffeuse et à son réveil elle ne l'y a pas retrouvé. Branle-bas de combat naturellement ; la maison retournée dans tous les sens jusqu'à ce que Caroline Ivanov se souvienne avoir vu l'égyptologue sortir à pas de loup de chez Alice dans le petit matin blême. Elle l'a dit. On a fouillé chez lui et on a retrouvé l'objet.

— Ça ne tient pas debout !

— Qu'est-ce que vous dites ? cria Pauline qui du fond d'une armoire n'avait rien entendu.

— Je dis que ça ne tient pas debout ! hurla Aldo. Et pour l'amour du Ciel laissez mes affaires tranquilles ! Je suis assez grand pour les ranger moi-même.

La baronne reparut l'instant suivant tenant à la main un browning dont elle fit miroiter l'acier bleu dans un rayon de soleil.

— Et de cette chose, qu'est-ce que j'en fais ? Vous voyagez toujours armé ?

— Pas vous ? riposta Aldo en s'emparant de l'arme qu'il fit disparaître dans la poche arrière de son pantalon. J'ai pourtant le reconnaissant souvenir de certaine canne-épée ?

— C'est beaucoup plus méchant, ce truc.

— Et vous en êtes offusquée ? J'ai peine à le croire. Sachez cependant que dans mon métier il faut défendre sa vie plus souvent que vous ne l'imaginez. Cela dit revenons à Adalbert. Où est-il ?

— Où voulez-vous qu'il soit ? Chez le shérif !

— Alors soyez assez bonne pour m'y faire conduire : je ne sais pas où c'est.

— Vous y faire conduire ? Mais vous rêvez, mon ami. Pourquoi donc croyez-vous que je suis accourue pour vous sortir de votre auberge ? Justement pour éviter que l'on vienne vous y cueillir comme une innocente marguerite ! Ici vous n'avez rien à craindre parce que tout le monde – moi en tête – jurera que vous êtes chez nous depuis... depuis...

— Depuis un quart d'heure ! Que croyez-vous que dira Ted Mawes quand on viendra l'interroger ? Si on l'interroge ? Et voulez-vous me dire pour quelle raison je serais tenu complice d'un soi-disant vol – parce que votre histoire sent le coup monté à plein nez – alors que j'étais tranquillement à l'auberge...

— ... attendant tranquillement que votre complice

vous apporte le produit de son larcin avec lequel il ne vous restait plus qu'à prendre le premier ferry en direction de New York !

La stupeur, vite remplacée par une bouffée de colère laissa un instant Aldo sans voix. Il se rendit à son tour dans le dressing-room, sortit l'une de ses malles et commençait à la remplir quand Pauline se jeta entre lui et la penderie à laquelle il s'attaquait.

— Arrêtez voyons ! Qu'est-ce qui vous prend ?

— Il me prend que si c'est ce que vous pensez je n'entends pas rester une minute de plus chez vous... ou plutôt chez votre frère qui n'a aucune raison de couvrir un receleur...

A son tour elle se mit à crier :

— Cessez de faire l'imbécile, Aldo ! Ni moi ni les miens ne le pensons. Je me contente de vous exposer les faits et la raison pour laquelle il vaut mieux que l'on vous sache de « nos » amis. Ce qui n'est pas rien aux yeux d'un Dan Morris !

— Mais enfin comment saurait-il qu'Adalbert et moi sommes des amis de longue date ? Il ne doit pas souvent lire les journaux de la vieille Europe dont nous ne sommes d'ailleurs pas des habitués.

— Il le sait parce qu'on le lui a dit.

— Qui donc ?

— Alice bien sûr à qui votre Adalbert a tout de même dû parler de vous une fois ou deux. Et puis aussi Cyril Ivanov qui, lui, a l'air très au courant de vos exploits communs...

Brusquement Aldo se souvint du « verre » qu'il avait pris en compagnie du jeune homme au bar de l'*Ile-de-France* tandis que Caroline dansait dans le grand salon. Ivanov après lui avoir fait savoir qu'il était renseigné sur leur activité commune, lui avait demandé pourquoi en se retrouvant à la table du commandant Blancart, ils avaient semblé ne pas se connaître. Il lui avait répondu qu'ils étaient en froid mais, apparemment, l'Américano-Russe ne l'avait pas cru...

Pendant qu'il réfléchissait ainsi, la pensée de Pauline suivait un autre chemin, voisin d'ailleurs, qu'elle se mit soudain à exprimer tout haut :

— C'est étrange qu'il ait pu en raconter autant. Je me demande si, vous découvrant sur le bateau, l'idée ne lui est pas venue que vous étiez là pour donner un coup de main à votre habituel complice en l'aidant à subtiliser ce sacré collier... En outre, vous venez de parler de ma canne, et moi je revois nettement l'homme qui vous a attaqué. La force, la silhouette, la souplesse, la taille sous le costume de marin fatigué... est-ce que tout ça ne ressemblerait pas au beau Cyril ?...

— ... qui usait du Vétiver de Guerlain, la vague odeur que j'ai décelée sous celle de la sueur, de la crasse et du charbon ? Ce serait lui qui m'aurait attaqué ? Mais pourquoi ?

— Pour vous éliminer d'entrée de jeu afin d'isoler plus facilement l'amoureux d'Alice. Ce qui expliquerait aussi comment il a pu disparaître si vite : Caroline devait l'attendre, dissimulée à proximité, avec un cache-poussière, une casquette et une écharpe amplement justifiés par le temps qu'il faisait. Car elle est sa complice n'en doutez pas. Vous ignorez qu'elle tient de son père une véritable passion pour l'Egypte, aussi forte, j'en ai la conviction, que celle d'Alice mais elle n'a pas eu les mêmes occasions d'assouvir cette passion.

— C'est un peu rapide comme réaction. Ils ne pouvaient pas connaître ma présence à bord. Eux sont montés à Plymouth.

— Erreur ! Ils sont montés au Havre. Je les ai vus...

— Il est certain que cela donne à réfléchir. Surtout si vous êtes sûre qu'il agit de connivence avec sa femme...

— Il n'y a pour moi aucun doute.

— En ce cas pourquoi ne serait-ce pas elle qui sous

un manteau masculin écoutait aux portes de Gilles Vauxbrun... et de moi-même quand Adalbert est venu me parler ? J'ai poursuivi le curieux mais il a presque instantanément disparu dans une cabine qui pourrait être celle des Ivanov. Caroline est assez grande si je la revois bien, correspondant à peu près à un jeune homme de taille légèrement au-dessus de la moyenne...

Pauline et Aldo se regardèrent en silence, un peu étourdis par ce qu'ils venaient de démêler en mettant en commun leurs réflexions. Ce fut cependant la baronne qui en sortit la première après un coup d'œil jeté à la pendule ancienne de la cheminée.

— Si vous en êtes d'accord, on en reparlera plus tard... Il est grand temps de se préparer pour le dîner. Rassurez-vous ce soir nous ne serons que trois : mon frère, vous et moi. Cynthia, ma belle-sœur qui ne rate aucune manifestation mondaine en attendant celle qu'elle donnera dans huit jours, passera la nuit à danser au Yacht Club avec des amis.

— Et pas votre frère ?

— Comme vous l'avez constaté, John-Augustus se veut un grand sportif. Il cultive sa forme et se couche le plus souvent comme les poules. Même ici ! S'il se met en smoking c'est surtout pour ne pas scandaliser Beddoes notre maître d'hôtel et nos autres serviteurs. Sans eux il irait aussi bien dîner en peignoir de bain. Et ne vous tourmentez pas davantage pour les frais de conversation. Il va se brancher sur la prochaine coupe de l'America dès les cocktails et n'en démordra plus jusqu'au café. Pour vous consoler, j'ajoute qu'il a une excellente cave et qu'il s'y connaît... Et que je l'aime bien !

Aldo put constater que la prophétie de Pauline touchant la soirée s'avérait exacte de bout en bout. John-Augustus se révéla intarissable. Aldo eut droit à l'historique du célèbre trophée depuis l'ère victorienne, à un délicieux dîner arrosé de deux grands bourgognes et à un accueil aussi chaleureux que s'ils étaient amis depuis l'enfance au lieu de se voir pour la première fois.

Belmont proposa à son hôte de l'emmener le lendemain faire un tour sur le voilier neuf qu'il venait de s'offrir en vue de la régate du Yacht Club et c'est alors que Pauline lui rappela que, selon toutes probabilités, Aldo devait s'attendre à recevoir la visite du shérif et que l'effet pourrait être déplorable si ce fonctionnaire le trouvait envolé sur les flots.

— Vous savez quel fichu caractère il a, ajouta-t-elle.

— Et moi j'ai encore plus mauvais caractère quand on s'en prend aux miens. Si cet animal tient absolument à voir notre invité il n'a qu'à venir. Dites donc à Beddoes de lui téléphoner dans ce sens ! Quelle heure voulez-vous cher ami ?

— Peu importe... et je peux me rendre à son poste ! émit Aldo qu'un tête-à-tête avec ce policier n'enchantait pourtant pas.

— Jamais de la vie ! Vous ne le connaissez pas. Avoir un vrai prince à se mettre sous la dent serait une gâterie pour lui et nous autres Belmont n'avons pas pour habitude de livrer nos invités aux bêtes ! S'il veut vous voir il se déplacera. Beddoes !...

— Laissez ! Je m'en charge, coupa Pauline. Autant l'amadouer.

— Vous êtes folle ! Il est capable de s'inviter à déjeuner !

— Allons, n'exagérez pas !

John-Augustus n'avait pas complètement tort cependant car, en retournant au salon après son coup de téléphone, Pauline annonça que le shérif rappliquait !

— J'espère que vous lui avez dit que nous avions dîné ? maugréa Belmont qui tenait à son idée.

Une vingtaine de minutes plus tard, Dan Morris faisait son entrée sous le somptueux plafond à caissons dorés du grand salon. Agé d'une quarantaine d'années, il avait un visage osseux au nez proéminent, des yeux pâles écartés à fleur de tête, un front bas encore rétréci par un moutonnement de cheveux bruns épais et frisés. Son regard sans cesse en mouvement enregistra aussitôt les trois personnages qui l'attendaient : Pauline en robe de mousseline noire à impressions blanches, un long fume-cigarettes au bout des doigts, assise nonchalamment sur un vaste canapé de part et d'autre duquel les deux hommes en smoking se tenaient debout, Belmont les mains nouées derrière le dos et la tête dans les épaules comme s'il s'apprêtait à charger, Aldo une main dans la poche l'autre jouant avec son briquet.

Le shérif salua brièvement les maîtres de la maison mais son regard se fixa sur Aldo et ne le quitta plus.

— Vous vous nommez, je crois, Morosini ? fit-il sèchement.

Du geste Aldo retint Pauline qui allait rectifier l'insolente entrée en matière comme si un titre pouvait quelque chose sur un individu de ce style.

— En effet. Que puis-je pour vous, shérif ?

— Répondre à quelques questions. Par exemple quelle est la raison de votre présence ?

John-Augustus émit un reniflement désapprobateur, et ricana :

— Ce que nous faisons tous, nous autres fêtards qui venons trinquer et battre l'entrechat dans ce site enchanteur avec des gens que nous connaissons par cœur, que nous rencontrons quotidiennement à New York et avec lesquels nous avons l'habitude de trinquer et de battre l'entrechat tout le reste de l'année ! Et nous invitons certains amis à contempler le spectacle. Vous devriez le savoir, Dan Morris !

— Et ce monsieur est de vos amis ?

— Je ne vois pas ce qu'il ferait ici dans le cas contraire.

Le shérif eut un frémissement des narines indiquant

qu'il goûtait peu l'humour du milliardaire que sa sœur regardait avec un étonnement qui échappa au policier.

— Comment se fait-il alors que votre ami soit arrivé bien avant vous ?

— C'est assez simple, coupa Aldo. Avant la guerre j'ai fait un séjour à Newport et j'ai eu envie de le revoir mais en dehors de la période des fêtes. Je m'intéresse en outre à son histoire, l'un de mes ancêtres ayant combattu aux côtés de George Washington...

— Et c'est moi qui lui ai conseillé de s'installer chez Ted Mawes, le meilleur endroit pour retrouver l'atmosphère de l'ancien temps. Mais vous ne voulez pas vous asseoir, shérif ? ajouta Pauline en désignant un fauteuil qu'il refusa afin de ne pas se trouver plus bas que les deux hommes toujours debout.

— Peut-être ne savez-vous pas que votre... invité est lié avec un personnage plus que douteux que j'ai coffré pour avoir volé un bijou précieux à Miss Alice Astor.

— Naturellement nous le savons ! fit Pauline avec un haussement d'épaules dédaigneux, mais ce que vous ignorez apparemment est que votre suspect est en réalité un savant archéologue français à la réputation sans tache...

— Ce qui signifie seulement qu'il est plus malin que vous ne le pensez, et comme il a été pris la main dans le sac, la cause est entendue. Le collier a été retrouvé dans son nécessaire de toilette.

— Quelle cachette pour un virtuose de la cambriole ! ironisa Aldo. Il aurait pu trouver mieux !

— Oh mais je suis certain qu'il a trouvé mieux : vous, par exemple, qui attendiez benoîtement chez Ted qu'il vous remette l'objet après quoi vous seriez reparti aussitôt pour New York... ainsi que vous l'aviez décidé, selon ce que m'a dit Mawes.

— Et j'aurais décidé cela sans le collier puisqu'il était déjà entre vos mains ?

— Ne me prenez pas pour un imbécile, Morosini !

Evidemment vous ignoriez que le pot aux roses était découvert. Etant donné que vous passiez pour fâché avec votre complice il n'allait pas venir vous apporter le collier à la Tavern. Sans doute étiez-vous convenus d'un endroit discret où vous rencontrer pour la remise de l'objet.

— Entre la maison de Ted et le quai d'embarquement du ferry, il n'y a pas beaucoup d'endroits discrets ! objecta Aldo agacé.

— En outre, continua Pauline c'est à ce moment-là que je suis venue chercher le prince Morosini pour qu'il s'installe dans la chambre où ses bagages les plus importants l'attendaient puisqu'ils sont arrivés avec nous sur le *Mandala*.

Cette précision eut l'air de frapper le policier qui garda le silence un instant mais il n'était pas homme à rester longtemps à court d'arguments. Avec un bizarre sourire il émit doucement :

— A moins que vous ne veniez lui annoncer la capture de son... ami ?

— Pourquoi ne dites-vous pas : « que le coup était manqué » si c'est ce que vous avez en tête, shérif ? s'indigna Pauline.

Pauline allait poursuivre sur le sujet en se levant pour regarder Morris carrément en face quand John-Augustus se glissa entre eux en la repoussant vers son canapé :

— Parce que, même s'il n'est pas très futé, il doit savoir qu'avec nous autres, les Belmont, il faut éviter de s'aventurer trop loin. Sinon, nous autres, les Belmont, avons la fâcheuse habitude de nous vexer et de prendre à témoin certains membres de notre parentèle comme l'attorney général à la Cour suprême qui est notre cousin préféré. Cela dit, je crois, shérif, que nous vous avons assez vu et que vous devriez faire comme nous : aller vous coucher...

— Une minute s'il vous plaît ! intervint Morosini, il y a une chose que je voudrais savoir.

— Je ne suis pas venu pour répondre à vos questions ! grogna Morris. C'est plutôt à vous.

— Sous quel prétexte ? Vous n'avez strictement rien à me reprocher et vous n'agissez que sur des accusations dont je connais la provenance. De même vous avez arrêté Monsieur Vidal-Pellicorne grâce à ce que vous ont raconté les Ivanov. Sans eux vous n'auriez jamais eu l'idée de fouiller les bagages d'un invité de « Miss Alice ». De là à penser que ce sont eux qui ont caché le collier il n'y a qu'un pas. Maintenant je voudrais savoir si « Miss Alice » a déposé plainte contre Monsieur Vidal-Pellicorne ?

— Evidemment ! Elle a eu sous les yeux la preuve de ce qu'il valait au juste !

— Ce qu'il vaut « au juste » je le sais mieux que vous et je ne suis pas le seul car il compte de nombreux amis en Angleterre où le Chief Superintendant Gordon Warren, de Scotland Yard, pourra, à ma demande, vous apprendre ce qu'il sait des aventures du collier de Toutankhamon. Sans compter Washington où je vais aviser l'ambassadeur de France...

— Vous bluffez !

— Mettez-vous en rapport avec Scotland Yard et vous verrez ! En attendant je vous conseille de relâcher Monsieur Vidal-Pellicorne...

— ... que nous, les Belmont, serons enchantés de recevoir, flûta John-Augustus avec un sourire ravi.

— Pas si Miss Alice maintient sa plainte !...

— Vous n'avez pas le droit de refuser si je paie une caution...

— C'est au juge d'en décider mais je demanderai cent mille dollars !

— A votre aise. Si le juge vous suit, vous aurez le chèque demain, fit Aldo cassant.

Si bardé de certitude qu'il fût, le policier accusa le coup. Son œil dur se chargea d'une incrédulité méprisante :

— Vous ? Vous seriez bien en peine de les trouver. On sait ce que valent ces nobles européens décavés qui viennent épouser nos filles riches et je suppose que vous ne faites pas exception à la règle.

Ce n'était en rien une question. Sans toutefois la regarder en face, Morris se tourna légèrement vers la baronne.

— Avant de dire n'importe quoi apprenez à connaître les gens ! lança Aldo sans plus songer à cacher l'aversion que lui inspirait le personnage. Je suis non seulement un homme marié mais un père de famille.

Mais le Yankee ne se rendait pas si facilement.

— Vous devez savoir que le divorce existe ?

Si cet abruti ne tenait pas Adalbert, ce qui obligeait Aldo à une certaine retenue, celui-ci eût volontiers boxé cette face butée et hargneuse. Cependant John-Augustus commençait à trouver le temps long. Il se racla la gorge puis énonça :

— Nous autres, les Belmont, ne prétendons pas être plus intelligents que nos contemporains mais quand on nous explique clairement les choses nous sommes assez simples pour nous en contenter. Vous devriez essayer, shérif, de croire de temps en temps ce qu'on vous dit.

— Ah oui ? Par exemple que ce beau monsieur peut lâcher cent mille dollars ? J'aimerais savoir où il les trouverait ?

— A la banque Morgan, mon bon monsieur, dont le président Thomas W. Lamont ne ferait aucune difficulté pour honorer ma signature au bas de n'importe quel titre de paiement. Cela devrait vous suffire, non ? fit Morosini avec un haussement d'épaules.

— On vérifiera !

— Il faut vous faire une raison, shérif, émit la voix traînante de John-Augustus, le prince Morosini n'en est pas à cent mille dollars près. Le serait-il d'ailleurs que je me ferais un plaisir de les lui avancer. Content, shérif ?

D'autant plus furieux qu'il se savait battu – au moins pour l'instant présent – Dan Morris tourna les talons se dirigeant à grands pas vers le vestibule mais, au seuil, il se retourna :

— Toujours aussi généreux, hein, Mr Belmont ? Mais ne vous précipitez pas ! Mon enquête ne fait que commencer et j'ai l'intention de prendre tout mon temps pour la mener à bien avant de présenter cet individu au juge, il restera donc en prison... à moins que Miss Alice ne retire sa plainte ? Ce qui m'étonnerait beaucoup...

Sur cette flèche du Parthe il s'éclipsa laissant ses hôtes sous la fâcheuse impression d'une menace.

— J'ai souvent pensé qu'il y avait du bulldog dans ce type, soupira John-Augustus. Quand il tient un os plus moyen de l'en faire démordre.

— Moi aussi, affirma Aldo. Surtout quand cet os est un cher et vieil ami. Dès demain j'irai voir « Miss Alice ». Mais d'abord, à vous deux, merci de l'aide que vous m'apportez quand vous me connaissez à peine ! C'est très généreux.

Pauline se mit à rire en fixant au bout de son fume-cigarette d'or ciselé celle qu'Aldo venait de lui offrir.

— Ce que nous avons d'admirable, nous autres les Belmont, dit-elle, c'est que nous n'avons besoin que d'un seul coup d'œil pour juger quelqu'un et que nous ne nous trompons jamais. Alors ne vous tourmentez pas trop pour les crocs de Dan Morris, on arrivera bien à leur faire lâcher leur proie. A présent j'irais me coucher avec plaisir, ajouta-t-elle en bâillant discrètement derrière sa main.

Ce que l'on fit sans plus tarder.

Cette nuit-là Aldo dormit beaucoup moins sereinement que dans sa petite chambre près des roses trémières. En dépit des grands espaces entre les propriétés, l'air nocturne convoyait sans cesse les échos des orchestres de jazz d'un peu partout entraînant les danseurs, ceux des rires, des cris, des chansons. La fête était partout, sauf peut-être chez les Belmont et encore : vers deux heures du matin, une dizaine de voitures déversa quelques fêtards qui, à la suite de Cynthia, envahirent le « château » qui résonna bientôt des rythmes syncopés du ragtime. Les murs étaient épais sans doute mais Aldo envia quand même les domestiques dans leurs « communs » près des écuries assez éloignées. Aucun ne bougea d'ailleurs, la règle des participants à ces suppléments de soirée étant de se servir eux-mêmes mais quand, vers huit heures du matin, John-Augustus s'en alla piquer sa première tête dans les flots bleutés de l'océan le nettoyage battait son plein.

— Je ne comprendrai jamais, confia-t-il à Aldo quand ils se retrouvèrent autour de la table du petit déjeuner, ce qui pousse des gens en train de s'amuser quelque part au son d'un bon orchestre à venir envahir une honnête maison endormie pour y faire la même chose au son d'un gramophone après avoir mis la cuisine au pillage. Mais ma femme adore ! Il est vrai que pendant la Season elle ne se lève pas avant midi !

— L'eau n'est-elle pas un peu froide à cette heure-ci ?

— Froide ? Elle est glacée mais c'est excellent pour le système nerveux et nous autres Belmont tenons essentiellement à garder des nerfs en bon état !

— Parlez pour vous ! émit Pauline qui faisait son apparition en sweater et jupe plissée blancs. Vous êtes certainement le seul de la famille à posséder ce tempérament d'ours polaire. Notre père détestait l'eau froide et notre chère maman n'a jamais je crois mis, de sa vie, un orteil dans quelque mer que ce soit et elle a fait deux fois le tour du monde.

— J'ai peut-être bénéficié d'une révélation ? L'eau est l'élément premier ! Qu'en pensez-vous Morosini ?

— J'appartiens à un peuple de coureurs des mers, ce

qui dit tout. En outre j'aime nager et j'ai l'intention d'y aller… mais un peu plus tard !

— Vous avez tort. Pendant que j'y pense, n'avez-vous pas souhaité hier rendre visite à notre voisine de Beaulieu ?

— En effet et le plus tôt sera le mieux.

— Beddoes va vous arranger ça. Il prend les rendez-vous comme un dieu !

— Que ne le prenez-vous comme secrétaire au lieu de cette endive réfrigérante qui a toujours l'air de flotter comme un fantôme dans votre maison de New York ! Je ne pourrai jamais m'y faire !

— C'est parce que vous manquez de psychologie. C'est vrai que Cooper a l'air d'un fantôme et c'est la raison pour laquelle il m'est précieux : il n'a pas son pareil pour terrifier les tapeurs et autres importuns. Il suffit qu'il sourie en leur montrant ses longues dents noirâtres et ils s'enfuient en criant « au secours ». Je vis tellement plus tranquille depuis que je l'ai ! Mais, en cas de besoin, je peux vous le prêter.

— Je viens de dire que je ne pourrais jamais m'y faire. Mes serviteurs non plus et je tiens à eux !

Quoi qu'il en soit l'efficacité du maître d'hôtel reçut sa consécration sur le coup de dix heures : la princesse Obolensky attendait le prince Morosini à quatre heures très précises. Elle ne lui accorderait que peu de minutes le programme de sa journée étant lourdement chargé.

— Elle doit avoir rendez-vous avec tous les corps de métiers à la fois. La conservation de sa beauté lui prend un temps infini et lui coûte une fortune. Quel sacrilège si le coiffeur ou le masseur devaient l'attendre une ou deux minutes ! Je vous accompagnerais volontiers Aldo mais cela n'arrangerait pas vos affaires. La voiture vous attendra à quatre heures moins dix.

A quatre heures moins deux, une Rolls blanche équipée de son chauffeur et de son valet de pied tout aussi blancs, suivait noblement la grande allée de Beaulieu et, à moins une, un laquais en livrée bleu France en ouvrait la portière devant Aldo impeccablement habillé de flanelle anglaise gris clair à fines rayures blanches, cravate de soie ton sur ton et coiffé d'un panama cavalièrement retroussé – il avait horreur des canotiers alors à la mode – qu'il remit, avec ses gants, au maître d'hôtel venu à sa rencontre. On l'introduisit dans un petit salon d'un Louis XV surdoré où régnaient le satin broché vieux rose et deux ou trois tableaux qu'il n'eut pas le temps de regarder : la pendule de marbre rose et bronze doré sonnait et sur le quatrième coup la porte opposée à celle qu'il venait de franchir s'ouvrait le faisant reculer d'environ trois millénaires. La belle Egyptienne qui s'avançait à sa rencontre avec une lenteur étudiée pouvait aussi bien être Cléopâtre que l'épouse de Ramsès II. Tout y était : la longue tunique de lin blanc finement plissée, les pieds nus dans des sandales dorées, l'épaisse chevelure noire en demi-lune – qui devait d'ailleurs être une perruque – les bijoux d'or et de lapis-lazuli dont le moindre n'était pas le collier aux béliers, source des ennuis d'Adalbert. En homme de goût – même si l'heure n'était pas celle d'un bal travesti – il apprécia l'image qu'on lui offrait. Cette femme était encore plus belle que lors de leur dernière rencontre sur le bateau et elle laissait flotter un parfum complexe assez grisant.

En parfait homme du monde, il s'inclina devant elle mais, en se redressant, l'étincelle de son regard et le pli ironique de son demi-sourire révélaient ce qu'il pensait. Néanmoins il dit :

— N'étant pas égyptologue, j'ignore, madame, comment il convient de saluer une apparition venue du fond des âges. La prosternation serait peut-être un peu beaucoup ?

— On ne vous en demande pas tant ! Que voulez-vous ?

Sèche et autoritaire, la voix rompit le charme indéniable que dégageait la splendide image et rappela à Aldo celle d'Ava sa mère. Ce n'était pas le ton dont elle devait user avec ses amants sinon elle n'aurait sûrement pas réussi à réduire Adalbert à l'esclavage.

— Causer si vous le permettez, répondit-il en accentuant son sourire.

Alice releva plus haut encore son petit menton volontaire.

— Si c'est de ce sinistre imbécile déguisé en archéologue pour me voler mon collier, vous perdez votre temps !

— C'est surtout lui qui l'a perdu, fit Morosini soudain cassant, en vous consacrant tant de jours... et de nuits dont l'archéologie française avait plus grand besoin que vous. En tout cas, pour une dame qui prétend remonter si loin dans les âges du passé, vous faites preuve d'une brièveté de mémoire surprenante.

— Que voulez-vous dire ?

— Qu'il n'y a pas si longtemps, ce « sinistre imbécile déguisé en égyptologue » – je vous cite – vous a procuré les services du plus brillant policier de Scotland Yard. Ou a-t-on fini par vous faire croire que Gordon Warren était lui aussi un imposteur ?

— Je ne l'ai jamais pensé mais, le joyau m'ayant été volé, il était de l'intérêt de cet individu de le faire retrouver sinon il ne lui était plus possible de se l'approprier. J'ai cru qu'il travaillait pour moi mais en fait il travaillait pour lui.

— ... et Warren aurait poussé la complaisance envers un voleur jusqu'à dîner chez lui et le traiter en ami comme vous avez pu le constater ? Est-ce que vous le prendriez pour un crétin, lui aussi ?

— Du tout, mais il a pu être abusé comme je l'ai été moi-même. Je reconnais qu'il joue son rôle à merveille. C'est un grand comédien...

— Et moi qui suis son ami depuis des années, qui en

ai fait le parrain de mon fils je suis quoi à vos yeux ? un illuminé, un complice ?...

La « princesse égyptienne » prit une cigarette dans un coffret en malachite, l'alluma et alla s'étendre avec nonchalance sur un canapé Louis XV où elle perdit la totalité de son aspect hiératique pour n'être plus qu'une jolie femme déguisée. Puis, sans prier son visiteur de s'asseoir, elle l'examina avec un bizarre sourire.

— Mais c'est l'évidence que vous êtes son complice ! Votre petite comédie à bord de l'*Ile-de-France* était bien agencée : vous faisiez semblant d'être brouillés mais en réalité vous n'étiez là que pour recevoir le collier quand il vous le remettrait...

Dire qu'il l'avait crue intelligente ! Cette dinde était aussi stupidement vaniteuse et bornée que sa mère !

— ... et c'est pour cette raison, reprit-il en l'imitant, que dès le lendemain du départ votre « vague cousin » Ivanov a tenté de me poignarder et de m'envoyer par-dessus bord ?

— Vous êtes fou ?

Elle l'avait crié mais avec un peu de retard et, en même temps, Aldo lut l'effroi dans les grands yeux noirs encore agrandis par le maquillage « d'époque ». Comprenant qu'il avait touché une corde sensible sans trop savoir laquelle car elle ignorait sans doute la tentative, il insista :

— Si c'est vous qui lui aviez demandé ce léger service, vous auriez dû lui dire que si l'on veut se déguiser en matelot plus ou moins crasseux, il vaut mieux éviter de se parfumer au Vétiver de Guerlain. Cela fait désordre !

Instantanément elle fut debout.

— Sortez ! Quittez ma maison avant que je ne vous fasse jeter dehors par mes domestiques ! Oser m'accuser d'une pareille horreur ! Vous n'êtes qu'un méprisable individu...

— Un peu de patience, j'ai encore quelque chose à dire...

— Et moi je ne veux plus rien entendre ! Dehors, imposteur, vil menteur ! Vous n'êtes venu que pour rejoindre votre complice et préparer avec lui d'autres mauvais coups ! Il faut avoir la stupidité des Belmont pour vous recevoir mais ils vont bientôt savoir...

Folle de rage, elle se précipita sur lui mais il eut le réflexe de saisir au vol des mains dont les ongles aigus visaient son visage et la réexpédia sur son canapé.

— En voilà assez ! ordonna-t-il. Vous êtes cinglée ma parole et il serait temps de vous faire soigner ! On dit que ce collier vous met en transe et je commence à croire que c'est vrai !

— Oui, c'est vrai ! Mais il ne m'inspire que la vérité et la justice.

Elle semblait rassembler ses forces pour une nouvelle attaque mais à cet instant le collier se détacha de son cou et tomba sur le tapis. Vivement baissé Aldo le ramassa puis dédia à Alice un sourire narquois.

— Voyons votre discours quand vous ne le portez plus ?

Elle se rua de nouveau sur lui mais il la repoussa d'une main tandis que l'autre approchait le bijou de ses yeux. Un détail venait d'attirer son attention.

— Tenez-vous tranquille et laissez-moi regarder !

Le ton froid de Morosini la calma.

— Qu'est-ce que vous voulez regarder ? Rendez-le-moi !

— Un instant, vous dis-je !

De sa poche, il tira la petite mais forte loupe de joaillier qui ne le quittait jamais et examina la relique de Toutankhamon. L'impression rapide qu'il avait eue l'instant précédent était la bonne. Il rangea sa loupe et rendit le bijou.

— Pouvez-vous me dire pour quelle raison un célèbre

archéologue aurait pris la peine de voler et de cacher un faux ?

Il crut qu'elle allait s'étrangler.

— Un faux ?... Vous rêvez, coassa-t-elle. Je l'ai reçu des mains mêmes de lord Carnavon !

— Pas celui-là en tout cas ! Ce collier qu'on vous a offert ne pouvait être qu'authentique mais si c'est celui-là que vous avez retrouvé chez Vidal-Pellicorne, je peux vous certifier qu'il n'a jamais vu Toutankhamon. Si vous ne me croyez pas faites appel à vos joailliers. Ensuite vous pourrez retirer votre plainte : elle est à la fois injuste et injustifiée.

— Non. Ce n'est pas clair. Il l'avait peut-être apporté pour le mettre à la place du vrai ?

— Comme c'est vraisemblable ! Vous lisez trop de romans, madame, et je vais vous laisser à vos réflexions mais, auparavant, je voudrais vous poser une dernière question... Avant de le jeter comme une robe qui a cessé de plaire, avez-vous aimé Adalbert ?

Elle porta soudain un intérêt passionné à ses ongles manucurés dont la laque pourpre était cependant sans défaut avant de soupirer :

— Oh... Je crois que je l'aimais bien ! Il était tellement drôle... et aussi tellement commode.

— Commode ? reprit Aldo choqué par le mot.

— Evidemment ! Il savait tant de choses, tant d'histoires ! L'écouter évoquer les grandes figures de ma chère Egypte était un vrai bonheur ! Il a dû beaucoup lire ? ajouta-t-elle en fronçant les sourcils...

— Madame Obolensky, laissa tomber Aldo exaspéré, on ne donne pas la Légion d'honneur, les Palmes académiques et un siège à l'Académie des sciences à un monsieur qui se contente de feuilleter des bouquins de vulgarisation d'un doigt distrait et dans le seul but de vous en mettre plein la vue !

— Oh, les décorations, il y a tellement de gens qui en portent sans y avoir droit !

Pouvait-on vraiment être aussi belle, aussi entêtée et aussi idiote ? Pour la première fois de sa vie Aldo eut envie de battre une femme. Rien que pour voir si le grelot qu'elle avait à la place du cerveau se mettrait à tinter... Abandonnant la partie, il s'inclina brièvement et entreprit de traverser l'archipel de tapis orientaux qui couvrait le sol de marbre, à la fois pour sortir et pour voir quelle était la cause du vacarme qui venait d'éclater dans le vestibule mais il n'eut pas le temps d'atteindre la porte. Celle-ci s'ouvrit si brusquement qu'il faillit la recevoir en pleine figure tandis qu'une voix – inoubliable pour lui – clamait :

— On me dit que tu es là ma fille ?... Mais oui tu es là ! Quelle chance ! Tu vas pouvoir t'occuper de tous les détails. A condition bien entendu de changer de tenue : c'est assez joli ce lin plissé mais ce n'est pas très pratique. Et cette perruque ? Mais qu'est-ce qui te prend de mettre une perruque ? Ne me dis pas que tu perds tes cheveux ? Ce serait épouvantable quoique ma femme de chambre possède un excellent traitement...

Le flot de paroles emplissait le salon. En même temps Alice frappée d'un accablement surhumain semblait rétrécir à chaque seconde :

— Maman ! exhala-t-elle enfin. Mais qu'est-ce que vous venez faire ici ?

— Comment ce que je viens faire ?... Superviser l'organisation de notre grand bal d'été comme j'en ai l'habitude !

— Sauf l'année dernière où vous étiez à Monte-Carlo et celle d'avant où vous faisiez je ne sais plus quoi à Istamboul.

— Tu crois ?... C'est possible finalement mais il faut bien que de temps en temps je me souvienne de mes obligations envers cette maison où je suis toujours chez moi...

— Maman ! Cette maison m'appartient à présent.

— Qu'est-ce que tu me chantes ? Que ton frère Vincent en soit propriétaire légal, je ne dis pas, mais il n'en reste pas moins que j'ai pour elle une foule d'idées charmantes. Allons, les enfants, tenez-vous tranquilles ! ajouta-t-elle à l'adresse de la meute de cinq terriers qui faisait une entrée massive et galopait à travers le salon pour se dégourdir les pattes.

L'un d'eux se passionna pour Morosini. Fasciné par le débit de la dame et le tableau qu'elle offrait, il était resté planté près de la porte et ledit chien essaya de le déloger en s'attaquant au bas de son pantalon. Cette activité attira l'attention de sa maîtresse qui vola au secours d'Aldo.

— Allons, vilain trésor ! Ce monsieur n'est pas venu pour jouer avec toi et...

Comme elle relevait la tête tout en tirant le terrier en arrière, elle eut un large sourire réjoui et clama :

— Mais c'est mon petit prince gondolier ? Quel bon vent vous amène, mon cher ? Justement je pensais à vous il y a peu !

— Lady Ribblesdale, mes hommages ! murmura Aldo accablé par l'arrivée de la renommée et insupportable Ava Astor qui accaparait encore ce nom bien qu'elle fût divorcée, remariée et même veuve. Cette manie qu'elle avait de l'appeler « son petit prince gondolier » lui avait donné depuis le début l'envie de la gifler[1]. Elle n'ignorait rien, pourtant, de son métier : chaque fois qu'elle le voyait, elle le submergeait de ses injonctions de lui procurer un diamant illustre. Cela dit et la soixantaine atteinte, elle conservait une partie non

---

1. Voir *La Rose d'York*.

négligeable de cette foudroyante beauté qui en faisait une reine partout où elle passait. Une reine singulièrement mal élevée d'ailleurs, car foncièrement égoïste et à peu près dépourvue de cœur, elle méprisait la plupart de ses contemporains et ne s'en cachait pas.

— Vous vous connaissez ? émit faiblement Alice.

— Bien sûr nous nous connaissons ! Nous sommes même d'excellents amis quand il daigne faire mes volontés. Ce qui est rare, je l'admets, alors que pour d'autres il accomplit des prodiges.

— Ce n'est donc pas un imposteur ?

Occupée à chasser deux chiens du fauteuil où elle voulait s'asseoir, lady Ribblesdale posa sur sa fille un œil chargé de mépris.

— Où as-tu été chercher une bêtise pareille ? Ce n'est pas parce que tu as épousé un prince de pacotille qu'il faut t'imaginer qu'il n'y en a pas d'autre. Celui-là est vrai et c'est le plus grand expert en diamants historiques. Il paraît que son palais à Venise est une merveille. A ce propos, ajouta-t-elle en se tournant vers Aldo, j'ai l'intention de m'inviter chez vous l'automne prochain...

— Un instant, mère ! coupa Alice. Si vous êtes quasi intime avec lui vous connaissez peut-être aussi l'un de ses amis ? Un soi-disant égyptologue...

— L'homme au nom imprononçable ? Alice, ma fille, serais-tu devenue complètement idiote ? Je sais depuis longtemps que le sang des Astor ne vaut rien et que seul le mien, celui des Lowle Willing, fait de toi et de ton frère des gens à peu près supportables mais à présent je m'interroge : aurais-tu contracté la manie de la persécution ? Tu vois des imposteurs partout ? Au fait, il va bien ce... ce...

— Adalbert Vidal-Pellicorne, lady Ava ! Il est en prison. La princesse Obolensky...

— Obolensky ! Pouah !

— ... l'accuse de lui avoir volé ce collier...

— C'est stupide ! Ce machin n'est même pas beau... alors qu'elle a des bijoux magnifiques ! Elle a hérité en particulier d'un diadème ayant appartenu à ma belle-mère et qui me seyait particulièrement. Et au sujet des bijoux auriez-vous enfin quelque chose d'intéressant en vue ? Parce que naturellement vous êtes venu ici pour acheter un joyau quelconque ? Vous n'avez pas l'habitude de vous déranger pour rien. Surtout aussi loin de Venise ? Alors qu'est-ce que c'est ?

A mesure qu'elle parlait, Aldo regrettait de moins en moins sa présence même s'il l'avait considérée tout d'abord comme une catastrophe. En fait c'était peut-être le Ciel qui l'envoyait. Il alluma pleins phares son plus aimable sourire.

— Un projet encore vague, lady Ava, né d'une information pas très précise que l'on cherche à vérifier.

— Mais qu'est-ce que c'est ? Qu'est-ce que c'est ? s'écria-t-elle déjà excitée.

— Une croix de diamants, de rubis et de perles avec des pendants d'oreilles assortis...

Elle fit la grimace.

— Une... croix ?

— ... ayant appartenu à une grande-duchesse de Florence et à au moins une reine de France : Marie de Médicis. Des joyaux splendides ! La croix est grande comme ça, continua-t-il en définissant à deux mains la taille approximative.

— Ah ?... Ah ! C'est bien ! C'est même très bien ! Et où est-elle ?

— J'ai l'assurance que la parure se trouve à Newport mais j'ignore qui la possède.

— Je peux peut-être vous aider ? Je connais à peu de choses près les cassettes à bijoux de toutes ces femmes qui viennent parader...

— Merci de m'offrir votre aide, lady Ava, il est certain qu'elle aurait pu m'être précieuse mais cette fois la tâche me paraît au-dessus de mes forces puisque je ne peux plus compter sur mon assistant habituel. Ce que je souhaite faire avant de rentrer chez moi c'est de sortir mon ami Adalbert des mains du shérif Morris... et du piège où les Ivanov l'ont fait tomber. Madame votre fille refuse d'admettre que ces gens ont voulu le perdre dans son esprit, même sachant – ce que je viens de lui apprendre – que ce collier est seulement un faux.

— Les Ivanov ? C'est quoi ?

— Des cousins ! lança Alice hargneuse depuis le canapé où elle était allée se réfugier. Caroline Van Druysen et son époux.

— Cette jeune dinde et son cosaque ? Si tu cousines avec eux cela te regarde mais moi je m'y refuse ! Des moins-que-rien ! Et c'est à ces gens que tu accordes ta confiance ? Comme si tu ne savais pas que Caroline te jalouse et que son grand imbécile de cosaque fait tout ce qu'elle veut...

— En l'occurrence ils m'ont rendu service ! affirma Alice aussi raide dans son lin plissé qu'une statue pharaonique.

— Ce n'est pas le terme que j'emploierais ! Et puis va donc te changer ! Le thé va bientôt être servi et tu es grotesque ! Venez, vous, je vous emmène !

Elle passa son bras sous celui d'Aldo et l'entraîna d'autorité, si vite qu'il n'eut même pas le temps de saluer sa fille. Arrivée dans le hall immense où une dizaine de serviteurs trimballaient ses innombrables bagages, elle le coinça contre un oranger empoté dans de la porcelaine chinoise :

— Si je sors votre égyptologue de prison, continuerez-vous à rechercher votre parure ?

Elle fonçait tout droit dans la direction qu'il espérait lui voir prendre. Aussi fit-il seulement mine de réfléchir.

— Il est certain que cela me rendrait courage. Je ne vous cache pas qu'en ce moment, j'en manque un peu...

— Bon sang, secouez-vous mon garçon ! Si je vous rends votre ami blanc comme neige – je crois d'ailleurs qu'il n'est aucunement impliqué dans cette histoire de fous –, je veux que vous me promettiez de reprendre vos recherches avec lui.

— Je peux seulement m'engager pour moi-même. Il est possible qu'il veuille d'abord restituer le vrai collier aux béliers à sa propriétaire...

— Pourquoi pas ? L'un n'empêche pas l'autre et vous mènerez de front les deux enquêtes ! fit-elle avec désinvolture.

Cette femme était incroyable ! Elle parlait de cela avec autant d'insouciance que s'il s'agissait d'aller acheter des cerises et des pommes au marché. Mais l'aide qu'elle apportait était plus que bienvenue. Il était temps de conclure.

— Vous avez ma parole, lady Ava. Rendez-moi Adalbert et je me remets à l'ouvrage.

— Bravo !... et dites-moi ! De quel côté porterez-vous vos investigations ? Avez-vous une idée ?...

— Peut-être. Cependant le moment me semble mal choisi... ainsi que l'heure.

La maison, en effet, tremblait sous les coups d'un gong que l'on devait entendre depuis la route.

— Ah ! Le thé ! traduisit lady Ribblesdale. Il faut que je me change mais on se revoit bientôt... Connaissez-vous le Gooseberry Island Club ?

— Non. Pourquoi ?

— Nous pourrions nous y retrouver demain pour déjeuner. C'est un club très amusant composé de gentlemen qui se réunissent pour se baigner, boire et pêcher tout nus ! Mais, rassurez-vous, reprit-elle devant l'air effaré d'Aldo, ils se rhabillent quand les dames arrivent pour le lunch.

S'il ne la connaissait si bien, il aurait pu croire à la

candeur de sa mine mais il avait moins envie que jamais de la suivre dans ses excentricités.

— Ce serait sûrement follement amusant mais je souhaite rester aussi discret que possible dans l'intérêt même de mes recherches. Ne pourrions-nous nous écarter un moment au cours d'une réception ? Il y en a chaque jour.

— Pourquoi pas ? Où êtes-vous descendu ?

— A côté, chez les Belmont !

Lady Ribblesdale grimaça et renifla de façon fort peu aristocratique mais Aldo s'y attendait.

— Vous auriez pu trouver mieux ! apprécia-t-elle, mais si l'on ne côtoyait que des gens qui vous plaisent on n'irait jamais nulle part et ceux-là vont partout. A bientôt !

Elle se précipita vers l'escalier mise en fuite par la deuxième rafale du gong. Aldo reprit son chapeau, ses gants et rejoignit la voiture. Il était temps, une douzaine de Bentley, Packard, Daimler et autres Rolls avançaient processionnellement au long de l'allée assez large heureusement pour que l'on pût se croiser.

Pour la première fois depuis longtemps, Aldo se sentait apaisé, presque heureux. Il ne doutait plus de la prochaine libération d'Adalbert. Dès l'instant où elle pouvait espérer dénicher un joyau royal, l'ex-Ava Astor était prête à toutes les extravagances. Elle était même capable de renverser un gouvernement pour arriver à ses fins. Sa fille pèserait moins lourd que ses bagues entre ses jolies mains toujours scintillantes de diamants. Restait à savoir ce qu'allait devenir Adalbert à sa sortie de prison. Recevrait-il suffisamment d'excuses pour retourner à Beaulieu ou les ponts seraient-ils coupés par sa volonté ou celle de la jeune femme entre Alice et lui ?

Pour le savoir un seul moyen : emprunter à John-Augustus une lunette marine, s'installer près de la fenêtre de sa chambre et n'en plus bouger afin d'observer ce qui se passerait à Beaulieu dans les heures à venir. L'envie le dévorait d'aller attendre son ami devant la geôle du shérif mais il craignait qu'en le voyant là, Adalbert ne se sente humilié.

Mise au courant, Pauline l'approuva entièrement. Ava ne perdrait certainement pas beaucoup de temps avant d'amener Alice à composition et le prisonnier serait sans doute libéré le lendemain matin, le cérémonial du thé et les festivités de la soirée – il y avait bal à « Rosecliff » – étant peu propices aux explications familiales surtout entre deux caractères comme Ava et sa fille. Aldo, cependant, préféra commencer sans plus tarder sa faction :

— Les réactions de cette pseudo-Egyptienne sont imprévisibles, fit-il observer à la baronne. Et un coup de téléphone est rapidement donné. Imaginez qu'Alice le passe maintenant pour s'en débarrasser auquel cas Adalbert retrouverait sa liberté ce soir. Alors ou bien le shérif le ramène ou bien il le lâche dans la nature mais n'importe comment, il aura besoin de ses bagages. Ils doivent être encore là...

— Sans aucun doute. En ce cas allez-y ! conclut Pauline en lui faisant apporter l'objet demandé : une superbe lunette sur trépied de cuivre qui devait être assez puissante pour observer même les étoiles.

Parfaite maîtresse de maison, à son habitude, elle lui fit servir les éléments d'un thé copieux puis, plus tard, lui annonça qu'elle viendrait dîner avec lui.

— Vous vous ennuierez moins, sourit-elle.

— Mais que diront votre frère et votre belle-sœur ?

— Rien. Tel que je le connais John nous accompagnera. Il est curieux comme une sœur tourière et vous le passionnez, quant à Cynthia elle est déjà sortie.

Ainsi fut fait. On dîna tranquillement chez Morosini tandis que s'illuminait la maison d'à côté bien que la fête du soir eût lieu chez les Stuyvesant Fish mais c'était la façon de lady Ribblesdale de signaler sa présence : la demeure où elle résidait devait briller de mille feux. Le contraste était parfait avec le calme où baignait Belmont Castle et Aldo s'en inquiéta :

— Vous êtes certainement invités ce soir ? Ne vous croyez pas obligés de rester pour moi !

— Je déteste ces grands machins mondains, déclara John-Augustus et ma femme suffit largement à me représenter. Quant à Pauline elle est assez grande pour savoir ce qu'elle a à faire.

— N'ayez pas de remords, mon cher Aldo, et dites-vous que les invités de Mrs Stuyvesant Fish sont les mêmes que ceux de demain, chez les Drexel, ou d'après-demain chez les Van Alen et la semaine prochaine chez nous. Je préfère choisir soigneusement le lieu de mes apparitions, conclut celle-ci avec un sourire moqueur.

Il se passa tout de même quelque chose à Beaulieu ce soir-là : vers huit heures Pauline et Aldo purent voir les Ivanov embarqués dans l'une des voitures de la maison avec armes et bagages et des mines qui en disaient long sur leur état d'esprit.

— Tiens ! remarqua la baronne, on dirait qu'Ava fait le ménage !

Il n'y avait pas à en douter. Elle se tenait debout, en personne, sur le seuil les bras croisés et y resta jusqu'à ce que la voiture, suivie d'un fourgon à bagages, eût franchi les limites de la propriété.

— Cela ressemble à une exécution, émit Aldo. La comtesse Ivanov pleurait...

— Soyez-en certain. Telle que je la connais, Ava a dû faire fouiller leur chambre de fond en comble par les domestiques et il se pourrait qu'elle ait retrouvé le collier.

— Et au lieu d'appeler le shérif elle les laisse partir ?

— Simple respect pour la famille de Caroline. Même si elle est kleptomane – ce dont je l'ai toujours suspectée –, les Van Druysen n'ont pas mérité la honte d'une arrestation quasi publique. Ava les a envoyés se faire pendre ailleurs. Et c'est très bien ainsi.

En dehors du départ d'Ava et de sa fille, scintillantes comme des arbres de Noël pour la soirée des Stuyvesant Fish, il ne se passa rien d'autre ce soir-là. Les guetteurs finirent par aller se coucher mais le lendemain matin Aldo se leva aux aurores, prit une douche, se rasa, s'habilla afin d'être prêt à toute éventualité. Il était déjà à son poste d'observation quand Pauline en tenue de tennis arriva avec le petit déjeuner. Elle débordait de vitalité et dans tout ce blanc ressuscitait la jeune fille qu'elle avait été. Aldo lui en fit la remarque en lui baisant la main :

— Vous semblez en pleine forme, baronne, ce matin !

— C'est vrai et je ne sais pas pourquoi mais quelque chose me dit que la journée pourrait être bonne. Quoi de neuf ?

— Je ne vois que le soleil qui poudroie et l'herbe qui verdoie, soupira-t-il en empruntant la lamentation de « ma sœur Anne » dans *Barbe Bleue*.

— Normalement il doit se passer quelque chose. La saine logique voudrait que nous assistions au retour de votre ami, ramené par le shérif..., ou alors au départ d'une voiture vide pour aller le chercher.

— Il n'acceptera peut-être pas de revenir après le déshonneur qu'on lui a infligé ici. En outre, c'est lady Ribblesdale qui a exigé sa libération. Sa fille n'a pas l'air vraiment d'accord avec elle.

— Et comme elles sont aussi têtues l'une que l'autre... Ah, voilà une voiture !

— Vous appelez ça une voiture, vous ?

En effet, au milieu de l'armée de jardiniers au travail avec râteaux et lances d'arrosage, un fourgon à bagages faisait son apparition devant l'entrée de Beaulieu où les domestiques étaient en train de déposer malle-cabine, valises et sacs aussitôt identifiés par Morosini :

— Ce sont ceux d'Adalbert ! s'écria-t-il. Qu'est-ce que cela veut dire ?

— Qu'il ne reviendra pas chez Alice. Venez ! Ma voiture est prête. On va le suivre...

Ils dévalèrent l'escalier à toute allure et l'instant suivant, Pauline lançait la puissante Packard dans le sillage de poussière de la camionnette à bord de laquelle le maître d'hôtel d'Alice avait pris place. On piqua droit vers le centre administratif de Newport où les bureaux du shérif se tenaient non loin de la mairie. Le transport de bagages s'arrêta devant et Pauline à quelques mètres en arrière puis personne ne bougea plus : on attendait.

Ce ne fut pas long. Seulement un petit moment avant que la porte s'ouvre devant Vidal-Pellicorne raccompagné jusqu'au seuil par Dan Morris visiblement mécontent de lâcher son prisonnier. Quant à celui-ci, il n'avait guère bonne mine : les vêtements froissés, pas rasé bien sûr, les traits tirés par manque de sommeil, le cheveu plus en broussaille que jamais, il posait sur toutes choses un regard bleu et vide comme si plus rien ne l'intéressait. Les désillusions devaient peser sur lui plus lourdement que l'arrestation.

Vivement descendus de voiture, Pauline et Aldo s'approchèrent suffisamment pour entendre Dan Morris signifier sa libération à Adalbert et le majordome d'Alice lui demander dans quel hôtel il voulait que ses affaires soient déposées à moins qu'il ne préfère qu'on les porte directement au quai d'embarquement du ferry. L'humiliation supplémentaire infligée à son ami fit bondir Aldo mais, d'une poigne vigoureuse, Pauline le fit tenir tranquille tandis que sa voix clamait :

— Chez moi ! Si ces parvenus d'Astor sont assez mesquins pour refuser de reconnaître leurs torts envers un illustre savant gravement offensé par eux, nous autres les Belmont le supplions de bien vouloir honorer notre demeure de sa présence !

Cette entrée en matière un rien théâtrale perça le cocon d'apathie d'Adalbert qui trouva même pour la jeune femme l'ébauche d'un sourire.

— Merci à vous, Madame, mais vous comprendrez sans peine que je n'ai plus qu'une seule envie : m'éloigner le plus tôt possible. Le quai d'embarquement fait tout à fait mon affaire.

— Pas la mienne ! fit Aldo que Pauline masquait jusqu'alors. Tu partiras quand tu voudras mais avec les honneurs de la guerre. Pas ainsi. Pas comme un domestique chassé pour indélicatesse ! Cette garce te doit des excuses !

— Qu'elle les garde ! Cela ne m'intéresse pas !

— Tu n'as pas envie de savoir où est passé le foutu collier de Toutankhamon ? Je t'ai connu plus curieux...

— Non... Non, tu vois, même ça je n'ai pas envie de le savoir. Peut-être parce que je le sais déjà...

— Ivanov bien sûr ? Il a tenté de me tuer sur l'*Ile-de-France* parce qu'il me croyait à bord pour recevoir le collier après que tu l'aurais subtilisé...

— C'est pas vrai ?

— Oh si c'est vrai ! Demande à la baronne von Etzenberg ici présente et dont, moi, je te supplie d'accepter l'hospitalité !

— Par pitié, laisse-moi m'en aller ! J'en ai par-dessus la tête de cette histoire ! Pourquoi veux-tu m'obliger à rester ?

Aldo posa une main sur l'épaule de son ami et la serra en le regardant au fond des yeux.

— Parce que moi j'ai besoin de toi ! Et tu ne sais pas à quel point...

CHAPITRE XI

LA FÊTE CHEZ CYNTHIA

Adalbert connaissait trop bien son ami pour douter une seule minute de sa parole dès l'instant où il demandait son aide. Aussi se laissa-t-il conduire à la voiture sans plus protester. Il fut plus difficile de convaincre le serviteur d'Alice d'aller décharger son fourgon à Belmont Castle.

— Je crains fort, déclara-t-il à Pauline, que Madame la princesse et aussi lady Ribblesdale ne me fassent de vifs reproches si je dévie des ordres reçus. La conséquence en pourrait être jusqu'à...

— Jusqu'à vous flanquer à la porte ?... Oui, telles que je les connais, elles en sont capables. En ce cas, pourquoi n'entreriez-vous pas à notre service ?

— Ce serait avec joie, Madame la baronne n'en doute pas mais... il y a Beddoes qui pourrait ne pas apprécier et je n'aimerais pas me retrouver sous ses ordres. Et puis il y a aussi... Clémentine, la femme de chambre de Madame la princesse...

— Auprès de qui vous souhaitez rester ? fit Pauline en riant. Je peux le comprendre ! Eh bien, je vais téléphoner audit Beddoes pour qu'il envoie un de nos transports.

Dès qu'il sera là vous déchargerez et vous pourrez rentrer à Beaulieu en toute tranquillité et dire de bonne foi que vous avez déposé les bagages de Monsieur Vidal-Pellicorne devant le bureau du shérif !... Ce qui fera encore plus plaisir à votre maîtresse...

Quelques minutes plus tard, Adalbert faisait chez les Belmont une entrée relativement discrète. La toujours invisible Cynthia dormait encore, John-Augustus était sur son bateau et ce fut l'admirable Beddoes qui, avec un tact surhumain, assura l'entrée d'Adalbert dans la maison sans qu'aucun domestique pût le voir sous son apparence de repris de justice. Il lui attribua une chambre dans l'aile opposée à Beaulieu tandis qu'Aldo l'emmenait chez lui pour qu'il pût faire toilette sans attendre l'arrivée de ses valises. Il poussa même la sollicitude jusqu'à lui monter, en personne, un plateau lui permettant de se réconforter en attendant le lunch encore éloigné.

Adalbert accepta ces attentions en silence et alla s'enfermer dans la salle de bains d'Aldo mais quand il en sortit drapé dans un peignoir en tissu éponge bleu azur, rasé de près et les cheveux humides, celui qui l'attendait avec un rien d'inquiétude en fumant cigarette sur cigarette eut un soupir de soulagement : l'œil avait retrouvé sa vivacité et il était évident que l'ancien Adalbert pointait le bout de l'oreille. Il avala coup sur coup trois tasses de café avec autant de toasts beurrés sous une couche de marmelade d'oranges, accepta la cigarette que lui proposait Aldo, se laissa aller dans son fauteuil et finalement adressa à son ami l'ombre d'un sourire.

— D'abord merci pour ce que tu fais ! Je n'ai pas conscience de l'avoir mérité et je me sens grotesque ! Belle image que je viens d'étaler...

— Arrête s'il te plaît ! Quand tu m'as sorti des prisons turques à Istamboul, je n'étais pas plus frais ! Alors on efface tout et on recommence ?

— Avec enthousiasme ! s'écria Adalbert. Maintenant

raconte ! Sur le paquebot tu m'avais parlé d'une parure et d'un assassin avec au moins trois crimes sur la conscience ?

— Bravo ! Pour quelqu'un qui n'avait pas l'air d'y prêter attention tu as tout de même bien enregistré ! Il me reste à expliquer...

A sa manière calme, précise mais sans oublier le moindre détail, Aldo refit pour son ami ce qui lui faisait un peu l'effet du récit de Théramène mais l'attention extrême que lui portait Adalbert l'encourageait. Quand il en vint à la confession d'Agostino, l'égyptologue réagit :

— C'est insensé cette histoire ! Il y a dedans quelque chose de médiéval. Comment imaginer à notre époque et surtout dans un pays encore trop jeune pour n'être pas brutal, la vieille légende des vierges livrées à quelque Minotaure caché ? Que le shérif soit acheté et complice, ce n'est pas étonnant, mais il y a d'autres policiers à des rangs plus élevés, des magistrats...

— Il y a aussi la Mafia et sa sombre puissance. Si ton Minotaure – j'aime assez ta comparaison en passant – est l'une des puissances occultes il doit être à peu près intouchable...

— Et toi, pauvre innocent, tu t'es embarqué seul dans ce bourbier ?

— Voilà pourquoi je t'ai dit tout à l'heure que j'avais besoin de toi. Ricci va convoler encore une fois et il est à redouter que le scénario ne se renouvelle : il sera appelé on ne sait où le soir des noces et quelques jours plus tard on retrouvera un corps ensanglanté. C'est ce que je voudrais éviter et j'en suis encore à chercher le moyen de pénétrer dans ce ridicule palais florentin...

— On peut toujours aller y faire un tour ensemble ? J'ai envie de voir de plus près. C'est pour quand le mariage ?

— Je ne sais pas mais les deux précédents ont eu lieu un 22 juillet.

— La fête de Marie-Madeleine, la pécheresse des Evangiles ? Le choix de la date n'est certainement pas fortuit. Les victimes seraient des filles de mauvaise vie qui recevraient ainsi leur châtiment ?

— Les deux premières, je l'ignore. En tout cas la malheureuse Jacqueline n'en était pas une : simplement une midinette qui croyait encore au Père Noël. Quant à la nouvelle fiancée, celle-là n'a rien d'un ange et si tu as, comme je l'espère, l'occasion de la voir, tu auras la surprise de ta vie.

— Je la connais ?

— « Nous » la connaissons et pas vraiment pour notre bien. Elle se fait appeler Mary Forsythe mais il s'agit de notre bonne vieille Hilary Dawson, autrement dit Margot la Pie !

Adalbert ouvrit des yeux énormes.

— C'est pas possible ?

— Oh que si ! Ses cheveux ne sont plus de ce joli blond suédois que tu aimais tant mais d'un ardent blond vénitien qui ne la change pas au point de la rendre méconnaissable. En outre très à l'aise dans son rôle de fiancée et c'est ce qui m'intrigue. Souhaite-t-elle se ranger en épousant un milliardaire et remiser ainsi sa pince-monseigneur ou bien pense-t-elle réaliser une affaire particulièrement fructueuse en acceptant d'épouser un homme qui n'a rien de séduisant, avec peut-être l'idée de filer ensuite avec un magot confortable ? Peut-être même en s'en débarrassant. Elle n'est certainement pas sans avoir eu vent des précédentes unions d'Aloysius Cesare.

— Il y a quelque chose que je ne comprends pas dans cette histoire de mariage : pourquoi aller jusque-là ?

— Tu veux dire pourquoi épouser ? C'est une question que je me suis posée. Sans parvenir à trouver de réponse mais je pense que tout tourne autour de Bianca Capello puisque Ricci ne convole qu'avec des filles qui lui ressemblent plus ou moins. Avec Hilary c'est plutôt moins, bien qu'elle ait fait en sorte d'approcher au maximum le modèle. Ce qui me fait penser qu'elle en sait peut-être plus que moi sur le sujet. Tu connais l'histoire de Bianca ?

— Pas vraiment.

— Dommage que Lisa ne soit pas avec nous : elle la raconte comme un ange. Avec moi ce sera beaucoup moins passionnant mais on ne peut donner que ce que l'on a.

Il s'exécuta de son mieux. Quand il eut fini Adalbert, songeur, fourrageait à deux mains dans ses cheveux à présent presque secs.

— Aucun doute, tu as raison. Ta Sorcière est le dénominateur commun. La première victime s'appelait Buenaventuri comme le premier époux et notre assassin ou complice de l'assassin Ricci comme le meurtrier dudit mari. Il ne nous manque plus que le fantôme de la dame hantant la réplique du palais Pitti. J'ai une fameuse envie d'aller le voir celui-là…

— On ira cet après-midi si tu veux. Une promenade en bicyclette te requinquera.

— Pourquoi en bicyclette alors qu'il y a un garage plein de voitures ? grogna Adalbert qui détestait se fatiguer quand il pouvait faire autrement.

— C'est un moyen de locomotion très employé dans le coin et il permet de passer inaperçu facilement.

— Mais qui donc souhaite passer inaperçu pendant la Season de Newport ? Plus on se montre plus on est dans le vent.

Le premier coup de cloche annonçant le déjeuner coupa court à la conversation et expédia Adalbert vers sa chambre afin de revêtir une tenue plus adéquate qu'un peignoir de bain. Il fit même des prodiges de rapidité et, au second coup, il rejoignait Aldo sur le palier pour descendre avec lui.

Cette fois Pauline n'était pas seule sur la terrasse

fleurie de rosiers grimpants sous un vélum de toile rayée bleu et blanc : il y avait là une femme d'une trentaine d'années dont les courts cheveux blonds s'ébouriffaient savamment autour d'un joli visage sans beaucoup de caractère en dehors des sourcils placés assez hauts pour donner à ses yeux bruns un air perpétuellement étonné. On était en présence de l'invisible Cynthia. Vêtue de la rituelle flanelle du tennis – à l'heure du lunch c'était ce que l'on portait le plus souvent avec la tenue de cheval ou celle de golf – elle offrit aux deux hommes tour à tour une main un peu trop bien manucurée pour une sportive, accompagnée d'une bienvenue assez conventionnelle en ce sens que le titre princier d'Aldo lui arracha un sourire plus étincelant que celui généré par les diplômes universitaires d'Adalbert. Il s'épanouit cependant davantage en apprenant que celui-ci avait cessé d'orner les salons d'Alice Astor pour se joindre aux illustrations de Belmont Castle. Cynthia exécrait sa voisine et n'en faisait pas mystère.

On se mit à table sans attendre John-Augustus qui naturellement était en retard et tout de suite la conversation s'engagea sur le bal que l'on donnait la semaine suivante et qui était la grande affaire pour Cynthia. C'est dire qu'elle se réduisit à une sorte de monologue, coupé de temps en temps par une réflexion de Pauline et qui ne prit fin qu'avec l'apparition à peine confuse de son époux. Juste le temps pour John-Augustus de souhaiter à Vidal-Pellicorne une chaleureuse bienvenue et il embrayait sur les mérites exceptionnels de son nouveau bateau, trouvant pour les vanter des accents lyriques auxquels ne manquaient que les trompettes d'*Aïda* en musique de fond. Cynthia perdit patience, se révolta contre cet envahissement maritime, échangea avec son mari quelques propos aigre-doux et quitta la table au dessert en déclarant qu'elle se ferait servir le café chez elle où, au moins, elle aurait tout loisir de penser à ses projets de fête. Durant ce repas, ni Aldo ni Adalbert n'avaient articulé une parole.

A peine Cynthia avait-elle disparu que les échos nasillards de son banjo atterrissaient sur la terrasse. John-Augustus cessa d'engloutir son fromage de Stilton arrosé de porto pour hausser les épaules et dire à sa sœur d'un ton mécontent :

— J'espère que vous allez vous en occuper vous aussi ? Si on la laisse opérer seule elle est capable d'aller chercher un jazz noir pour son bal XVIIIe siècle, histoire de faire contraste, je suppose ?

Pauline se laissa aller contre le dossier de son fauteuil d'osier, croisa les doigts et soupira :

— Je me demande s'il vous vient parfois à l'idée, Cynthia et vous, que vous faites partie des gens les plus mal élevés d'un pays dont la politesse n'est pas la qualité dominante. Vous vous êtes relayés pour nous assommer, elle de son bal, vous de votre bateau ! Dieu que vous êtes agaçants !

John-Augustus, les yeux plissés de malice, eut un petit rire mais abandonna son fromage arrosé pour regarder les trois personnages qui restaient à table.

— Je sais... et je vous en demande humblement pardon, mais si je n'avais monopolisé la conversation, on n'aurait entendu que ma femme. Au moins je vous ai offert un peu de variété. Le bal, encore le bal, toujours le bal, on ne parle que de ça depuis deux mois !

— Grâce au Ciel je n'habite pas avec vous !... Quant à la soirée je ne vois pas en quoi elle va différer des autres, plus ou moins pittoresques auxquelles nous avons eu droit.

— En ceci : vous allez tous devoir porter des costumes blancs... mais du XVIIIe siècle. Et vous n'imaginez pas ce que c'est : à vous les robes à paniers, les culottes collantes, les souliers à boucles qui vont vous martyriser les pieds, les perruques... et la poudre, hélas ! Surtout la poudre ! On va en retrouver partout. S'il prenait fantaisie à quelqu'un de tuer son prochain au cours de cette damnée sauterie, la police pourrait relever toutes les empreintes digitales qu'elle voudrait ! Et encore vous ne savez pas à quoi vous avez échappé, continua-t-il voyant les mines consternées des trois autres, Cynthia voulait ressusciter les dieux de l'Olympe !... On se serait marché sur les pieds entre des Jupiter armés d'éclairs en carton doré car pour Vulcain il y aurait eu évidemment nettement moins de candidats.

— Je me demande si ce n'est pas ce que j'aurais préféré ? fit Pauline rêveuse. Le costume grec est assez flatteur pour les hommes qui ont de belles jambes...

— Ne rêvez pas et pensez plutôt à cette quantité de Vénus arthritiques ou obèses auxquelles nous échappons...

Aldo se mit à rire mais objecta qu'il ne pourrait assister au bal à moins que l'on accepte de le supporter en habit moderne. Même chose pour Adalbert mais John-Augustus avait réponse à tout :

— Que nenni ! Il y a ici des kilomètres de satin, velours et autres brocarts que j'y ai empilés à l'intention des invités prévenus trop tard et que les exigences de Cynthia mettraient dans l'embarras. Nous avons aussi, près de la synagogue un tailleur chinois qui vous fera en vingt-quatre heures ce que vous voudrez... à condition de lui donner un dessin sinon gare aux aventures ! Vous pourriez vous retrouver en mandarin chinois...

— Il y en avait au XVIIIe siècle, fit Adalbert rêveur. Ce ne serait peut-être pas une si mauvaise idée. Peut-on savoir ce que vous avez choisi pour vous-même, Mr Belmont ?

— Appelez-moi John-Augustus ! C'est plus simple. Quant à votre question...

— Parions que j'y réponds ! s'écria sa sœur. Un marin ! Et je pencherais pour John Paul Jones ?

— Ce que vous pouvez être agaçante ! s'écria l'interpellé en se levant de table. Voilà ma surprise à l'eau ! Gentlemen ! Avec votre permission je me retire parce que je me sens le besoin d'une petite sieste et je vous conseille d'en faire autant.

— Nous pensions à une promenade, objecta Aldo. Il fait un temps idéal...

— En ce cas prenez toutes les voitures ou les chevaux que vous voudrez ! clama John-Augustus en rentrant dans la maison. Vous êtes chez vous... J'irais bien avec vous mais il faut que je me trouve un costume ! Cette dinde possède le rare talent de vous casser les oreilles avec un sujet sans rien vous dire de l'essentiel ! Et vous devriez vous aussi aller faire un tour chez Tong Li.

— Nous irons dès ce soir, promit Aldo. Mais, à propos de ce bal, me trouveriez-vous indiscret si je vous demandais qui y sera ?

— Pas du tout... A peu près la totalité du gratin de l'île.

— Sauf les Astor, j'imagine ?

— Sauf Alice Astor ! rectifia la baronne, que Cynthia et moi, pour une fois d'accord, détestons à l'unisson mais Ava sera présente... déguisée en reine. Vous devinez laquelle ?

— Marie-Antoinette ?

— Gagné ! L'inconvénient est qu'il y en aura peut-être deux ou trois autres mais cela mettra un peu... d'animation.

— Les Schwob sont-ils invités ?

— Il est impossible de les laisser de côté... Je devine ce que vous avez derrière la tête, mon cher Aldo : vous voulez savoir si Ricci et sa dernière fiancée les accompagneront ? Dès l'instant où elle habite les « Oaks » elle fait partie de la famille et naturellement ils l'amèneront. En conséquence Ricci sera du lot ! A quoi pensez-vous ?

— A rien de très précis mais je crois que la rencontre pourrait être intéressante. A ce soir, baronne.

Après sa nuit de prison, Adalbert se serait volontiers abandonné à la tentation d'aller faire un somme mais, sa curiosité étant, elle, bien éveillée, il opta pour la balade à condition que ce ne soit pas à cheval. Il « montait » convenablement – éducation oblige ! – mais n'avait jamais vraiment compris quel plaisir on pouvait éprouver à se laisser secouer durant des heures sur le dos d'un animal fantasque dont on ne pouvait être sûr qu'il n'allait pas, sur un coup de tête, se débarrasser de vous dans une haie ou un fossé boueux à des kilomètres de toute habitation avant de s'en retourner tranquillement à son écurie. En revanche il adorait les chevaux-vapeur et depuis son départ de Paris ne cessait de regretter sa chère Amilcar rouge, teigneuse et pétaradante à souhait.

Dans le garage où s'alignaient une demi-douzaine de luxueuses bagnoles, il opta sans hésiter pour la plus modeste, un roadster Ford gris gainé de cuir bordeaux au volant duquel il s'installa avec une telle satisfaction qu'Aldo se garda de lui disputer la place : il se contenterait du rôle de navigateur. En un quart d'heure on fut en vue du Palazzo Ricci.

L'endroit pour une fois n'était pas désert grâce à l'énorme pique-nique qui avait lieu dans la propriété la plus proche. L'air était empli de l'odeur des viandes rôties et du charbon de bois et au travers des arbres on pouvait voir s'agiter des hommes et des femmes en tenues claires. Il y avait aussi du monde sur la route : des curieux à pied ou à bicyclette. Ainsi que des invités retardataires. Adalbert rangea la voiture, stoppa le moteur et suivit Aldo déjà descendu.

Ils se trouvaient sur l'arrière du Palazzo défendu par une imposante grille ouvragée à travers laquelle on pouvait constater l'agitation qui y régnait. Les fenêtres étaient ouvertes pour un nettoyage à grande échelle. Des laveurs de carreaux étaient à l'œuvre et par moments, le vacarme des aspirateurs couvrait les échos du jazz. On nettoyait également les statues, les fontaines des jardins et de la terrasse où des hommes alignaient les orangers en pots couverts de fruits.

— Tu crois que ce sont les préparatifs du mariage ? demanda Adalbert.

— Cela y ressemble fort. La dernière fois que je suis venu on aurait pu croire le palais abandonné alors qu'il y avait du monde à l'intérieur...

Le rugissement d'un klaxon lui coupa la parole et le fit s'écarter de la grille afin de livrer passage à la camionnette de l'épicier tellement chargée que ses portes arrière entrouvertes étaient retenues par des cordes. Poli, le chauffeur toucha sa casquette en passant près d'eux puis se dirigea vers l'entrée des cuisines.

— Descendons pour voir l'autre façade, dit Aldo. Je voudrais vérifier...

Ils longèrent le mur qui suivait la pente du terrain jusqu'à la plage déserte d'où l'impeccable velours vert d'une vaste pelouse remontait vers les plates-bandes. Là, des jardiniers s'activaient à planter une multitude de rosiers blancs, de lis et de marguerites :

— Ça ne te rappelle pas les bords de Loire et le mariage d'Eric Ferrals[1] ? remarqua Adalbert. On avait de même planté en catastrophe des quantités de fleurs blanches. La noce n'est plus loin...

Aldo ne répondit pas. En équilibre sur un rocher, il observait le palais avec les jumelles qu'il avait emportées. De ce côté, pareillement, toutes les fenêtres étaient ouvertes à l'exception des deux extrêmes à droite du rez-de-chaussée et des deux qui se trouvaient immédiatement au-dessus. Ces dernières, il le savait à présent, étaient celles de l'étrange chambre nuptiale d'où seul l'époux ressortait vivant... Aldo tendit ensuite les

---

1. Voir *L'Etoile bleue*.

jumelles à Adalbert qui l'avait rejoint et qui à son tour observa le phénomène.

— Il faudra aller voir ça de plus près, conclut celui-ci en restituant l'appareil.

— J'y ai pensé avant toi mais ce qui manque c'est le moyen. Si tu essaies de forcer l'une des portes qui sont dans le mur, tu déclenches un carillon à rendre sourd !

— Et l'idée d'escalader le mur ne t'est pas venue ?

— Tu l'as vu, le mur ? Une plantation de verres cassés. Tu ne peux pas t'y accrocher sans y laisser un doigt ou deux sinon la main. La solution serait peut-être de passer par les rochers à marée basse comme je viens de le faire pour jeter un coup d'œil mais à marée haute on ne passe pas.

— Avec une marée basse par une nuit pas convenable ça devrait s'arranger ?

— Il faudrait qu'elle soit assez claire pour ne pas se rompre le cou et pourtant suffisamment sombre pour pouvoir remonter la plage, la pelouse et les jardins sans se faire repérer depuis la maison. Tu as vu combien de fenêtres regardent de ce côté ?

Vidal-Pellicorne se mit à fourrager dans sa tignasse couleur de blé mûr, ce qui était chez lui signe de grande réflexion :

— Tu ne serais pas devenu un peu trop prudent ? avança-t-il doucement. L'âge peut-être ? Ou le poids des responsabilités ?

— Ni l'un ni l'autre ! Je te ferai simplement remarquer que je suis ici tout seul à me battre contre un problème de taille : mettre Ricci hors d'état de nuire, l'empêcher de massacrer une nouvelle épouse et – accessoirement – essayer de lui reprendre les joyaux de la Sorcière.

— Pour les deux premiers postulats je suis d'accord mais le troisième me paraît sujet à caution. Que Ricci ait tué à plusieurs reprises pour les voler n'en fait pas de toi pour autant le propriétaire ? En outre, ce sont des bijoux « rouges » et ceux-là d'habitude tu ne les collectionnes pas ?

— Non mais estimant que bien mal acquis ne doit pas profiter je les vendrais volontiers au profit de la pauvre et charmante Violaine Dostel et peut-être aussi de Betty Bascombe dont le fils a payé pour les crimes d'un autre. J'ai même une cliente.

— Qui ?

— Ton ex-future belle-mère ! Ava Ribblesdale... il fallait que je l'appâte avec quelque chose, ajouta vivement Morosini en voyant s'allonger la mine de son ami qui acheva la phrase à sa place :

— ... pour qu'elle oblige sa fille à retirer sa plainte ? Ça a dû te coûter ? ricana Adalbert. Aux dernières nouvelles tu la fuyais comme la peste !

— Quand on veut souper avec le diable il faut se munir d'une longue cuillère ! fit Aldo d'un ton doctoral. C'est ce que j'ai fait, voilà tout. A présent cherchons un moyen d'entrer là-dedans sans nous faire pincer. A deux ce doit être plus facile qu'en solo.

Lentement, ils firent le tour du domaine cherchant un trou quelconque, une faiblesse dans la défense de cette place forte jusqu'à ce qu'enfin à un endroit envahi par les broussailles, Adalbert découvre un vieux pin dont les branches, courbées par les vents fréquents, passaient au-dessus de la muraille. Cependant il était aussi évident qu'aucune de ces branches ne pourrait soutenir un homme.

— Ce qu'il nous faut, décréta Adalbert après examen, c'est une corde solide et suffisamment longue pour pouvoir la passer autour de la ramure sommitale qui penche dans la bonne direction. L'un de nous se laisse descendre dans les jardins et l'autre reste sur place pour l'aider à remonter.

— Tu vois que j'avais raison de te dire que j'avais besoin de toi ? s'exclama Aldo. Ensemble on est imbattables et si tu es d'accord on sera là cette nuit !

Le goût du combat lui revenait d'un coup avec cette foi dans l'avenir qui, depuis quelques jours, lui faisait dangereusement défaut. Sans pécher par trop d'optimisme, il pouvait envisager, à présent, de sortir du piège où il s'était fourré avec les honneurs de la guerre.

Ils reprirent la voiture mais au lieu de rentrer directement, Aldo indiqua le chemin menant à la crique Bascombe. Adalbert n'ignorant plus rien de ce qu'Aldo savait de Betty, il pouvait être profitable de le laisser courir sa chance auprès d'elle ? Avec les femmes d'un certain âge, Adalbert usait d'une méthode et même d'un charme bon enfant bien différent du sien propre et qui réussissait souvent beaucoup mieux. Mais quand le roadster s'arrêta en haut du chemin menant à la maisonnette de Betty ils la virent assise sur la marche qu'Aldo n'avait qu'un instant partagée avec elle. Or elle n'y était pas seule : une jeune femme ou une jeune fille – si l'on s'en tenait aux bras et jambes nues dépassant d'une robe en cotonnade fleurie – se tenait à ses côtés et elles bavardaient avec animation. La tête de la visiteuse disparaissait complètement sous un large chapeau de paille destiné à la protéger du soleil. Chose extraordinaire Betty semblait prendre plaisir à leur conversation et ceux qui l'observaient purent la voir sourire à plusieurs reprises.

Une amie sans doute. Ted n'avait-il pas laissé entendre qu'elle en possédait encore dans la population ? Peut-être une « fiancée » du malheureux Peter dont on disait qu'il était « simple » mais beau ? Aldo crut déceler une intimité entre les deux femmes et se sentit tout à coup gêné de les épier ainsi.

— Qu'est-ce qu'on fait ? demanda Adalbert devant le silence de son ami.

— On rentre. Cette jeune personne n'a certainement

rien à nous apprendre et je ne nous vois pas suivre « discrètement » en voiture une simple bicyclette, ajouta Aldo en désignant celle qui était appuyée contre la maison. Puisqu'on a le temps on peut aller visiter le tailleur chinois. Ce sera toujours ça de fait...

— Cette histoire de mascarade ne m'emballe qu'à moitié, grogna Adalbert en redémarrant doucement.

— J'ai d'abord pensé comme toi mais à la réflexion c'est plutôt une bonne idée. Si l'on porte des masques on peut aborder qui l'on veut en restant anonyme. Cela ouvre des perspectives.

— Avec qui veux-tu causer ? Avec Ricci ?

— Peut-être. Et pourquoi donc pas avec notre chère Hilary ? Dieu m'est témoin que je ne l'aime guère mais avons-nous le droit de la laisser courir à une mort certaine sans lever le petit doigt ? C'est une femme malgré tout.

— Je me demande si elle ne le sait pas, fit Adalbert songeur. Souviens-toi du soin avec lequel était monté son plan pour s'approprier les « sorts sacrés[1] » ? Telle que nous la connaissons, elle a dû prendre des renseignements avant de jeter son dévolu sur ce type.

— Possible... et même probable mais je préfère en avoir le cœur net.

— Tu sais où elle habite, je suppose ?

— Oui pourquoi ? Tu veux y aller faire un tour ?

— J'aimerais, oui. Il me semble que si, moi, je pouvais lui parler seul à seul, j'aurais peut-être plus de chance de la convaincre de renoncer que...

— ... que moi dont elle a failli tuer la famille ? Autrement dit Lisa alors enceinte et les jumeaux ? J'ai évidemment toutes les raisons de la haïr et elle toutes les raisons de se méfier de moi. Prends la première rue à droite pour rejoindre Bellevue Avenue ! On va aux « Oaks ».

---

1. Voir *Les Emeraudes du Prophète*.

Patinée par le temps, solide comme son emblème, la propriété des Schwob ne revendiquait aucune ressemblance avec les modèles « historiques » des alentours. C'était seulement une grosse maison coloniale en pierres grises, aux fenêtres blanches, avec un porche à quatre colonnes surmontées d'un fronton mais sa sévérité était adoucie par les nombreuses plantes grimpantes – rosiers blancs, clématites bleues qui couvraient ses murs et donnaient l'impression que le jardin – très fleuri à l'exception de l'inévitable pelouse ! – montait à l'assaut de la maison.

Quand Morosini et Vidal-Pellicorne s'en approchèrent, il y avait foule dans les allées et autour d'un pavillon de toile blanche rayée de jaune planté au milieu de l'herbe verte où de nombreuses tables juponnées de lin brodé étaient disposées. A l'entrée deux serviteurs en livrée blanche s'occupaient de vérifier les invitations des occupants d'une limousine grenat.

— Allons bon ! Une garden-party ! soupira Aldo. Ton entretien à cœur ouvert n'est pas pour aujourd'hui.

— On pourrait essayer d'entrer ?

— Sans invitation ou sans être accompagné, n'y compte pas ! Regarde plutôt les deux préposés à la grille ! Le charme de ce pays dit de la Liberté est que les cloisonnements y sont plus sévères que n'importe où. Tu veux essayer ?

— Bien sûr ! Qui ne risque rien...

La limousine roulant alors vers les garages, Adalbert engagea la Ford dans l'allée d'entrée et l'arrêta entre les deux préposés qui avec ensemble se penchèrent vers les portières.

— Vos invitations, Messieurs ?

— Nous venons d'arriver à Newport et nous n'en avons pas, dit Aldo avec toute l'autorité dont il était capable. Nous sommes des amis de Miss Forsythe et nous avons besoin de lui parler !

— Désolé, Monsieur, mais sans invitation vous n'entrerez pas.

Deux billets verts apparurent entre les doigts de Morosini :

— Ceci ne peut-il les remplacer ?

A sa surprise le visage de l'homme se ferma.

— Certainement pas, Monsieur. Veuillez faire demi-tour !

— Nous venons de vous dire que nous voulions parler à Miss Forsythe, relaya Adalbert. Que l'un de vous fasse au moins l'effort d'aller la prévenir. Nous sommes...

— Inutile ! Nos ordres sont formels : nous ne devons en aucun cas abandonner notre poste ni laisser entrer sans le carton bleu.

— Les ordres de qui ? De monsieur Schwob ?

— Non. De Mr Ricci. C'est aujourd'hui son thé de fiançailles.

— Un thé ? fit Aldo dédaigneux. D'habitude on donne un dîner ? Ses affaires sont si mauvaises ?

— Non, mais étant donné son veuvage relativement récent, il a décidé de faire les choses plus simplement et il ne reçoit que les intimes. Veuillez à présent circuler sans nous obliger à réclamer de l'aide.

Sans insister Adalbert fit reculer la voiture jusqu'à la route qu'il reprit en sens inverse.

— Je ne sais pas si tu as remarqué mais sous sa livrée à l'ancienne ce larbin avait un pistolet !

— L'autre aussi ! Décidément Ricci tient à préserver son « intimité ». Il est vrai que quand on y admet quelque deux cents personnes on comprend que cela nécessite du monde. Il ne nous reste plus qu'à attendre le bal Belmont et, pour commencer, aller chez le Chinois !

— Et dès la nuit tombée, on retourne au Palazzo. Ricci ne va certainement pas rentrer se coucher à sept heures du soir !

La première partie du programme se déroula sans difficultés. On passa commande de deux costumes après quoi Aldo décida d'aller prendre le « thé » à la White Horse Tavern. Il n'avait pas revu Ted Mawes depuis que celui-ci l'avait autant dire fichu à la porte et il voulait prendre la température de l'aubergiste.

Il s'attendait à une réception impersonnelle, voire glaciale or il n'en fut rien. A peine eut-il fait choix d'une table à l'écart du bar que Ted lui-même repoussant la serveuse qui se présentait s'approcha en disant qu'il allait prendre la commande.

— Je suis content que vous soyez venu, dit-il, parce qu'il faut que je vous parle. Mais auparavant je dois vous demander de m'excuser pour l'autre jour. Mon attitude était indigne de moi et des traditions de la taverne.

Il semblait si sincèrement désolé qu'Aldo lui tendit la main spontanément.

— N'y pensez plus et buvez quelque chose avec nous ! Je vous présente Monsieur Vidal-Pellicorne, mon ami et mon... associé. Je suppose qu'à cette heure ce sera du thé ?

— Difficile de faire autrement. Trois thés, Nancy ! brailla-t-il en s'installant sur le banc à côté d'Adalbert. Puis, plus bas, il ajouta : La vérité est que j'ai vraiment eu la trouille ce matin-là... Voyez-vous, quand on l'a emmené au bateau j'ai cru voir une ombre...

— Pourquoi ne l'avoir pas dit ?

— Parce que je pouvais aussi bien avoir rêvé. On avait pas mal bu ce soir-là mais quoi qu'il en soit j'ai ressenti une irrésistible envie de me sortir de tout ça et de vivre ma vie sans plus m'occuper de celle des autres. D'où mon attitude... Je l'ai regrettée aussitôt d'ailleurs mais la baronne est venue vous chercher et ça m'a rassuré que vous alliez chez les Belmont. Ils représentent ici une sacrée garantie et personne n'oserait s'attaquer à eux alors moi je pouvais respirer. Seulement, ce matin, le *Mandala* est revenu... mais vous le savez peut-être ?

— Non. Si elle l'a su la baronne n'a pas jugé bon de me le dire. Pourquoi l'aurait-elle fait ? Elle n'a pas à me tenir au courant des allées et venues du yacht familial.

— Peu importe. Ce qui compte c'est ce que m'a raconté le captain Blake quand il est venu boire son pot de café habituel : son passager n'a pas fait plus de trente pas sur les quais de New York : il a reçu, entre les épaules, un couteau qui l'a étendu raide mort. C'est pourquoi si vous n'étiez pas venu je serais allé à Belmont Castle afin de vous prévenir.

— Et vous avez peur à nouveau ?

— Pas pour moi. A la réflexion je suis dans le pays une espèce de monument historique auquel on tient et il faudrait y regarder à deux fois avant de m'effacer du paysage. Et puis j'ai pris mes précautions mais vous, il va falloir que vous fassiez attention. Vous êtes un étranger et un mauvais coup est vite arrivé. Alors vous devriez éviter de sortir...

— Mais c'est que, justement, je ne suis pas venu pour rester enfermé, fit Aldo en se beurrant un « bun » qu'il enfourna avec une nouvelle tasse de thé. Et à ce propos nous sommes allés ce tantôt jusque chez Mrs Bascombe.

— Vous feriez mieux de la laisser tranquille. Elle a eu suffisamment de malheurs et si on vous voit trop souvent rôder dans sa solitude...

— Une solitude qu'elle partageait avec une jeune femme ou une jeune fille qu'elle semblait bien connaître. Nous avons pu les entendre rire et bavarder mais sans réussir à saisir leurs paroles...

— Ah bon ! C'est nouveau ? Elle était comment votre jeune femme ?

— Robe blanche à petites fleurs rouges, vaste capeline cachant entièrement le visage. A part ça des bras minces dont l'un portait une montre-bracelet, et de jolies jambes. Une peau claire mais nous n'avons rien vu de la figure ni de la couleur des cheveux.

Les sourcils de l'aubergiste se relevèrent de deux bons centimètres.

— Je ne vois pas ! Une touriste de passage mais en ce cas je ne m'explique pas pourquoi Betty qui est sauvage comme une chèvre lui ferait des sourires et ici, je ne vois personne qui corresponde à votre description. Cependant je peux toujours ouvrir les yeux et, au besoin, aller demander à Betty de qui il s'agit. Ça vous intéresse tellement ?

— Oui. Comme tout ce qui touche à cette femme parce que je suis persuadé qu'elle en sait beaucoup plus sur Ricci que nous tous réunis. Et c'est normal : la haine rend vigilant...

Un violent coup de tonnerre lui coupa la parole. Pris par leur sujet aucun des trois hommes n'avait remarqué que le jour baissait de façon inhabituelle et que de noirs nuages s'accumulaient sur l'île. Simultanément l'un d'eux creva en une pluie diluvienne où se noya le paysage. Refusant le dîner que leur offrait Ted Mawes, Aldo et Adalbert se précipitèrent pour relever la capote de la voiture avant que celle-ci ne soit transformée en baignoire, s'y embarquèrent déjà trempés et se hâtèrent de regagner, à travers des trombes d'eau où brillaient comme des phares les grandes résidences illuminées, les régions sèches de Belmont Castle.

— J'ai l'impression que, pour ce soir, notre expédition est dans le lac, soupira Adalbert. Ce n'est vraiment pas un temps à grimper aux arbres.

— Ce qui ne se fait pas un jour peut se faire le lendemain, émit Aldo sentencieux.

— C'est de toi ?

— Non. De César Borgia. Il l'a dit un soir où il venait de rater l'assassinat de son beau-frère.

Malheureusement le lendemain il faisait toujours aussi mauvais. Le gros orage qui dura la nuit entière, réduisant au désespoir deux maîtresses de maison dont l'une avait prévu un concert champêtre et l'autre une fête vénitienne autour d'un miroir d'eau qu'elle avait fait installer à grands frais, déglingua le temps pour plusieurs jours désertifiant les plages d'où avaient disparu parasols et transatlantiques. Seuls quelques rares baigneurs pourvus d'un cuir plus épais que celui des autres s'aventurèrent bravement dans les flots gris crêtés d'écume. En tête de ces héros, John-Augustus qui déclarait à qui voulait l'entendre que la température de l'eau était infiniment plus agréable que celle de l'air et que rien n'était meilleur pour la santé que les revigorantes gifles de l'océan. A ce régime il prit une bronchite qui acheva de mettre sa femme hors d'elle.

— Vous trouvez que je n'ai pas assez de soucis ? Mon grand bal est à la veille de se voir rétrécir entre les murs de cette maison et vous prenez un malin plaisir à vous rendre malade ?

— Que j'y assiste ou pas ne vous fait ni chaud ni froid ! protesta-t-il. Et je vous ferai remarquer que même si le jardin vous est hostile vous avez à l'intérieur assez de salons et même de terrasses que l'on peut recouvrir d'un vélum pour que six ou sept cents personnes puissent s'y agiter ! Si on ne dansait que par beau temps à Newport, ce ne serait pas souvent ! Et vous n'avez pas l'air de vous en priver beaucoup ?

La jeune femme en effet sortait tous les soirs pour aller rejoindre la joyeuse bande du Yacht Club où le jazz faisait rage jusqu'à l'aube. Les autres habitants du Castle – Pauline, Aldo et Adalbert – prirent leurs quartiers dans la bibliothèque où dans la vaste cheminée on allumait très souvent des feux de pins odorants afin de préserver les livres de l'humidité marine. On pouvait y lire, jouer au bridge ou aux échecs, prendre le thé dans une atmosphère paisible et confortable à l'écart des salons envahis parfois par Cynthia et sa bande. Convenablement « bâchés » on fit aussi, en dépit des rafales de vent et de pluie, de grandes promenades sur les plages presque aussi désertes que durant les tempêtes d'équinoxe. On se serait cru en automne et Cynthia abordait aux rives du désespoir quand, la veille de son bal, le ciel se nettoya et l'été reparut dans toute sa splendeur. Une armée de jardiniers se mit à l'œuvre pour réparer les dégâts, changer les plantes et les fleurs abîmées, nettoyer les tennis, la piscine sur laquelle on étala des nénuphars, installer des arceaux fleuris et passer les allées au peigne fin. C'est tout juste si l'on ne passa pas la pelouse à l'aspirateur mais au jour et à l'heure dits, la majestueuse demeure et ses jardins où brûlaient des centaines de lanternes vénitiennes ressemblaient à un théâtre de contes de fées et illuminaient la nuit. Quelque part des violons jouaient du Vivaldi.

— On peut dire ce qu'on veut de Cynthia, remarqua Pauline en contemplant, du haut de l'escalier l'enfilade des salons éclairés par les lustres et les torchères supportant une multitude de bougies, enrichis de massifs d'hortensias et de lis, ponctués par les tenues vert et or des laquais à perruque gardant les divers buffets supportant des pyramides de fruits, qu'elle a une tête de linotte, que dans la vie courante elle ne pense qu'à danser et gratter du banjo mais elle devient géniale dès qu'il s'agit d'organiser une fête...

Elle-même portait une somptueuse robe chinoise ancienne en satin gris brodé d'or et de perles et sur ses épais cheveux noirs laqués la coiffure compliquée des princesses mandchoues, velours et or piqués d'orchidées mauves et de grosses améthystes. Elle était superbe et Aldo lui en fit un compliment si flatteur qu'il la fit rosir.

— Elle sait surtout très bien s'entourer des gens qu'il faut, bougonna son époux, tout fringant sous le costume un peu sévère du célèbre marin. Depuis six mois elle ne jure que par ce peintre français qui fait des décors de théâtre à Broadway et qui se fait payer des fortunes ! Cette bagatelle va me coûter les yeux de la tête !

— Allons, mon cher petit frère, ne vous faites pas

plus pingre que vous n'êtes ! Vos bateaux coûtent beaucoup plus cher qu'une fête !

— Peut-être mais ils durent plus longtemps ! Seigneur Dieu ! En voilà déjà un qui arrive !... Winny Langdon en George Washington ! Il devrait pourtant savoir que notre premier président n'était pas un nain !...

Il n'en dégringola pas moins à la rencontre des arrivants qu'annonçait un « aboyeur » à la voix de stentor dont la barbe noire jurait affreusement avec la perruque blanche et s'en alla, résigné, prendre à l'entrée des salons sa place de maître de maison assisté par Pauline. Déchargée de cette corvée, Cynthia avait averti qu'elle ferait son apparition – qu'elle espérait sensationnelle bien sûr ! – quand tout le monde ou presque serait là. Aldo et Adalbert restèrent tranquillement en haut des marches afin de mieux jouir du spectacle.

Habit de satin corail soutaché de noir sur des culottes de satin noir, Morosini avait refusé de porter perruque se contentant d'un catogan postiche noué par un ruban noir. Quant à Adalbert qui tenait avant tout à son confort il s'était fait confectionner par Tong Li une assez bonne copie du *Gilles* de Watteau c'est-à-dire une sorte de pyjama en satin blanc avec une collerette en tulle tuyauté et sur la tête un chapeau rond en velours porté en arrière sur une coiffe de satin blanc d'où dépassait sa mèche folle. Il avait eu quelque peine à empêcher Tong Li pour qui le blanc était couleur de deuil, de lui ajouter des rubans écarlates et un dragon brodé à titre de porte-bonheur.

Les arrivées se succédaient à un rythme qui allait s'accélérant. Robes à paniers et costumes de cour emplissaient peu à peu les salons de leurs fulgurances. Certains hommes avaient opté pour des uniformes plus sobres et quelques femmes pour des toilettes rappelant leurs ancêtres américaines avec des bonnets de mousseline ou de dentelles mais toutes ruisselaient plus ou moins de diamants et de perles. Le bruit des conversations et des rires étouffait souvent la musique. Soudain l'attention un peu flottante des deux observateurs jouissant simplement du coup d'œil se fixa. On venait d'annoncer Mr et Mrs Schwob, Miss Mary Forsythe et Mr Aloysius Ricci.

Leurs regards négligèrent les deux premiers pour accrocher les seconds et ne plus les lâcher. En bonne Anglaise – peut-être l'était-elle réellement ! – « Mary » s'était inspirée d'un portrait de Gainsborough et sa fine silhouette s'enveloppait de mousseline blanche et de taffetas rose pâle assortis aux plumes d'autruche qui moussaient à son grand chapeau de velours noir. Son compagnon avait eu le bon esprit d'adopter ce dernier tissu pour son habit à boutons de diamants et le tricorne qu'il portait sous le bras. En revanche, sa figure couperosée, ses traits durs et son double menton s'accommodaient mal de sa perruque blanche un peu juste qui laissait dépasser des cheveux gris. Il devait s'en rendre compte car le sourire de commande plaqué sur sa face, les yeux sans cesse en mouvement, disaient assez qu'il ne se sentait pas au mieux.

— Quel couple ! marmotta Adalbert. Avec ce chapeau elle a l'air d'être deux fois plus grande que lui. En outre il est franchement affreux. Qu'est-ce qui lui prend de vouloir épouser ce gnome ?

Au mécontentement qui pointait dans la voix de son ami, Aldo se demanda s'il ne lui restait pas un reste de l'ancien penchant. Il est certain que se voir remplacé par ce type n'avait rien de flatteur !

— Il est très, très riche, murmura-t-il en manière de consolation.

— Il n'est pas le seul ici. Des milliardaires, on en ramasse à la pelle dans cette île.

— Quoi qu'il en soit c'est celui-là qu'elle a choisi et j'aimerais faire en sorte qu'elle renonce à ce projet. C'est selon moi la meilleure façon de lui sauver la vie.

Deux apparitions simultanées accaparèrent alors les attentions. Cynthia – Pompadour bleu Nattier et dentelles blanches appuyée sur une haute canne au pommeau endiamanté – descendait majestueusement l'escalier dont sa robe occupait toute la largeur au moment même où lady Ribblesdale – Marie-Antoinette en bergère de Trianon du même bleu mais avec une immense perruque surmontée d'un chapeau fleuri et une gigantesque canne enrubannée – franchissait le vaste vestibule. Pauline et Belmont se précipitèrent au-devant de celle-ci tandis que Cynthia achevait sa descente au milieu des applaudissements. On entendit alors la voix perchée d'Ava déclarer :

— Depuis quand se préoccupe-t-on d'une vulgaire favorite quand la Reine arrive ?

John-Augustus bafouilla quelque chose que l'on n'entendit pas : les applaudissements se retournaient de son côté et force était à la Pompadour de faire un saut dans l'Histoire en venant saluer une souveraine qu'elle n'avait pas eu l'honneur de connaître ; on est maîtresse de maison ou on ne l'est pas... Ces dames gagnèrent ensemble le grand salon où sur une tribune l'orchestre attaquait la première danse. Tandis que Belmont – politesse oblige ! – ouvrait le bal avec Ava, Aldo s'inclina devant Pauline.

— Me ferez-vous l'honneur, baronne ?

— Volontiers, mon cher prince...

C'était un plaisir que s'accordait Aldo dans un bal qui l'ennuyait plutôt. Sur le bateau Pauline et lui avaient dansé plusieurs fois ensemble et leurs pas s'accordaient bien. Elle était souple et légère à la fois tout en dégageant un charme auquel, ce soir, il s'avouait sensible. C'était peut-être ce costume ou ce parfum discrètement ambré qu'il ne lui connaissait pas... D'habitude elle usait d'un parfum qui lui était connu, « Arpège » de Lanvin que Lisa avait porté un moment mais ce soir c'était différent. Plus oriental ? Diablement sensuel en tout cas et il lui en fit compliment :

— Je pourrai avoir envie de vous séduire ce soir, murmura-t-elle en se serrant un peu plus contre lui. Et ne me parlez pas de Vauxbrun ! C'est ainsi ! ajouta-t-elle avec irritation.

— Pourquoi ce soir ?

— Parce que je regrette d'avoir invité Ricci et compagnie pour vous faire plaisir. Ils... ils me font peur !

— Peur à vous qui ne craignez ni Dieu ni Diable ?

— Où avez-vous pris ça ? Je crains Dieu et je redoute le Diable. Or j'ai l'impression qu'il vient d'entrer dans cette maison. Peut-être en double exemplaire parce que la douce fiancée ne me plaît guère plus que ce vilain prédateur. Qu'avez-vous l'intention de faire ?

— Dans l'immédiat ? Inviter Miss Forsythe à danser. Elle ne m'a pas encore aperçu et je compte d'abord sur l'effet de surprise. En outre il faut que j'essaie de la détourner de ce mariage...

— Si elle ne vaut pas plus cher que lui, laissez-les donc s'entretuer ! Vous y tenez à ce point ?

— C'est Adalbert qui y tenait et vous dites des sottises ! Je suis venu pour régler un compte avec Ricci et mettre un terme à ses méfaits. Il se trouve qu'il s'agit de cette fille mais j'en ferais autant pour n'importe quelle autre !

— Elle est trop belle pour ma paix intérieure !

— Pas pour la mienne ! Ne vous tourmentez pas !

Rapprochant leurs visages, il posa un baiser léger sur la tempe de Pauline. La danse s'achevait. Il prit sa main pour l'emmener vers l'un des buffets où le champagne coulait à flots.

— Venez boire une coupe ! Cela sera salutaire à tous les deux...

Elle le quitta ensuite, entraînée par une imposante copie de Louis XIV – « Encore un, pensa Aldo, qui ne sait pas lire les chiffres romains ! » – qui prétendait l'entretenir d'une affaire importante. Aldo regarda autour de lui, cherchant Ricci et sa compagne. Ce n'était pas facile. La fête démarrait agréablement. Entre les pauses de l'orchestre, le brouhaha des conversations s'élevait coupé de rires et de l'entrechoquement cristallin des verres. Il finit par les apercevoir assis sous une cascade de roses au milieu d'un groupe formé par les Schwob et trois autres personnes dont il ignorait tout puisque à Newport il ne connaissait pas grand monde. Ricci parlait d'abondance en faisant beaucoup de gestes mais la fiancée donnait l'impression de s'ennuyer à mourir. Elle concentrait son attention sur le gros diamant qu'elle portait à l'annulaire et qui devait être sa bague de fiançailles. L'orchestre entamait un boston quand Aldo fonça droit sur le groupe, s'inclina :

— Puis-je avoir la faveur de cette danse, Mademoiselle ?... Vous permettez, Monsieur ? ajouta-t-il en se détournant à peine vers Aloysius Cesare.

Ce disant, il tendait une main gantée pour que « Mary » y mît la sienne. Ce qu'elle fit presque sans hésiter. La surprise la fit rougir et arrondit ses beaux yeux. Elle se levait quand Ricci, l'œil mauvais, intervint :

— Qui êtes-vous, Monsieur ?

Aldo lui offrit son sourire le plus impertinent :

— Nous nous connaissons voyons ! Le déjeuner place Vendôme avec Boldini et votre...

— Ah oui ! s'écria-t-il en plaquant un vague rictus sur son visage et, soudain volubile : Je ne vous ai pas oublié mais quand on ne s'attend pas à quelqu'un... Ainsi vous voilà de l'autre côté de l'Atlantique ? Puis sans attendre une réponse évidente, il ajouta : « Mary dear, je vous présente le prince Mosorini, de... Venise. Je crois même l'avoir invité à visiter mes collections. »

— Morosini ! rectifia l'intéressé persuadé que l'autre l'avait fait exprès. Et j'ai eu alors le regret de refuser. Quant à Miss Forsythe, je me souviens de l'avoir croisée, à Londres, il y a trois ou quatre ans. C'était au British Museum.

— Que c'est charmant ! s'écria Mrs Schwob. Vous devriez vous asseoir un instant avec nous. Vous avez largement le temps de danser et...

— Non, coupa « Miss Forsythe » sans trop de courtoisie. Je préfère danser tout de suite...

Et ce fut elle qui entraîna Aldo vers la salle de bal et vint dans ses bras comme si elle en avait l'habitude.

— Incroyable de vous rencontrer ici ! fit-elle d'un ton mondain. Encore sur la trace d'un joyau fabuleux ?...

— Peut-être... mais surtout sur celle d'un assassin. Vous avez vraiment l'intention de l'épouser ?

La main d'Hilary se retira de l'épaule de son cavalier pour lui mettre sa bague sous le nez.

— A votre avis ?

— J'avais remarqué. Dommage que ce soit seulement un prêt. Et à court terme !

— Ce qui veut dire ?

— Qu'à la fin de ce mois il aura quitté votre joli doigt. En même temps sans doute que votre petite âme perverse... ou peu après ! Peut-être l'ignorez-vous mais les épouses successives de ce Barbe-Bleue américano-sicilien ont toutes achevé leur lune de miel à la morgue. Et en piteux état !

Il la sentit se raidir, s'écarter légèrement mais son visage n'eut pas un tressaillement. Il put même y voir l'esquisse d'un sourire.

— Ah oui ? fit-elle, désinvolte. Voilà qui est effrayant ! Notez que votre sollicitude me touche d'autant plus que vous n'avez guère de raisons de m'adorer. Comment va votre femme ?

— Laissez-la de côté s'il vous plaît ! Elle va très bien et j'ai hâte de la retrouver.

— Le bon époux ! Que n'y allez-vous en vitesse au lieu de batifoler avec moi dans cette copie d'un château français ? A propos de français, au fait, comment va ce cher Adalbert ?

— Pas mal. Je pense que vous en jugerez par vous-même. Il est trop galant homme pour ne pas vous inviter à danser ?

— Il est là ?

Cette fois encore la surprise d'Hilary était totale. Elle tourna la tête machinalement et son effarant chapeau manqua de peu l'œil de Morosini qui eut le réflexe de se rejeter en arrière.

— Tenez-vous tranquille ! intima-t-il en riant. Il doit être dans un autre salon ou dehors. Il a emprunté le costume du *Gilles* de Watteau. C'est inattendu mais il le porte à ravir... C'est un rêveur, vous savez ?

La danse s'achevait mais de nombreux couples applaudissaient en restant sur place. Aldo et Hilary à l'unisson. L'orchestre bissa et ils repartirent mais Aldo s'arrangea pour les diriger vers l'une des portes-fenêtres ouvertes sur la terrasse et l'y emmena aussitôt. Deux ou trois couples – des amoureux surtout – s'y étaient déjà repliés dans la douce lumière des lanternes vénitiennes et ceux-là ne faisaient attention qu'à eux-mêmes. Il y avait aussi des orangers dans des bacs de faïence ancienne entre lesquels des sièges couverts de brocatelle verte et blanche étaient disposés. Aldo en choisit un, y fit asseoir Hilary et lui offrit une cigarette en prenant place à côté d'elle.

— Causons sérieusement s'il vous plaît ! déclara-t-il. Nous n'avons pas beaucoup de temps et j'ai à vous dire des choses graves : arrangez-vous comme vous voudrez mais quittez Newport avant qu'il ne soit trop tard ! Ce diamant devrait être une compensation suffisante.

Elle garda un moment le silence, tirant quelques bouffées bleues en scrutant le beau visage grave de son compagnon.

— Mais ma parole, vous êtes vraiment inquiet ? Et inquiet pour moi ?

— Comme je le serais pour n'importe quelle autre femme engagée dans ce piège terrifiant, comme je l'étais pour Jacqueline Auger, assassinée en plein Londres pour avoir voulu échapper à votre fiancé. Croyez-moi, Hilary, vous, vous courez un terrible danger. Si vous saviez...

— Et si, justement je savais ?

— C'est impossible !

— Croyez-vous ? Alors, mon cher Aldo, essayez de vous mettre dans le crâne que je ne suis plus une apprentie et voilà un moment que je prépare cette affaire qui, je l'espère, sera le couronnement de ma carrière. J'ai pris le temps de me renseigner et je sais que dès l'instant où je serais mariée... ou plutôt Mary Forsythe sera mariée, donc personne, il me faudra jouer serré.

— C'est insensé. Vous ne serez pas de taille ! Cherchez-vous un autre milliardaire à épouser !

— Non. C'est celui-là que je veux. Les autres ne possèdent pas la parure de Teresa Solari ! Une véritable merveille ! Un joyau de reine...

— Qui a appartenu à des reines et qui est peut-être le plus « rouge » qui soit au monde avec le Hope !

— Vous le connaissez ? Il est pourtant resté discret sauf quand la Solari s'est tuée...

— A été tuée comme l'ont été avant elle Olympia Buenaventuri et trois autres, au moins, après elle. C'est ce qui vous tente ? Oh vous allez les porter, ces foutus joyaux ! Le jour de votre mariage et vous les porterez encore en entrant dans la chambre nuptiale mais, de celle-là, vous ne sortirez pas vivante. Votre tendre époux sera appelé quelque part en catastrophe, toujours très loin, et vous serez abandonnée à un sort que je ne souhaiterais pas à ma pire ennemie.

— ... que je suis !

— Pas de fol orgueil ! Revenez sur terre, Hilary, et pour une fois soyez raisonnable ! Allez-vous-en !

Elle tira de sa cigarette une longue bouffée qu'elle projeta doucement vers le ciel.

— Une question, mon cher prince ! Par hasard, vous ne vous intéresseriez pas à la parure...

— Que j'appelle les joyaux de la Sorcière ? Bien sûr que si ! Mais je ne souhaite pas me les approprier : simplement les contempler un moment puis les vendre pour donner un peu de bonheur à une malheureuse femme. En outre je me suis juré de venger Jacqueline Auger, Teresa Solari et Olympia Buenaventuri. Les victimes d'ici ce n'est pas lui qui les a tuées.

— Je sais ce n'est pas son truc ! fit-elle un rien canaille. Il faut donc que quelqu'un fasse le sale boulot. Et celui-là je ferai en sorte de l'affronter... et de gagner la partie !

— Vous en parlez comme s'il s'agissait d'une sorte de duel. Savez-vous seulement que dans le Palazzo où vous serez conduite existe un mystère, une partie cachée, souterraine semble-t-il, où vit un être tout-puissant, servi par d'autres êtres et qui effraie même les domestiques, cependant durs à cuire de Ricci ? C'est ça que vous voulez affronter seule ?

Il vit vaciller son regard que traversa une fugitive angoisse qu'elle chassa vite avec un mouvement d'épaules.

— Qui vous dit que je serai seule ? Et vous-même avez-vous un plan ?

— Je pense...

— En ce cas, pourquoi n'envisagerions-nous pas...

— Ah, vous étiez là ! Je vous cherchais.

La forme sans grâce d'Aloysius venait de se matérialiser devant eux avec dans les yeux une foule d'interrogations qu'il n'osait pas formuler. Morosini se leva.

— Miss Forsythe souhaitait prendre l'air... et puis nous évoquions le British Museum, ajouta-t-il mi-narquois mi-sérieux. J'espère que vous n'y voyez pas d'inconvénients ?

— Non mais je n'aime pas être loin d'elle trop longtemps ! Vous auriez pu évoquer vos souvenirs en ma présence et celle de mes amis ?

— Je ne vous connais pas beaucoup et eux absolument pas ! Vous n'exigez pas j'espère que votre fiancée efface tout de son passé ?

— Au contraire je préférerais qu'elle m'en confie davantage. Nous pourrions peut-être partager ensemble le souper qui va venir.

— Désolé mais je suis déjà retenu ! Merci pour ces quelques instants Miss Mary ! Ils ont été fort agréables...

— Pourquoi ne pas les renouveler, dit Ricci... au Palazzo par exemple quand elle y sera installée après notre mariage ?... Ou avant si vous acceptiez l'invitation que je vous avais adressée au Ritz ?

Cette fois ce fut Pauline qui évita à Aldo de répondre. Elle aussi le cherchait pour le compte de lady Ribblesdale.

— Elle vous réclame à cor et à cri. Vous la connaissez ?

— Oh oui ! fit Aldo en levant les yeux au ciel.

En suivant la baronne il retint un éclat de rire : Adalbert hilare arrivait sur les « fiancés » les mains grandes ouvertes.

— Est-ce possible ! Cette chère Mary ici ! Quelle merveilleuse rencontre !

Aldo ne put résister à l'envie de se retourner. Si Hilary jouait parfaitement le jeu en montrant un enthousiasme convenable, la tête de Ricci était à peindre : un taureau grincheux prêt à charger mais ligoté par un reste de conscience de l'endroit où il se trouvait. Il devait commencer à trouver excessif le nombre de vieux amis de sa Mary !

Le moment de distraction prit fin rapidement : Ava Ribblesdale arrivait sur lui avec des frémissements de houlette et clamait :

— Que faites-vous donc avec ces gens-là, mon petit

prince ? Il faut être aussi négligent que les Belmont pour les laisser traîner chez eux !

Sans souci de l'équilibre fragile de l'échafaudage capillaire qui lui mettait la tête à mi-chemin des pieds, Aldo empoigna la dame par le bras pour l'entraîner vers le premier buffet venu :

— Pour l'amour du Ciel, lady Ava, mettez une sourdine ! Vous me démolissez mon ouvrage...

— Comment ça votre ouvrage ?

Un laquais emperruqué passait à sa portée avec un plateau de champagne, il saisit deux coupes et en fourra une dans la main d'Ava.

— C'est cet homme qui possède les joyaux dont je vous ai parlé et vous voulez le chasser ?

— Ah, mon Dieu ! Vous êtes sûr ?

— Pas depuis longtemps mais cela ne fait aucun doute.

— C'est lui qui possède la croix et les pendants ?

— Vous devriez le savoir puisque ses deux mariages précédents ont eu lieu à Newport et que, pour le premier, la fiancée les portait...

— Je ne suis pas en permanence ici. Et même pas souvent heureusement ! Ce n'est pas mal pendant la Season – bien que ce ne soit plus ce que c'était avec tous ces touristes qui nous envahissent – mais je préfère de beaucoup l'Europe ou surtout New York... Elle prit soudain un ton rêveur pour ajouter : Ici, il n'y a pas de quartier chinois. C'est l'endroit du monde où je m'amuse le mieux !

— Vous allez là-dedans ? fit Aldo visité par un désagréable souvenir : celui de la ravissante Mary Saint-Albans passionnée de « fan tan » dont la brève carrière criminelle s'était achevée tragiquement[1].

— Pourquoi m'en priverais-je ? J'y vais jouer aux échecs avec un vrai mandarin. C'est formidable et

---

1. Voir *La Rose d'York*.

j'adore le voir balayer l'échiquier d'un geste furieux quand je le bats ! Ici il n'y a pas d'adversaires à ma taille.

— Vraiment ? J'aimerais jouer avec vous.

— Voilà une bonne idée…, quoique, ajouta-t-elle avec un soupir, il y manque l'atmosphère étrange, avec son vague relent d'opium !… J'aime aussi aller, à l'occasion, boire une bière dans un cabaret du Bronx ou de Brooklyn. Dans les quartiers pauvres, quoi ! C'est tellement amusant de passer outre à un écriteau qui déclare l'endroit « interdit aux dames » ! Ils ne savent même pas ce que c'est qu'une dame… Pour en revenir à notre affaire, comment pensez-vous opérer ?

— Je n'ai pas encore arrêté de stratégie. On verra après le mariage.

— Si c'est à une offre d'achat que vous pensez vous devriez la faire maintenant : après le mari sera envolé à l'autre bout du pays et la femme en route pour le cimetière ! C'est d'ailleurs assez excitant cette histoire !

— Ah vous trouvez ?

« Marie-Antoinette » lui offrit l'un de ces sourires pour lesquels tant d'hommes s'étaient damnés et qui, malgré les années, gardait du charme.

— A quoi pensez-vous, voyons ? Personne n'assisterait aux épousailles s'il n'y avait pas le piment de ce qui va se passer ! Ah voilà le souper. Naturellement vous restez avec moi !

Au point où Aldo en était, se dérober eût été maladroit, il se résigna donc et subit sa compagne le reste de la soirée qui fut parfaite en tous points. Servis par tables de six sur des brocarts blancs tissés d'argent autour de candélabres anciens chargés de hautes bougies, caviar, clams, langoustes et foies gras accompagnés de champagne – John-Augustus avait défendu farouchement les crus millésimés de sa cave en cas d'une hypothétique encore qu'improbable descente de police –, la fête fut une réussite absolue de même que le feu d'artifice tiré depuis des pontons amarrés sur la baie. Après quoi on dansa encore et l'aube se levait quand, une à une, les limousines s'égrenèrent dans le vent frais du matin emportant des fantômes plus ou moins réussis d'un monde qui n'existait plus... Quelques-uns étaient tellement ivres qu'il avait fallu les ramasser un peu partout pour les installer sur les coussins de leur voiture. Et tandis que Cynthia recevait les compliments – largement mérités – de ceux qui logeaient au château, John-Augustus dépouilla Paul Jones, révélant un maillot de bain rayé noir et blanc qui lui donnait l'air d'un zèbre et s'en alla piquer une tête dans l'océan.

— Vous devriez en faire autant, lança-t-il au retour, à Pauline, Aldo et Adalbert réunis dans la bibliothèque autour d'une cafetière. Ça réveille !

— Ça aussi ! riposta sa sœur. Et au moins ça réchauffe ! Vous auriez intérêt à essayer ! Vous êtes bleu pâle...

— Plus tard ! Pour l'instant je vais dormir ! fit Belmont en parfaite contradiction avec lui-même avant de galoper vers l'escalier monumental suivi immédiatement par Adalbert qui avait réussi l'exploit de passer toute la soirée avec Ricci et les Schwob en leur délivrant une conférence magistrale – et interminable mais apparemment passionnante – sur le temps des Ramsès et leurs trésors.

Resté seul avec Pauline qui ne disait plus rien et semblait lasse, Aldo lui conseilla gentiment d'aller se reposer elle aussi mais elle lui répondit par une question :

— Etes-vous satisfait de cette soirée ?

— Oui et non. J'ai essayé d'avertir Miss Forsythe du danger qu'elle courra en épousant Ricci mais elle semble en être entièrement consciente et m'a déclaré avoir pris des précautions...

— Lesquelles ?

— Je ne sais pas. Ricci ne m'a pas laissé lui parler très longtemps et je ne lui ai pas dit tout ce que je savais.

Peut-être Adalbert aura-t-il mieux réussi que moi ? C'est ce que je souhaite.

— J'ai entendu Ricci vous inviter au moment du départ ? Vous n'avez pas l'intention d'y aller j'espère ?

— Oh si ! Voilà des jours que j'essaye sans y parvenir de pénétrer dans sa maison. Je ne vais pas manquer pareille occasion.

— N'y allez pas !

Ce fut presque un cri et, sous le regard surpris d'Aldo, la jeune femme rougit violemment. Elle se leva et alla vers l'une des portes-fenêtres entrouverte sur la terrasse livrée aux nettoyeurs. Aldo la suivit.

— Dites-moi pourquoi ?

— Je ne sais pas mais cet homme me fait peur... affreusement peur ! C'est un assassin ! Un monstre même ! Oh Aldo, si vous avez pour moi un tant soit peu d'am... itié, vous n'irez pas vous jeter dans ses griffes ! Je... je ne pourrais pas le supporter !

Elle tourna sur elle-même ce qui l'amena presque contre Morosini. Il put voir alors ses yeux pleins de larmes, ses lèvres tremblantes. Elle était bouleversée et, instinctivement, il posa ses mains sur ses épaules qu'il sentit frémir sous le satin brodé de sa robe. Son parfum, en même temps, envahit son nez qui le respira avec un plaisir sensuel contre lequel il se défendit en essayant de plaisanter :

— Voilà mon amazone en détresse. Que voulez-vous qu'il m'arrive ? murmura-t-il. Calmez-vous je vous en supplie Pauline ! Vous toujours si sereine, si sûre de vous n'allez pas vous laisser troubler par ce truand sicilien ? Cela ne vous ressemble pas !

— Rien de ce que j'éprouve ne ressemble à ce que j'ai vécu jusqu'ici. Ayez au moins pour moi un peu de compassion si vous n'en avez pas pour vous-même !...

Aldo ne sut jamais comment la bouche de Pauline rencontra la sienne et s'y mêla, comment ses bras à lui se refermèrent sur elle et l'incrustèrent contre lui. Peut-être avait-il trop bu ou bien était-ce le charme de cette apparence exotique mais il eut d'elle, soudain, une envie brutale, violente à la limite de la douleur. Elle le sentit. Son baiser se fit plus profond cependant que son bassin s'appuyait plus étroitement et se mettait à bouger doucement...

L'instant suivant, Aldo et Pauline faisaient l'amour sur le tapis de la bibliothèque. Dans un ultime sursaut de lucidité, Aldo avait pris le temps de refermer les fenêtres et la porte...

TROISIÈME PARTIE

LE MINOTAURE

CHAPITRE XII

UN PALAIS TRUQUÉ

— Pardonnez-moi, murmura Aldo, je me suis conduit comme un soudard !

Il n'osait plus à présent regarder Pauline mais son rire lui parvint, doux, roucoulant comme un chant de tourterelle amoureuse mais avec une pointe de gaieté.

— Peut-être parce que je me suis conduite comme une fille qui a envie d'un homme... Ne faites pas cette tête-là, Aldo ! Croirait-on pas que nous sommes en route pour la damnation éternelle et que vous avez honte ?

— Mais j'ai honte...

Il chercha nerveusement son étui à cigarettes dans les basques juponnantes d'une veste de satin dont il n'avait pas l'habitude.

— Pourquoi, mon Dieu ? A cause de... votre femme ?

— Un peu, oui... sans doute mais ce n'est pas le principal. Je pense que c'est surtout à cause de Vauxbrun. Il vous aime et...

— ... et moi je l'aime bien mais pas comme ça ! Et je ne suis pas sa propriété...

— Quoi qu'il en soit j'ai trahi sa confiance... et abusé de l'hospitalité de votre frère !

— Je suis chez moi autant que lui et cette baraque en a vu d'autres. Quittez cette mine de naufragé et regardez-moi !

Il obéit et son visage crispé se détendit. Dans la lumière rose du matin elle était magnifique. La somptueuse coiffure d'orchidées, d'améthystes, de perles et d'or gisait sous un meuble comme la balle oubliée d'un chien. Ses cheveux noirs et lustrés glissaient jusqu'à ses reins et, dans sa longue robe chatoyante pudiquement refermée, elle avait l'air très jeune, très vulnérable aussi. Au regard assombri d'Aldo elle répondit par un sourire et s'approcha de lui mais en observant une distance. Puis elle parla et sa voix basse, feutrée, charnelle reconstituait l'intimité interrompue :

— Dis-moi seulement si tu as été heureux ? Moi je l'ai été au-delà de toute espérance. Jamais un homme ne m'a aimée de la sorte et pourtant nous n'avons eu que peu d'instants...

— Moi aussi j'ai été... plus qu'heureux, avoua-t-il encore secoué par la violence de sa jouissance, mais il faudra que cela nous suffise ! Nous avons succombé à la magie d'une nuit de fête, à ces costumes qui ont fait de nous des êtres différents... Il faut réintégrer le xxe siècle !...

— Chasser don Juan et l'impératrice de Chine ? Refermer le livre des Mille et Une Nuits quand nous n'en avons même pas lu un chapitre ? Dommage !... C'est vous bien sûr qui avez raison mais la raison et nous autres les Belmont n'ont jamais beaucoup cohabité.

Elle alla ramasser la tiare fleurie et se dirigea vers la porte.

— Je vais essayer de dormir un peu dans l'espoir qu'au réveil il me semblera que j'ai rêvé ! Je vous en souhaite autant, mon cher prince !

— J'aimerais y parvenir. Ce sera je le crains difficile.

Elle tourna à peine la tête et il ne vit qu'un profil perdu dont il ne put lire l'expression :
— Merci, dit-elle.

Aldo dormit cependant et comme une bûche au point de ne pas entendre la cloche du lunch mais il en fut de même pour les autres et la table ne fut desservie que lorsque vint le moment de préparer le thé, le mode de vie à l'anglaise ayant perduré dans les anciennes colonies de la côte nord-est des Etats-Unis. Encore ne remporta-t-il pas, ce jour-là, un franc succès. Ni Pauline ni sa belle-sœur ne parurent. Seuls John-Augustus et Adalbert qui étaient allés se baigner vinrent y faire honneur. Quant à Aldo il était allé nager lui aussi pour se remettre les idées en place mais, n'aimant pas le thé, il avait en sortant de l'eau emprunté une bicyclette pour filer à la White Horse Tavern où il avait bu deux ou trois tasses de café accompagnées d'autant de cigarettes mais sans échanger avec Ted autre chose qu'un salut : il y avait un monde fou et le personnel était débordé. Ce qui lui valut une relative tranquillité en vertu du vieil adage proclamant que l'on n'est jamais aussi seul qu'au milieu d'une foule.

Son aventure du matin le laissait perplexe. S'il continuait à se sentir coupable, il n'arrivait pas à la regretter. Même pour lui que bien des femmes avaient aimé et qui, à deux reprises au moins, avait connu la passion. Avec Pauline il avait atteint l'éblouissement absolu et le sentiment d'amitié qu'il lui portait n'avait rien à voir avec l'amour. Le sien appartenait toujours à Lisa et sans le moindre partage : il l'aimait avec sa chair autant qu'avec son cœur mais le corps de Pauline recelait un charme capiteux dont il fallait apprendre à se méfier. C'était comme un sortilège que n'expliquaient ni la douceur de sa peau ni la splendeur de sa beauté épanouie... ni une science certaine de l'amour. Elle était de ces femmes rares pour qui un homme pouvait tout quitter – même la vie – sans éprouver pour elles la moindre tendresse. Or jusque-là il lui avait voué une sorte d'affection fraternelle née de la reconnaissance et de l'estime. Conclusion : il était urgent de rentrer en Europe donc d'en finir avec l'affaire Ricci ! Grâce à Dieu le mariage aurait lieu dans trois jours ! Il devrait posséder suffisamment d'empire sur lui-même pour se tenir convenablement jusque-là...

En la revoyant au dîner, il éprouva une émotion inattendue qui lui fit l'effet d'une sonnette d'alarme. Elle portait une simple robe du soir en crêpe blanc dont la coupe asymétrique dévoilait les jambes pour s'achever derrière en une courte traîne. De même, si le corsage montait jusqu'au cou, retenu par un collier étincelant et restait vague sur la poitrine, il laissait le dos nu jusqu'aux reins. Aldo eut l'impression désagréable qu'elle ne portait rien sous son crêpe et que si le lien de strass se dénouait Pauline apparaîtrait aussi nue qu'Eve au premier matin. John-Augustus, lui, en resta pantois.

— Chez qui allez-vous danser dans cette tenue ? Vous allez provoquer une révolution !

— Chez personne mais il fait chaud ce soir et j'ai eu envie de porter cette robe que je n'ai pas encore mise pour mon seul plaisir ! Peut-être aussi pour juger de son effet avant de la produire ailleurs.

— Vous êtes... superbe ! lâcha Adalbert sincère.

— Possible ! ronchonna Belmont, mais si vous ne voulez pas que la meute des douairières se jette sur vous tous crocs dehors, je vous conseille de la garder pour les veillées au coin du feu... avec peut-être une petite laine par-dessus ? Nous autres les Belmont sommes sensibles des bronches.

— A qui le ferez-vous croire, vous qui trempez dans l'eau froide à longueur de journée ? N'importe, vous n'y connaissez rien. Cette robe est à la dernière mode. Demandez plutôt à Cynthia !...

— On ne la verra pas avant après-demain : elle cuve !

— ... ou à nos amis ! Voyons, messieurs, lequel de vous aurait l'audace – puisque apparemment audace il y a – de m'accompagner à une soirée quelconque ou au Yacht Club ?

— Moi ! s'écria Adalbert. Et avec le plus vif plaisir !

— Et vous Aldo ? M'emmèneriez-vous danser ?

Son regard souriant le défiait. Il imaginait trop bien comment s'achèverait ce genre de sortie et toussota avant de répondre par crainte de faire entendre une voix enrouée. Cependant son œil en train de virer au vert apprenait à Pauline qu'il goûtait peu son effronterie.

— Adalbert est célibataire, lui, et accompagner une sirène... Vénus en personne serait pour lui un vrai triomphe... qu'un père de famille ne saurait revendiquer.

Pauline eut un petit rire nerveux.

— Vénus ? Est-ce un compliment ? Dans quelle pièce votre Racine parle-t-il de « Vénus tout entière à sa proie attachée ? »

— *Phèdre*, baronne !... Une femme malheureuse que l'amour mena à sa perte... et à qui vous ne ressemblez absolument pas !

— Voilà ! conclut John-Augustus avec satisfaction. Et maintenant on va dîner j'espère ? Qu'est-ce que Beddoes fabrique avec sa cloche ?

Ledit Beddoes entrait précisément à cet instant portant sur un plateau d'argent une lettre qu'il vint offrir à Morosini.

— Pour Son Excellence !

— Il y a une réponse ?

— Pas que je sache. Le messager est reparti !

Du regard, Aldo interrogea ses hôtes.

— Vous permettez ?

— Mais on vous en prie, cher ami ! fit Belmont. Il y a là un léger parfum de mystère qui me fait griller de curiosité !

Le texte était courtois mais bref. Aloysius C. Ricci invitait le prince Morosini à venir lui rendre visite le lendemain vers trois heures de l'après-midi. Il enverrait sa voiture le chercher...

La réaction de Pauline fut immédiate :

— Vous n'allez pas vous y rendre, j'espère ?

Elle avait presque crié puis, se rendant compte de la surprise des autres, elle ajouta, aussitôt :

— On n'accepte pas une invitation formulée de façon si cavalière. Et sans même attendre de réponse. Cela ressemble trop à une convocation !

— Sur ce point je partagerais son avis, appuya Belmont. C'est d'un sans-gêne !

Aldo en convint avec bonne humeur :

— On ne peut attendre d'un tel homme que le code du Savoir-Vivre soit son livre de chevet. Je me rendrai cependant à son invitation : il y a trop longtemps que j'ai envie de jeter un coup d'œil à son palazzo !

— J'irai avec toi, décida Adalbert. Ce type doit bien savoir que nous sommes inséparables ?

— Il est très capable de refuser de vous recevoir, dit Pauline.

— En ce cas je resterai dehors. J'attendrai ! fit-il avec philosophie. Ne vous tourmentez pas, baronne ! Je ne vois vraiment pas ce qui pourrait arriver à Morosini après une invitation, peu protocolaire sans doute, mais trop publique pour cacher un piège...

On passa à table avaler un dîner froid servi rapidement à la demande de John-Augustus conscient de la fatigue de ses serviteurs et désireux de les envoyer se coucher de bonne heure. Cynthia était restée invisible... et silencieuse : soucieuse de la perfection de son teint, elle s'octroyait une cure de sommeil de quarante-huit heures.

Pauline remonta chez elle une fois la dernière bouchée avalée laissant les trois hommes prendre leur café sur la terrasse en regardant mourir le jour après un sublime coucher de soleil et en fumant un cigare. C'est alors que reparut Beddoes : il venait annoncer à Morosini qu'une femme demandait à lui parler en privé. En même temps il lui remettait un billet simplement plié mais cacheté qui disait :

« Je vous envoie Brownie, ma femme de chambre. Ecoutez-la c'est extrêmement important ! Hilary. »

Le message alla rejoindre celui de Ricci dans la poche d'Aldo qui suivit le maître d'hôtel dans le vestibule. Une femme en effet l'y attendait vêtue et chapeautée de noir comme il convenait à une camériste de bonne maison mais qui devait être une sportive car elle avait les épaules larges pour une femme et semblait vigoureuse. Sous le rebord du chapeau le visage aux traits nets, dégagé des cheveux tirés en chignon dans le cou, n'était pas sans beauté.

— Puis-je parler sans crainte d'être entendue ? demanda-t-elle. Ma maîtresse y tient beaucoup !

De la main, Morosini indiqua le buste romain qui était le plus proche de la porte et le plus loin de l'escalier.

— Voulez-vous ici ?

Elle approuva de la tête puis sans perdre de temps, déclara que Miss Hilary désirait le rencontrer le lendemain.

— Monsieur Ricci restera toute la journée au Palazzo pour les préparatifs du mariage. Elle a l'intention de se rendre à la Newport Historical Society. Si vous en êtes d'accord, elle vous attendra à trois heures devant la Touro Synagogue qui est en face. Si vous acceptez vous devrez être très exact...

— Je suis toujours exact mais trois heures ne m'arrangent pas. J'ai un rendez-vous à cette heure-là !

— Déplacez-le ! Ou alors dites que vous serez en retard. Miss Mary prend de gros risques en vous accordant ce rendez-vous qui d'ailleurs sera bref. Elle se sent épiée sinon elle serait venue elle-même.

La femme de chambre semblait réellement inquiète. Aldo la rassura aussitôt :

— Ne vous tourmentez pas et dites à Miss Mary qu'elle peut compter sur moi.

Brownie salua et franchit le seuil de la porte. Aldo l'y suivit et put la voir rejoindre une démocratique bicyclette qu'elle enfourcha sans perdre un pouce de dignité. Du haut des marches, il regarda le petit feu rouge arrière se perdre dans le crépuscule violet.

Quand il retourna sur la terrasse il n'y avait plus personne. Belmont et Adalbert étaient allés faire un tour dans le parc. Grâce à leurs cigares, il les aperçut mais renonça à les rejoindre et remonta dans sa chambre où il s'étendit sur son lit sans enlever ses vêtements. Au fond ces deux rendez-vous ne le contrariaient pas. D'abord, il était satisfait que Hilary ait enfin décidé de s'entendre avec lui. En outre, il n'était pas mécontent de donner à son fiancé une leçon de politesse. Ou bien la voiture de Ricci attendrait son retour, ou bien on lui donnerait un autre rendez-vous.

Un moment plus tard, quelques coups légers furent frappés à sa porte et Vidal-Pellicorne entra.

— Tu dors tout habillé à présent ?

— Non. J'avais besoin de réfléchir.

— C'est indiscret de te demander qui est venu te voir tout à l'heure ?

— Une certaine Brownie, la femme de chambre d'Hilary ! Elle venait me donner rendez-vous avec sa maîtresse demain à trois heures.

— A trois heures ? Tu as été obligé de refuser ?

— Tu es fou ?

— Mais alors Ricci ?

— La voiture sera priée de m'attendre ou repartira sans moi. Dans un sens je préfère. Sauf à l'armée je n'ai jamais supporté les ordres.

— Tu n'as pas entièrement tort. Allons voir Hilary ! J'avoue que ça m'amusera.

— Désolé j'y vais seul. Brownie a insisté sur ce point. Elle ne veut voir que moi et je t'en demande pardon au cas où cela déplairait à tes souvenirs. Peut-être craint-elle de retomber sous ton charme fatal ?

— Ou elle a peur de constater que je l'ai oubliée ! Les femmes n'aiment pas...

— Comme l'entretien sera court, elle doit plutôt penser qu'on se fait moins remarquer à deux qu'à trois. Mais au fait, l'as-tu vraiment oubliée ?

— En vertu du vieil adage qu'un clou chasse l'autre ? C'est oui. Ce mariage désespérait tellement Théobald.

— Penses-tu qu'un autre l'aurait moins touché ?

— Il n'a jamais été question de mariage entre Alice et moi, sinon sur le plan mystique. Elle est toujours en puissance de mari... et je l'aurais quittée. Sur le plan sentimental, elle ne sait pas ce qu'elle veut.

— Elle avait pourtant l'air de tenir à toi ?

— Oui mais elle tenait encore à Obolensky, son mari russe, quand un nouveau personnage a fait son apparition pendant que nous étions à New York : un écrivain allemand nommé Hofmannstahl...

— Hugo von Hofmannstahl ? Le poète. Il ne doit plus être très frais...

— Non, Raimund, son fils ! Qui a l'art de se servir des œuvres paternelles. Les derniers temps Alice en déclamait à longueur de journée. Seulement moi je continuais à lui être utile à cause de l'Egypte.

Aldo qui s'était assis sur son lit depuis un moment et avait offert à son ami une place auprès de lui, passa autour de ses épaules un bras fraternel.

— Tâche de l'oublier celle-là aussi et dis-toi que tu n'as pas fini de rencontrer de jolies femmes qui te mèneront par le bout du nez !...

— Possible !... Mais, à propos de jolies femmes, qu'est-ce qu'il y a au juste entre Pauline et toi ?

Aldo bénit la semi-obscurité de sa chambre éclairée seulement par une lampe à laquelle tous deux tournaient le dos : il se sentit rougir jusqu'aux oreilles.

— Que veux-tu qu'il y ait ? Nous sommes amis...

Confesser à Adalbert, qui avait toujours voué à Lisa une tendre admiration, son gros péché du matin eût été la dernière sottise à faire. Il connaissait sa largeur de vues habituelle mais celle-ci souffrirait peut-être d'une atteinte même légère à l'intégrité d'un couple qu'il considérait comme sacré. Cependant comme Adalbert n'était pas aveugle il allait falloir jouer au plus serré. En effet, il lâchait avec un petit reniflement assez insolent :

— Amis ? Elle est folle de toi ! En l'honneur de qui crois-tu qu'elle avait revêtu ce soir cette robe dont je ne doute pas qu'elle soit la dernière création d'un grand couturier mais qui n'en était pas moins un chef-d'œuvre de provocation. Evidemment elle peut se le permettre. Quelle anatomie ! Si l'idée lui prenait de m'offrir quelques consolations, je ne dirais pas non ! Toi en revanche tu n'as pas besoin d'être consolé...

Et de rire ! Aldo réussit à y faire écho bien que le sien fût un peu plus jaune. Par chance Adalbert ne prolongea pas la séance. Il lui souhaita une bonne nuit et rentra chez lui laissant Morosini à la torture de ses remords... et aux délices du souvenir.

Le lendemain à trois heures moins cinq il était au rendez-vous. Il s'y était rendu à pied. Le temps était ensoleillé mais moins chaud que les deux derniers jours. Idéal pour une promenade et cela avait l'avantage de lui permettre de réfléchir beaucoup mieux que sur un vélo où il faut surveiller son équilibre.

Il avait déjà visité la Touro, synagogue la plus ancienne et sans doute la plus belle d'Amérique, et s'il n'avait pas beaucoup aimé l'intérieur surchargé d'ornements, l'élégance sobre de l'extérieur en pur style géorgien l'avait séduit. A la manière d'un innocent touriste, il se mit à examiner le fronton et la façade, guettant du coin de l'œil ce qui pouvait venir de la Newport Historical Society, prêt à répondre au premier signe qu'on lui adresserait. Ainsi occupé il ne vit pas venir la voiture à laquelle d'ailleurs il n'aurait pas pris garde : c'était une camionnette verte comme il y en avait beaucoup.

Elle s'arrêta devant la synagogue sans couper son moteur, les portières arrière s'ouvrirent ; deux hommes en jaillirent qui s'emparèrent d'Aldo avec une telle rapidité qu'il n'eut pas le temps de pousser un cri. On le fourra dans le véhicule où un troisième homme s'en saisit après l'avoir envoyé au pays des rêves d'un maître coup de poing. Les ravisseurs remontèrent et la camionnette repartit. L'endroit était désert – c'était l'heure de la sieste ! – et personne n'avait rien vu.

Aldo ne fut pas longtemps sans connaissance. On l'avait frappé uniquement pour le faire tenir tranquille mais les gens qui l'enlevaient avaient bien employé ses quelques minutes d'inconscience. Quand il refit surface sa mâchoire lui faisait d'autant plus mal qu'un solide bâillon la serrait. En outre, ses mains attachées derrière le dos par des menottes et ses pieds ficelés ne lui étaient d'aucune aide pour résister aux cahots de la tôle sur laquelle on l'avait jeté. Tout d'abord il ne vit rien et se crut seul mais bientôt il distingua deux paires de pieds à la hauteur de son visage et perçut l'odeur d'ail que dégageaient ses agresseurs. Comme il ne pouvait pas parler, que les autres se taisaient et qu'il était réduit à l'impuissance, il choisit d'essayer de se détendre afin de garder l'esprit aussi clair que possible.

Il n'avait guère d'illusions sur ses ravisseurs : ils ne pouvaient appartenir qu'à Ricci. Pourtant la carotte qui l'avait amené là était signée Hilary et il imaginait mal la jeune femme faisant confidence de son passé ténébreux à un « fiancé » qu'elle entendait plumer selon ses propres règles.

Ignorant combien de temps il était resté sans connaissance il lui était impossible d'évaluer approximativement la distance parcourue. Elle lui parut interminable à cause de l'inconfort de sa situation. A cela près qu'il n'y avait pas de feu sous le véhicule, il avait l'impression de voyager dans une poêle à frire. Surtout vers la fin du voyage où le terrain parut plus accidenté. Enfin la camionnette stoppa mais s'il espérait voir où il se trouvait, on le détrompa rapidement en lui plaçant un bandeau sur les yeux après quoi, enfin, les vantaux s'ouvrirent. On le descendit mais il ne toucha pas le sol. Quelqu'un de particulièrement costaud le chargea sur son épaule comme un simple sac de farine et l'on se mit en marche. A la place de la senteur de la mer, des pins et du soleil, Aldo perçut une odeur de terre et d'humidité voire de moisi.

Son voyage à dos d'homme dura un petit moment. On grimpa une pente difficile puis il y eut un bruit de clefs, des grincements de ferraille enfin on le largua sur ce qui lui parut être une paillasse où, à sa surprise, on le débarrassa de son bandeau, de son bâillon, de ses menottes et de la corde qui lui liait les jambes. Il vit alors qu'il se trouvait dans une cave vaste et fermée par une grille aux barreaux épais. Posée à même le sol avec un paquet de chandelles une lanterne éclairait l'endroit. Trois hommes le regardaient. Trois hommes dont aucun n'avait ouvert la bouche durant son transport et qui continuaient à garder le silence. Persuadé qu'il n'en obtiendrait aucune réponse, il n'essaya même pas de leur parler. D'ailleurs, l'un après l'autre ils s'en allèrent et le dernier referma derrière lui la lourde grille.

Ses ravisseurs ayant eu la bonté de lui laisser son fanal, il put voir qu'en fait il devait s'agir d'une vieille prison où l'on enfermait jadis les esclaves. Les barreaux solides mais vieux et rouillés dataient peut-être du XVIIe ou XVIIIe siècle. Il n'y avait pas d'ouverture mais l'aération était assurée par la galerie d'accès. Outre la paillasse sur laquelle il était assis et la lanterne, il y avait un broc d'eau sur lequel était posé un gros morceau de pain, un seau d'aisances et une couverture. En résumé pas de quoi effrayer Morosini qui avait connu bien pire aux mains du marquis d'Agalar. Au moins ici, il y voyait clair et il n'était pas enchaîné[1] au fond d'un trou. L'endroit était à peu près propre, la toile du matelas neuve, le pain encore frais et l'eau ne sentait pas la pourriture. Ce qui ne voulait pas dire que sa situation était réjouissante mais il se refusait à la croire désespérée. En ne le voyant pas revenir Adalbert et Pauline s'inquiéteraient, le rechercheraient. Ni l'un ni l'autre ne manquaient d'audace et Aldo pouvait être certain qu'ils remueraient ciel et terre pour le retrouver. A moins que...

Dieu que cet « à moins que » rendait un son désagréable ! Son ravisseur n'était pas idiot et devait avoir pris quelques précautions pour éviter d'avoir à répondre à des demandes d'explications. D'ailleurs c'était à un rendez-vous d'Hilary qu'il s'était rendu, dédaignant celui que lui offrait Ricci et celui-ci aurait la partie belle de jouer l'innocence outragée. D'autant qu'avec Dan Morris dans sa manche il n'avait rien à craindre des autorités du coin... A y réfléchir le nœud de l'affaire ne pouvait qu'être Hilary...

Aldo en était là de ses cogitations quand deux de ses ravisseurs reparurent. L'un était le colosse qui l'avait porté, l'autre celui qui semblait le chef. Il tenait en main un bloc de papier et un stylo qu'il tendit au prisonnier.

— On ne voudrait pas que, chez vous, on se fasse de

---

1. Voir *La Perle de l'Empereur*.

la bile à cause de vous alors vous allez leur écrire un mot, fit-il d'une voix traînante.

Aldo haussa les épaules.

— Vous plaisantez, je suppose ?

— Oh non ! Je n'ai jamais su plaisanter.

A voir sa figure massive aux yeux froids, Morosini voulait bien le croire.

— Tant pis, fit-il. C'est sans importance et je n'écrirai pas.

— Oh si ! Venez un peu par ici !

On lui fit quitter sa geôle après lui avoir remis les menottes et on lui fit faire quelques pas dans la galerie souterraine jusqu'à ce que l'on se trouve devant l'exacte réplique de sa prison. A cette différence que, sur une paillasse identique à la sienne, il y avait une femme bâillonnée et ligotée et cette femme c'était Betty Bascombe. Elle ouvrit les yeux et souleva sa tête en les entendant approcher mais Aldo n'y lut pas la moindre crainte : rien qu'une impuissante fureur.

— Vous la reconnaissez ? On vous a vu lui parler...

— En effet mais que fait-elle là ?

— Elle avait découvert l'entrée de notre souterrain alors on le lui a fait visiter de plus près.

— Et que voulez-vous en faire ?

— La tuer évidemment mais plus tard. Le patron pense qu'elle peut nous rendre des services. Comme par exemple vous obliger à faire ce qu'on vous demande.

— Si de toute façon elle est condamnée, que j'accepte ou non n'a pas d'importance...

— Pour elle si ! Parce que si vous ne faites pas ce qu'on vous dit je lui loge une balle dans le corps. Là où ça fait mal mais ne rétame pas. Dans le ventre par exemple ?... Si vous avez envie de l'entendre gueuler pendant des heures et des heures...

Il n'y avait pas à se tromper sur la détermination du

sbire. Il était de ceux qui aiment voir souffrir les autres... Le cœur au bord des lèvres Aldo capitula.

— Que faut-il écrire ?
— On va vous le dire.

Ramené dans sa prison, on lui tendit un papier où il put lire : « Ne vous inquiétez pas. Nous avons vraiment besoin d'aide et je fais un saut à New York pour en chercher. Je reviendrai très vite. A. »

Sans émettre de protestations qui auraient été inutiles, il transcrivit le court texte sur le bloc puis traça sur une enveloppe le nom et l'adresse momentanée d'Adalbert, mit le papier dans l'enveloppe, referma et remit le tout à son geôlier mais celui-ci n'en avait pas encore fini avec ses exigences :

— Maintenant déshabillez-vous !
— Que je...
— Oui et plus vite que ça ! Vous mettrez ça à la place.

« Ça » c'était un bleu de mécanicien qui par chance était propre. Il n'était pas difficile de deviner pourquoi on lui demandait ses vêtements : quelqu'un les revêtirait et coifferait son chapeau resté dans la camionnette pour aller prendre ostensiblement le ferry. Il s'exécuta.

— Vous devriez peut-être donner un coup de fer au pantalon, conseilla-t-il narquois. Le transport l'a un peu froissé et si vous avez besoin de retouches adressez-vous à mon tailleur : Neville Atkins, dans Saville Row à Londres...

— Vous inquiétez pas, on vous rendra vos frusques quand on vous fera passer à l'état de cadavre.

— Ah tant mieux ! Nous autres Morosini avons toujours eu pour habitude de soigner notre apparence.

— Oh ça va ! Fermez-la ! Tâchez de dormir, tiens ! C'est terminé pour aujourd'hui ! Demain on vous apportera à manger.

— Seulement demain ? Votre hôtel n'est vraiment pas à recommander !

— Le pain est frais, l'eau aussi et une diète ne vous fera pas de mal.

Resté seul en compagnie de la lanterne qu'on lui avait laissée, à son soulagement, Aldo alla s'étendre sur son matelas de paille après s'être enveloppé dans la couverture qu'il aurait souhaitée plus épaisse. Depuis son retour de la guerre il était sensible au froid et à l'humidité. Ce caveau était relativement sec mais il y régnait une fraîcheur dont son « bleu » était insuffisant à le protéger. Avec ce morceau de laine usagée cela allait mieux et, roulé en boule sur lui-même il s'efforça de réfléchir en privilégiant autant que possible les pensées positives. Ce qui n'était pas facile, les mesures de l'ennemi étant soigneusement prises. Pourtant il ne perdait pas tout espoir qu'on le sût en difficultés. Adalbert se demanderait sûrement pour quelle raison il ne le tutoyait plus et pourquoi son noble nom de Pellicorne était soudain orthographié par son meilleur ami avec un seul *l* !...

Médiocrement réchauffé, il mangea son pain, but de l'eau, alla examiner attentivement le système de fermeture de sa grille, une énorme serrure contre laquelle il ne pouvait rien : avec ce qu'on lui avait pris, il y avait son portefeuille, son mouchoir, son couteau suisse et son étui à cigarettes. Au fond c'était ce dernier qu'il regrettait le plus non parce qu'il était en or frappé à ses armes et que sans doute il ne le reverrait jamais mais à cause des petits rouleaux de tabac fin qui, dans les instants de crise, s'ils lui jaunissaient les doigts, savaient aussi l'apaiser et l'aider à penser. Au bout d'un moment n'ayant rien de mieux à faire, il choisit de s'endormir. C'était la seule chose intelligente puisque au moins elle préserverait ses forces...

Il dormit même si profondément que son geôlier dut le secouer pour le réveiller.

— Buvez ! grogna celui-ci en lui tendant un bol de thé.

Aldo n'aimait ni le thé ni cette manie anglaise

implantée aux U.S.A. qui consistait à vous en faire avaler quasiment de force l'œil à peine ouvert mais c'était chaud, sucré et tout compte fait réconfortant. Après quoi on lui remit les menottes et on l'emmena, sans lui bander les yeux. Il en fut satisfait parce que cela lui permit de découvrir l'ampleur du souterrain qui devait s'étendre en long et en large sur une vaste superficie. Tous les dix mètres environ il y avait des intersections, des pièces obscures dans lesquelles s'entassaient des caisses, des tonneaux, des paquets divers attestant que c'était là le centre d'un important trafic de contrebande. D'alcool bien sûr mais aussi de tabac, d'armes et de drogue. A certains passages l'odeur de l'opium s'imposait dominant les autres. Parfois une silhouette apparaissait coiffée d'un casque muni d'une lampe électrique semblable à ce qui coiffait son guide.

On marcha ainsi pendant plusieurs minutes jusqu'à ce que l'on parvienne à un escalier de fer en colimaçon grimpant à l'intérieur d'une sorte de puits rond éclairé de loin en loin celui-là par quelques lampes électriques. En haut le guide d'Aldo fit pivoter un morceau de muraille et Morosini stupéfait se crut revenu à Florence, au premier étage – en réduction – du palais Pitti dans le vestibule commandant l'enfilade des salons précédant les appartements royaux. Salles de l'Iliade, de Saturne, de Jupiter, de Mars, d'Apollon et de Vénus décorées de tapisseries et de tableaux qu'il se souvenait y avoir vus et qu'il retrouvait dans cette île américaine. C'était à n'y pas croire, c'était à devenir fou et cet étalage de richesses ne pouvait tromper longtemps son œil d'expert : tout ici était faux ! Les tapisseries de Sustermans n'étaient que des toiles peintes et les tableaux de simples copies mais à moins que Ricci n'eût à son service une armée d'esclaves, cela avait dû coûter une fortune. Même si certaines reproductions n'étaient pas fameuses. C'était saisissant, fastueux et l'illusion acceptable. D'autant plus que l'ensemble était meublé et le sol couvert d'une infinité de tapis venus des pays d'Orient et eux parfaitement authentiques. Morosini eut l'impression d'être dans un théâtre voulu par un mégalomane forcené pour y jouer de sanglantes tragédies.

Il découvrit Ricci dans la Salle des Perroquets assis devant une assez bonne copie de la duchesse d'Urbino par le Titien. A côté de lui une table de petit déjeuner était servie et l'odeur familière du café italien vint chatouiller agréablement ses narines cependant que son hôte forcé se levait pour l'accueillir.

— Sincèrement heureux de vous voir, mon cher prince ! Croyez que je regrette profondément d'avoir employé un moyen un peu radical pour avoir la joie de votre présence mais j'étais certain que vous n'accepteriez pas une invitation régulière. Les faits m'ont donné raison puisque vous aviez choisi de rejoindre ma fiancée de préférence à moi.

— C'est à votre demande qu'elle m'a donné ce rendez-vous en forme de piège ?

— Non je dirais même que c'est le contraire. L'idée vient d'elle. Mais asseyez-vous et prenons ensemble ce petit déjeuner.

Aldo s'assit et faillit refuser la seconde proposition mais ayant mangé la veille le pain de son ennemi, refuser son café eût été ridicule. Et il en avait besoin. Il accepta donc une tasse de son breuvage préféré puis une autre accompagnée de toasts beurrés tandis que Ricci, sans plus sonner mot, entreprenait de faire disparaître ce qu'il y avait sur la table. Il dévora littéralement sous l'œil vaguement dégoûté de son invité forcé qui à cet instant aurait vendu son âme pour une cigarette. Mais soudain, Ricci fouilla dans sa poche et lui tendit par-dessus la table l'étui d'or dont il était en train de rêver.

— C'est à vous, je crois ?

— En effet. J'aimerais aussi récupérer mes vêtements.

— Ils sont à New York mais on vous les rendra. Après-demain je me marie et ce que vous portez n'est qu'épisodique. A présent causons ! ajouta-t-il en se carrant dans son fauteuil tandis qu'Aldo tirait une première et voluptueuse bouffée.

— Volontiers ! Surtout si, pour une fois, vous acceptiez de jouer franc jeu.

— Pourquoi me donnerais-je la peine de mentir quand j'ai les cartes en main ? Que voulez-vous savoir ?

— D'abord la raison de ma présence. Pourquoi m'avoir enlevé ?

— Il fallait que je le fasse et j'y étais décidé avant même que Mary me demande d'intervenir. Voyez-vous, je vous réserve un rôle de premier plan. Vous allez être le témoin... occulte mais d'autant plus important de mon mariage. Cela ne veut pas dire que vous serez à mes côtés pendant les formalités officielles mais plus tard, je vous promets que vous pourrez assister à ce qui se passera... durant la nuit de noces. Vous saurez tout, je vous le promets !

— Après quoi vous me tuerez, je suppose ?

— Vous supposez juste. Ce qui ne veut pas dire que votre rôle sera achevé. Bien au contraire, il se prolongera encore pendant quelque temps.

— Votre discours est pour le moins obscur mais je crois comprendre que vous n'êtes pas disposé à m'en apprendre davantage et je n'insisterai pas. En revanche je voudrais savoir pourquoi... Mary vous a demandé de me capturer en attendant mieux ?

— N'était-ce pas naturel puisque vous êtes son ennemi depuis longtemps ? A ce propos vous avez été imprudent en vous faisant reconnaître d'elle au bal des Belmont ! La connaissiez-vous donc si mal ? Elle est fort vindicative.

— Je n'en ai jamais douté. Pas plus que de sa ruse

profonde. Qu'a-t-elle pu vous raconter sur nos relations passées ?

— Mais... à peu près tout je pense. Qu'après avoir causé le désespoir et la mort par suicide de son oncle, le célèbre archéologue sir Percival Clark auquel vous avez volé, pour le compte des Juifs, deux émeraudes d'un prix inestimable vous l'avez dénoncée, elle, à la police et fait arrêter. Elle n'a échappé à la corde que grâce à un ami qui l'a aidée à fuir. Après elle a pu trouver refuge en Angleterre chez une cousine qui est la sœur de Mrs Schwob mariée là-bas à un industriel anglais. C'est elle qui lui a conseillé de changer de nom et, quand les Schwob sont venus à Londres, elle a choisi de partir avec eux afin de refaire sa vie en Amérique, loin de vos manigances. Nous nous sommes rencontrés sur le bateau... et vous savez la suite !

— Non, justement, je ne sais pas la suite d'un roman si touchant mais je peux l'imaginer. En me voyant ici, elle a compris que ses efforts pour échapper à ma vindicte étaient inutiles, que j'allais une fois de plus détruire sa vie, la chasser sur les routes du vaste monde et elle a supplié le protecteur puissant que vous êtes de mettre fin à mes agissements coupables...

Le ton déclamatoire de Morosini ne parut pas impressionner Ricci qui enchaîna :

— Votre vue l'a d'autant plus affolée que vous n'avez guère fait mystère de vos intentions malveillantes envers moi à cause – soi-disant ! – des deux drames qui ont endeuillé ma vie et vous avez tenté de la détacher de moi alors qu'en réalité vous ne poursuivez ici qu'un seul but : vous emparer de la parure ancestrale que j'offre à ma femme au soir du mariage.

— En parlant du mariage, sous quel nom a-t-elle l'intention de vous épouser ? Puisqu'elle vous a dit en avoir changé cela signifie que Mary Forsythe n'est pas le vrai ?

— Justement si ! Quand vous l'avez connue à

Jérusalem c'était sous le nom de sa grand-mère devenu pour elle un pseudonyme de journaliste et aussi d'écrivain : elle avait en projet un ouvrage sur les pierres sacrées de la Bible.

Cette fois c'en était trop pour Aldo qui éclata de rire. Il aurait dû savoir que l'imagination de cette fille était sans limites. Cependant il n'aurait jamais cru qu'un vieux renard comme Ricci pouvait avaler des couleuvres de cette taille ! Cependant il mit un terme assez rapide à son hilarité en voyant l'œil jaune de son hôte devenir mauvais.

— Excusez-moi ! émit-il avec désinvolture. Je n'ai pas pu m'en empêcher. C'est d'un drôle !

— Ah vous trouvez ?

— Oh oui ! Mais récapitulons : donc Mary Forsythe est son vrai nom. Cependant elle aurait travaillé sous celui d'Hilary Dawson en souvenir de sa grand-mère alors que la véritable Hilary Dawson existe bel et bien sans aucun point commun avec elle. Bon ! A présent *quid* de Margot la Pie, autre pseudonyme sous lequel la connaissent toutes les polices d'Europe ?

Ricci garda le silence un moment. Il s'était levé et les deux poings appuyés sur la table il fixait son prisonnier d'un œil de granit.

— Ne vous fatiguez pas ! articula-t-il. Pour ce que je veux en faire ça m'est complètement égal !

— Comment ?

— Vous avez parfaitement entendu. Elle pourrait venir de n'importe où, avoir changé de nom vingt fois, posséder une âme aussi noire que l'enfer, cela ne changerait rien à ma décision de l'épouser. Ce qui compte c'est sa beauté et aussi le fait qu'elle ressemble – moins que les autres sans doute mais suffisamment – à...

— Bianca Capello ?

Ricci tressaillit et son regard s'alluma un bref instant.

— Ah ! d'où le savez-vous ?

— Elle a dû vous le dire puisque nous en avons parlé

ensemble. En y ajoutant, j'espère, le vif intérêt qu'elle-même porte à votre soi-disant parure familiale.

— Non sans raison puisqu'elle sait qu'après-demain soir elle la portera...

— Juste avant d'être livrée au bourreau ? Vous avez une curieuse façon d'aimer, Monsieur Ricci ! Vous donnez une fête, vous épousez, vous parez et vous assassinez !

— Je n'ai jamais tué personne et je ne suis pas présent quand les... meurtres se produisent.

— Ce qui ne veut pas dire que vous n'êtes pas coupable. Je sais qu'en apparence vous n'y êtes pour rien mais en apparence seulement car c'est bien vous qui, avant de partir pour les antipodes, livrez ces malheureuses à celui qui va les massacrer... Je ne comprendrai jamais pourquoi vous n'avez pas été arrêté après la mort d'Anna Langdon ! Les lois de ce pays me semblent curieusement faites...

— Chaque Etat a les siennes, fit Ricci avec son vilain sourire. Et dans le nôtre c'est la fortune qui fait la loi...

— La fortune ou la Mafia ? Dont vous êtes, j'en suis persuadé...

— Cela devrait alors vous inciter à plus de prudence. Qu'avez-vous besoin de vous mêler de mes affaires en dehors du fait que vous convoitez les bijoux de Bianca ?

— Le devoir qu'a tout homme digne de ce nom qui voit assassiner sous ses yeux une femme innocente. Moi, j'ai vu mourir Jacqueline Auger ! Je sais qu'elle a été tuée sur votre ordre et c'est elle que je veux venger. Sans parler de Bianca Buenaventuri, Teresa Solari, Maddalena Brandini et Anna Langdon. Je déteste Hilary Dawson ou Mary Forsythe ou quel que soit le nom dont elle se pare mais l'idée qu'elle va finir éventrée, lacérée, déchiquetée, violée je ne peux pas la supporter parce qu'elle est une femme !

Le poing de Ricci s'abattit sur la table faisant sursauter les porcelaines.

— Les femmes sont pires que les hommes et, en fait de cruauté, nous n'avons rien à leur apprendre. La première dont vous vous faites le chevalier, cette Bianca Buenaventuri était un monstre. Elle avait amplement mérité son sort. Elle portait en elle le sang pourri de la Sorcière vénitienne et de son lamentable époux. Croyez-moi : elle était digne d'eux...

— Comment est-ce possible ?

— La fille qu'ils ont eue ensemble a procréé et par la suite sa descendante a épousé un cousin Buenaventuri. C'était une garce de la plus belle eau...

— Qu'avait-elle donc fait ?

Ricci se figea dardant sur Morosini un regard où celui-ci lut un doute, une hésitation puis lâcha :

— N'importe ! Vous ne vivrez pas assez longtemps pour trahir le secret des Ricci ! Venez !

Négligeant la menace, Aldo le suivit avec empressement.

Une demi-heure plus tard il était de retour dans son cachot et alla s'asseoir sur son matelas, si pâle que l'impassible Crespo qui le ramenait le remarqua :

— Dites donc, vous n'avez pas l'air d'être dans votre assiette ? Qu'est-ce qu'il vous a fait le patron ?

Et comme Morosini ne répondait pas, il ajouta :

— J'vais vous chercher un coup de grappa, ça vous remettra en attendant qu'j'apporte le lunch !

— Je n'ai pas faim !

— J'apporterai ! Le patron veut qu'vous soyez en forme pour ses noces...

Il s'éclipsa un court moment puis revint avec une bouteille enveloppée de roseau tressé et d'un verre qu'il remplit.

— Avalez !

Aldo but d'un trait, rendit le verre que Crespo plaça sur la table avec la bouteille à côté de la lanterne :

— J'vous la laisse en cas de besoin. Une bonne cuite des fois ça soulage !

Du fond de l'espèce de stupeur où il était plongé, Aldo réagit :

— Vous feriez mieux d'en porter à Betty Bascombe. Elle en a besoin plus que moi !... Elle est toujours là au moins ?

— Sûr qu'elle est là ! Elle peut encore servir et elle ne va pas si mal. On lui a même ôté ses cordes et on lui donne à manger. Elle vous intéresse à ce point ?

Aldo se contenta de hausser les épaules. Toutes les femmes que l'on tourmentait avaient droit à sa sollicitude, à sa compassion. Y compris cette Hilary que cependant il détestait. Traîtresse, cupide et sans scrupules, prête à tuer pour assouvir sa passion de richesse, il en venait à éprouver pour elle de la pitié car même si, comme elle l'assurait, ses « dispositions étaient prises », elle ne pouvait pas s'attendre à l'abomination qu'elle allait devoir subir et que nul n'avait le droit d'infliger à une femme !

La journée se passa pour Aldo à essayer d'échafauder un plan pour la tirer de ce pétrin et s'en tirer lui-même puisque leurs destins étaient liés. On le destinait à assumer le rôle qui avait mené Peter Bascombe à la potence : celui de l'assassin sadique... C'était à devenir fou. Et que faire pour en sortir ? Il avait si peu de temps devant lui ! Son esprit se tourna vers Adalbert. Il devait avoir reçu sa lettre mais en avait-il tiré les conséquences espérées ? Etait-il en train de préparer quelque chose ?

Pour la paix de son âme il valait mieux qu'il ignore le sort du message : remis à Hilary, celle-ci avait immédiatement décelé les légères anomalies, et étant aussi bonne faussaire que voleuse habile, elle n'avait eu aucune peine à la recopier en imitant parfaitement l'écriture d'Aldo et en rajoutant une ou deux phrases lénitives après quoi sa fidèle Brownie était partie la porter à Belmont Castle...

N'en sachant rien, Aldo cherchait fébrilement des raisons d'espérer. Il était sûr qu'Adalbert remuerait ciel et terre pour le retrouver avec l'aide sans aucun doute de Pauline et même de Belmont... Cette pensée consolante finit par l'emporter sur l'angoisse, et après avoir fait honneur au plateau qu'on lui apportait, il chercha du repos dans le sommeil. A n'importe quel prix il lui fallait conserver ses forces en vue de ce qui allait venir...

Un bruit, léger cependant, l'éveilla.

Instantanément il vint à la grille. Son oreille fine ne l'avait pas trompé : quelqu'un approchait. Quelqu'un qui marchait à pas de loup sans doute avec des semelles de caoutchouc mais la terre du souterrain crissait un peu sous ses pieds. Puis il y eut un mince pinceau lumineux : celui d'une lampe de poche qui s'éteignit, se ralluma et, du même coup, fit battre plus vite le cœur d'Aldo. Pour prendre tant de précautions, il ne devait pas s'agir d'un des hommes de Ricci... Et brusquement la lumière fut sur lui, s'y fixa tandis que lui parvenait une exclamation étouffée. Le porteur de la lampe se précipita vers lui.

— Mais qu'est-ce que vous faites là ? chuchota une voix qui lui parut féminine... mais dont l'obscurité ambiante l'empêchait de distinguer la propriétaire.

Du coup il alla chercher sa lanterne et revint à la grille pour découvrir un jeune visage qui avait l'air suspendu dans la nuit parce que le reste du personnage, tout de noir vêtu à la manière d'un rat d'hôtel, se fondait dans l'obscurité. Cependant la boucle qui dépassait de l'étroit camail noir et la petite figure ronde appartenaient bel et bien à Nelly Parker, la journaliste du *New Yorker*.

— C'est à vous qu'il faudrait le demander ? Vous êtes la dernière personne que je m'attendais à voir. Vous m'avez suivi jusqu'ici ?

— D'abord, oui. En arrivant à Newport j'ai trouvé

une chambre presque en face de la vôtre, j'ai loué une bicyclette et je vous ai suivi à peu près partout.

— Comment avez-vous fait pour que je ne m'en aperçoive pas ? Vous avez le don de vous rendre invisible ?

— Un don plus répandu que vous ne le pensez : il suffit de s'arranger pour ressembler à n'importe qui. Vous pourriez y arriver en vous donnant un peu de mal et en laissant tomber vos grands airs !

— Moi, j'ai des grands airs ?

— Disons que... vous avez grand air naturellement, là ! Même à vélo, ce qui m'a simplifié le travail. C'est en vous suivant que j'ai rencontré Betty Bascombe et que j'ai réussi à devenir son amie.

— Félicitations ! Ce n'est pas donné à tout le monde !

— C'est vrai et ça ne s'est pas fait en cinq minutes mais en la rencontrant je me suis souvenue de l'affaire Bascombe qui avait secoué la région. Faut dire que je suis un peu du pays : j'ai une tante à Narragansett. Ça m'a aidée mais je me suis quand même donné du mal parce que c'est une femme extraordinaire... passionnante. Plus que vous et vos mondanités !

— Si je comprends, vous avez cessé de vous occuper de moi ? fit Aldo un peu vexé.

— Oui ! Le drame qu'elle a vécu, sa haine pour Ricci, la vengeance qu'elle a jurée c'est autre chose que des histoires de bijoux. Alors je me suis consacrée à elle et, comme elle a disparu depuis trois jours, je la recherche. J'ai cru d'abord qu'elle était partie avec son bateau et qu'elle était restée sur le continent ainsi qu'elle le fait de temps en temps mais jamais aussi longtemps ! Alors cette nuit j'ai décidé d'explorer le souterrain.

— Vous en avez trouvé l'entrée ?

— Betty m'a montré l'entrée et surtout le mécanisme qui permet de faire glisser un rocher.

— Vous aviez vraiment gagné sa confiance. En tout cas vous avez misé juste : elle est enfermée dans une cage semblable à celle-ci après le coude que fait la galerie. Allez-y ! Vous verrez...

— J'y vais... mais je reviens ! Vous devez avoir des choses à me dire !

— Vous feriez mieux d'essayer de nous tirer de là tous les deux ! Les parlottes je commence à en avoir assez !

— Il y a un temps pour tout ! Je reviens, vous dis-je ! Allez remettre votre lanterne en place...

Les ténèbres l'engloutirent comme un fantôme. Son absence parut durer une éternité à Morosini cramponné à sa grille en priant Dieu pour que la jeune Nelly ne se fasse pas repérer parce qu'elle était leur seule chance, à Betty et à lui, de sortir vivants de ce piège ! Encore faudrait-il trouver un moyen d'ouvrir ces maudites grilles.

Quand elle revint, sa figure s'était assombrie.

— Il lui est arrivé quelque chose ? demanda-t-il inquiet.

— Non. Elle va même plutôt bien. Elle m'a dit ce que vous aviez fait pour elle et elle vous en remercie...

— Bon, eh bien à présent il faudrait peut-être songer à nous tirer d'ici ? Vous n'avez pas apporté de quoi ouvrir cette ferraille ?

Elle haussa les épaules avec un petit rire.

— La traditionnelle lime du prisonnier ? Vous avez vu l'épaisseur des barreaux ? On enfermait les esclaves là-dedans jadis et comme ils étaient parfois nombreux il fallait s'en protéger. Betty veut que je lui apporte de la dynamite...

— Elle en a ?

— Oui et elle m'a dit où la trouver mais...

— ... mais cela vous paraît un peu radical ? Qu'elle ait envie de faire sauter le Palazzo et tout le fourniment, je peux comprendre, mais j'aimerais autant être enterré ailleurs. Le mieux serait que vous alliez demander de l'aide.

— Où ? A qui ? Ted Mawes ? J'y ai pensé...

— Après si vous voulez mais en premier lieu allez chez les Belmont et demandez la baronne Pauline. Elle a auprès d'elle un de mes amis dont le nom pourrait vous paraître trop difficile à prononcer. A eux deux ils sauront quoi faire. Quelle heure est-il ?

— Trois heures du matin. C'est peut-être court pour revenir cette nuit.

— L'important est que vous donniez l'alarme. N'oubliez pas que le mariage est pour demain... et que l'on veut m'y donner un rôle de premier plan.

— Lequel ?

— Je dois reprendre celui de Peter Bascombe. La nouvelle épousée mourra et c'est moi qui serai accusé du massacre parce que, bien sûr, le mari, lui, ne sera plus dans les murs mais comme je serai mort j'aurai du mal à me défendre ! Filez à présent ! Chaque minute compte !

— J'y vais ! Gardez courage !

Ce serait plus facile maintenant, pourtant quand le farfadet vêtu de noir eut disparu avec sa faible lumière, Aldo sentit un désagréable pincement au cœur. On pouvait déjà considérer comme un miracle que la petite journaliste ait pu venir jusqu'ici sans faire de mauvaises rencontres mais le miracle se reproduirait-il ?

CHAPITRE XIII
OÙ RICCI PARLE...

L'appétit coupé, Adalbert regardait avec un dégoût amical John-Augustus occupé à faire disparaître après les saucisses et les œufs une pile de toasts qu'il enduisait méthodiquement de beurre et de marmelade. Lui-même s'était contenté de grignoter un croissant – le cuisinier de Belmont Castle en faisait pour lui depuis son arrivée – mais buvait tasse de café noir sur tasse de café noir. Compatissant son hôte essayait, entre deux coups de dents, de lui remonter le moral :

— Si vous veniez nager avec moi tous les matins, vous auriez faim. L'eau froide vous fouette le sang merveilleusement !

— Vous appelez ça de l'eau froide, vous ? Moi je dirais plutôt du jus de banquise. Je suis sûr que même sous la canicule, elle ne dépasse jamais dix-sept ou dix-huit degrés. Très peu pour moi !

— C'est parce que vous êtes un petit Français frileux, émit Belmont qui avait une bonne demi-tête en moins que son invité, mais restez dans le pays quelques semaines et vous vous y ferez très bien. Le tout c'est de s'y mettre !

— Fichez-lui la paix ! intervint Pauline qui faisait glisser un unique toast à peine beurré avec une cascade de thé au citron. Adalbert est inquiet et moi aussi vous le savez. S'il était vraiment parti pour New York Morosini serait déjà rentré. Que peut-il faire là-bas sans bagages, sans même une chemise de rechange ?

— ... et sans sa brosse à dents je suis d'accord mais ce n'est pas une raison pour vous mettre à la diète. Vous avez fait ce qu'il fallait puisque vous avez téléphoné à Phil Anderson afin de le mettre au courant. Il ne reste plus qu'à attendre...

— Attendre, attendre ! grommela Adalbert en se levant de table pour arpenter la terrasse. Je sais qu'Aldo est très capable de ce genre de décision soudaine mais je n'arrive pas à admettre qu'il n'ait pas eu le temps de passer par ici ou de téléphoner avant d'aller prendre ce sacré ferry ? Ça n'a pas de sens !

— Des gens l'ont pourtant vu s'embarquer au vol, dit John-Augustus.

— On a vu un homme habillé comme lui et qui lui ressemblait mais si ce n'était pas lui ? En ce cas on peut toujours attendre des nouvelles du chef Anderson. Que pourrait-il nous apprendre si Aldo n'est pas là-bas ?

— La lettre est pourtant de lui ? dit Pauline qui tournait depuis un moment sa petite cuillère dans une tasse vide. C'est bien son écriture ?

— Oui ! soupira Adalbert. Pourtant quelque chose me dit que tout ça sonne faux, qu'on nous a lancés sur une fausse piste. Et comme il m'a été impossible d'avoir un entretien avec cette damnée fille...

Depuis deux jours en effet, il essayait de toucher Hilary mais elle était mieux gardée que le président des Etats-Unis et la maison des Schwob plus hermétique que la Maison-Blanche. Pauline, pas plus rassurée que Vidal-Pellicorne, avait tenté à plusieurs reprises d'atteindre Mrs Schwob au téléphone. Il lui avait été répondu qu'elle était soit souffrante soit trop accaparée par les préparatifs du mariage pour seulement venir à l'appareil. La baronne s'était aussi rendue sur place sans pouvoir franchir les limites de la propriété où les hommes de Ricci veillaient jour et nuit. Et comme elle s'en étonnait avec un dédain tout aristocratique, l'un d'eux lui avait confié que des menaces étaient arrivées, anonymes, touchant l'événement proche et qu'il ne pouvait être question de transgresser les ordres sévères édictés par le futur époux pour la protection de sa fiancée et la sienne propre. On avait même apporté une modification importante au programme habituel. Ainsi le mariage ne serait pas béni dans la chapelle du Palazzo mais plus simplement sous une tente fleurie installée dans le jardin des « Oaks ». Après quoi, le nouveau couple recevrait « ses amis » pour un grand dîner dans sa demeure mais qui ne serait pas suivi de bal. En revanche il y aurait un feu d'artifice.

Tout ce qui comptait dans la bonne société de Newport avait été invité mais à peine la moitié avait accepté. Les autres, les Vanderbilt par exemple, dédaignaient franchement le maître du palazzo et jugeaient sans indulgence ces nouvelles épousailles en fanfare après les deux drames précédents. Encore parmi ceux qui viendraient y en avait-il un certain nombre qu'une espèce de curiosité morbide attirait : un peu comme s'ils étaient invités à un sacrifice humain. Cynthia Belmont était de ceux-là avec la totalité de ses danseurs habituels, ceux qu'elle appelait sa « bande » et les paris étaient ouverts sur ce thème d'un goût douteux : la nouvelle mariée serait-elle assassinée comme les deux autres ? Des paris qui se retrouvaient d'ailleurs dans toute la ville où l'excitation était à son comble.

John-Augustus, pour sa part, avait refusé.

— Ces gens-là sont infréquentables, décréta-t-il en bâillant à se décrocher la mâchoire. Et j'ai horreur de la cuisine italienne. J'irai me coucher de bonne heure.

Pauline, elle, avait accepté afin d'aider ses amis à s'introduire dans la place mais ce matin-là, elle se prenait à hésiter justement à cause de l'absence prolongée d'Aldo. Elle hésitait encore quand Beddoes vint lui dire qu'une certaine Nelly Parker, journaliste de son état, demandait avec insistance à lui parler.

— Elle ne dit pas pourquoi ?

— Seulement qu'il y a urgence, Madame la baronne !

Belmont était remonté dans sa chambre, Pauline était seule sur la terrasse avec Adalbert qui fit un mouvement pour se retirer mais elle le retint :

— Quelque chose me dit que vous devriez rester. Allez la chercher, Beddoes !... Oh ! Rapportez donc du café ou du thé ou... ce que voudra cette demoiselle, ajouta-t-elle quand le maître d'hôtel revint en compagnie d'une jeune personne rousse, en jupe et chandail gris qui lui parut pâle et fatiguée.

— Du café s'il vous plaît... et bien fort ! accepta Nelly avec un sourire reconnaissant.

Tous les Belmont étant des figures new-yorkaises connues, elle savait qui était Pauline mais son regard se fixa sur Adalbert.

— Puis-je vous demander si vous avez un nom difficile à prononcer, monsieur ? demanda-t-elle.

Adalbert bondit.

— Qui vous l'a dit ? Vous avez vu Morosini ?

— Oui. C'est lui qui m'envoie...

— Où est-il ?

— Un instant ! coupa Pauline. Asseyez-vous, Miss Parker, et détendez-vous ! Vous semblez très lasse.

— J'ai eu une nuit éprouvante... fit-elle en se laissant tomber sur les coussins du confortable fauteuil de rotin qu'Adalbert lui avançait. Et je crains que la journée ne soit pire...

Elle raconta alors comment, partie à la recherche de Betty Bascombe, elle était tombée sur Aldo logé à la même enseigne et ce qu'il lui avait dit. Sa phrase n'était pas achevée qu'Adalbert, debout, trépignait déjà :

— Allons-y sans tarder ! Vous allez me montrer le chemin !

— Ce n'est pas facile en plein jour. L'entrée est en bord de mer entre le palais et la maison de Betty. Il y a presque toujours du monde, des pêcheurs, des nageurs, des gens qui viennent pique-niquer. Or un rocher qui s'ouvre tout seul ça attire l'attention. Aujourd'hui en particulier, avec les préparatifs du mariage, les curieux devraient se multiplier.

— Si vous êtes venue pour nous dire qu'il n'y a rien à faire, ce n'était pas la peine de vous déranger. Qu'est-ce que vous croyez que je vais faire maintenant ? Aller prendre un bain ?

— Ce ne serait peut-être pas une si mauvaise idée si le rocher donne sur la mer, émit Pauline. Allons nager par là ! Personne ne fera attention à nous ! Emportons des paniers-repas, allons chercher mon frère et organisons une petite partie de campagne ! Cela nous donnera le loisir d'observer... et de choisir le bon moment. Naturellement vous êtes des nôtres, Miss Parker ?

— Avec joie ! C'est une excellente idée... D'autant que le danger n'est pas immédiat pour le prince puisqu'il est destiné à endosser la responsabilité du meurtre...

Adalbert bougonna encore un peu mais finit par se ranger à l'opinion majoritaire que John-Augustus rejoignit, lui, sans l'ombre d'une hésitation. Il proposa même d'y aller en bateau ce qui fit hausser les épaules de sa sœur.

— La bonne trouvaille que voilà ! C'est tellement discret un voilier de dix-huit mètres à l'ancre devant un endroit stratégique ! On prend ma voiture et on va s'installer là-bas avec armes et bagages comme n'importe quelle famille bourgeoise qui a envie de prendre l'air dans un coin tranquille.

— Armes et bagages ! C'est le mot qu'il fallait dire ! déclara Belmont. Dites à Beddoes de faire préparer les paniers pique-nique et moi je vais en préparer un à ma façon... avec les outils qui peuvent nous être nécessaires !

— Avez-vous de la dynamite ? demanda soudain Nelly au moment où Beddoes faisait son entrée pour s'enquérir des ordres de son maître. Betty m'en a demandé.

L'œil de John-Augustus s'arrondit :

— Avons-nous ça, Beddoes ?

Du haut de sa dignité celui-ci laissa tomber :

— De la dynamite ? Le chef jardinier devrait en avoir à cause des taupes mais je crois me rappeler que feue la grand-mère de Monsieur s'en était procuré quand Mr Van Buren prétendait agrandir ses communs à nos dépens et je pense savoir où elle la gardait...

— Quelle femme merveilleuse ! soupira Belmont. Elle tenait à honneur de ne jamais laisser sa couvée manquer de quoi que ce soit ! Allons-y ensemble Beddoes ! Nous ajouterons quelques ustensiles dissuasifs... Vous êtes sûr que nous n'avons pas un canon dans nos réserves ?

— Hélas non, Monsieur, et je l'ai toujours déploré. Mr Vanderbilt en possède un magnifique provenant du vaisseau-amiral français *Duc de Bourgogne* jadis aux ordres de Monsieur le chevalier de Ternay...

— De toute façon, je ne vois pas ce que nous pourrions en faire pour pique-niquer dans les rochers ! tempêta Pauline. Dépêchons-nous un peu !

— Ne nous énervons pas ! On se contentera de dynamite ! J'ai souvent pensé qu'on devrait toujours en emporter pour déjeuner sur l'herbe !

Une demi-heure plus tard, on embarquait dans la voiture de Pauline avec l'entrain et la bonne humeur générés habituellement par une partie de campagne. En apparence du moins car Adalbert bouillait d'impatience et la nervosité de Pauline se sentait à sa façon de passer ses vitesses. Coincée entre eux deux Nelly répondait de son mieux à leurs questions touchant les moindres détails de sa brève entrevue avec Morosini. A l'arrière, John-Augustus faisait un somme les pieds sur un bien étrange panier-repas...

Il était encore tôt dans la matinée et l'on rencontra peu de monde. En revanche quelques nuages firent leur apparition qui firent froncer le sourcil d'Adalbert.

— S'il se mettait à pleuvoir on aurait bonne mine avec notre déjeuner sur l'herbe, marmotta-t-il.

— Ne vous tourmentez pas pour ça ! dit Pauline. D'abord il y a des parapluies dans le coffre, en outre l'agrément de Newport est que l'on peut s'y livrer aux activités les plus insensées sans que personne y trouve à redire. Or, nous autres les Belmont sommes taxés d'excentricité depuis longtemps... et encore ne sommes-nous pas pires que ceux qui, comme nous, vont aller fêter les noces d'un abominable salaud et d'une voleuse !

Les nuages commençaient à s'amonceler lorsqu'on fut à destination : une étroite crique sablonneuse cernée de pins tordus par les vents et de rochers envahis de végétation. Et par chance il n'y avait personne mais ce n'était pas étonnant, toute l'activité du sud de l'île semblant se concentrer sur le Palazzo Ricci aux prises avec la fièvre des derniers préparatifs... Encouragés par un rayon de soleil se faufilant entre deux cumulus d'un blanc un peu grisâtre, on s'installa sur la plage. L'endroit ne manquait pas de charme encore que l'anse soit moins profonde que celle des Bascombe. Pauline prit le rôle de la mère de famille et s'occupa du campement provisoire tandis que John-Augustus déshabillé en un clin d'œil courait se jeter dans l'eau verte après que Nelly lui eut désigné, près de la pointe est, l'assemblage de rochers masquant le souterrain. Il nagea rapidement dans cette direction pour s'assurer qu'il n'y avait, de l'autre côté, aucun éventuel témoin indésirable. Adalbert et Nelly partirent « en explorateurs » en se donnant l'air de touristes prenant possession d'un endroit qui vient de les séduire. Nelly portait un sac de plage dans lequel se trouvaient les outils destinés à faire sortir les prisonniers. En outre sous leurs tricots chacun d'eux avait une arme glissée dans leurs ceintures de pantalon et de jupe.

A cinquante centimètres environ du niveau de la mer, la pierre qui fermait le souterrain était semblable à ses voisines : un bloc irrégulier coiffé de ronces qui dégringolaient le long d'un des côtés. Nelly s'en approcha puis chercha des yeux Belmont qui faisait la planche à une encablure. Il fit signe que tout était clair et elle plongea une main gantée au milieu des branches épineuses, trouva un levier de fer qu'elle montra à Adalbert. Un instant tous deux se regardèrent échangeant la même inquiétude : qu'allaient-ils trouver derrière le rocher ?

— Qui ne risque rien... commença Adalbert en sortant son pistolet qu'il arma. Allez-y, jeune fille. J'espère que ça ne fait pas trop de bruit ?

— A peine. Le mécanisme doit être régulièrement entretenu et ne déclenche aucune alarme. C'est préférable pour la discrétion de l'endroit. Fort Williams n'est pas si loin...

En effet le rocher sur lequel courait une fissure capricieuse s'ouvrit en deux morceaux inégaux découvrant une bouche obscure dans laquelle Adalbert se glissa en rasant la paroi sur laquelle il resta appuyé, la porte passée, pour observer l'intérieur. Il put voir que le couloir sablé plongeant en pente douce était nettement plus large que le passage rocheux... et qu'il était vide.

— Vous pouvez venir ! murmura-t-il. Il n'y a personne.

Nelly lui emboîta le pas, alluma sa lampe électrique et ils commencèrent leur exploration sans faire le moindre bruit. Ils s'aperçurent vite qu'un peu de jour filtrait ici et là au-dessus de leurs têtes, ce qui leur permit d'éteindre le pinceau lumineux révélateur. Un profond silence – celui toujours angoissant des souterrains – les enveloppait. Normal puisqu'ils étaient dans un repaire de contrebandiers et que ceux-ci s'activaient surtout la nuit – prudence oblige – et que, pour cette bizarre communauté, ce jour d'épousailles devait être un jour férié.

— Dans un sens c'est une bonne chose, souffla Adalbert.

— C'est ce que je pensais : nous avons peut-être une chance de délivrer les prisonniers...

Cependant une déception les attendait quand ils parvinrent devant la prison d'Aldo : la grille était grande ouverte et l'occupant n'était visible nulle part...

— Allons voir si Betty est toujours là ! chuchota Nelly en reprenant son chemin vers le coude de la galerie. Elle saura peut-être quelque chose...

Elle était là cramponnée aux barreaux de sa cage, écoutant intensément ces bruits, cependant légers, mais que son oreille affinée par une vie quasi sauvage percevait plus aisément que d'autres encombrées pas le vacarme des villes. Nelly se précipita vers elle.

— Je vous amène un ami. Nous allons vous sortir de ce trou !

— Ce n'est pas le plus important : vous m'avez apporté ce que je vous ai demandé ?

— La dynamite ? Oui mais...

— L'important pour moi, coupa sèchement Adalbert occupé à examiner la serrure, c'est ce qu'est devenu l'autre prisonnier. Le savez-vous ?

— Oui et non. Cette brute de Crespo est venue le chercher il y a une demi-heure environ.

— Pour l'emmener où ?

— Comment voulez-vous que je le sache ? Quelque part dans cette monstrueuse baraque. Cette nuit j'aurais aimé parler avec lui mais nous étions trop loin l'un de l'autre : et il aurait fallu crier avec les risques d'être entendus. Pourtant j'aurais voulu lui dire d'abord merci et ensuite combien je regrette de l'avoir si mal accueilli quand il me proposait son aide...

— On va faire en sorte que vous puissiez le lui dire plus tard.

La grille avait deux siècles au moins et ses barreaux gros comme des bras d'enfant se rouillaient mais l'énorme serrure était propre, preuve que ce n'était pas la première fois qu'on mettait là quelqu'un sous clef. Adalbert choisit un outil mince mais solide et, sous l'œil ahuri de Nelly, mit fort peu de temps pour faire jouer le pêne. Les gonds, eux, moins soignés sans doute grincèrent quand Nelly poussa le battant. Il fut presque aussi facile de libérer Betty de la chaîne qui entravait ses chevilles ne lui permettant que de très petits pas.

— Merci beaucoup ! dit-elle. C'est bon d'être libre de ses mouvements. A présent donnez-moi la dynamite !

— Pour faire tout sauter avec Morosini dedans ? Je m'y oppose ! gronda Adalbert...

— Pas maintenant ce serait idiot. Je vous promets de ne rien faire avant que les invités ne soient repartis...

— Comment le saurez-vous ?

— Je le saurai, rassurez-vous ! J'ai pu explorer une partie de ces souterrains et je crois savoir où me cacher. Comprenez donc que je veux empêcher Ricci de se défiler pendant qu'ici on égorgera une femme !

— Oh je vois ! On tue la maisonnée et Dieu reconnaîtra les siens ? Pas question ! Vous sortez avec nous ! On vous donne ce que vous nous avez demandé et vous reviendrez cette nuit quand vous voudrez puisque vous connaissez le système, ajouta-t-il en s'emparant du sac de plage.

— Non, je ne vous suivrai pas ! Peu m'importe la liberté si je ne peux assouvir ma vengeance.

— Et vous disiez que vous regrettiez de n'avoir pas remercié Morosini ? Joli remerciement ! Est-ce que vous savez qu'il a une femme et des enfants ? Alors maintenant on se calme et on vient avec nous ! Je n'avais accepté d'emporter la dynamite que s'il n'y avait pas d'autre moyen de libérer mon ami et vous-même en faisant écrouler le souterrain sur d'éventuels poursuivants...

Il ne s'attendait pas à ce qui allait suivre. Avec une force que son apparence ne laissait pas soupçonner, Betty bondit sur lui, le jeta à terre, arracha le sac et s'enfuit dans les profondeurs de la galerie. Il se releva pour la poursuivre mais Nelly s'y opposa :

— Non. Laissez-moi faire ! Je vais rester avec elle. Si elle n'attache aucun prix à sa propre vie, elle ne fera rien tant que je serai à ses côtés... Rentrez ! Il faut que vous soyez ce soir au dîner !...

Elle avait disparu quand ses dernières paroles atteignirent Adalbert. Son premier mouvement fut de s'élancer à son tour derrière les deux femmes afin de partager les dangers qui les guettaient mais la jeune journaliste avait déjà fait preuve de sa détermination et il ne pouvait être question de laisser Pauline dans l'incertitude. D'autant qu'il avait un plan. Il sortit donc, après s'être assuré qu'aucun intrus n'avait fait son apparition, referma l'ouverture du rocher et rejoignit Pauline qui l'attendait stoïquement assise sous un parapluie. Une ondée s'était mise à tomber et elle avait ramassé ce qu'elle avait sorti. En le voyant revenir elle poussa un énorme soupir.

— J'étais morte d'inquiétude ! Il me semblait que vous ne reviendriez jamais... Où sont les autres ?

Il le lui dit en cherchant des yeux John-Augustus qui nageait d'ailleurs vers eux.

— Il est inutile de rester plus longtemps, grogna-t-il, mais il va falloir prier pour qu'il n'arrive rien à Miss Parker !

— Elle est courageuse, cette petite... et loin d'être sotte ! Elle a fait ce qu'il fallait faire avec une femme comme Betty Bascombe ! Celle-ci ne la sacrifiera jamais à sa haine...

Quelques minutes plus tard tous trois repartaient vers Belmont Castle.

Cette fois Crespo avait conduit Morosini au second étage du Palazzo dans une chambre où il retrouva ses vêtements, propres et impeccablement repassés étalés sur le lit. Il y avait aussi une salle de bains attenante, aveugle mais pourvue de bouches d'aération dans laquelle on l'enferma :

— Faites votre toilette ! intima Crespo. Le patron veut que vous soyez nickel et vous avez ce qu'il faut à votre disposition : savon, rasoir, shampooing, etc.

— Et vous devriez ajouter : « N'oubliez pas vos oreilles ! » Cela me rappellerait des souvenirs ! ironisa Aldo.

L'autre se contenta de hausser les épaules et boucla la porte en disant qu'il ouvrirait quand le prisonnier frapperait. Comme cette salle exiguë ne présentait aucun moyen d'évasion, celui-ci remplit la baignoire, se plongea avec bonheur dans l'eau chaude et y laissa son corps se détendre. Depuis l'enfance il détestait se sentir sale et même si cette séance d'ablutions devait être la dernière il y prit un réel plaisir, s'étrilla, se rinça sous la douche puis renonçant à user des eaux de toilette dont il avait reniflé les senteurs d'un nez prudent, se sécha, se rasa et s'enveloppant dans un drap de bains, demanda la porte qui s'ouvrit aussitôt :

— Vous en avez mis du temps ! ronchonna Crespo. Et le patron n'aime pas attendre !

— Tant pis pour lui ! Il n'avait qu'à me loger ailleurs que dans ce trou à rats !

— Et quoi encore ? Dépêchez-vous de vous habiller et d'avaler ce café qui doit être froid !

Il l'était ! Aldo le but sans protester parce qu'à la température près il n'avait rien perdu de ses qualités. Mieux valait un bon café froid que de l'eau de vaisselle chaude ! Requinqué et réintégré dans ses habits, Aldo suivit son gardien à travers la maison transformée en ruche ouvrière : une armée de serviteurs achevait les préparatifs de l'événement du soir. Il y avait tant de fleurs un peu partout qu'on avait dû les faire venir par bateau, les jardins étant insuffisants pour en produire une telle quantité. Morosini en fit la remarque à Ricci lorsqu'il le rejoignit au même endroit que la veille.

— Je n'en ai jamais vu autant à la fois ! dit-il. Mais c'est peut-être de la prévoyance ? Vous pensez qu'elles pourront servir encore pour les funérailles ?

— Ne soyez pas stupide ! Il n'y aura pas de funérailles !

— Tiens donc ? Auriez-vous renoncé à transformer une jolie femme en un cadavre aussi affreux que pitoyable ?

— Certainement pas ! Ce qui est dû à Cesare doit aller à Cesare. J'ai pris d'autres dispositions ! Il en sera de même pour vous.

— Vous m'ôtez mon rôle d'assassin présomptif ? Comme c'est aimable à vous ! D'autant plus qu'en ce cas vous n'avez plus besoin de moi ?

— C'est assez vrai cependant ne vous réjouissez pas trop ! Pour le plan que j'ai conçu, il est indispensable que vous disparaissiez.

— Voilà qui est affligeant ! Et la raison ?

— Vous en savez trop. En outre vous m'avez passablement agacé lors de notre première rencontre et cela n'a pas cessé !

— J'essaierai de m'en consoler mais, à propos de cesser, ne croyez-vous pas qu'il serait judicieux de renoncer à vos comédies macabres ? Combien de temps croyez-vous que les autorités de ce pays, qui n'a rien à voir avec la jungle, vont rester l'arme au pied et fermer les yeux sur ce qui se passe ici ? Même si Dan Morris est à votre botte, même si vous êtes l'un des piliers de la Mafia, même si cela vous vaut des relations précieuses, il existe des lois fédérales, une puissance fédérale qui finira par vous coincer. Vous devez bien y penser de temps en temps ?

Un curieux sourire s'étala soudain sur le lourd visage qui ne s'en trouva pas embelli.

— Merci de ne pas me prendre pour un imbécile absolu ! Naturellement j'y pense et, tenez, je vais vous faire plaisir : je suis pleinement conscient du péril dont vous me menacez et je suis aujourd'hui en mesure de vous apprendre que le mariage de ce jour sera le dernier. Je vais devenir un veuf inconsolable au point d'aller chercher l'apaisement très loin... et ne jamais revenir.

Aldo releva un sourcil interrogatif.

— Vous allez quitter les Etats-Unis ? Mais... vos nombreuses affaires ?

— ... pourront s'écrouler tranquillement sans que je m'en soucie le moins du monde parce que j'ai depuis longtemps prévu une position de repli pour ma fortune et ma personne. Voyez-vous, Morosini, je sais que les Américains vont connaître, dans un avenir que je crois proche, une grave crise financière. Depuis qu'ils ne peuvent plus boire ni jouer ailleurs que dans la clandestinité les Américains ont découvert la spéculation en Bourse. Or celle-ci fait monter les cours dans une telle proportion que les valeurs n'ont plus aucun rapport avec le capital réel des industries qu'elles représentent. Tout est fondé sur le volume des achats et des ventes qui est devenu monstrueux. Aussi le plus faible ralentissement des transactions ferait s'écrouler tout le système. Et c'est ce qui va se produire avant longtemps. Si l'Amérique s'est embarquée sur un bolide sans freins, je n'ai pas l'intention d'attendre l'accident... Et l'accident ce sera la panique qui s'emparera des milliers de porteurs d'actions quand ils s'apercevront qu'ils ne détiennent plus que du papier.

Un silence suivit ces dernières paroles dont Aldo pesait la gravité. Venant d'un tel homme l'information méritait réflexion mais au point où il en était, les considérations financières présentaient peu d'importance. Néanmoins il dit :

— Et si... cet accident ne se produisait pas ? Pourquoi donc serait-il inéluctable ?

— Parce qu'il est pratiquement impossible qu'il en soit autrement mais soyez certain que je suis déterminé à le déclencher au cas où il ne se présenterait pas suffisamment vite.

— Je vois !... En revanche ce que je vois mal c'est ce que vous allez faire de... de...

Il n'arrivait pas à trouver le mot qui convenait pour le monstre qu'on lui avait fait entrevoir mais Ricci avait compris :

— Pour celui dont j'ai accepté les ordres... et les conseils durant tant d'années. Parce que je le plaignais, l'admirais et, d'une certaine façon, l'aimais ? En un mot pour Cesare, ce génie de la finance... mon frère aîné enfin ? Lui aussi va disparaître. Il a fait son temps et sa perte est devenue une nécessité. Pour les raisons que vous venez d'invoquer mais aussi parce que je veux vivre entièrement libre les années qui me restent et que je veux paisibles. Demain avant l'aube ce palais que j'ai bâti pour lui va sauter et, avec lui, tous ceux qui s'y trouveront encore. A mon regret vous en ferez partie...

— Et vous n'y serez plus bien entendu ?

— Bien entendu. Cette nuit, le *Médicis* viendra jeter l'ancre dans la baie et je me rendrai à son bord. Ensuite... la mer est grande.

L'égoïsme de cet homme avait quelque chose d'effarant et surtout sa façon de disposer des vies humaines avec le détachement d'un Néron ou d'un Caligula. Même celles qui auraient dû lui être chères.

— Et Mary que deviendra-t-elle ?

— Son sort est réglé : elle sera mon dernier cadeau à Cesare ! Lorsque son univers souterrain s'anéantira il sera, je l'espère, au plus fort de sa jouissance et ne se rendra compte de rien : il mourra heureux.

— Et pour elle ? Combien d'heures de martyre ? Ne pouvez-vous au moins lui éviter cela ? Encore une fois c'est une femme !

— Vous avez de la pitié de reste et celle-là ne la mérite guère. Depuis que je l'ai rencontrée elle se joue de moi. Du moins elle le croit car l'idée ne lui viendrait même pas que je puisse l'avoir percée à jour. Vous ne m'avez rien appris avec vos « révélations » vous savez ? Et en réalité, elle n'est pour moi qu'un pis-aller.

— Comment cela ?

— Celle que je destinais à combler les ultimes désirs de mon frère était plus belle, plus tendre aussi. Je l'avais choisie avec soin et vous savez ce qu'il est advenu d'elle ?

— Vous l'avez fait écraser sous mes yeux dans Piccadilly, martela Aldo saisi d'une furieuse envie de se jeter sur ce misérable et de l'étrangler, gardant assez de raison pour savoir qu'on l'abattrait aussitôt et il voulait en savoir plus. Autrement dit vous rentriez bredouille ? jeta-t-il avec un maximum de mépris.

— Exact ! Or, sur le bateau, j'ai trouvé cette fille. Moins belle que Jacqueline mais la ressemblance était suffisante pour qu'elle fasse l'affaire. Elle s'était donné assez de mal pour me prendre au piège alors qu'en réalité c'est moi qui l'ai prise... Voilà ! ajouta Ricci en se levant, vous n'ignorez plus rien à présent.

— Pas tout à fait. Puisque je ne dois pas quitter les lieux vivant je voudrais connaître l'histoire des joyaux de Bianca Capello... et de celles dont ils ont signé la perte. Simple curiosité professionnelle ! Et, naturellement, je voudrais les voir.

— Pourquoi non ? Restez assis ! Ils ne sont pas loin.

Ricci alla ouvrir un secrétaire florentin de bonne facture qui se trouvait dans un angle et y prit un écrin de cuir noir, moderne mais usagé, qu'il tendit à Morosini :

— Tenez ! Regardez !

La notion du danger qu'il courait s'effaça devant l'émotion, toujours renouvelée, de l'amateur et de l'expert au moment d'approcher une pièce exceptionnelle. En vérité, ils l'étaient, cette croix et ces pendants d'oreilles tant par la beauté des pierres que par la perfection du travail d'orfèvre. Les rubis surtout étaient admirables : de magnifiques « sang-de-pigeon » d'un rouge profond et envoûtant reléguant un peu perles et diamants à ce qui était, au fond, leur vocation : mettre en valeur les somptueuses pierres pourpres. Ils étaient si beaux que les longs doigts aristocratiques d'Aldo tremblaient légèrement en les touchant, fasciné qu'il était par leur profondeur au point d'oublier que le sang avait coulé sur eux depuis leur sortie de l'atelier du joaillier d'antan.

— Superbes ! conclut-il. Vraiment dignes d'une reine ! On peut comprendre que Marie de Médicis ait passé outre sa haine de sa belle-mère pour la joie de les porter !

— Elle ne les a jamais portés. Ils faisaient sans doute partie de son coffre à bijoux quand elle est allée épouser Henri IV mais elle possédait tellement de parures qu'elle en a fait cadeau à sa favorite Leonora Concini.

— La Galigaï ? s'exclama Aldo trop passionné pour s'étonner de la subite érudition du mafioso. Voilà pourquoi ils n'ont jamais fait partie des Joyaux de la Couronne ! Après l'exécution de cette femme, je crois savoir que le futur duc de Luynes a récolté certains de ses bijoux. Les plus beaux sans doute et il est possible que ceux-ci aient paré son épouse, la fameuse duchesse de Chevreuse…

— Sans doute ! coupa Ricci avec impatience. Ce que j'en sais en dehors de ce que je viens de vous dire et que Cesare m'a appris, est qu'au début du siècle ils étaient revenus à Florence. Ils appartenaient à la mère du comte Pavignano... dont mon frère était l'amant. Cesare était superbe alors et ne rencontrait guère de cruelles. Le *David* de Michel-Ange qui est à la Signoria de Florence peut en donner une idée. Passionné par l'histoire des Médicis dont une aïeule nous a légué quelques gouttes de sang...

— Je vous croyais siciliens ?

— L'un n'empêche pas l'autre, vous devriez le savoir ! Les Pavignano le sont aussi mais donna Maria, la mère, était de Florence où elle conservait une demeure de famille. Cesare et elle s'y retrouvaient souvent et c'est au cours d'un de ces voyages qu'il a rencontré Bianca Buenaventuri dont il est tombé éperdument amoureux : elle ressemblait beaucoup à celle dont il avait fait son idéal féminin : Bianca Capello. Elle aussi l'a aimé et ils devaient se marier quand Pavignano à son tour est tombé amoureux d'elle. Il était riche, lui, alors que, même si certaines protections m'avaient permis de commencer ma fortune, nous ne pouvions nous comparer à lui. Pourtant Bianca l'a d'abord refusé : perdre Cesare lui semblait impossible. Alors Pavignano a employé les grands moyens : une nuit, ses gens se sont emparés de mon frère, l'ont emmené dans un lieu écarté et là ils l'ont massacré...

— N'aurait-il pas été plus simple de le tuer ?

— Un mort est parfois puissant ! Bianca l'aurait peut-être pleuré longtemps et Pavignano était pressé de la mettre dans son lit : mieux valait faire de Cesare un objet d'horreur et vous avez pu constater qu'ils ont réussi certainement au-delà de leurs espérances.

Au souvenir de ce visage de cauchemar qu'il avait entrevu, Morosini eut un frisson : plus de nez, plus de lèvres et autour des chairs tuméfiées, rongées par d'affreuses brûlures, un crâne presque chauve avec lui aussi des traces de brûlures, un seul œil visible, l'autre étant recouvert d'un bourrelet de peau violacée. On avait méticuleusement détruit cette figure avec une abominable cruauté. Le corps n'avait pas dû être épargné car l'homme boitait et ses épaules voûtées, ses longs bras évoquaient la silhouette d'un singe.

— Comment a-t-il pu résister ? pensa-t-il tout haut.

— Il était très vigoureux et on ne lui a infligé aucune blessure mortelle. Après quoi on l'a abandonné sur place où je l'ai découvert. Un message anonyme m'avait prévenu. Je vous passe la description du calvaire qu'il a enduré pour revivre bien qu'il passât pour disparu. Grâce à la Mafia, j'ai pu le faire soigner dans une clinique discrète. Son esprit était intact et l'un comme l'autre nous avons juré la vengeance. Les bourreaux ont été retrouvés et leur mort a été cruelle. Pour ce qui est de Pavignano et de sa fiancée vous savez ce qu'il en est advenu. J'ai moi-même égorgé Bianca et lui ai repris sa parure. Quant à Pavignano si on ne l'a pas retrouvé c'est parce que mes hommes – vous diriez mes complices n'est-ce pas ? – l'avaient enlevé. On a vitriolé son visage avant de l'enterrer vivant...

En dépit de son sang-froid, Aldo ne put étouffer un hoquet d'horreur. Il savait depuis longtemps quel degré de cruauté pouvaient atteindre les hommes – et singulièrement les Siciliens – dans la vengeance mais c'était dur à avaler et il dut se forcer pour articuler calmement la question qui lui venait. Au pli de ses lèvres, son dégoût était visible.

— Je ne comprends pas. Vous avez pris les bijoux. Comment se fait-il qu'il vous ait fallu tuer la Solari pour les lui reprendre ?

— La plus simple des raisons : on me les a volés. J'avoue avoir eu du mal à les retrouver. Cela m'a pris du temps jusqu'à ce que j'apprenne que mon voleur était le père de Teresa Solari. Il était alors déjà passé de vie au trépas ce qui m'a évité de le lui faire payer...

— Vous avez préféré vous en prendre une fois de plus à une femme innocente ?

— Il me les fallait afin d'en parer les sosies de Bianca que je ne cessais de rechercher pour Cesare. Grâce à son génie financier – à la guerre aussi –, mon empire se développait. Et j'ai construit pour lui ce palais...

— ... dont il n'habite que les souterrains ! Magnifiquement aménagés je dois en convenir d'après ce que j'ai aperçu.

— Il lui arrive de venir dans ces appartements. Et même d'y loger. Ses hommes prennent alors en charge le palais. Seuls les gardes extérieurs et les jardiniers sont à demeure fixe.

— Et ils peuvent supporter sa vue ?

— Cesare se masque devant eux. Ils sont royalement payés et savent que s'il lui arrivait malheur ou s'ils parlaient, ils ne lui survivraient pas. Un seulement peut le voir tel qu'il est et c'est une femme, une infirmière qui l'aimait avant le désastre et qui l'a soigné en clinique. Elle est laide et lui a voué sa vie. J'ajoute qu'elle en sait autant que n'importe quel médecin : j'y ai veillé.

— Une femme ? Et il la respecte ?

— Je viens de vous dire qu'elle est laide. En outre, seules celles qui ressemblent à Bianca éveillent son désir... et sa rage. Chez lui il y a le portrait de la Sorcière de Venise mais aussi ceux de « ses » femmes car ne vous y trompez pas, je ne les épouse que par procuration en quelque sorte puisque tous deux nous appelons Cesare. Seule la dernière n'a pas été peinte faute de temps mais surtout parce que cela n'a plus d'importance... Celle-ci l'accompagnera dans la mort et reposera en paix auprès de lui.

— En paix ? Après ce qu'elle aura subi ?

— Elle souffrira moins que les autres puisque demain à pareille heure tout sera détruit jusques et y compris l'accès aux souterrains... Permettez que je reprenne mon bien ? ajouta-t-il en refermant l'écrin sur le velours duquel Aldo venait de reposer la croix. Cette chère Mary va avoir la joie de s'en parer pour notre dîner de noces. Ce sera la dernière fois qu'ils apparaîtront en public sur une gorge de femme...

— Vous avez l'intention de les détruire aussi ?

— Une telle merveille ? Vous voulez rire ! Je vais les emporter avec moi comme le plus beau symbole de l'esclavage volontaire que je m'étais imposé ainsi que celui de ma liberté...

A son tour il contemplait les joyaux dont les reflets allumaient dans ses yeux des lueurs infernales. Son visage avait quelque chose de démoniaque et un désagréable filet glacé courut le long de l'échine de Morosini. En dépit de sa parole posée, de sa voix assurée l'homme était fou ! Pourtant se souvenant de ses racines siciliennes, Aldo lança :

— N'avez-vous pas peur de la colère divine ? Une croix est avant tout et quelle que soit la matière dont elle est faite, le symbole du Christ et vous en faites un instrument de mort ! C'est la damnation qui vous attend, Ricci, et le temps vous est compté car vous n'êtes plus un jeune homme...

D'un coup sec, le criminel referma l'écrin qu'il serra contre sa poitrine.

— L'important était que Cesare pût vivre dans la maison de nos ancêtres et y connaître des moments de bonheur absolu ! Quant à moi, je sais qu'il me reste du temps pour faire ma paix avec Dieu ! Mon astrologue m'a prédit une longue vie et je me suis toujours montré généreux avec les sociétés charitables. Je continuerai ailleurs ! Et même... oui je bâtirai une église à la mémoire de Cesare... mon sublime frère !

— Vous ne songeriez pas à une canonisation, pendant que vous y êtes ? fit Morosini acerbe mais le degré de mégalomanie de l'autre le rendait imperméable à la moindre forme d'ironie : il leva un doigt doctoral.

— Par l'immensité de ses souffrances il la mériterait !

On frappa à la porte et aussitôt la tête de Crespo s'introduisit.

— Vous n'oubliez pas l'heure, Monsieur ? Il faudrait se presser...

— Vous avez raison ! Qu'on l'emmène ! fit-il en désignant Aldo comme s'il eût été un simple paquet.

— Si c'est à vos noces ainsi que vous l'avez annoncé, remarqua Aldo, je vous signale que je ne porte pas la tenue adéquate !

— Pour ce que vous devez en voir c'est largement suffisant. Rassurez-vous le spectacle auquel je vous convie sera de choix. Cela vous consolera, j'espère, de n'être pas invité à dîner...

— Quoi ? Pas la moindre coupe de champagne pour boire à votre bonheur ? Décidément, vous ne saurez jamais vivre !

Il ironisait. Peut-être pour le plaisir dérisoire d'avoir le dernier mot mais tandis que Crespo et son gorille l'emmenaient, menottes aux mains à travers les salons, son esprit tournait à toute vitesse à la recherche d'un moyen de sortir de ce traquenard... et n'en trouvait aucun, réduit qu'il était à l'impuissance au milieu de ce palais délirant bourré de sbires et sans la plus petite arme à sa portée. Tout à l'heure il avait lutté contre l'envie de se jeter sur Ricci et de l'étrangler. Même si l'homme était vigoureux, lui se sentait assez de force nerveuse et de rage pour le faire mais il savait qu'avant de venir à bout de ce gros cou, il lui faudrait plus de temps qu'on ne lui en accorderait et qu'il signerait son arrêt de mort immédiat. Or la seule consolation qu'il lui restât était la certitude de rester vivant jusqu'au matin suivant puisqu'on le destinait à être enseveli sous les ruines du Palazzo... C'était mince !

Ses gardiens dont les poignes immobilisaient ses bras le conduisirent au bout de l'enfilade dans ce qui était sans aucun doute la chambre nuptiale, celle dont ne ressortaient jamais les épousées que l'on y menait. Et quelle chambre ! Jamais Aldo n'avait rien vu de si tarabiscoté ni de si doré !

La pièce principale en était l'alcôve où trônait le lit. Elle était précédée d'une sorte d'arc triomphal et d'une grille basse ouvrant par le milieu comme une table de communion, l'ensemble en bois doré. Le lit de soie pourpre mais tellement brodé qu'on distinguait à peine la couleur était surmonté d'un baldaquin carré dont le bandeau en bois sculpté se composait d'amours tenant d'épaisses guirlandes alternant avec des feuilles d'acanthes.

Dans le salon précédant ce monument, les cartouches, les amours, les volutes et les palmes recouvraient entièrement les murs et le plafond encadrant des miroirs. Ouvrages en fort relief, ces motifs laissaient paraître par endroits un fond très sombre qui en faisait mieux valoir l'éclat. Une énorme console du baroque le plus délirant placée entre les deux hautes fenêtres était destinée à servir de coiffeuse si l'on en jugeait par l'assortiment de flacons, de brosses, de coffrets et d'objets féminins disposés sur le brocart, doré lui aussi, pris dans le même tissu que les doubles rideaux. Le sol était fait d'une mosaïque de marbre sans le moindre tapis pour le réchauffer et les fauteuils en velours de Gênes dont on s'apercevait à peine qu'ils étaient rouges avaient l'air de flotter sur une glace colorée.

— Cette chambre à elle seule est déjà un cauchemar ! apprécia le prince-antiquaire. Qui peut avoir envie de dormir là-dedans ?

— Vous faites pas de bile, vous y dormirez à merveille, fit Crespo.

— Oh merci ! Me voilà rassuré…

L'une des deux fenêtres était ouverte ce qui permit au prisonnier d'apercevoir la baie et la proue du *Médicis* à l'ancre. Devant l'autre les rideaux étaient fermés. Crespo les écarta. Il y avait là une chaise de fer dont les pieds étaient vissés dans le sol. Débarrassé de ses menottes, Aldo y fut soigneusement attaché par des cordes, les mains liées derrière le dossier. On lui lia aussi les chevilles et pour finir, on le bâillonna :

— C'est pour éviter vos cris de joie, expliqua Crespo avec son mauvais sourire. Vous allez avoir la chance d'assister à la nuit de noce du patron, grand veinard ! L'attente sera peut-être un peu longue mais vous en serez tellement récompensé !

Après quoi, il tira devant lui les pans de brocart dont les extrémités s'étalaient mollement sur le sol de façon à ce qu'il ne manquât rien de ce qu'il se passerait dans la chambre tout en restant lui-même invisible. Ensuite Aldo se retrouva seul avec ses réflexions…

Qui n'avaient rien de réjouissant ! L'après-midi n'en étant qu'à son début, l'attente, comme disait Crespo, promettait d'être interminable surtout dans une telle position. Une chance encore – si l'on pouvait l'appeler ainsi – était qu'il ne fasse pas trop chaud ce qui eût rendu plus cruelle la soif qui ne manquerait pas de venir avant que la délirante bâtisse ne s'en aille en poussière. Le bâillon qui lui sciait les coins de la bouche ne ferait même que l'accélérer. Cependant Aldo refusa de s'étendre plus avant sur une perspective si désolante. Il serait temps de se laisser aller au désespoir quand plus aucune chance ne serait en vue.

Celles qui lui restaient étaient minces, aléatoires mais il s'y cramponnait de toutes ses forces. Il y avait Adalbert – et Pauline – à qui son absence devait sans doute poser quelques points d'interrogation. Ensuite venait Nelly Parker qui semblait posséder le talent de se faufiler partout comme une souris. Elle voulait sauver Betty Bascombe mais, si elle y parvenait, peut-être réussiraient-elles à elles deux à mettre en échec les plans monstrueux de Ricci. Malheureusement aucun d'eux ne savait que le temps de survie d'Aldo lui était compté si chichement. Enfin, peut-être pouvait-on attendre quelque chose d'Hilary elle-même ?

Après le mauvais tour qu'elle lui avait joué et ce qu'il en savait elle ne lèverait certainement pas le petit doigt pour le tirer d'affaire mais elle lui avait laissé entendre qu'elle comptait donner du fil à retordre à son futur époux, qu'elle ne se laisserait pas mener comme un mouton à l'abattoir et qu'elle prenait des précautions dans ce but. Quant à Ricci, même s'il ne gardait guère d'illusions sur elle, il ne mesurait certainement pas à sa juste valeur la froide détermination de cette fille. Leur affrontement quand tous deux se retrouveraient face à face dans cette chambre vaudrait sans doute d'être observé. Restait à savoir, quand cette opportunité se présenterait, s'il serait possible d'en tirer parti ?...

En attendant, il entreprit de tester la résistance de ses liens en essayant d'abord de faire jouer ses poignets, remerciant Dieu que l'on eût renoncé aux menottes à cause de la largeur du dossier de sa chaise mais c'était une maigre consolation : le chanvre était épais et les nœuds solidement faits. Pourtant il ne se décourageait pas, s'accordant un moment de repos entre chaque effort pour éviter de s'épuiser. Il restait alors rigoureusement immobile en contrôlant sa respiration. Par la fente du rideau il contemplait l'énorme lit qui ressemblait à un trône ou à un autel artificiel. Un détail retint son attention : alors que la maison en débordait il n'y avait pas la moindre fleur dans la chambre nuptiale. En outre la couverture du lit n'était pas faite et il n'y avait pas d'oreiller.

Aldo examina ensuite le décrochement de l'alcôve où sur chaque pan de mur, la fissure rectiligne d'une porte se dessinait au milieu des reliefs dorés. L'une pouvait être un placard : celui justement des oreillers et des couvertures mais l'autre ouvrait peut-être le chemin par lequel les victimes étaient menées au Minotaure. Aucune autre issue n'était en vue...

Tout en réfléchissant Aldo essayait de bouger dans ses liens, gonflant ses muscles et les détendant dans l'espoir de donner aux cordes un peu de jeu. Il l'avait fait pendant que Crespo le liait mais le truand serrait fort et sa victime n'avait obtenu en revenant au volume normal qu'un léger soulagement rendant les cordes à peu près supportables mais de là à les relâcher il y avait un monde...

Pendant ce temps le Palazzo s'emplissait de bruits et de rumeurs. Les serviteurs auxquels on avait sans doute ajouté les traditionnels extra comme cela se faisait partout – et peut-être ici plus qu'ailleurs les hommes de Ricci n'étant pas tous aptes à endosser la veste blanche pour passer des plateaux avec habileté ou se pencher avec sollicitude sur des dîneurs attablés – étaient sur le pied de guerre. A cette heure le mariage devait être célébré aux « Oaks » et les voitures n'allaient pas tarder à arriver. Le bruit du moteur de la première fut le signal pour l'orchestre qui entama une valse lente. En même temps et bien qu'il fît encore jour, le palais s'illumina. La fête mortelle était commencée...

CHAPITRE XIV

NUIT DE NOCES

Peu à peu une relative obscurité envahit la chambre. La nuit était tombée mais la fenêtre ouverte laissait pénétrer le reflet des cordons lumineux disposés sur la façade. Avec eux arrivaient le bruit des conversations sur fond de musique douce, les tintements du cristal et de l'argenterie mais fort peu de rires. Autant dire, rien. Ces gens étaient là dans l'attente de quelque chose et ce quelque chose ne prêtait guère à la plaisanterie. En fait de souper de noces ce repas devait ressembler à ces dîners funéraires qu'affectionnaient les Romains. Les fumets qu'il exhalait n'en étaient pas moins délectables, et Aldo, toujours rivé à sa chaise, subissait un supplice renouvelé de Tantale. Surtout, comme il l'avait prévu, la soif commençait à se faire sentir.

En dépit de ses efforts, il n'avait que très peu réussi à détendre ses liens et ses mains le brûlaient. Pour se distraire, il tentait d'imaginer où pouvaient bien être Adalbert, Pauline et aussi Nelly tandis que s'égrenaient les heures le rapprochant implacablement du dénouement. Les deux premiers étaient-ils au nombre des convives ? Avaient-ils seulement été invités ?

Un intermède lui fit passer quelques minutes : Crespo entra muni d'un bougeoir à l'aide duquel il alluma les flambeaux dispersés un peu partout dans la chambre dont les ors se mirent à briller d'un vif éclat. Deux d'entre eux encadraient le lit toujours aussi inhospitalier et qui du coup prit un curieux aspect de catafalque. Quand ce fut fini, le malandrin vint donner un coup d'œil au prisonnier. Devinant qu'il venait s'assurer de l'état de ses liens, Aldo regonfla aussitôt ses muscles et Crespo ne jugea pas utile de resserrer quoi que ce soit. Avant de partir il lâcha même :

— Vous impatientez pas, la fin approche ! Les invités n'ont pas l'air de s'amuser et on ne va pas tarder à tirer le feu d'artifice. Quand ils seront partis le spectacle sera pour vous tout seul !

Les premières fusées furent tirées peu de temps après son passage. Aldo pouvait en apercevoir le reflet dans un miroir. Elles se succédaient à un rythme rapide et leurs détonations répétées ne permettaient guère à Morosini de saisir la moindre bribe des conversations qui à présent se déroulaient sur la terrasse, sous les fenêtres. Parfois des applaudissements se faisaient entendre mais ils étaient simplement polis, non enthousiastes. Il y en eut davantage quand le spectacle se termina mais à peine plus et ils s'éteignirent vite comme les bruits de voix donnant l'impression que tous ces gens avaient hâte à présent de rentrer chez eux. Le ronflement des moteurs arriva presque aussitôt, ce qui fit penser à Aldo que cela ressemblait plus à un sauve-qui-peut qu'à un départ normal.

En fait, déçu, même irrité par le manque d'enthousiasme de ses invités, Ricci leur avait pratiquement demandé de quitter les lieux en déclarant que devant partir de bonne heure le lendemain matin pour leur voyage de noces aux Caraïbes avec le *Médicis*, sa jeune femme et lui-même souhaitaient se retirer dans leurs appartements pour y connaître quelques heures d'intimité. Cela avait jeté un froid vite remplacé par une hâte quasi primitive à rejoindre les voitures créant ainsi une certaine confusion. L'orchestre continuait de jouer mais les vrombissements des klaxons eurent un moment le dessus.

Enfin tout rentra dans l'ordre et force resta aux musiciens. Il y eut un temps de silence puis la musique reprit, solennelle cette fois : elle jouait la *Marche nuptiale* de Mendelssohn et Aldo comprit que le dernier acte allait se jouer. Surtout quand il entendit se rapprocher les violons...

Sous les mains gantées de deux laquais porteurs de flambeaux, le double battant de la porte s'ouvrit devant le nouveau couple. Ricci en habit noir menait par la main, selon l'antique tradition, une Hilary proprement éblouissante. Elle ressemblait à un portrait de Pisanello dans sa robe de pourpre et d'or semée de perles, aux manches énormes, et sur ses cheveux tirés en arrière une sorte de turban rond comme une citrouille, de même tissu et presque aussi imposant. Cette mode-là, en retard d'un bon siècle sur celle de Bianca Capello, n'en était pas moins spectaculaire et même séduisante par la magie du large et profond décolleté carré sur lequel étincelait la croix de rubis... les pendants d'oreilles complétaient admirablement la fantastique coiffure plus royale que bien des couronnes. Jamais Hilary n'avait été aussi belle et en dépit de son ressentiment, Morosini ne pouvait que déplorer la fin prochaine et barbare de cette éblouissante créature... ainsi que sa propre impuissance car il n'avait pas réussi à se défaire de ses entraves pas plus qu'à ébranler son siège pour l'arracher au sol et se procurer ainsi, éventuellement, une surface coupante. Aussi approchait-il dangereusement les bornes du désespoir.

Tandis que les laquais se retiraient, Ricci amenait sa femme au centre de la pièce. Il souriait de toutes ses dents en or avec aux yeux une flamme d'orgueil en posant un baiser sur les lèvres entrouvertes :

— Nous voici enfin l'un à l'autre, ma chère ! L'heure la plus exquise que j'aie jamais vécue...

Tout en parlant, il voulut la prendre dans ses bras mais la raideur de la jupe et l'importance des manches ne le permirent pas et il maugréa :

— Pourquoi avoir choisi une robe pareille ? Elle n'est pas conforme à ce que l'on portait à Florence au XVIe siècle et pas davantage à ce que je souhaitais !

— Essayez de ne pas trop m'en vouloir, flûta Hilary d'une voix sucrée qui fit dresser l'oreille d'Aldo. Depuis toujours je rêve de porter une toilette semblable. Jamais je n'ai rien vu d'aussi somptueux ! Et avouez qu'elle me va à merveille...

— Sans doute, sans doute mais...

— ... et qu'elle met admirablement en valeur cette splendide parure.

— J'en conviens entièrement, soupira-t-il en essayant de poser ses mains sur la rondeur à demi découverte des épaules mais elle lui échappa pour parcourir la chambre en regardant autour d'elle avant de se fixer sur le lit...

— Comment se fait-il que la couverture ne soit pas faite ? Il y a trop d'hommes à votre service et pas assez de femmes. Appelez ma femme de chambre je vous prie !

— Nous n'en avons pas besoin, carissima ! C'est à moi que revient le délicieux privilège de vous déshabiller !

Il louvoyait pour s'approcher d'elle par-derrière afin d'atteindre les agrafes de fermeture mais d'une souple glissade elle rétablit la distance entre eux.

— Certainement non ! Vous allez tout déchirer et je veux garder ce costume intact ! Appelez Brownie ! Elle a des doigts de fée !

Ricci parut soudain ulcéré.

— Il est hors de question d'introduire une domestique dans ma nuit de noces ! Et je ne comprends même pas que vous puissiez avoir cette idée ! Si par malheur j'abîme votre robe je vous en ferai faire une identique !

D'ailleurs, ajouta-t-il en s'efforçant de sourire, je vous assure que je suis beaucoup plus adroit que vous ne le supposez...

— J'en suis persuadée mais, de toute façon, il faut appeler ma cameriste. Ne fût-ce que pour apporter mes vêtements de nuit dont je ne peux pas faire autrement que constater l'absence ! Quand je vous dis que le service est mal fait ici... Je ne suis pas habituée à de tels manquements !

— Ce n'est rien, ma douce. Je vais aller vous les chercher moi-même... si vous y tenez absolument !

— Comment si j'y tiens ? Mais bien sûr ! Un déshabillé si ravissant ! Satin nacré et dentelles de Malines. Faites dire à Brownie qu'elle me les apporte.

— Moi je n'y tiens pas ! fit Ricci avec âme. Satin, dentelles, si beaux qu'ils soient ne sont que barrières insupportables pour l'époux passionné que je suis. Jamais vous ne serez plus belle que nue... et c'est nue que je vous veux !

De son coin, Aldo admira en connaisseur la rougeur qui envahit le visage de la jeune femme. Si elle n'était pas fondamentalement bégueule c'était une artiste exceptionnelle ! Elle riposta, l'air courroucé :

— Il n'est pas d'usage en Angleterre de jeter des termes aussi vulgaires au visage d'une jeune mariée. Vous pourriez au moins faire preuve d'un semblant de délicatesse et ne pas effaroucher ma pudeur ! Je veux Brownie !

Le soupir de Ricci aurait pu faire tomber le ciel de lit :

— Bon ! Je vais vous dire : j'ai envoyé votre Brownie sur le *Médicis* où elle est en train de ranger vos affaires afin que demain, quand nous appareillerons, tout soit en ordre. Voyez, si j'ai péché c'est par excès de prévenance. Allons, ma douce, ma colombe cessez de vous rebeller. Le temps de nous aimer est venu. Ne résistez plus à l'attirance que nous éprouvons l'un envers l'autre. Moi surtout, évidemment puisque je suis votre aîné... et que vous êtes belle à damner un saint. Laissez-moi vous déshabiller.

— Et je devrais sans doute vous rendre le même service... ou prétendez-vous faire l'amour en habit ? fit Hilary glaciale. Je me demande où vous avez été élevé ? Un gentleman a recours aux services d'un valet...

En jouant ainsi la pudibonderie offensée, Hilary était impayable et en des circonstances moins dramatiques, Aldo se serait amusé franchement mais la menace qui planait lui ôtait l'envie de rire. D'ailleurs, Ricci commençait visiblement à perdre patience comme en témoignait la dangereuse lueur de son regard. Il devait se sentir ridicule aux yeux de l'observateur attentif qu'il s'était lui-même donné. Il lâcha les vannes de sa colère : jeta bas son habit, arracha sa cravate et le plastron glacé de sa chemise, faisant sauter les boutons de diamants.

— En voilà assez ! cracha-t-il. Je te plais mieux comme ça, espèce de garce ? Alors à ton tour ! Il est temps pour toi d'apprendre qui est le maître ici... Mais d'abord enlève tes bijoux !

La main pâle d'Hilary remonta à sa gorge, se posant sur la croix scintillante.

— Ma foi non ! Je les garde. Ils me vont trop bien ! Je crois même que je ne vous les rendrai jamais...

— Ah tu le crois ?

Chargeant comme un taureau furieux, Ricci se rua sur elle mais à nouveau elle esquiva, cherchant quelque chose dans l'une de ses volumineuses manches et quand elle se retrouva en face de son époux, elle tenait en main un revolver chargé dont elle ôta calmement le cran de sûreté.

— Mais oui je crois, fit-elle avec un sourire moqueur. Et n'imaginez surtout pas que j'hésiterais à tirer sur vous. Je suis très habile à ce jeu. Bien plus qu'à celui que vous prétendez m'imposer. Je ne suis pas la dinde que vous pensez, signor Ricci, et vous voyez je me suis préparée ainsi qu'il convenait à une nuit de noces avec un truand !

La voix lente, sèchement ironique passait visiblement sur les nerfs de Ricci tel un poinçon sur de l'ardoise. D'où il était Aldo pouvait voir sa figure se gonfler de fureur mais il lui restait encore assez d'empire sur soi pour se reprendre en main.

— Tire si ça t'amuse ! Tu ne me survivrais que de quelques secondes ! Qu'est-ce que tu t'imagines faire avec ton joujou dans cette maison pleine d'hommes armés ?

— Pleine d'hommes armés ? Si j'étais vous j'en serais moins persuadé. J'ai les miens aussi et vous avez fait preuve d'une grande naïveté quand vous avez fait embaucher vos extra. Ils sont tous à moi.

— Tu bluffes ! C'est impossible !

— Ah vraiment ?

Sans le quitter des yeux, elle recula vers la porte qu'elle ouvrit de sa main libre.

— Entrez, vous autres !

Mais personne n'entra. En revanche des coups de feu éclatèrent dans divers endroits avec parfois des cris étouffés. Hilary blêmit cependant que Ricci se mettait à rire :

— Ta petite entreprise ne semple pas marcher très fort, ironisa-t-il. Ce n'est pas aux vieux singes qu'on apprend à faire des grimaces, ma belle !

Pourtant la voix de la jeune femme ne tremblait pas quand elle remarqua :

— On va aller voir de plus près. Avancez ! ordonnat-elle en accompagnant sa parole d'un mouvement de son arme. Et les bras en l'air s'il vous plaît !

Devinant à la tension de sa voix qu'elle n'hésiterait pas à tirer, Ricci obéit mais au moment où il allait passer la porte Crespo s'y encadra tenant un pistolet encore fumant :

— Ils ont bien failli nous avoir ! fit-il avec satisfaction.

Instantanément il vit ce qui se passait, leva son arme

mais Hilary fut plus rapide que lui et il s'écroula, frappé en plein milieu du front avec une précision diabolique. Cependant l'attention de la jeune femme s'étant écartée de lui une fraction de seconde, Ricci en profita avec une rapidité inattendue chez un homme de ce poids : il bondit sur elle. Un moment ils luttèrent pour la possession du revolver... La partie était trop inégale et cette fois l'encombrement de sa robe ne put rien contre la charge d'un homme furieux. Il l'empoigna, la jeta sur le lit, arrachant le turban au passage et maîtrisant ses deux mains réunies dans l'une des siennes, se mit à la gifler méthodiquement une joue après l'autre. Elle cria de douleur mais il continua jusqu'à ce qu'elle soit étourdie. Alors il la lâcha sans oublier de récupérer au passage la croix et les pendants d'oreilles qu'il glissa dans la poche de son pantalon.

— Il est temps que tu apprennes qui commande. Tu as voulu jouer au plus fin avec moi : tu vas en payer le prix. Et comme je tiens à ce que tu apprécies l'étendue de ton bonheur...

Il se redressa, alla ouvrir une armoire dissimulée dans un mur, y prit une bouteille de grappa dont il s'adjugea une rasade avant de revenir au lit où Hilary reprenait ses esprits, lui mit le goulot dans la bouche et lui en fit avaler. Ranimée, elle s'étrangla, toussa mais se releva avec la rapidité d'un cobra pour se jeter sur Ricci toutes griffes dehors. Il s'attendait à l'attaque et la repoussa brutalement sur le lit. Et cette fois elle n'eut pas le temps de revenir à la charge : tombant soudain du baldaquin, un filet aux mailles dorées s'abattit sur elle.

Se sentant prise au piège, elle se débattit furieusement mais ne fit que s'entortiller plus étroitement tandis que son bourreau, les mains aux hanches, riait à gorge déployée.

— Tu as compris ? articula-t-il enfin en retrouvant un peu de calme. Maintenant c'est là qu'on se quitte, ma

belle... mais rassure-toi, tu vas l'avoir, ta nuit de noces !
Et une belle !... Moins longue que d'habitude hélas
mais on ne peut pas tout avoir...

Sous les yeux incrédules d'Aldo qui recommençait
ses efforts pour se libérer, Ricci appuya sur une feuille
d'acanthe de la muraille. Un déclic puis un léger ronronnement se firent entendre et le lit séparé de sa tête
baroque et de son baldaquin s'enfonça lentement dans le
sol...

En le sentant céder sous elle, Hilary poussa un cri
auquel fit écho le rire de l'assassin.

— Adieu la belle ! lança-t-il penché sur le trou spectaculaire qui se dessinait. J'ai bien peur qu'à présent on
ne se revoie plus...

Cela dit, il ramassa son habit, tira par les pieds le
cadavre de Crespo qui barrait le seuil, sortit. Il riait
encore en refermant la porte derrière lui. Il y eut un
moment de silence mais bref. La gorge nouée, trempé
de sueur, Aldo entendit alors monter des entrailles du
palais un hurlement d'épouvante... La malheureuse
venait sans doute de découvrir le monstre auquel on
venait de la livrer. Il y en eut un autre puis plus rien...
que le ronron du lit qui remontait.

Le prisonnier était au bord de l'évanouissement
quand un bruit se produisit près de lui. Quelqu'un était
en train d'escalader la fenêtre. A la lumière des nombreuses bougies il vit surgir un homme entièrement vêtu
et cagoulé de noir qui avançait à pas prudents. Arrivé au
centre de la pièce, il vira sur lui-même pour s'assurer de
ses arrières. Aldo reconnut Adalbert.

Rassemblant ce qui pouvait lui rester de force, il réussit en dépit du bâillon à émettre une sorte de grondement
désespéré. L'instant suivant les rideaux s'écartaient.

— Nom de Dieu ! émit sobrement l'archéologue.

Il ne perdit pas de temps en vains commentaires.
Tirant d'une gaine accrochée à sa ceinture avec une

petite trousse à outils un couteau il trancha le bâillon avec précautions puis, plus fermement, trancha les cordes qui immobilisaient son ami :

— Il y a longtemps que tu es là ? demanda-t-il en frictionnant énergiquement les membres ankylosés d'Aldo.

— Depuis midi environ... Tu permets ?

Titubant légèrement il fondit sur la bouteille d'eau-de-vie et, à la régalade, en avala une longue goulée. Qui le brûla. Il aurait de beaucoup préféré de l'eau mais l'effet fut explosif : il se sentit ragaillardi et retrouva son sourire.

— Ah ! que c'est bon !... Comment as-tu fait pour arriver jusqu'ici ?

— Avec l'aide de Pauline, expliqua Adalbert en examinant le corps de Crespo. Je l'ai accompagnée au dîner de noces. Nous sommes venus dans sa voiture que je conduisais mais son chauffeur, en habit, était caché dans le spider. Moi sous le mien, d'habit, j'étais habillé comme tu vois à l'exception de la ceinture et j'avais pris soin de garer la Packard dans le coin le plus sombre que j'ai pu trouver. Après le feu d'artifice, j'ai retiré ma défroque de soirée, délivré le chauffeur qui a pris ma place et je me suis fondu dans l'obscurité qui règne sur les côtés de ce machin. Par chance j'avais repéré cette fenêtre ouverte, le reste a été assez facile ! Je ne suis pas encore trop rouillé ! fit-il soudain épanoui. Mais que s'est-il passé ?

Aldo expliqua le plus brièvement qu'il le put achevant son récit et désignant la feuille dorée qui actionnait le mécanisme du lit :

— Je l'ai vu descendre comme un ascenseur dans les souterrains et je commence à comprendre pourquoi Ricci ne laisse pas visiter la pièce qui est sous cette chambre...

— Moi je l'ai visitée, ce soir même. Elle était ouverte comme tous les salons et à l'exception du fait qu'elle n'est pas très meublée : quelques fauteuils cabriolets sur un tapis d'Orient un peu passé, deux crédences fleuries sous un plafond moins tarabiscoté que les autres et plutôt sombre, elle n'attire pas vraiment l'attention. Jadis, quand la police est venue elle n'a dû y voir que du feu.

— Comment est-ce que ça peut fonctionner alors ?

Après un instant de réflexion, Adalbert déclara :

— La solution doit être souterraine. Probablement un vérin a été installé dont la plaque du dessus est cachée par le tapis. Quand on le met en marche il monte, rejoint le plafond sur lequel est posé le lit qu'un déclic libère...

— J'en ai entendu un.

— Tu vois ? Il n'y a plus qu'à descendre le tout qui remonte ensuite aussi facilement et le décor est remis en place. Une machinerie de théâtre qui a dû coûter une fortune mais ce salopard n'en est pas à une broutille près. Cela dit on ne devrait pas s'attarder. Tu te sens le courage de reprendre le chemin par où je suis venu ?

Le Palazzo résonnait comme un tambour, de galopades et aussi de coups de feu : Ricci et ses fidèles devaient faire le ménage à leur façon avant de prendre le large. Aldo s'approcha du lit. Son pied alors rencontra le revolver qui avait échappé à Hilary. Il le ramassa : une seule balle avait été tirée : il en restait cinq dans le barillet... Sans répondre à la question d'Adalbert, il demanda :

— Tu as une autre arme que ce couteau ?

Adalbert exhiba un colt dernier cri en disant que John-Augustus le lui avait donné puis ajouta :

— Avec ce bibelot on devrait pouvoir se frayer un chemin et peut-être même débarrasser la planète de Ricci !... Pourquoi regardes-tu ce lit ?... Tu n'aurais pas dans l'idée...

— Si ! En fait d'idée je ne supporte pas celle d'abandonner cette malheureuse en dépit de ce qu'elle a fait...

— Tu n'es pas dingue ? Tu m'as dit que la baraque allait sauter.

— ... juste avant l'aube ! Ce qui représente trois

bonnes heures de supplice pour elle. Fais ce que tu veux, moi j'y vais !

Il appuya sur la sculpture dorée et grimpa sur le lit qui commençait à s'enfoncer. D'un saut Adalbert le rejoignit.

— Ce que je veux, c'est te sortir de ce « merdier » vivant, mâchonna-t-il entre ses dents. Alors où tu vas, je vais... Au fond tu n'as pas tort. J'ai d'Hilary quelques souvenirs... émus ! Et je...

Il n'acheva pas sa phrase. Aldo lui faisait signe de se taire et accroupi sur le lit observait sa plongée. Adalbert avait vu juste : au bout d'un instant on traversait toute la hauteur du salon qu'il avait décrit et dont le tapis avait été repoussé. Il était à peine éclairé par la lumière passant par la double porte ouverte mais suffisamment pour voir l'ouverture rectangulaire et noire découpée dans le parquet. La tentation fut grande de sauter à terre. On était au rez-de-chaussée et, de là, il était facile de filer en ouvrant une fenêtre. Les bruits intérieurs se calmaient, allaient en décroissant. Ricci et ses fidèles étaient peut-être déjà en route pour rejoindre le *Médicis*. A la crispation du visage d'Adalbert, Aldo comprit que leurs pensées étaient à l'unisson : la liberté, le retour à la vie étaient à portée de main... mais alors monta du sous-sol une longue plainte plus déchirante qu'un cri et les deux hommes se secouèrent d'un même mouvement comme pour chasser un mauvais rêve. L'étrange ascenseur poursuivit sa descente...

Elle s'acheva au niveau d'un couloir faiblement éclairé par une applique en bronze fixée au mur menant à une porte entrouverte derrière laquelle il y avait de la lumière. A pas de loup, Aldo et Adalbert s'en approchèrent. On n'entendait plus que des sanglots mêlés de gémissements. Aldo poussa le battant avec d'infinies précautions dévoilant peu à peu la salle qu'il avait pu entrevoir au moyen d'une étroite glace sans tain depuis une cave située à l'autre extrémité de la maison. En fait le grand caveau aux voûtes arrondies devait, à longueur égale, se trouver sous la terrasse d'où les invités avaient contemplé le feu d'artifice.

C'était une salle splendide, rythmée autour de quatre portraits en pied : trois femmes et un homme, alternant avec des tapisseries précieuses et de hautes bibliothèques. Les trois femmes se ressemblaient par le visage et le costume. Bianca Capello, d'après le Bronzino, était la première, les deux autres devaient être Maddalena Brandini et Anna Langdon habillées et coiffées à peu près comme elle. L'homme dont l'effigie surmontait une espèce d'autel bas éclairé par quatre candélabres chargés de cierges flambants avait fière mine sous un manteau ducal du XVIe siècle mais aucun des deux arrivants n'y prêta attention, horrifiés qu'ils étaient par le spectacle hallucinant qu'ils découvraient : écartelée plus qu'étendue sur l'autel, ses bras et ses jambes attachées aux quatre chimères de bronze placées autour, Hilary subissait l'assaut brutal d'un être monstrueux dont la figure était, à elle seule, un cauchemar vivant et dont le corps blême avait quelque chose de sépulcral. Pour étouffer ses cris on avait bâillonné la malheureuse qui gémissait autant des coups de reins de son bourreau que des blessures causées par les gants terminés par des griffes de fer dont il meurtrissait les épaules où il s'accrochait. Le sang coulait qu'une petite femme drapée de noir agenouillée auprès d'elle essuyait au fur et à mesure en chantonnant bouche fermée une obsédante mélopée...

Sans penser un seul instant qu'il allait attirer les valets du démon Aldo leva son arme, fit feu au moment précis où le violeur se redressait avec un râle de triomphe. La balle l'atteignit en pleine tête et il s'écroula sur le corps de sa victime.

Le cri de la femme agenouillée fit écho au sien. Relevée à la vitesse d'un serpent, elle tira de sa robe un coutelas, bondit à la gorge d'Hilary dont elle empoigna les cheveux la lame tendue vers la gorge de la jeune femme. La seconde balle d'Aldo la cueillit au vol et elle s'affaissa sur le sol.

— T'en reste plus que deux ! constata Adalbert. Et on ne sait pas combien d'ennemis on va voir surgir...

— Avec ce que tu as on devrait pouvoir faire face ! Et pour ce qui est des reproches, tu repasseras ! Aide-moi plutôt !

— Mais je ne te reproche rien ! J'admire au contraire ! Quel coup d'œil ! Je ne sais pas si j'aurais osé. Tu tires mieux que moi...

Le misérable Cesare était grand et lourd. A eux deux ils l'arrachèrent du corps, inerte à présent, d'Hilary pour le rejeter à terre au pied d'un candélabre où les ravages de sa face apparurent en pleine lumière. C'était tellement hideux qu'Aldo ne put s'empêcher de remarquer :

— Il y a de quoi rendre fou n'importe quel homme. Les médecins qui l'ont soigné auraient mieux fait de le tuer plutôt que de le condamner à vivre avec ça... D'après ce que j'ai compris il l'a voulu...

— Prends mon arme et surveille ! Je m'occupe d'Hilary ! intima Adalbert qui venait de trancher les liens de la jeune femme et se penchait sur son corps meurtri qui saignait en plusieurs endroits. Il y avait aussi du sang sur ses cuisses dénonçant une blessure interne. Il chercha des yeux autour de lui, aperçut une carafe d'eau sur une table auprès de bouteilles d'alcool, s'empara des linges dont se servait la femme et entreprit de laver le sang avant de nettoyer au whisky afin de se rendre compte de l'étendue des dégâts. Hilary n'était qu'évanouie et réagit à la brûlure de l'alcool. Son pouls battait vite et faiblement mais avec régularité. Pendant ce temps, un pistolet dans chaque main Aldo, étonné que les coups de feu n'eussent attiré personne, faisait lentement le tour de la salle, ouvrant tout ce qui ressemblait à une porte en prenant évidemment les précautions d'usage. Ce fut derrière l'une d'elles donnant sur une salle de bains qu'il découvrit Nelly Parker, ficelée comme un poulet et abandonnée sur le carrelage mais apparemment en bon état. Elle exhala en le reconnaissant un profond soupir de soulagement, riant et pleurant à la fois.

— Les coups de feu, c'était vous ? Mon Dieu quel bonheur !

— Ne vous réjouissez pas trop vite ! Nous avons seulement abattu le monstre et sa servante mais les autres ne doivent pas être loin... Combien y avait-il de gardes ici ?...

Tout en parlant, il avait entrepris de la libérer de ses liens à l'aide de ciseaux trouvés sur une tablette puis de la frictionner pour rétablir la circulation.

— Je n'en ai vu que trois mais ils doivent être déjà loin. Je les ai entendus dire après qu'ils m'ont eu liée qu'il fallait filer, que le palais allait sauter. Et elle, la fiancée, comment va-t-elle ?

— Très secouée et blessée mais elle devrait s'en sortir. Je l'ai toujours connue forte. Il est vrai qu'un pareil cauchemar...

— Elle peut s'estimer heureuse : sans vous elle aurait mis cinq ou six jours à mourir. Les hommes étaient persuadés qu'un troisième meurtre ne passerait pas, qu'il était plus prudent de tout laisser tomber et prendre la fuite avant de se retrouver au bout d'une corde ou sur la chaise électrique.

— Et Betty ? Où est-elle ?

— Morte. Elle a été surprise tandis qu'elle attachait sa dynamite à un tuyau d'aération. Ils l'ont... autant dire assommée sur place. De l'endroit où elle m'avait dit de rester cachée, j'ai tout vu. C'est quand j'ai voulu m'enfuir que j'ai été capturée... et emmenée devant ce... ce... J'en ai reçu un tel choc que je me suis évanouie. Quand je me suis réveillée j'étais ligotée et « il » disait qu'on me mette dans la salle de bains... qu'il s'occuperait de moi après ! Que j'étais intéressante... à cause de mes cheveux !... Elle eut un sanglot puis ajouta : « Jusqu'ici je doutais un peu que l'enfer existe mais maintenant j'en suis sûre ! »

— Venez à présent ! fit Aldo en l'aidant à se relever. La pauvre Betty n'a pas réussi avec sa dynamite cependant l'enfer et le reste doivent sauter à l'aube pendant que Ricci s'enfuira au bout du monde sur son yacht !

Ils retournèrent dans la salle où Adalbert, après l'avoir pansée de son mieux, achevait d'envelopper Hilary dans une couverture arrachée au divan. Sa respiration était meilleure mais elle n'avait toujours pas repris connaissance.

— Elle a besoin d'un médecin, dit-il. Il faut lui en trouver un dare-dare et en priorité quitter les lieux... Content de voir que vous allez bien, Nelly !

— Vous vous connaissez ? s'étonna Aldo.

— Oui. On t'expliquera plus tard... s'il y a un plus tard ! On va essayer de remonter avec le lit... mais d'abord trouve le système qui le fait remonter ! On y va, Nelly ?

Mais, chez la rescapée la journaliste reparaissait. Debout devant l'autel à côté du cadavre de Cesare, elle regardait le portrait auquel il était dédié.

— Incroyable ce qu'il pouvait être beau avant qu'on lui réduise la figure en bouillie ! soupira-t-elle.

Aldo regarda mieux et vit qu'en effet le modèle en avait été l'un des plus magnifiques hommes qu'il eût jamais vus : pureté sans mièvrerie des traits, profondeur énigmatique du regard sombre et velouté, tête arrogante couverte d'épaisses boucles noires fièrement posée sur de larges épaules, rien n'y manquait et Ricci avait raison quand il le comparait au *David* de Michel-Ange. Et maintenant cette abomination où l'âme n'avait plus l'air d'exister remplacée par un brûlant magma de haine sadique et de besoin de détruire dans les pires conditions. La balle de Morosini avait-elle renvoyé un démon en enfer... ou bien délivré un être assez malheureux pour avoir sombré dans les pires dérivations ? Un génie de la finance pourtant selon Ricci, donc une intelligence pour laquelle plaidaient la qualité des ouvrages littéraires ou scientifiques réunis chez lui, l'esthétique des objets, des couleurs... Aldo finit par s'arracher à une contemplation hors de saison : il prit le bras de Miss Parker.

— Venez, Nelly ! Nous allons essayer de trouver le mécanisme de retour du lit...

— C'est inutile. Je sais comment sortir. Vous pensez bien qu'il y a une issue souterraine. Celle qui donne sur la mer. Je vais vous conduire. J'ai appris qu'il y en avait une autre, dans le parc, mais il est préférable de ne pas perdre de temps à la chercher... Quelle heure est-il ?

— Un peu plus de trois heures !

Aldo et Adalbert décidèrent de porter Hilary à eux deux pour aller plus vite car elle était assez lourde. Dans un geste de pitié, Aldo jeta sur le corps de Cesare la robe dorée d'Hilary cependant que Nelly fermait les yeux de sa servante dont aucun d'eux ne saurait jamais le nom :

— Comment pouvait-elle l'aimer ? murmura-t-elle. Car elle l'aimait : j'en ai eu la certitude le peu de temps où j'ai été en leur présence. L'amour prosterné d'une adoratrice.

— Trop habituée peut-être pour le voir encore tel qu'il était ! fit Aldo... Allons-y ! Dépêchons-nous ! Qu'est-ce que tu fais ? ajouta-t-il pour Adalbert qui explorait la salle en ayant l'air de chercher quelque chose.

— J'essaie de trouver de quoi fabriquer un brancard. Elle n'est pas légère, tu sais ?

— On la portera à tour de rôle ! On vous suit, Nelly !

Elle les conduisit au fond de la salle, où il y avait en effet une porte. Elle donnait sur un couloir en pente descendante tapissé de moquette rouge et suffisamment large dont les appliques électriques assuraient l'éclairage. Ce couloir tournait comme l'escalier d'un donjon et venait buter contre un panneau de fer que les fuyards n'avaient pas pris le temps de refermer. L'envers de cette porte imitait la structure du rocher et quand il était clos, il devait être difficile de la distinguer de la muraille. Au-delà trois couloirs formaient une patte d'oie. Sans hésiter Nelly choisit celui de gauche.

— Vous êtes sûre de ne pas vous tromper ? demanda Aldo.

— Quand on m'a apportée j'ai fait semblant d'être évanouie mais en réalité j'essayais de prendre mes repères et comme j'ai une excellente mémoire visuelle et auditive je ne pense pas me tromper. Sinon…

Elle n'ajouta rien, poursuivit son chemin. Sur le dos d'Adalbert Hilary gémissait et semblait avoir du mal à respirer. Les deux hommes décidèrent alors de la porter entre eux, l'un sous les bras, l'autre tenant les jambes.

— C'est encore loin ? chuchota Aldo.

— Non. Tenez, voilà les dépôts de marchandises ! Nous arrivons dans le couloir où vous étiez enfermé avec Betty…

Réconfortés ils pressèrent le pas d'autant plus qu'il leur semblait bien entendre battre une horloge lointaine et bientôt ils purent voir avec un immense soulagement que l'ouverture sur les rochers n'avait pas été refermée. Nelly la franchit la première en rampant sur le sol tandis que les autres l'attendaient un peu en retrait. Elle reparut très vite :

— Le *Médicis* est là… à une encablure environ et il y a près des rochers un canot où trois hommes sont en train de charger des paquets… Cachez-vous et essayez de la faire taire !…

Les deux hommes déposèrent leur fardeau et Adalbert posa sa main le plus légèrement possible sur la bouche de la blessée. On entendit :

— Tout y est ? On peut y aller ?

— Oui mais on va d'abord refermer !

Un instant plus tard le rocher reprenait sa place. Aldo sentit la sueur lui mouiller les tempes et glisser le long de son dos. Alors que la liberté était si proche allaient-ils être pris au piège tous les quatre ? Il avait l'impression que le tic-tac se faisait plus fort. Combien de temps restait-il avant que la machine infernale de Ricci se mette en marche ?

— Tant qu'ils sont encore si près, cela ne devrait pas sauter, murmura Adalbert répondant à l'interrogation muette de son ami. Au fait, vous savez ouvrir ce machin, Nelly ?

— Oui mais on n'y voit rien et je n'ose pas allumer.

— Allez-y ! On ne va pas attendre que la baraque nous tombe sur le dos !

Elle obéit. Dirigeant le pinceau lumineux elle se releva, tendit un bras, actionna le mécanisme puis se signa précipitamment. Au-dehors on entendit le clapotement des rames et plus loin le chant d'un coq...

Sans attendre son avis les deux hommes ramassaient Hilary et se hâtaient vers l'air libre. Le ciel nocturne montrait déjà vers l'est une mince bande plus claire. Sur le yacht à peine éclairé, on achevait l'embarquement des gens du canot.

— Dépêchez ! Dépêchez ! cria une voix. Y en a plus pour longtemps.

Les fugitifs non plus n'en avaient plus pour longtemps. La mort approchait à grands pas. Tous ignoraient si même la plage vers laquelle il leur fallait se diriger n'allait pas s'ouvrir sous leurs pieds, leur jeter ses rochers et ses arbres à la tête. Là-bas le yacht levait l'ancre et il ne reviendrait pas. Nelly alluma sa lampe pour guider les porteurs au milieu des rocs. Une voix alors se fit entendre, toute proche :

— Psst ! par ici !

Tel un Neptune trempé et sans trident, John-Augustus sortit de l'eau encore sombre. Derrière lui il y avait un canot automobile qu'il avait dû amener à la nage en le remorquant. Il les aida à embarquer puis se jeta sur les commandes. Le moteur rugit, le « Riva » décolla presque.

— Vous devez être une espèce d'archange, soupira Aldo. Comment saviez-vous que nous sortirions à cet endroit ? Et même que nous sortirions ?

— Je n'en savais rien. Je l'espérais seulement parce que c'était la simple logique, et la seule issue que nous connaissions. Dès l'instant où leur sacré bateau était à l'ancre dans les environs...

— Mais vous avez pris un risque terrible ! Le Palazzo et ses secrets ne vont pas tarder à sauter !

— Ah ?... Ben, vous voyez j'avais dans la tête une idée qui me turlupinait et qui tournait autour de quelque chose comme ça. Ce foutu mariage ne pouvait être que le dernier et le Ricci devait avoir concocté quelque chose... Et puis il nous arrive parfois, à nous autres les Belmont, d'être doués d'une sorte de double vue !

— A propos de vue, rouspéta Adalbert, vous devriez changer de cap, vous nous emmenez droit sur le *Médicis* ? Vous avez l'intention de lui couper la route ? Nous avons une blessée qu'il faudrait soigner d'urgence !... Et vous allez nous faire tirer dessus !

— M'étonnerait ! Ricci va avoir une autre occupation... et puis j'ai une énorme envie de voir le spectacle ! Regardez !

Une lumière violente venait de s'allumer sur la mer. Des phares puissants éclairaient l'eau calme du petit matin révélant chaque détail du bateau sur lequel on pouvait voir des hommes s'agiter. En même temps un porte-voix rugit l'ordre de stopper : un navire de guerre du genre escorteur d'escadre piquait sur le *Médicis*...

— Juste à temps ! applaudit John-Augustus. Que ça

fait plaisir et j'espère qu'ils vont envoyer ce rafiot par le fond !

— Vous saviez que la Marine allait intervenir ? demanda Adalbert abasourdi.

— Certainement. Avant-hier j'avais pris langue au téléphone avec l'attorney général de Providence et, tandis que vous alliez faire la foule chez les Schwob, j'ai foncé là-bas pour m'assurer que les ordres seraient donnés à la Navy et en rapporter pour le commandant de Fort Williams. Et vous pouvez constater que ça a marché... Ça marche même très bien ! ajouta-t-il avec satisfaction.

En effet, le yacht ayant refusé d'obtempérer un premier coup de semonce était parti suivi d'un autre à tir réel. Au même moment une énorme détonation éclata, aussitôt suivie par une explosion qui ouvrit dans la colline un cratère de feu.

Belmont qui avait arrêté son moteur le remit en marche.

— Si vous en avez assez vu, moi aussi ! fit-il d'une voix soudain grave. Rentrons !

Tandis que le canot filait vers Belmont Castle, le jour se levait doucement, l'aurore commençait à rosir. L'air calme et pur du matin renvoyait sur l'eau les cris et les coups de feu faisant écho au grondement du brasier terrestre. Tournés vers l'arrière Nelly et Aldo cherchaient encore à apercevoir la scène du drame qui s'éloignait et qu'une pointe à présent leur cachait. Il y eut encore des coups de feu, des cris, une autre explosion, puis plus rien sinon de noirs panaches de fumée au-dessus des arbres...

A la suite des pompiers, les habitants de Newport arrivaient en masse sur les lieux du sinistre. Le « Riva », lui, achevait sa course au ponton de la résidence. Là Pauline attendait. Enveloppée d'une écharpe de laine, elle arpentait les planches, bras croisés et l'œil orageux tandis qu'en retrait l'impassible Beddoes attendait lui aussi.

— Tout le monde est là ! lui cria John-Augustus en coupant son moteur. Mais nous avons une blessée. Appelez une ambulance ! Et en attendant allez chercher un brancard.

— C'est grave ? questionna Pauline en s'accroupissant près du bateau où Aldo et Adalbert s'occupaient à soulever Hilary toujours inconsciente.

Elle gémit cependant quand on la manipula.

— On ne sait pas, répondit Adalbert. Elle continue à saigner et ce qu'elle a subi laissera certainement des traces.

— Et vous deux, vous n'avez rien ?

En parlant elle aidait Nelly, pâle comme un linge et visiblement à bout de forces, à débarquer mais c'était Aldo qu'elle regardait. Il lui offrit un sourire las.

— C'est fini à présent. Le cauchemar est terminé. Dieu en soit loué !

Expédiés par le maître d'hôtel qui devait être en train de téléphoner, deux valets accouraient avec une civière sur laquelle la blessée fut étendue. Puis on remonta vers la maison. Pauline s'arrangea pour marcher un peu en retrait avec Aldo.

— Cela signifie que vous allez repartir, murmura-t-elle sans le regarder.

— Oui, Pauline. Je n'ai plus rien à faire ici.

— Vous avez pu retrouver les bijoux ?

— Ils sont dans la poche de Ricci et j'ignore pour l'instant ce qu'il est advenu de lui.

— On le saura dans la journée. Il y a peut-être encore un espoir ?

Elle posa sa main sur son bras : un geste qui s'efforçait de retenir, un regard qui priait. Aldo désigna la forme étendue sous des couvertures.

— Si elle survit à ce qu'elle a enduré et quel que soit le sort de Ricci, elle est sa femme et par conséquent son héritière...

— Justement. Vous pourriez attendre qu'il y ait une

certitude. De toute façon, ajouta-t-elle avec une pointe de satisfaction, il va falloir répondre aux questions de la police...

— Ah c'est vrai ! J'oubliais...

— Parce que vous avez hâte de partir ?

Il sentit sa main trembler sur sa manche et posa dessus la sienne, apaisant.

— Oui, Pauline, fit-il gentiment. Je regretterai de vous quitter mais...

— Mais votre vie est ailleurs, votre cœur est ailleurs... Il faudra bien que je me fasse à cette idée. Après tout, vous avez raison : il vaut mieux que vous partiez...

Ricci était mort. Ainsi que l'avait prédit Pauline, on le sut le soir même. Au cours de l'attaque du *Médicis*, pris d'une rage forcenée, il s'était emparé d'un fusil mitrailleur, tirant en aveugle sur ceux qui le menaçaient. Une balle d'arme lourde, ajustée avec précision, l'avait atteint entre les deux yeux... On l'avait vu basculer en arrière et l'océan s'était refermé sur lui et ne le rendit pas. Les courants étaient forts à cet endroit...

Libérés relativement vite des enquêtes et formalités policières – Dan Morris avait été relevé de ses fonctions en attendant mieux ! – Morosini et Vidal-Pellicorne regagnèrent New York sur le *Mandala*. La veille ils étaient allés à l'hôpital rendre visite à Hilary qui les avait demandés : elle voulait les remercier.

— Vous m'avez évité pire que la mort puisque vous m'avez sortie de l'enfer. Aussi, je voulais vous dire que je ferai en sorte de ne plus jamais risquer d'y retourner. Et nous n'aurons plus, je crois, l'occasion de nous rencontrer.

— Vous allez restez ? demanda Adalbert.

— Le temps qu'il faudra. Les Schwob ignoraient ce que Ricci était. Ils ne savent que faire pour m'aider. Je demeurerai sans doute chez eux quelque temps. Assez longtemps même..., mais ensuite je retournerai dans mon pays. Rien ne vaut l'Angleterre pour prendre sa retraite. Et, avec un sourire malicieux qui ressuscita l'ancienne Hilary : Rien n'y est plus beau que le château ducal de mon père...

— Ce qui veut dire que Mary Forsythe n'est pas non plus votre véritable nom ? dit Morosini.

— Eh non ! Pardonnez-moi ce dernier mensonge !

Au fond les deux hommes n'étaient pas vraiment surpris. Ils se souvenaient de la façon dont Hilary Dawson avait faussé compagnie à la police et même aux autorités britanniques de Palestine[1]. Il fallait qu'elle eût des appuis très, très haut placés...

— Pourquoi pas ? conclut Adalbert. On a bien dit que Jack l'Eventreur était le fils de la reine Victoria ? Que la reine Mary était kleptomane, alors que la fille d'un duc soit une voleuse internationale...

Quelques heures plus tard, ils embarquaient sur le *France*, autre grande unité de la Compagnie Générale Transatlantique dont la décoration intérieure était vouée aux fastes de Versailles.

Pauline n'assista pas à leur départ. Le matin même elle était partie pour Boston en annonçant son intention de rendre visite à Diana Lowell. Et comme Aldo s'en étonnait, elle vint près de lui un court instant, celui de poser sur ses lèvres un baiser léger.

— Ne croyez-vous pas qu'il est temps que quelqu'un s'occupe de ce pauvre Vauxbrun et le tire des griffes de la Lowell ? Il doit se croire abandonné du Ciel et de la Terre !

— Seigneur ! gémit Aldo. Je l'avais complètement oublié celui-là ! Il doit me haïr à présent...

— J'arrangerai ça !... Sans mériter pour autant de remerciements. Il est le seul avec qui je sois certaine de

1. Voir *Les Emeraudes du Prophète*.

pouvoir parler de vous pendant des heures. Je ne vous oublierai jamais, Aldo Morosini...

Plus ému qu'il ne l'aurait voulu, il répondit :

— Moi non plus, Pauline Belmont.

Alors que le *France* commençait sa descente de l'Hudson en traînant après lui les traditionnels serpentins rompus, Adalbert et Aldo, accoudés au bastingage, regardaient défiler les gratte-ciel, cherchant à distinguer dans la foule des adieux la silhouette d'une jeune fille rousse coiffée d'un béret écossais. Nelly Parker était venue les accompagner jusqu'au bateau. Elle non plus n'oublierait pas : au lieu d'un simple reportage – qu'elle ferait tout de même mais succinct – elle avait décidé d'écrire un livre, déjà sous contrat chez un grand éditeur. Le succès l'attendait.

— Elle au moins est heureuse ! soupira Morosini. Moi je n'emporte que la satisfaction d'avoir vengé Jacqueline Auger et les autres victimes des frères Ricci. Violaine Dostel ne recevra jamais les joyaux de la Sorcière puisque désormais ils sont au fond de l'eau !

— C'est aussi bien ? Ils ne lui auraient pas porté chance.

— Mais leur prix lui aurait permis de mener une vie plus conforme à ses rêves. A présent son pénible époux va vendre ceux qu'elle était si heureuse d'avoir reçus de leur tante...

Adalbert releva le pan de son imperméable – un orage venait de balayer New York – et prit dans la poche de son pantalon un petit sac à éponges en caoutchouc rose qu'il mit dans la main d'Aldo.

— Tu pourras peut-être la consoler avec ces bibelots.

— Qu'est-ce que c'est ?

— Regarde ! Je les ai trouvés dans un coffret de laque près du divan chez le Minotaure. J'ai pensé qu'ils pourraient servir...

Le sac à éponges contenait un très beau collier de rubis et de diamants ainsi qu'un gros rubis monté en bague.

Bien qu'il eût annoncé son arrivée via la radio du bord, Aldo ne trouva personne à la gare Saint-Lazare. Ce qui ne l'étonna qu'à moitié. En revanche quand il débarqua rue Alfred-de-Vigny du taxi partagé avec Adalbert, il vit Lucien, le chauffeur de madame de Sommières, en train de faire démarrer la vieille Panhard astiquée à miracle mais il n'eut pas le temps de poser une question. La marquise et Marie-Angéline faisaient une impressionnante apparition : rien que du noir avec chapeau de crêpe assorti. Le deuil !

— On s'embrassera tout à l'heure, déclara la vieille dame en s'engouffrant dans la voiture qui trépidait joyeusement. Nous sommes en retard.

— Qui allez-vous enterrer de la sorte ?

Ce fut « Plan-Crépin » qui répondit, hypocrite à souhait :

— Mon pauvre cousin Evrard Dostel. Il a été écrasé par un autobus en sortant de son ministère. Lui qui ne voulait jamais en prendre par mesure d'économie... eh bien il est passé dessous ! Une vraie tragédie !

— Il est... Oh, c'est la meilleure celle-là ! s'écria Aldo en éclatant de rire.

— Tu n'as pas honte ? s'indigna la marquise. Un mort !

— Pardonnez-moi, Tante Amélie, mais absolument pas ! Et comme pour rien au monde je ne voudrais manquer cet événement, je vais avec vous.

Il riait encore en grimpant dans la voiture.

Saint-Mandé, février 2004.

TABLE

Première partie
LA CHASSE EST OUVERTE !

    I. Le « Boldini » 11
   II. Une drôle d'histoire 39
  III. Les brumes de la Tamise 68
  IV. Jacqueline 99

Deuxième partie
LA FOIRE AUX VANITÉS

    V. Les passagers de l'*Ile-de-France* 135
   VI. Soirée à bord 164
  VII. Trois pas dans New York... 195
VIII. Les gens de Rhode Island 230
   IX. Le fugitif 258
    X. « Nous autres, les Belmont... » 289
   XI. La fête chez Cynthia 320

Troisième partie
LE MINOTAURE

  XII. Un palais truqué 359
 XIII. Où Ricci parle... 387
 XIV. Nuit de noces 413

Tuer pour l'honneur de la Reine

Les larmes de Marie-Antoinette
Juliette Benzoni

Dans les jardins du château de Versailles, le vernissage d'une exposition consacrée à Marie-Antoinette rassemble aristocrates et collectionneurs. Mais la somptueuse réception est bouleversée par un crime étrange : un homme s'effondre, un loup de carnaval en velours noir planté dans le dos à l'aide d'un poignard... La disparition de l'un des bijoux exposés, une larme de diamant, explique-t-elle ce meurtre ? Pourquoi l'assassin signe-t-il ses forfaits « le Vengeur de la Reine » ? Aldo Morosini, prince vénitien et antiquaire, décide de mener l'enquête.

(Pocket n° 13298)

Il y a toujours un Pocket à découvrir

Fastes et frasques de la Renaissance italienne

Suite italienne
Juliette Benzoni

Dans la Rome des papes jouisseurs, le redoutable César Borgia donne libre cours à sa folie meurtrière. À Florence, le charismatique Laurent de Médicis assoit sa domination faite de raffinement, de séduction et de cruauté feutrée. Au cœur de la moderne Ferrare bruissent les secrets de sensuelles duchesses tandis que Venise, Naples et Milan deviennent le théâtre de complots et de passions tragiques.
Une suite de chroniques dédiées aux amoureux de l'Histoire et de ses sulfureux protagonistes.

(Pocket n° 13088)

Il y a toujours un Pocket à découvrir

Au cœur de l'histoire

LE SANG DES KŒNIGSMARK
T. 1 - *Aurore*
Juliette Benzoni

Hanovre, 1694. Quand Aurore apprend la disparition de son frère, elle comprend que la destinée des Kœnigsmark a pris un nouveau chemin. La liaison passionnée que celui-ci entretient avec la princesse de Celle, mal mariée au futur roi d'Angleterre, ne suppose en effet rien de bon... Pressentant le piège, la fougueuse jeune fille trouve alors en l'Électeur de Saxe un appui de taille, et même davantage. Car les Koenigsmark n'ont qu'une seule faiblesse, l'amour...

(Pocket n° 13436)

Il y a toujours un Pocket à découvrir

Faites de nouvelles découvertes sur **www.pocket.fr**

- Des 1ers chapitres à télécharger
- Les dernières parutions
- Toute l'actualité des auteurs
- Des jeux-concours

POCKET

Il y a toujours un **Pocket** à découvrir

Imprimé en France par

à Saint-Amand-Montrond (Cher)
en juin 2010

POCKET - 12, avenue d'Italie - 75627 Paris Cedex 13

N° d'impression : 101043
Dépôt légal : septembre 2005
Suite du premier tirage : juin 2010
S 14878/08